KB153101

THE HOUSE SHARE

웰컴 투 셰어하우스

웰컴 투 셰어하우스

The House Share

THE HOUSE SHARE

웰컴 투 셰어하우스

The House Share

케이트 헬름 지음 — 고유경 옮김

마시멜로

모든 사람은 이웃이라는 자발적 염탐꾼에 둘러싸여 있다.

제인 오스틴

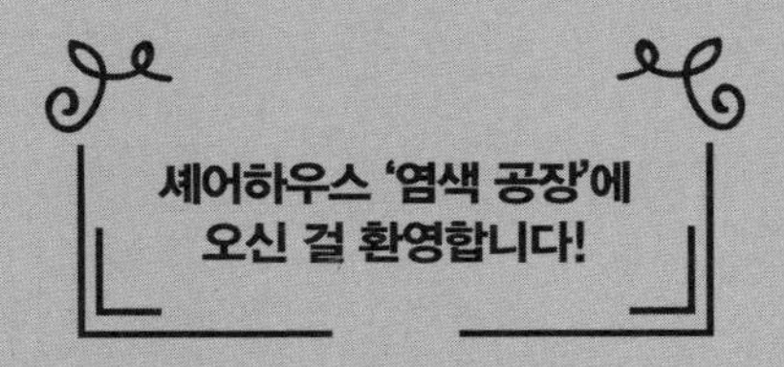
셰어하우스 '염색 공장'에
오신 걸 환영합니다!

4층
꼭대기 놀이층

옥상 테라스, 복층 쉼터, 무인 바, 게임기

〈스튜디오〉

- 부에노스아이레스 ········ 버니스
- 리마 ········ 루카스
- 교토 ········ 임미

3층
안식층

요가, 체력 단련, 반려동물

〈스튜디오〉

- 발리 ········ 애슐리
- 바르샤바 ········ 베로니카
- 파리 ········ 카밀

2층
영양층

주방, 식당, 음식 저장고

〈스튜디오〉

- 마라케시 ········ 덱스
- 뉴델리 ········ 줌

1층
작업실

작업실, 도서관, 동영상 회의실

지하실

세탁실, 관리자 숙소, 사우나(사용하지 않음)
유서 깊은 염색 구덩이

프롤로그

2008년 6월 22일 일요일

옥상 테라스 가장자리에 선 샘은 청소차가 어젯밤에 뒤덮인 쓰레기를 치우는 모습을 우두커니 지켜보고 있었다.

'때가 됐나?'

잠이 오지 않으면 곧장 일어나 뭐든 해야 했다. 무슨 일이라도. 어스름한 새벽녘이 풍기는 불안한 기운에 휩싸여 괜히 이리저리 뒤척일 필요는 없었다. 샘은 나른한 몸을 쉬고 싶었지만, 머릿속이 어수선해 그럴 수 없었다.

한여름이었다. 숙취에 찌든 도시는 벌써 뜨거운 열기로 꿈틀댔다. 샘은 템스강을 거닐며 산들바람을 쐬고 싶었다. 하지만 거리마다 오물 냄새와 그보다 더한 악취가 진동할 게 뻔했다. 상상만 해도 속이 메슥거려 이내 마음을 접었다.

'샘, 넌 이런 데 있을 녀석이 아니야.'

샘의 펜트하우스는 버몬지에서 전망이 가장 좋았다. 샘은 자연스레 이웃들의 일상을 속속들이 훨 수 있었다. 10분 후면 맞은편 카페 주인이 셔터를 들어 올릴 시간이다. 주인은 작은 자갈이 촘촘히 깔린 바닥을 표백제로 말끔히 닦아 낸 뒤 주철 테이블을 하나둘 내

놓을 것이다. 1시간 반이 지나면 런던 구석구석에서 오랜 친구들이 어슬렁거리며 나와, 마치 내일도 할 일이 없다는 듯 느긋하게 브런치를 즐길 것이다. 어젯밤 처음 만나 밤을 지새운 연인들은 북적이는 카페에서 다음 날 문득 깨닫는 어색한 침묵을 채우려고 할 것이다. 셰어하우스에 사는 룸메이트들은 서로를 끝장내기 전에 서둘러 집을 빠져나갈 것이다.

'너만 혼자구나, 샘.'

샘은 지금 해야 할 일이 있었다. 다른 이들의 아침을 망치고 싶지는 않았다.

난폭한 짓을 하지 않아도 공기보다 가벼운 티끌로 산산이 부서지면 좋으련만. 차라리 이 세상에 존재하지 않았더라면 더 좋았을 것이다. 그가 무슨 짓을 하든, 사람들에게 고통을 줄 테니까.

부모님에게 남길 유서를 쓰던 샘은 편지지를 수십 차례 뭉개다가 결국 판에 박힌 내용으로 마무리했다. 죄송하다고, 다른 누구도 절대 탓하지 않는다고, 일 때문에 스트레스를 너무 많이 받았다고, 불면증도 앓았다는 막연한 이유와 함께.

여동생에게는 편지를 쓰지 않았다. 여동생은 샘의 거짓말을 꿰뚫어 볼 게 뻔했다. 이대로라면 동생은 여태 자기 탓이라고 생각할지도 모른다.

'샘, 어떻게 우리 곁을 떠나. 어떻게 나를 떠나?'

런던. 그 누구와도 섞이지 않은 채 자유로움을 만끽할 수 있는 광란의 도시 런던에 오면, 피할 수 없는 사랑의 짐에서 벗어날 수 있을 거라 생각했다.

샘은 그 대가로 가장 부끄러운 감정을 끌어안아야 했다. 외로움이었다. 수백만 명의 사람들이 득실거리는 도시에 살았지만 브런치를 함께 즐길 사람도 없었고, 다음 날 출근하지 않으면 온갖 욕설을 퍼부을 회사 직원들 말고는 그의 부재를 알아챌 사람도 없었다.

샘도 평범하게 다른 사람들과 부대끼며 살았다면 친구를 사귈 수 있었을 것이다. 펜트하우스는 부모님에게 받은 선물이었지만, 그 안에서의 삶은 저주 그 자체였다. 아래층에 사는 이웃들이 웃고 떠들며 사랑을 나누는 소리도 죄다 들렸고, 이따금 낯선 소리까지 울리기도 했다. 이 건물은 샘에게 도살장이나 다름없었다. 잠을 청할 때마다 벽돌 벽에서 음란한 동물 소리가 튀어나오거나, 얇은 판자 사이로 매캐한 악취가 새어 나오는 것 같았다.

금요일 날, 샘은 아치형 골목 입구에 있는 밀매상에게 평소보다 더 많은 수면제를 샀다. 그게 훨씬 평온하게 떠나는 방법일 테니까. 하지만 이런 날씨라면 금세 몸이 썩을 게 분명했고, 불쌍한 가사 도우미에게 그런 추한 모습을 보이고 싶지 않았다.

결국, 말 많은 카페 주인이 샘의 목격자가 될 것이다. 카페 주인은 샘이 친구라고 할 만한 가장 가까운 사람이었다. 그래 봐야 두 사람이 하는 대화라곤 그저 날씨 얘기나 샘의 억양, 혹은 터무니없는 근무 시간에 관한 넋두리뿐이었지만. 하지만 그도 이미 사십 대에 접어든 만큼 누군가 자살하는 모습을 예전에도 우연히 목격했을지도 모른다. 샘은 그가 너무 괴로워하지 않기를 바랐다.

'샘, 집으로 가.'

'안 돼!'

녹이 슨 카페 셔터가 요란하게 끽끽대며 올라갔다. 카페 주인은 뜨거운 태양 빛에 눈을 가리며 붉은 플라스틱 양동이와 물걸레를 들고 나타났다. 흠뻑 젖은 채로 자갈 바닥을 휘갈기는 걸레 자락이 마치 바다 괴물처럼 보였다.

샘은 테라스 담 위에 올라섰다. 발아래 놓인 벽돌에서 따스한 기운이 감돌았다. 그는 밑으로 떨어질 때 벽에 붙은 철제 기중기에 부딪히지 않도록 중앙에서 살짝 벗어난 곳에 섰다. 아래를 내려다보자 처음으로 두려움이 스쳐 지나갔다.

'이 정도면 충분히 높은 걸까?'

그동안 수많은 계획을 세웠지만, 얼마나 높은 데서 떨어져야 죽을 수 있는지 제대로 확인하지 못 했다.

하지만 샘은 임기응변에 능했다. 은행에 채용될 때도 '창의성과 유연성'에서 역대 최고점을 받았다. 그만큼 순발력이 뛰어났다.

그는 다이빙 선수처럼 무릎을 굽히고 목을 푹 숙였다. 곧바로 양손을 옆구리로 옮기고 주먹을 꽉 쥔 뒤 허리에 대고 세게 비벼댔다. 뒤늦게 허공이라도 움켜쥐려는 생존 본능에 맞서 싸워야 했으니까.

마침내 샘은 몸을 던졌다. 그리고 태너스워크 자갈밭 위로 곤두박질쳤다.

웰컴
투
셰어하우스

런던 1존에 있는 환상적인 셰어하우스에서 룸메이트를 찾습니다!

런던 최고의 셰어하우스이자, 어쩌면 세상에서 가장 멋진 집에서 우리와 함께 지내고 싶지 않으세요?

이런 분이라면 환영합니다.
- 외향적이고 사교적이지만, 결코 파티광은 아닌 사람
- 책임감 있는 공동체를 만드는 데 노력하는 사람
- 훌륭한 추천인이 있고, 임대료를 꼬박꼬박 낼 수 있는 사람

우리는 룸메이트에게 다음과 같은 혜택을 제공합니다.
- 런던 브리지 역에서 불과 몇 걸음 떨어진 버몬지 중심부에 있는 근사하고 널찍한 집
- 인스타그램에 자랑할 만한 독창적인 구조와 디자이너 가구로 채운 빅토리아풍 건물에, 개별 욕실을 갖춘 독립 공간
- 4층에 걸쳐 마련된 작업, 식사, 휴식 및 오락을 즐길 수 있는 놀라운 공동 공간
- 요가, 유기농 채소 재배, 게임, 심지어 수제 진과 저알코올 음료를 두루 갖춘 셀프바 이용 혜택 및 도시 참선 명상 프로그램 참여 기회
- 본인의 경제적 능력에 맞춘 독특하고 합리적인 임대료. 소득이 낮아도 걱정할 필요 없음
- 지금껏 본 적 없는 세상 멋진 룸메이트들

지원하려면 온라인 양식을 작성해 주세요.

<주의 사항>
1. 현재 필수 노동 인력이 부족하므로 공공 부문에서 일하는 지원자라면 누구나 면접할 예정입니다.
2. 35세 이하만 지원 바랍니다.

1

2018년 4월 24일 화요일

임미

난 이곳에 어울리지 않아. 누구든 그렇게 생각하겠지.

나름대로 차려입은 내 드레스마저 버몬지 거리를 오가는 사람들의 매끈한 맞춤복에 비하면 참 싸구려 같았다. 나는 꽃집 창문 앞에 멈춰 머리 모양을 살폈다. 유리창에 비친 내 모습을 보니, 엄마 집 벽난로 선반에서 창백한 뺨 위로 눈물 한 가닥을 흘리고 있는 피에로 도자기 인형과 비슷해 보였다.

다만 나는 우는 게 아니라 땀을 흘린 것이다. 교무실에서 고친 화장이 런던 브리지로 가는 길에 다 녹아내리고 있었다. 슬그머니 골목길로 들어가 아이라인을 수정하고 싶었지만, 싹 다 지우고 새로 칠해야 할 지경이었다. 하지만 그럴 시간이 없었다.

태너스워크가 바로 오른쪽에 있었다. 그 생각만 해도 입이 바싹바싹 말라 애써 숨을 몰아쉬었다. 앨이 날 쫓아낸 지 몇 주 만에 공황 발작이 재발했다. 나는 옛 치료사가 가르쳐 준 명상법을 떠올리려 애썼다. 내 머릿속에서 그녀의 혀 짧은 발음이 둥둥 떠다녔다. '고요한 연못을 가로질러 흐르는 잔물결을 상상하세요. 그리고 그 흐름을 따라 숨을 쉬세요. 모든 게 안전합니다. 아무도 다시는 당신

을 해칠 수 없어요….'

공황이 사라지고 심장 박동이 느려졌다. 이제 이상적인 룸메이트가 되는 데 집중할 시간이었다.

나도 내가 변변치 못한 사람이라는 걸 잘 알고 있다. 사교성이 없고, 신경질적인 데다 겁도 많았다. 게다가 함께 사는 사람들과 어울리며 지내는 일 따위에도 관심이 없었다.

하지만 그런 척할 수 있었다. 그런 짓은 잘했다.

물론 살 곳을 찾겠다고 무조건 그들이 원하는 대로 행동할 필요는 없겠지만, 그게 런던 생활의 실상이었다. 힘닿는 데까지 노력해 보고 실패하더라도, 피에로 인형과 미신으로 가득한 엄마 집으로 돌아가기는 싫었다.

나는 곱슬머리를 차분하게 쓸어 넘기며 오른쪽으로 돌아섰다. 태너스워크는 자갈이 깔린 길이었고, 구글 지도에서 보는 것보다 훨씬 폭이 좁아 차 한 대가 겨우 지나갈 정도였다. 길 한편에는 테라스가 있는 집과 재즈 카페가 즐비했지만, 맞은편 벽돌 창고 때문에 모두 왜소해 보였다.

염색 공장.

이메일에서 주소를 봤을 때 웃음이 절로 터져 나왔다. 너무 가식적이고 평범했다. 하지만 초저녁 햇살에 눈부시게 빛나는 붉은 벽돌로 된 건물 자체는 웅장하고 멋졌다. 검은 금속 테두리를 두른 창문은 어마어마한 크기였고, 한때는 창고에 들어갈 물건을 끌어 올렸을 특이한 기중기가 교수대처럼 목재 플랫폼을 매달고 벽에서 툭 튀어나와 있었다.

처음엔 광고에 실린 사진들이 너무 멋져서 믿기지 않았지만, 직접 마주하니 더욱 근사했다.

태너스워크는 역시 조용했다. 버몬지 거리를 어지럽히는 시끄러운 술꾼들이나 으르렁대는 전자 담배 골초들과 꽤 멀리 떨어져 있었으니.

나는 매일 저녁 학교에서 이 집으로 돌아오는 내 모습을 상상해 봤다. 50분가량 걸으면 충분히 도착할 것 같았다. 앨과 함께 지낸 하이게이트는 출퇴근하는 데만 1시간 15분이 걸렸고, 그에게 차인 뒤 교외에 사는 친구네 집 소파 침대에서 지낸 이후로는 출퇴근 시간이 평소보다 두 배나 더 걸렸다.

'어떻게든 이 집을 잡아야 해.'

거무칙칙하고 진한 빨강을 칠한 높은 문을 향해 걸어갔다. 현관에는 글씨를 새긴 놋쇠 명판이 걸려 있었다. '염색 공장은 빅토리아 시대부터 이곳에 자리 잡았던 가죽 태닝 · 염색 회사의 이름을 땄습니다.'

명판 옆에는 현관 인터폰을 누른 뒤 엘리베이터를 타고 꼭대기 층으로 오라는 쪽지가 붙어 있었다.

나는 버튼을 누르기 전에 잠시 마음을 가다듬었다.

어디선가 돌연 웃음소리가 터져 나왔다. 카랑카랑하면서도 거의 발작 수준이었다. 아이들 웃음소리인가?

소리의 정체가 궁금해 거리를 한번 쓱 훑었다.

놀이터도 보이지 않았고, 맞은편 카페도 문이 닫혀 있었다.

나는 고개를 절레절레 저었지만, 쩌렁쩌렁하면서도 귀에 익은 듯한 웃음소리가 계속 들려왔다. 마치 아이의 울음을 외면하지 못하는 초보 엄마가 된 것처럼 느껴졌다. 아이슬란드 사람들이 흰 눈을 백 가지 단어로 표현한다면, 나는 아이들 한 무리가 내는 소리를 그만큼 아니, 수도 없이 표현할 수 있었다. 월요일 아침마다 칭얼대는 볼멘소리부터 화창한 오후가 되면 집에 갈 시간만 세며 두두두두 발을 구르는 소리까지.

이제는 떠들썩하고 윙윙대는 소리가 났다. 온종일 티격태격하던 말싸움이 큰 싸움으로 번지는 소리처럼.

'위에서 들리는 소리야.'

고개를 들어 보니 그제야 알 수 있었다.

4층짜리 염색 공장의 옥상에는 테라스가 있었고, 조금 전 소음은 아이들이 아니라 몹시 들뜬 어른들의 목소리였다. 무슨 경쟁이라도 하는 것 같았다. 여기서 이기려면, 나도 저 사람들과 어울리며 괜히 시시덕거리고 꽤 잘 노는 척 행동해야 하겠지. 나는 두 눈을 감고 머릿속에 템스강의 물결을 그리며 마음을 가라앉혔다.

그 순간 빠르게 돌아가는 바퀴 소리가 들렸다. 눈을 떠 보니 검은 후드 티를 입은 남자가 좁은 포장도로에서 자전거를 타고 날 향해 질주해 오고 있었다.

'너무 빠르잖아.'

남자는 내게 곧장 달려왔다.

내 몸은 그대로 얼어붙었고, 호흡은 폐를 통제할 수 없을 만큼 거칠어졌다.

'정신 차려, 임미. 여기서 죽을 순 없어. 행동 개시!'

나는 직접 꿰맨 옷 주머니로 손을 뻗었고, 작은 사냥용 칼의 나무 손잡이를 감아쥐었다.

남자가 내 앞으로 덤벼들기 직전, 나는 몸을 비틀었다. 하지만 자갈 사이에 내 비싼 신발의 한쪽 발뒤꿈치가 걸리는 바람에 넘어지고 말았고, 발목이 아래로 꺾이면서 들고 있던 가방 두 개와 주머니 속 칼이 돌 위로 나뒹굴었다.

"젠장!"

자전거가 코앞에서 멈췄고 나는 칼을 먼저 집어 들었다. 그다음 핸드백을 잡았다. 남자는 6학년 연습장 외에는 아무것도 들어 있지 않은 보조 가방 앞에 서 있었다.

"저리 가!" 소리를 질렀다. "날 해치지 말라고!"

나는 한 대 얻어맞을 각오였다. 하지만 남자는 내 물건에 손도 대지 않은 채 후드 티를 아래로 당기며 얼굴을 드러냈다. 도둑질하러 온 십 대가 아니라 내 또래의 남자였다. 게다가 미남이었다. 이드리스 엘바(영국 출신의 영화배우-옮긴이)의 젊은 시절처럼.

"해칠 생각 없어!" 그의 목소리는 나만큼 겁먹은 것처럼 들렸다.

땅바닥에서 일어난 나는 신경을 곤두세웠다. 내 몸은 여전히 싸우거나 달아날 준비를 하고 있었다.

"인도는 보행자를 위한 곳이야." 내가 말했다.

그가 어깨를 으쓱했다. "내가 널 친 게 아니라 네가 그냥 넘어진 거야."

"그쪽이 너무 빨리 달렸잖아. CCTV가 있다면, 방금 당신 짓은 벌금을 내야 할 거야."

그는 내가 진짜 이깟 일로 경찰에 신고할 거라 생각했는지 놀란 표정을 지었다. "미안하다고 했잖아."

그리고는 나를 외면하더니 자전거를 들어 올리며 염색 공장의 현관 인터폰 버튼을 눌렀다. 상대의 목소리가 들리자, 그가 말했다.

"안녕, 난 덱스라고 해. 덱스 셰퍼드. 여기서 면접 보는 거 맞지?"

나는 움찔했다. 그도 방을 구하러 이곳에 왔다. 게다가 완벽한 후보였다. 잘생기고, 운동을 좋아하는 남자. 이름은 좀 바보 같지만.

내 반응이 참 우스꽝스러워 보였다. 내가 칼을 집어 들기 전에 그가 먼저 내 칼을 봤으면 어쩌지? 3인치짜리 칼날은 법적인 문제가 없을 정도로 짧았다. 그래서 그 칼을 샀었다. 어쨌거나 다른 사람들은 모르길 바랐다.

자물쇠가 윙윙 소리를 내자, 그는 단 두 손가락으로 그 멋진 자전거를 문지방 위로 번쩍 들더니 공장 문을 밀어냈다. 티타늄 자전거. 앨도 거금을 들여 샀지만, 아까워서 한 번도 타지 않았던 엄청 비싼 자전거였다.

나도 건물 안으로 발을 내디뎠다.

그가 휙 돌아보더니 경계심 가득한 눈빛으로 입을 열었다. "아, 너도 나랑 같은 이유로 여기 온 모양이지?"

"맞아." 내가 말했다.

그리고는 이렇게 생각했다. '여긴 나한테 더 필요한 곳이야.'

2

임미

우리가 안으로 들어서자 문이 스르륵 닫히며 전자자물쇠가 딸깍 맞물렸다. 염색 공장이 우리를 가둔 걸까. 나는 왠지 이 낯선 곳의 탈출구를 알아내야 마음이 놓일 것 같았다.

로비는 깜깜했다. 그가 스위치를 켜자 빛이 쏟아져 순간 너무 눈이 부셨다. 낡은 약병으로 만든 붙박이 조명등이 가득했고, 약병마다 '황산', '수산화칼슘'이라는 라벨이 붙어 있었다.

우리 앞에 넓은 벽돌 계단과 납작한 철제 덧문이 달린 빅토리아풍 승강기가 있었다. 마룻바닥은 인스타그램에 올려도 될 만큼 아주 예술적으로 문지른 흠집이 여기저기 패어 있었다. 그 옆으로 '작업'이라는 글자를 새긴 두툼한 나무 문도 있었다.

"가짜 광고는 아니겠지? 정말 죽이는데."

죽인다고? 내가 가르치는 가장 별난 학생들조차 쓰지 않는 말이었다. 그는 몹시 신이 난 것 같았다. 그래서인지 그가 살짝 마음에 들었다.

물론 그가 이기도록 놔둘 만큼은 아니다.

"그래, 이런 게 최신 유행이지." 나는 마치 밀레니엄 시대에 걸맞은 완벽한 룸메이트라는 듯 으스대며 말했다. 그리고는 승강기 버튼을 눌렀다. 승강기 옆에는 낡은 철제 우편함이 있었고, 내가 결코 가 보지 못할 도시들의 이름이 적혀 있었다.

부에노스아이레스,

리마,

교토,

발리,

바르샤바,

파리,

마라케시,

뉴델리.

우편함마다 초밥집 광고지가 들어 있었지만, 교토와 마라케시는 텅 비어 있었다.

"저 두 방을 차지할 룸메이트를 뽑는 게 분명해." 그가 난간에다가 자전거를 잠그며 말했다.

"둘이라고? 나한테는 그런 말 없었는데." 관리자 한나에게 받은 이메일은 스페어룸 닷컴에 나온 기존의 수다스러운 광고와 달리 무뚝뚝하고 간략했다.

우리는 함께 승강기에 발을 들여놓았다. 교도소 창살처럼 생긴 덧문을 가로로 쭉 당겨야 움직이는 승강기였다. 안에는 '작업', '영양', '안식', '놀이'라고 표시된 에나멜 버튼 네 개가 있었다. 그는 맨 위에 있는 '놀이' 버튼을 눌렀다.

나는 위로 올라가는 동안 철창 사이로 조금씩 보이는 건물 내부를 슬쩍슬쩍 살폈다. 우선, 우리 발아래에 있는 유리 천장을 통해 작업층 문 뒤에 놓인 책꽂이, 독서 의자, 입식 책상, 난생처음 보는 화상 회의용 대형 스크린이 보였다.

그다음 순서인 영양층에는 요리 쇼에서 볼 만한 전문가용 주방이 있었다.

안식층에는 빈백, 요가 매트, 부드러운 조명이 놓여 있었다.

“스튜디오는 저 문들 뒤에 있나 봐.” 덱스가 건물 앞쪽을 가리키며 말했다.

“스튜디오?” 나는 그 단어가 의아해서 계속 되풀이했다. 여기서 무슨 촬영이라도 하나? 그 순간 스튜디오가 곧 방이라는 사실이 떠올랐다. 룸메이트 모집 광고에서는 아담하지만 모든 것을 잘 갖춘 욕실 딸린 방이라고 설명했었다. ‘우리는 여러분이 룸메이트를 사랑하길 바랍니다.’ 지원서 꾸러미에 그렇게 적혀 있었다. ‘각 방에는 개별 욕실이 있습니다.’

승강기가 놀이층에서 멈췄다. 시끌벅적한 파티 소음이 아까보다 더 크게 들렸지만, 덧문을 밀었을 때 우리를 기다리는 사람은 한 명뿐이었다.

“안녕, 난 루카스야.” 루카스가 쇼맨처럼 양팔을 뻗으며 말했다. “염색 공장에 온 걸 환영해.”

위험한 사람일까? 의심스러울 땐 항상 최악의 경우를 생각해야 한다.

내 나이 또래로 보이는 루카스는 나보다 조금 큰 키, 늘어진 갈색 머리에, 눈가가 주름져 있고 눈매가 날카로웠다. 아마 우리가 도착하기 바로 전에 우스갯소리를 하며 웃고 있었나 보다. 그는 맞춤복 정장 바지에 연한 청색 셔츠를 입었다. 가슴 쪽 주머니에는 붉은 장미 한 송이가 꽂혀 있었다.

승강기에서 내린 덱스가 루카스를 향해 손을 뻗었다. "이봐, 난 덱스야."

루카스는 마치 방사능 물질이라도 되는 것처럼 덱스의 손을 떨어뜨리더니 고개를 돌려 나를 마주 봤다. "그런데 넌 누구지?"

"난 임미 서튼이야." 내가 말했다. 루카스와의 악수는 예상보다 길었다. 그는 내 손을 놓지 않았다.

"만나서 반가워." 루카스는 윙크하며 말했다. "빈방은 두 개인데 삼백 명이 넘게 지원했어. 너희 둘은 최종 열두 명 안에 들었으니까 보나 마나 꽤 특별한 후보겠네?"

열두 명. 경쟁률이 6대 1이라니.

"어떻게 하면 우리가 뽑힐 수 있을까? 뭐 힌트 같은 건 없어?" 덱스가 물었다.

루카스가 어깨를 으쓱했다. "그냥 하던 대로 해. 여기 살면 얼마나 행복해질지 상상해 보고. 여긴 아무나 들어올 수 있는 곳이 아니거든."

"여길 대체 누가 싫어하겠어? 힙스터들의 꿈이잖아." 덱스가 말했다.

놀이층은 정말 근사했다. 우리 위쪽에는 이중 높이의 아치형 천장이 있었고, 오른쪽에 있는 사다리는 참나무 서까래에 매달린 복층과 연결되어 있었다. 아니나 다를까. 루카스의 어깨너머로 탁상 축구 게임기와 다양한 장치가 달린 아케이드만 한 스크린도 설치되어 있었다. 라스베이거스풍 조명만 봐도 딱 '놀이층'이었다. 중앙 기둥에는 수많은 약병으로 꾸민 샹들리에가 걸려 있었다.

"몇 군데는 예전부터 있었는데, 이 공간은 2010년에 개조한 거야." 루카스가 말했다. "그래도 공장풍 인테리어가 건물 역사에 잘 어울리잖아. 조명등은 동물 가죽을 태우거나 염색할 때 사용했던 약병을 재활용해 만든 거야."

"그러면 방은?" 내가 물었다.

"스튜디오." 루카스가 내 말을 정정하더니 오른쪽 문들을 가리켰다. 부에노스아이레스, 리마, 교토라고 적혀 있었다. "교토는 누구든 탐날걸. 정말 좋거든. 하지만 옥상 테라스 쪽으로 창문이 나 있어서 파티할 때 좀 시끄러울 수 있어. 또 다른 스튜디오는 영양층에 있는 마라케시야. 나중에 답사 시간이 있을 거야. 일단 밖으로 나가자. 여기 사는 애들 소개해 줄게."

루카스가 우리를 테라스로 안내했다. 테라스 입구 쪽에서 보이는 어떤 여자의 몸매가 너무 호리호리해 처음에는 불빛에 속은 줄 알았다. 잠시 후 테라스로 들어서는 그녀를 보자마자 나는 깜짝 놀라 뒤돌아 도망가고 싶을 만큼 두려웠다.

내가 저 여자를 어디서 봤더라?

"카밀, 손님들에게 인사해." 루카스가 그녀를 불렀다. 여자가 방을 가로지르자 그녀의 헐렁한 리넨 드레스가 그림자처럼 뒤따르며 나풀거렸다. 그녀의 맨어깨 위로 새까만 머리카락이 부드럽게 스치며 찰랑였다.

러시아 인형들이 쾌활하게 웃고 있는 내 맞춤복이 참 얄궂게 느껴졌다. 덩달아 그녀 옆에 서 있는 내 꼴도 우스꽝스러웠다.

"카밀, 이쪽은…." 루카스는 벌써 우리 이름을 잊어버린 모양이었다.

"덱스라고 해." 내 경쟁자가 손을 내밀어 카밀과 악수하려 했지만, 그녀는 기다란 손가락을 덱스의 손목에 가볍게 스치고는 뒤돌아 나가 버렸다. 덱스는 아무 말 없이 카밀을 따라 밖으로 나갔다.

루카스와 나, 둘만 남았다. "여기서 한잔할래? 테라스엔 마실 게 많거든." 나는 루카스를 따라 바로 향했다. 침대차와 구리 배관으로 만든 바에는 박하와 지치 나무가 천장을 향해 무럭무럭 자라고 있었다. "내가 주류업계에서 일하거든. 네 머리로는 상상조차 할 수 없을 만큼 수많은 종류의 진이 여기 있지."

나는 셰익스피어의 명언을 빗댄 루카스의 말에 미소가 절로 나왔다. 어쩌면 나를 시험하고 있는지도 몰라.

"햄릿을 버티게 할 진이 있었다면 그가 더 즐겁게 살았을 텐데." 내가 말했다.

루카스가 웃음을 터뜨렸다. 짧고 특이한 웃음소리가 높은 천장에 부딪히며 울려 퍼졌다. "골라 봐. 물론 고든스 진이 최고지만."

"그걸로 할게." 나는 루카스가 둥근 브랜디 잔에 커다란 얼음 두 덩이를 떨어뜨린 뒤 초록색 병에 든 술을 따르는 모습을 지켜봤다. 그도 나를 계속 쳐다보고 있었다. 나는 손을 어떻게 해야 할지 망설였다.

"더 넣을까?"

내가 웃자 루카스는 술을 더 부었다.

"룸메이트를 뽑는 방법이 좀 우습지?" 그는 그릇에서 라임 한 개를 꺼내 적어도 내 것만큼 날카로운 칼로 흠잡을 데 없이 껍질을 벗겼다. "하지만 우리는 단순히 집을 나눠 쓸 사람을 찾는 게 아니야. 여긴 그야말로 공동체거든. 잘못 뽑은 룸메이트 때문에 공동체가 망가지게 둘 순 없으니까." 그가 말했다.

"누가 딱 맞는 사람인지 어떻게 알 수 있어?"

"음, 옛날에 몇 번 실수했지. 덕분에 교훈을 얻었어. 그리고 버니스가… 참, 너도 곧 그녀를 만나게 될 거야. 처음부터 여기 살았던 터줏대감인데 아주 직관적인 친구야."

루카스가 내게 음료수를 건넸다. 얼음 꼭대기에 놓인 라임 조각이 완벽한 나선을 그렸다.

"난 단지 월세를 아껴 보려고 여기 온 거야." 내가 말했다. "학교 선생이거든."

그는 호기심 어린 눈빛으로 날 바라보더니 자기 잔에 넘칠 듯 진을 채우고는 토닉 한 방울을 떨어뜨렸다. "이건 네 직업이 아니라 네가 누구인지에 관한 거야. 다른 지원자들도 모두 마찬가지고. 자, 건배."

진 한 모금이 목을 타고 내려가자 얼음과 불이 뒤섞인 듯 묘한 기분이 들었다. "내가 너무 예민하게 굴면 떨어지려나?"

"아니. 하지만 유머 감각이 있으면 더 도움이 되겠지?" 루카스는 고풍스러운 가죽 소파에 팔을 툭 걸쳤고, 나는 양손으로 술잔을 받쳐 들었다. "어떻게 보면 이 파티는 모두 지원자를 위한 거야. 마음껏 즐겨. 그리고 여기 사는 룸메이트들은 모두 빨간 장미를 꽂고 있어. 표를 얻으려면 누구에게 잘 보여야 하는지 알 수 있을 거야." 그는 셔츠 주머니에서 삐져나온 꽃을 툭툭 두드리며 말했다.

나는 한바탕 구역질이 나오려는 걸 억지로 삼켰다. "잘 보이면 된다고?"

루카스가 얼굴을 찡그렸다. "미안해, 그렇다고 나한테 그러라는 뜻은 아니었어. 너만의 매력을 어필하면 돼. 잘 보이는 게 아니라. 일단 술기운을 빌리면 좀 더 쉬울 테고."

"어떤 사람들은 매력 어필이 쉽겠지. 넌 매력이 철철 넘쳐흐르네." 내가 비꼬듯 말했다.

루카스는 또다시 낄낄거리며 웃었다. "매력적이기도 하고 천박하기도 하고 아슬아슬하지. 두 느낌의 경계가 모호하다는 건 나도 알고 있어. 어쨌든, 내 표는 얻었네. 난 여자들과 사는 게 훨씬 더 좋거든."

"아마 매력이 지나치면 천박해지겠지." 내가 말했다. 위험한 발언이었다. 하지만 그는 그냥 씩 웃었다.

"앗! 넌 바로 합격하겠는데. 이제 준비됐지?" 그가 날 호위하듯 정중하게 손을 내밀었다. 친근함의 표시일까? 아니면 계약 같은 걸까? '내가 널 도와주면, 넌 날 위해 뭘 해 줄래?'

내 심리 치료사가 안간힘을 쓰며 말한 적이 있었다. "모든 남자가 다 그런 건 아니에요."

루카스의 따뜻한 살갗이 술잔으로 차가워진 내 손바닥에 닿았다.

"마지막 두 가지 팁을 줄게, 임미. 난 네가 마음에 드니까. 첫째, 공장에서 보여 줄 어떤 재능이나 특기가 있으면 좋아. 난 칵테일을 만들어. 염색업자 중 한 명은 요가를 가르치고, 또 다른 친구는 IT 문제를 해결해 줘."

"염색업자?"

"우리끼리 쓰는 농담이야. 다들 스스로 염색업자라고 부르거든. 염색 공장에 사니까. 그래도 레지던트보단 낫지. 레지던트라고 하면 왠지 정신 병원에 있는 것 같잖아."

"알았어. 어떤 숨은 재능이 있는지 생각해 볼게. 그리고 또 다른 팁은?"

"면접 볼 때 사연을 하나 들려줘." 루카스가 내게 더 가까이 기댔다. 그의 입김에서 향나무 내음이 났다. "최고로 감동적인 TED 강연을 하면 돼. 가능한 한 아주 뻔뻔하게 살을 붙여서."

"사연?"

"아주 슬픈 어린 시절이나 전염병이 아닌 병에 맞서 용감하게 이겨 낸 투병기처럼 호기심을 자극하는 거 말이야. 그러면 널 고른 염색업자들이 왠지 뿌듯하겠지? 공장이 길 잃은 영혼을 품는 느낌이랄까."

"그렇군. 고마워."

나는 테라스로 발을 들이며 경쟁자와 맞설 채비를 했다. 모든 준비는 끝났다. 내가 합격할 수 있는 과장된 사연까지. 사실대로 말해봐야 아무짝에도 소용없을 것이다.

3

임미

꽤 북적였다. 스물다섯 명, 어쩌면 서른 명 정도의 사람들이 작은 테라스에 꽉 들어차 있었다.

한 지원자가 다른 지원자를 밀어내며 차례대로 연쇄 반응이 일어나면 지나갈 수 있다. 도미노가 낮은 벽을 향해 쓰러지며 길을 터 주는 것처럼….

"내가 우리 대장을 소개해 줄게." 루카스는 여전히 내 손을 잡은 채로 사람들 틈을 이리저리 헤치며 나아갔다. 어디선가 지중해 약초와 토마토 줄기 냄새가 났다. 쿵쾅거리는 드럼과 베이스 소리가 내 몸을 타고 들어와 요란하게 고동쳤다.

우리 앞에 덱스가 있었다. 그는 스키 점프대처럼 날렵한 콧대에 키가 큰 금발 여자와 이야기를 나누고 있었다. 아니나 다를까. 그녀는 화려한 장식이 달린 은색 상의에 장미꽃을 꽂고 있었다. 그녀의 환심을 사려 애쓰는 덱스의 얼굴에 조마조마한 긴장감이 감돌았다.

"…물론 사람들은 보험업이 따분한 일이라고 여기지만 장담컨대 내 동료들과 난 진탕 즐기면서 살아…."

누군가가 루카스를 끌어내자 그가 내 손을 놓아 버렸다. 난 혼자가 됐다. 늘 그렇듯 역시 혼자인 게 더 좋았다.

하지만 루카스의 말이 옳다는 건 알고 있다. 나는 인맥을 만들어야 했다. 빨간 장미꽃을 꽂은 사람들을 찾아봤다. 내가 감명을 줘야 할 사람들. 갑자기 사람들이 뿔뿔이 흩어졌고 그 순간 처음으로 스카이라인을 볼 수 있었다….

맨 먼저 샤드(유럽에서 가장 높은 건물-옮긴이)가 내 시선을 사로잡았다. 건물 안에서 빛나는 수백 개의 창문이 보랏빛 저녁과 어우러져 들쭉날쭉한 모자이크를 만들었다. 더 가까이에는 지금 이곳과 비슷한 창고들이 사각형으로 우리 주변을 빙 둘러쌌고, 겹겹이 보이는 지붕들은 마치 하늘로 올라가는 것처럼 보였다. 그중에서도 우리가 서 있는 곳이 가장 높았다.

나는 눈앞에 펼쳐진 이 파노라마를 머릿속에 제대로 담고 싶었다. 내가 뽑히지 않을 거라는 것쯤은 아니까. 하지만 뭐 이토록 비밀스러운 경치를 한 번이라도 봤다는 건, 크루 출신의 여자애가 전혀 기대하지 못한 대단한 경험이었다.

그러다 무심코 아래를 내려다봤다.

문득 그날 밤처럼 아래로 떨어질 것 같은 기분에 휩싸였다. 여전히 살아 있다는 놀라움, 그의 행위가 아직 끝나지 않았다는 두려움까지 겹쳐 세상이 빙빙 돌았던 그때.

"괜찮아?"

내 어깨에 손 하나가 내려앉았다. 손아귀의 힘은 부드러웠지만, 내가 원한다면 더 꽉 잡아 줄 것만 같았다. 옛 기억은 슬그머니 물러났다.

나는 뒤를 돌아봤다. 장미꽃을 단 남자의 손이었다. 일단 밝게 웃었다. 그는 단단하고 날씬한 체격의 동양인이었고, 고급스러운 하얀 폴로 셔츠에 플라스틱으로 만든 장미꽃을 달고 있었다.

'왠지 마음이 놓여.' 나는 처음 본 누군가에게 이런 느낌을 받은 적이 별로 없었다.

"괜찮아. 여기가 따뜻해서." 그리고 손을 내밀었다. 현기증 때문에 내 손이 축축하다는 걸 뒤늦게 깨달았다. "난 임미라고 해. 만나서 반가워."

그가 내 손을 잡기 전에 돌연 차가운 물 줄기가 내 뺨에 부딪혔고, 나는 깜짝 놀라 폴짝 뛰었다. 위를 올려다봤다. 하늘은 여전히 푸르고 구름 한 점 없었다.

또다시 튀는 물.

이제 그 물이 어디서 오는지 찾아내야 했다. 플라스틱 장미였다.

그가 낄낄 웃었다. "미안해. 지원자들의 유머 감각을 알아보려고 만든 내 작은 시험이야." 그리고는 주머니에서 작은 펌프를 꺼내 꽃에 내 손을 대고 눌렀다.

물 줄기 때문에 간지러웠다.

어이가 없어 그저 웃고 말았다. 인맥을 쌓는 아주 진지한 자리에서 벌어진 바보 같고 얼토당토않은 짓궂은 장난에, 나도 모르게 웃음이 툭 터져 나왔다.

"지금까지 몇 명한테 그랬어?"

"너한테만. 다른 사람들은 내게 쌀쌀맞더라고." 그의 말씨가 특이했지만, 어디 출신인지 알 수 없었다.

"이름부터 알려 줘야 하지 않아?"

"내 이름은 아줌이야. 다들 '아'를 빼고 줌이라 불러. 마치 슈퍼히

어로 영화에 등장하는 인물 같지?"

"줌, 염색 공장에 얼마나 살았어?"

"처음부터 줄곧. 지금까지 살아남은 생존자 세 명 중 한 명이야. 내가 꾀가 많거든. 물론 내 초능력도 한몫했고. 다른 사람들은 능력이 도태됐지."

"넌 지금도 진짜 영화 주인공처럼 말하는구나."

"그래. 물론 반은 농담이야." 줌이 웃었다.

줌은 보면 볼수록 잘생긴 남자였다. 긴 속눈썹 아래로 보이는 눈동자는 뜻밖에도 옅은 녹색이었다. 그리고 루카스처럼 거들먹대지 않았다. "임미, 내가 조언 좀 해도 될까?"

나는 고개를 끄덕였다. 루카스의 조언과 같을지 궁금했다.

"네 발이 널 여기로 데리고 왔을 때처럼 빨리 도망쳐. 서비튼이나 브로클리, 아니면 진짜 인간이 아직 살아 있는 곳에 지원해 봐."

줌이 또 농담을 하는 걸까. "특별히 나한테만 하는 조언이야? 아니면 모든 지원자에게 그렇게 말했어?"

"딱 봐도 다른 사람들은 반사회적 인격 장애자, 사이코패스야. 여기가 아주 잘 맞을걸. 하지만 넌 여기 살기에 너무 착해."

나는 내 칼과 그걸 들고 온 이유를 생각했다. "속지 마. 나도 다른 사람들처럼 뒤틀려 있어. 초등학교 선생이라는 가면을 쓰고 있을 뿐이지. 나 역시 그들처럼 살 곳이 필요하고."

줌이 어깨를 으쓱했다. "난 분명 경고했어. 하지만 네가 정말로 원한다면 내 표를 너에게 줄게." 그는 마치 거래를 성사시키듯 장미꽃에 남은 물을 찍 뿌렸다.

덱스와 대화를 나누던 콧대 높은 여자가 우리 사이에 끼어들었다. 그 틈을 가장 먼저 비집고 들어온 그녀의 커다란 가슴마저 일부러 겁을 주려고 만든 것 같았다.

"안녕, 난 베로니카야. 넌 누구지?"

나는 베로니카의 물음에 대답했지만, 그녀는 내 말을 귀담아듣지 않았다. 오히려 또 다른 사람을 대화에 끌어들였다. 큰 키를 자랑하는 그 남자는 둥근 안경에, 턱수염 그리고 올버즈 스니커즈까지 신은 전형적인 힙스터였다.

'위험한데.' 나는 바로 알아챌 수 있었다.

"줌, 홀든은 아까 봤지? 사업가래. 비건 아이스크림 회사를 창업했대."

이런. 누가 봐도 저 남자가 합격이군.

홀든이 싱긋 웃었다. "네가 날 선택하면 비건 아이스크림을 무제한으로 공급해 줄 수 있어."

줌이 날 쳐다보더니 눈을 찡긋했다. 그의 플라스틱 장미에서 물 한 줄기가 찍 나오더니 홀든의 눈을 정통으로 맞혔다. 홀든이 발을 동동 구르며 얼굴을 찡그렸다. 또다시 물 줄기가 툭 나오더니 이번엔 홀든의 수염 속으로 직행했다.

"아, 빌어먹을, 줌." 베로니카가 말했다. 그리고는 줌이 한 짓을 알아차렸는지 그의 옷을 더듬으며 가짜 장미를 잡아당겼다. "무시해, 홀든. 재 정신 연령이 다섯 살이거든."

"내 장미는 꺾지 않는 게 좋을 텐데." 줌이 말했다.

물 줄기의 출처를 깨달은 홀든은 인상을 쓰며 으르렁댔다.

"이봐. 이게 공장이 가진 문제야." 베로니카가 말했다. 그녀의 여유로운 상류층 말투는 시시한 잡담에도 굴하지 않았다. 나는 왠지 그녀가 자신이 거느리는 라크로스(하키와 비슷한 구기 종목-옮긴이)팀의 게으름뱅이들에게 이래라저래라 고함칠 것만 같았다. "숙소는 괜찮은데 룸메이트는 대부분 거슬린다니까. 사생활도 전혀 없고."

"베로니카, 다른 셰어하우스도 마찬가질걸?" 줌이 말했다.

"룸메이트가 바뀌는 속도만 봐도 문제가 보이잖아." 이제 베로니카의 목소리는 왠지 음모가 숨어 있다는 듯 들렸다. 그녀가 내게로 한 발짝 더 가까이 다가왔다. 도시의 땀 내음이 스며든 강렬한 향수 냄새가 코끝을 찔렀다. "체제 자체가 불쾌해. 가엾은 제이미와는 이렇게 단호한 거래를 하지 않았는데도…."

줌의 손이 베로니카의 등 뒤로 슬그머니 미끄러졌고, 그녀가 움찔거렸다. 나는 줌이 베로니카의 등을 콕 찔렀는지 아니면 꼬집었는지 알 수 없었지만, 그녀는 입을 다물었다.

"우리는 미래에 집중하기로 합의했잖아, 그렇지?" 줌이 베로니카에게 말했다.

베로니카가 씩씩거리며 말했다. "글쎄, 난 아무 합의도 안 한 것 같은데…."

홀든은 흥미로운 듯 관심을 보였다. "제이미가 누구야?"

"가장 최근에 이곳을 떠난 친구야." 줌이 설명했다. "그래서 베로니카의 기분이 별로 안 좋아. 또 베로니카는 제이미가 썼던 스튜디오로 옮겼으면 하는데, 그 층에 있는 누구도 그녀가 스튜디오를 옮기는 걸 원치 않아. 코를 심하게 골거든. 그게 다야." 줌이 베로니카를 빤히 쳐다봤다.

베로니카는 우리 중 누구와도 눈을 마주치지 않았다. "내가 경고하지 않았다고 말하지 마, 이지."

"내 이름은 임미야." 나는 베로니카가 왜 홀든이 아닌 내게 싫은 티를 팍팍 내는지 의아했다. 어쩌면 베로니카는 남자들과만 어울리고 싶어 하는 여자일지도 모른다.

베로니카가 어깨를 으쓱했다. "그래도 결국 이곳으로 이사 오게 된다면 다른 룸메이트와는 절대 엮이지 않도록 조심해. 괜히 껄끄러운 일이 생기면 모든 게 천배나 엉망이 되니까."

줌이 껄껄 웃었다. "그 말은 나도 동의해. 그리고 베로니카도 나도 다른 룸메이트와 체액을 교환한 적이 없어. 그래서 우리가 아직 여기에 있는 거지. 말짱하게."

"여기 사는 사람들은 모두 충고해 주는 걸 좋아하는 것 같아." 내가 말했다.

베로니카가 나를 힐끗 쳐다봤다. 지금 그녀의 표정은 나를 약간 경멸하는 듯 보였다.

"가장 중요한 팁을 놓쳤네. 이건 위원회와는 아무 상관도 없어. 루카스, 아니 내가 루체아스라고 부르는 그 자식은 맥박만 뛰면 세상 모든 것과 섹스할 게 뻔해. 심지어 그 맥박조차 선택 사항일걸. 단 몇 번이면 끝낼 테니. 카밀은 멍청하고 허영심이 강해. 버니스는 최악이고."

"어느 쪽이 그 여자야?"

베로니카가 웃었다. "버니스가 아직 너한테 자기소개를 안 했다면, 넌 시간을 낭비하고 있는 거야. 보나 마나 넌 그녀의 최종 명단에 없을걸."

"저 말은 무시해, 임미." 줌이 말했다. "아직 초저녁이잖아. 그래도 여왕벌에게 인사하고 싶겠지. 바로 저기 있어."

줌은 무리 지어 서 있는 사람들 여섯 명을 가리켰다. 모두 매력적이고 멋있었다. 그들은 마치 런던을 디지털 사업 시장으로 홍보하는 광고 사진을 위해 포즈를 취하는 모델들 같았다.

의심의 여지없이, 누가 버니스인지 한 번에 알아볼 수 있었다.

4

임미

내가 버니스를 알아챈 가장 큰 이유는 그녀가 다른 이들보다 훨씬 왜소하고 야위었는데도 모두의 관심을 끌고 있었기 때문이었다. 두 번째로 눈에 띈 건 그녀의 머리카락이었다. 마치 전기 충격을 받은 것처럼 두피에서 구릿빛 곱슬머리가 터져 나왔다.

버니스는 일부러 화려한 머리카락을 돋보이게 하는 옷을 입은 것 같았다. 하얀 리넨 셔츠와 무릎까지 오는 감색 반바지에 황갈색 슬립온을 신고 있었다. 한마디로 최신 유행과는 정반대였다. 버니스에게 내 소개를 하려니 살짝 민망했지만, 나는 마음을 다잡고 발걸음을 옮겼다. 가까이에서 본 버니스의 창백한 안색은 흠잡을 데가 없었다. 눈화장은 하지 않았지만, 선홍색 무광 립스틱만으로도 옹골차고 단호하게 느껴졌다.

나는 오로지 버니스에게만 시선을 꽂은 채 숨 막히게 몰려든 사람들 틈을 비집고 들어갔다.

"이 건물은 버몬지에서 처음으로 개발된 아파트 중 하나야. 하지만 건물을 재정비할 무렵 집주인들이 도시 공동체라는 좀 더 실험적인 작업을 하기로 했지…."

나는 아무 말도 하지 않았다. 하지만 내가 모습을 드러내자 버니스가 말을 멈추었다. 그녀는 생각보다 나이가 많아 보였다. 아마도 삼십 대 초반쯤? 버니스는 나를 위아래로 훑었다. 마치 남자들처럼. 물론 섹스를 염두에 둔 눈길은 아니었지만. 그보다는 잡아먹을 듯한 눈초리였다.

"안녕, 버니스. 난…."

"임미 서튼. 네가 누군지 알아. 아직 만나지 못한 사람은 너뿐이거든." 버니스는 라디오 아나운서처럼 또렷하고 자신감 넘치는 발음으로 말했다.

나는 버니스를 에워싼 시종들 사이에 장미꽃을 꽂은 이가 없다는 걸 바로 알아차렸다. 그들은 마지못해 내게 자기소개를 했고, 나 역시 그 이름들을 굳이 기억하고 싶지 않았다. 우리 중 누구라도 다시 만날 가능성은 희박하니까.

우리는 모두 버니스가 어떤 이야기를 이어갈지 기다렸다. 하지만 그녀는 손목시계를 힐끗 쳐다봤다. 남성용 빈티지 롤렉스 시계였다. 얇은 손목에 채우기에는 다소 무거워 보였다. "이제 면접을 진행할 시간이야."

버니스가 무리에서 벗어나자 그 자리에 남은 지원자들이 서로를 경계하며 두리번거렸다. 누가 가장 약한지 알아내려는 야생 동물처럼.

버니스와 카밀, 루카스가 함께 테라스 맨 끝으로 모였다. 그리고 작은 무대라도 되는 듯 낮은 벽 위로 올라섰다. 그들 뒤에는 철제 장벽이 있었다. 설령 그렇다고 해도 나는 그 자리에서 떨어지는 기분이 어떨지 계속 상상하고 있었다….

물론 내가 항상 이런 건 아니다. 나는 바깥세상, 작은 공간, 열린 공간, 의사, 다른 사람들은 물론 자신의 그림자까지 두려워하는 엄마와는 정반대로 살려고 의식적으로 노력해 왔다. 십 대 시절, 내 목표는 겁이 없고 이성적인 사람이 되는 것이었다.

그래서 나는 런던으로 떠나왔다. 하지만 런던은 날 다시 두렵게 만들었다.

"안녕하세요, 공장에 온 걸 환영합니다." 버니스가 말했다. 음악 소리마저 그녀의 노예라도 된 듯 잠잠해졌다. "우리도 공장에서 여러분을 맞이하게 되어 무척 기뻐요. 이곳은 정말 독특한 주거 공간이거든요…."

카밀과 루카스가 버니스의 말에 동의한다는 듯 활짝 웃었다. '위원회.' 베로니카가 경고한 이후, 나는 그들의 얼굴을 보며 숨겨진 사악함이 있는지 샅샅이 살폈지만, 겉보기에 그들은 다른 모든 사람들과 비슷해 보였다. 화려하고, 똑똑하고, 긍정적이었다.

"여러분에게 이 선발 과정이 쉽지 않다는 걸 잘 알고 있습니다. 하지만 공장의 삶은 모두에게 열려 있지 않아요. 그래서 우리는 심층 면접을 진행합니다. 그래야 여러분이 공장에 어울릴지 아닐지 제대로 파악할 수 있을 테니까요. 그냥 여러분답게 평소처럼 행동하면 잘될 겁니다."

나는 내 경쟁자들을 살펴봤다. 열렬한 몸짓과 변함없는 미소. 하지만 우리 중 누구도 '우리답게' 굴지 못할 것이다. 교외에 있는 칙칙한 방이 아니라 런던 1존의 궁전을 상금으로 준다면 헝거 게임 분위기가 나는 건 당연한 일이니까.

"면접을 시작하기 전에 한 가지 더 말씀드릴 게 있어요. 조건이 너무 좋은 나머지 사실일 리 없다고 걱정할지도 모르겠군요. 우리도 처음에는 그랬으니까요."

이곳의 룸메이트 광고를 처음 발견한 사람은 내 대학 동기 사라였다. 사라는 나를 치우려는 속셈이었다. 내가 사라와 그녀의 역겨운 남자 친구 맥이 동거하는 작은 아파트 소파에 얹혀살고 있으니까. 물론 사라조차도 공장에 대해 꺼림칙하게 생각할 정도였다. '일단 화장실에 몰래카메라가 없는지 확인해 봐. 전 세계 변태들한테 전송하고 있을지도 몰라.'

버니스가 웃었다. "여러분에게 약속하죠. 공장은 빅브라더가 아닙니다. 몰래 숨겨 둔 CCTV 같은 건 없어요. 이 건물의 주인들은 새로운 유형의 삶을 시험하고 싶었던 자선 사업가들입니다. 그런 삶의 방식이 런던에서도 잘 굴러가는지 확인하고 싶어 하죠. 이 공동체는 우리 세대를 괴롭히는 많은 문제, 즉 임대료뿐만 아니라 외로움과 불안 등을 극복하는 데 도움을 줄 거예요. 그게 바로 우리가 신중하게 룸메이트를 선발하려는 매우 중요한 이유 중 하나예요." 버니스가 다시 미소를 지었다. 나는 그녀를 믿고 싶었다.

"면접을 기다리는 동안 여길 한번 둘러보세요. 여러분을 안내할 사람이 누구인지는 대형 스크린으로 확인하시면 됩니다. 음료도, 음악도 마음껏 즐기시고요. 또 앞으로 어떤 일이 펼쳐질지 상상해 보세요."

한 여자 '손님'이 아부성 갈채를 보내자 다들 경쟁이라도 하듯 열렬하게 환호했다.

나는 사람들 무리에서 떨어져 나와 빛바랜 벽돌에 달린 가로세로 2미터짜리 터치스크린을 확인했다. 내 이름을 클릭하자 애슐리라는 이름이 나타났다. 그때 내 뒤에서 누군가가 서성였다.

"안녕, 난 애슐리야. 우리 조 맞지?" 들뜬 목소리 쪽으로 몸을 돌렸다. 애슐리는 내가 여기 와서 만난 룸메이트 중 가장 어렸다. 그녀의 얼굴은 달처럼 동그랗고 예뻤지만, 금발을 쭉 끌어당겨 촘촘하게 땋은 탓에 전혀 그렇게 보이지 않았다.

내 소개를 하자 애슐리는 몸을 앞으로 숙여 나를 안았다. 헐렁한 하렘 바지에 꼭 끼는 조끼를 입은 그녀의 따뜻한 몸에서 라벤더 오일 향이 풍겼다.

"선생님이지?" 애슐리는 부드러운 웨일스 사투리로 물었다. "난 과학 기술 분야에 심취한 여자애들에 관해 너와 좀 더 대화를 나누고 싶어. 생각만 해도 정말 놀랍거든."

여기 사는 모든 사람이 내 지원서를 읽었다는 사실에 놀라서는 안 된다. 내가 읽어도 좋다는 상자에 체크 표시를 했으니까. 그렇다고 해도 애슐리가 내 직업을 말하는 순간 충격을 받긴 했다. "분명히 말하면, 그건 내 열정이기도 해서…."

나머지 후보들도 금세 애슐리 주변으로 모여들었고, 그녀는 이미 자신의 조에 속한 각 지원자에 대한 정보를 떠올리려 애쓰고 있었다. 비건 아이스크림을 파는 홀든도 있었고, 앱 개발자, 팝업 레스토랑 사업가도 있었다. 마침내 덱스 차례로 훽 넘어갔다.

"안녕, 덱스. 다큐멘터리와 패션 사진작가 맞지? 그렇게 보이진 않지만." 애슐리는 빈정거리지 않고 말했지만, 덱스는 살짝 민망해하는 것 같았다.

"변장이라도 해야겠네." 덱스가 말했다.

"자, 다들 공장이 뭘 제공하는지 볼 준비됐지? 그럼 어서 가자."

5

임미

사다리를 타고 올라간 애슐리는 복층에 있는 라운지부터 소개했다. 이곳에 있는 멋진 소파는 내가 지난 64일 밤 동안 잠을 청했던 암울한 이불과 다 터진 소파 침대보다 백배 더 편안했다.

"우리는 여기를 모퉁이라 불러." 애슐리가 말했다. "분위기가 편안해서 독서하기에 딱 좋아. 매달 몇몇 잡지를 선별해서 비치해 두기도 해. 나는 디자인이 예쁜 책이 좋더라."

우리는 다른 조를 피해 로비로 돌아갔다. "저 계단은 지하층으로 연결돼. 면접 장소." 애슐리가 계속 말을 이었다. "1층에는 집중 구역이 있어. HD 화상 회의도 할 수 있고, 입식 책상과 좌식 책상도 있고, 안마 의자도 아주 많아. 아이디어를 주고받기에 좋은 곳이야. 공장에서는 상호 교류를 적극적으로 권장하거든."

애슐리는 마치 살아 있는 생명체처럼 공장을 설명했다. 나는 덱스를 흘끗 바라봤다. 그는 공장에서 나가고 싶은 마음이 간절한지 출입문만 바라보고 있었다.

좋았어. 덱스가 떠나면 내 성공 확률이 높아지니까. 앨이 자기 집에서 날 내보낸 뒤 일이 제대로 풀린 적이 없었다. 난 공장이 필요했다. 그리고 이 공간을 누릴 자격이 있었다.

다음은 주방과 식당이 있는 영양층이었다. "여기에서는 공동 냉장고의 음식을 도둑맞는 일이 더는 없을 거야." 애슐리가 반짝이는 스테인리스 스틸 냉장고를 가리키며 말했다. "휴대 전화 앱으로 개별 저장고를 작동할 수 있거든. 또 무료로 제공되는 음식도 많아. 일반 유제품이나 식물성 우유, 유기농 과일 그리고 누구나 먹을 수 있는 채소 상자도 있어. 가운데 물은 정수야. 물론 일회용 플라스틱은 쓰지 않아. 참, 이 아이는 내가 아끼는 거야."

애슐리는 공사판 느낌이 물씬 나는 금속 선반을 가볍게 두드렸다. 그 위에는 분홍색과 주황색이 섞인 충격적인 빛깔의 피클이 가득 찬 항아리와 단지가 잔뜩 놓여 있었다.

"여기는 내 발효 식품 동물원." 애슐리가 설명했다. "나는 공장 식구들의 복지와 지원 프로그램을 운영하며 돈도 조금 받고 있어. 그 김에 음식물 쓰레기를 줄이면서 인체 내 미생물에 도움되는 신선한 음식을 만들기 시작했고. 그럼 걱정거리가 줄어드니까…."

내 걱정거리를 없애려면 피클 이상의 무엇이 필요할 것 같았다. 나는 애슐리의 말에 집중하려 애썼다. 그나저나 내가 면접에서 돋보이려면 어떤 말을 해야 할까?

"그거 김치야?" 홀든이 물었다. "내가 진짜 김치 때문에 살거든."

애슐리가 활짝 웃었다. "그래? 내 요리법은 채식 위주야. 젓갈은 넣지 않거든…." 그러다 그녀는 홀든을 제외한 사람들이 이 얘길 시큰둥해한다는 걸 알아챘는지 서둘러 말을 바꿨다. "좋아. 이번에는 마라케시를 보여 줄게."

애슐리가 오른쪽에 있는 문을 향해 걸어갔다. "각 스튜디오의 이름은 UN 기후 변화 회의가 열린 도시명을 땄어." 그리고는 거대한 참나무 문에 설치된 호텔식 잠금장치에 스마트폰을 댔다. 나는 애슐리의 손목에서 별과 행성을 사슬처럼 엮은 섬세한 문신을 발견했다. "이 앱은 암호화되어 있어."

"다른 사람은 못 들어가?" 덱스가 물었다. 나는 그녀의 대답을 들으려고 몸을 앞으로 숙였다.

"보안상의 이유로 접근 실패도 기록에 남아. 개인 스튜디오에 들어갈 수 있는 다른 사람은 공장의 가사 도우미 한나뿐이야."

윙윙거리는 소리가 나자 애슐리가 문을 연 뒤 우리가 안으로 들어갈 수 있도록 뒤로 물러섰다.

가장 먼저 눈에 띈 건 천장 높이였다. 뭐, 내 경쟁자들이 우르르 들어가는 바람에 다른 건 볼 수도 없었지만. 천장 중앙에는 거대한 나무 기둥과 묵직한 철제 대들보가 십자가 모양을 이루고 있었다.

"나도 잠깐 들어가도 될까?"

경쟁자들이 마지못해 길을 터 주었다. 작은 방이었지만, 잘 꾸며져 있었다. 하얀색 리넨이 덮인 킹사이즈 침대, 옷장, 구리 파이프 받침대가 달린 사다리 선반 등이 있었고, 약병으로 만든 조명도 많이 달려 있었다. 부티크 호텔처럼 깜찍하고 독특한 데다 거부할 수 없는 익명성을 띠었다. 나는 이미 망가질 대로 망가졌지만, 아무도 모르는 이곳에서 다시 시작하는 내 모습을 상상하니 왠지 짜릿했다.

벌써 9주나 흘렀다. 그런데도 앨의 집에서 나오며 겪었던 굴욕은 여전히 내 마음을 아프게 했다. 내가 소지품을 가지러 다시 찾아갔을 때, 그는 멀찍이 떨어져 있었다. 나 혼자 옷으로 가득 찬 비닐 봉투를 들고 낑낑대며 돌계단을 내려갈 때, 매력적인 중년 여자들이 서리로 뒤덮인 유리창 틈새로 날 훔쳐보고 있다는 걸 알았다.

그 와중에 봉투 하나가 찢어졌다. 내 속옷과 탐폰 한 상자가 집 앞 통로의 흑백 타일 위로 쏟아져 나왔다. 택시 기사는 날 돕지 않았지만, 적어도 선글라스 덕분에 울고 있는 내 모습을 들키지는 않았다.

“수압은 어때?” 우리가 번갈아 가며 작은 욕실을 점검하는 동안 홀든이 애슐리에게 물었다. 욕실에는 구리 수반과 철제 쓰레기통 뚜껑만 한 샤워기가 달려 있었고, 정육점에서 볼 법한 큼직한 갈고리에는 깨끗한 목욕 수건이 걸려 있었다. 월세에는 수건과 리넨 시트 교체비가 모두 포함되어 있다고 했다.

“스모 선수에게 쩔쩔매는 기분일걸. 여기 살았던 키라는 호주로 돌아가면서 우리 모두를 그리워하는 만큼 샤워기가 그리울 거라고 했어!”

“다른 방은 언제 볼 수 있어?” 덱스가 물었다.

애슐리가 처음으로 얼굴을 찡그렸다. “아쉽게도 그 방은 바닥을 새로 깔아서 오늘은 걸어 다닐 수 없어. 미안해. 하지만 마라케시만큼 좋아. 홀든, 이제 네 면접 시간이야. 내가 감히 버니스의 일정을 망칠 순 없거든.”

홀든은 애슐리를 향해 깍듯하게 인사했고, 그녀는 미소로 화답했다. 내 생각에 홀든이 채식주의자라는 점이 애슐리의 지지를 얻은 것 같았다. 나머지 조원들은 애슐리를 따라 고치처럼 생긴 안식층을 향해 한 층 더 올라갔다. 애슐리는 그곳에서 요가 수업을 한다고 설명했다.

“…여름에는 테라스에서 명상 시간을 가져. 또 우리는 새 룸메이트가 기존 룸메이트와 잘 어울릴 수 있도록 단짝 제도를 운영해. 걱정거리가 생기면 언제든 대화로 해결할 수 있지."

팝업 레스토랑 사업가라는 남자가 얼굴을 찡그렸다. "그건 좀 거추장스러운데. 꼭 그래야 해?"

순간 애슐리의 얼굴에 짜증이 확 밀려오는 게 보였다. 그러다 다시 세상 친절한 표정을 지었다. "그건… 그냥 권유하는 거야. 하지만 룸메이트가 걱정할지도 모르니까 익명으로 보호하고 있어."

좀 과한데. 혹시…. "여기서 무슨 정신 건강에 문제되는 일이라도 있었어?" 내가 물었다.

애슐리는 얼굴을 붉히면서도 고개를 저었다. "도시 생활은 누구나 힘들잖아? 우리는 더 나은 공동체를 위해 방법을 찾아야 하고. 이제 마지막 투어 장소를 위해 말을 좀 아낄게."

애슐리는 체육관 뒤쪽 작은 통제 공간으로 우리를 안내했다. 짚과 소변 냄새가 나는 어두운 곳이었다.

"이 둘은 우리의 마지막 룸메이트야. 에드워드와 벨라. 한 번에 한 명씩만 인사하면 좋겠어." 입술에 손가락을 대며 소곤거렸다. 애슐리가 거대한 금속 우리를 보여 주려고 면으로 된 천을 들어 올릴 때, 어찌 된 일인지 내가 맨 앞에 서 있었다.

동그랗고 까만 눈 두 쌍이 나를 빤히 쳐다봤다.

"반려동물을 키우면 건강에도 좋다고 하잖아. 우리는 이 둘을 구조했고, 이름도 투표로 결정했어. 그 토끼는 에드워드야. 송곳니가 있는데, 당연한 거 아니겠어? 이 기니피그의 이름은 벨라야. 둘이 잘 어울리지 못할 거라 짐작하겠지만, 실제로는 소울 메이트야."

에드워드는 부활절에 등장하는 페이스북 GIF 파일처럼 금빛 머리가 축 늘어져 있었고, 벨라는 싸움꾼처럼 보였다. 잠시 후, 둘은 종종걸음을 치며 우리 뒤쪽으로 사라졌다.

"누가 돌봐?"

"다들 번갈아 가며." 그러더니 애슐리가 한숨을 쉬었다. "솔직히 말하면 대부분 나야."

"내가 도울게. 나도 동물 좋아하거든." 나는 그렇게 내뱉었지만, 사실 약간 과장된 말이었다. 엄마는 내가 동물을 키우고 싶다고 해도 절대 허락하지 않으셨다. 심지어 막대 벌레조차도. 그래도 이곳에 들어올 수만 있다면 두 동물을 돌보겠다는 약속은 꼭 지킬 것이다. 털북숭이 친구 두 마리에게 먹이를 챙겨 주고 그들의 오물을 치우는 일은 유토피아 입성을 위한 작은 대가에 불과할 테니까.

6

임미

내가 위원회를 만날 차례였다.
승강기가 지하실까지 내려가지 않아 딱 봐도 위험해 보이는 낡은 계단으로 조심스레 발을 디뎠다. 계단은 이미 허물어지고 있었다. 천장은 낮았고, 회반죽을 바른 벽에는 눅눅한 습기가 스며들어 장미 모양의 곰팡이가 피었다. 그래서일까. 코를 찌르는 악취가 진동했다.

바로 앞에는 합판 문이 달린 콘크리트 벽이 있었고, 그 틈새로 기다란 형광등이 드리운 그림자 속에서 돌 또는 콘크리트로 만든 통로가 보였다. 통로 대여섯 개가 마치 농가에 있는 여물통처럼 길게 줄지어 서 있었다.

여기서 무슨 일이 일어났는지 궁금했다. 루카스는 동물의 가죽을 염색할 때 독을 사용한다고 말했다. 그리고 고기와 가죽이 어디서 왔는지 알 만했다. 나는 비위에 강한 편이었다. 하지만 동물들이 바로 앞에서 희생되는 동료의 고통을 들으며 죽음을 기다리고 있었다고는 생각하기 싫었다.

정신 차려, 이모젠. 마리 퀴리, 로잘린드 프랭클린, 에이다 러브레이스를 생각해. 머릿속에서 내가 가장 좋아하는 선생님의 엄격한 목소리가 우렁차게 울렸다. '여자는 강인해.'

나는 건물 잔해와 낡은 냉장고, 가전제품 더미를 지나 '사무실'이라고 표시된 문을 향해 걸어갔다. 우두둑거리는 나무 박판을 노크했더니 속이 텅 빈 듯한 소리가 났다.

루카스가 문을 열어 주었다. "어려운 자리에 온 걸 환영해."

플라스틱 의자 앞에 비디오카메라가 설치되어 있었다. 그는 내게 의자에 앉으라며 손짓했고, 세 면접관은 맞은편에 앉았다. 이러고 있으니 문득 테러범들이 보내는 희생자들의 동영상이 떠올랐다.

"면접 방식이 원래 이래." 버니스가 다짜고짜 입을 열었다. "네 지원서도 좋았고, 온라인 인성 검사 결과도 잘 나올 것 같더라. 하지만 이제 우린 진짜 너를 알고 싶어. 재밌는 질문 몇 가지만 할게. 다른 염색업자에게 보여 주기 위해 녹화한다는 점 이해해 주면 좋겠어. 모든 면접이 끝나면 우리끼리 투표할 예정이야. 물론 비밀 투표지. 결과는 내일 아침에 통보할 거야."

재밌는 질문이란 말이 무시무시하게 들렸지만, 나는 흥을 돋우는 방식일 거라는 바람으로 미소 지었다. "좋아."

카밀은 아직 한마디도 하지 않았다. 그녀의 얼굴은 차분했지만, 그 존재감이 날 불안하게 만들었다. 그녀를 어디선가 봤다는 느낌을 떨칠 수가 없었다.

"준비됐지?" 루카스가 말했다. 그가 카메라 위에 달린 불을 켜자, 더 이상 그들의 얼굴이 보이지 않았다.

"살아 있거나 죽은 사람 중에 누구와 저녁 식사를 하고 싶어?" 버니스가 클립보드에 꽂힌 질문지를 읽었다.

"에이다 러브레이스. 세계 최초의 컴퓨터 프로그래머인 여성 과학자야. 그녀가 내 마음을 죄다 앗아갔거든." 이렇게 쉬운 질문이라니. 옛날 선생님께 감사하다는 절을 하고 싶었다.

"진토닉 아니면 허브차?"

"오후 여섯 시 이후면 진토닉이지. 여기 와서 마셨던 진토닉 정말 맛있었어. 아침에는 허브차나 진한 커피를 마셔. 열 살짜리 아이들을 상대하려면 정신이 번쩍 드는 뭔가가 필요하거든."

"특기는?"

이 질문이 나올 줄 알았다. 루카스 덕분이었다. "난 옷을 직접 만들어 입어. 혹시 바지 기장을 줄이거나 단추 꿰맬 일이 있으면 나한테 맡겨도 돼. 난 바느질로 스트레스를 풀거든."

"룸메이트로서 너의 가장 짜증 나는 성격은 뭐야?"

'임미, 넌 빌어먹을 거짓말쟁이야.' 나와 헤어질 때 앨이 말했다. 그 말이 사실이라 더욱 가슴이 아팠다.

"난 너무 깔끔해." 내가 답했다. 물론 그건 거짓말이 아니었다. "좀 어수선한 가정에서 자랐거든. 그래서 모든 게 제자리에 있는 걸 좋아하게 됐어."

'재밌는' 질문이 계속됐고, 나는 가벼운 마음으로 대답하되, '진짜'처럼 보이게끔 노력했다.

"죽고 나면 뭘 남기고 가고 싶어? 유산이라고나 할까?"

이건 생각할 가치도 없었다. "내 일이 내 유산이야. 유치하게 들리겠지만, 나는 아이들에게 배경이나 집안이 미래를 좌우하지 않는다는 걸 보여 주고 싶어서 선생님이 됐어. 내게도 그런 깨달음을 준 선생님이 계셨기에 지금 그 빚을 갚고 있는 거야."

"많은 사람들이 다른 곳에선 찾을 수 없는 걸 보려고 공장에 왔어." 카밀이 속삭이듯 말했다. 다만 그녀의 말투는 내가 알아들을 수 없는 유럽 억양이 섞여 있었다. "너도 그 말에 공감해?"

루카스가 알려 준 이야기와 비슷한 답변을 할 기회였다. 그들이 가련한 이모젠을 선택하면서 스스로 흐뭇한 기분에 사로잡힐 만한 이야기를 해야 했다.

"응. 그래. 그랬어. 그게… 말하기는 좀 민망하지만 여기 있는 시간이 최근 몇 달보다 더 안전하다는 기분이 들었어. 어쩌면 몇 년일지도 모르겠네."

그 말은 적어도 사실이었다. 안전함, 질서, 미니멀리즘. 모두 내가 갈망해 온 이상이다. 하지만 내가 실제로 속사정을 밝힌다면, 그들은 내 전 남친만큼이나 날 아주 싫어할 게 뻔했다.

루카스가 몸을 앞으로 기울였다. "우리한테 털어놓고 싶은 게 있다면 지금 카메라를 끌게, 임미. 네가 한 얘기는 이 방을 나가도 절대 발설하지 않을 거야."

그는 내 대답을 기다리지 않았다. 카메라 조명이 꺼졌고 형형색색의 섬광이 눈앞에 떠다녔다.

나는 눈을 감았다. 앨이 내가 진짜 어떤 사람인지 알게 된 날, 분노에 휩싸여 날 원망하던 모습이 아른거렸다. 그 순간을 떠올리면 여전히 마음이 아프다. 모든 걸 사실대로 고백했지만 그는 나를 용서하지 않았다.

이곳에서 앨의 분노에 대해 말하면서 나도 나 자신이 싫었다. 하지만 내가 공장의 공간을 얻기 위해서 꺼낼 만한 사연은 앨의 이야기뿐이었다.

면접이 모두 끝난 뒤, 카밀이 나를 다시 로비로 데려갔다. 그녀가 내 손을 감싸 쥐었다.

"솔직하게 얘기해 줘서 고마워." 카밀이 말했다. "때때로 우리는 네가 공장을 찾은 게 아니라 공장이 널 찾았다고 생각할 것 같아. 곧 연락할게."

"고마워." 나는 처음 본 그녀의 얼굴이 자꾸 익숙하게 느껴져서 얼떨떨했다. "괜찮다면 묻고 싶은 게 있는데, 우리 예전에 어디선가 만난 적 있을까? 혹시 기억나?"

카밀이 웃었다. "스칸디나비아 드라마 많이 보니?" 나는 별로 본 적이 없었지만, 앨은 열성 팬이었다. "아주 조금."

"내가 덴마크 TV 쇼 〈솔트 마쉬〉에 출연했었어. 아마 늑대들이 잡아먹은 시체였지? 포스터와 트레일러에 내 사진이 많이 실렸지만, 난 단 한마디도 하지 못했어. 남자들이야 완벽한 여자라고 말할 테지만."

이제야 기억났다. 숲속 바닥에 벌거벗고 누운 여리여리한 여자 시체. 늑대에게 제대로 물린 그녀의 피부는 썩어 있었지만, 청회색 눈을 부릅뜬 얼굴은 추위와 소금에 찌들었어도 매우 아름다웠다. 나는 몰래 포르노나 누군가의 개인 이메일을 훔쳐보다 들킨 사람처럼 얼굴이 빨개졌다. "아, 그래. 이제 기억났어."

"모든 사람이 벌거벗은 널 봤다는 사실을 안다면 정말 심란할 걸." 그녀가 말했다. "하지만 나도 알아. 배우의 숙명이니까. 잘 가, 이모젠. 곧 연락할게."

7

덱스

“너 스스로가 룸메이트로서 가장 짜증 나는 성격이 뭐라고 생각해?” 카밀이 물었다.

질문이 너무 시시해서 웃음을 참을 수가 없었다.

“샤워 한번 하면 혼자 뜨거운 물을 다 써 버려. 내가 운동을 많이 하거든. 그래도 달리기하고 나서 땀 흘리며 어슬렁거리는 사람보단 낫잖아.”

“여기서는 뜨거운 물을 다 쓸 일은 없을 거야. 어차피 무제한이니까.” 버니스가 나를 보며 미소 지었다. “다음 질문. 네가 가장 잘 만드는 대표 요리는?”

이게 무슨 헛소리야. 나는 햇볕도 들지 않는 곳을 스튜디오라 속이고 돈을 뜯어낼 심산이냐고 다그치고 싶었다.

하지만 꾹 참았다. 염색 공장은 남의 눈에 띄지 않는 완벽한 곳이었다. 나는 이 기회를 꼭 잡아야 했고, 내가 완벽한 후보라는 걸 각인시키고 싶었다. 사교적이고 다른 사람들에게 관심도 많지만, 그렇다고 미친 파티광은 아닌, 그들이 원하는 모든 조건을 두루 갖춘 룸메이트.

"치즈케이크. 두부로 채식주의자용 케이크도 만들 수 있어." 그건 귀여운 히피 소녀를 겨냥한 말이었다. "맛있어서 부스러기조차 남지 않을걸."

"마지막으로 재밌는 질문. 만약 우리가 대규모 공동체 행사나 파티를 계획하고 있다면, 어떤 역할을 맡고 싶어?" 버니스가 물었다. 테라스에서 버니스를 처음 봤을 때, 그녀에게서, 아니 그녀의 반짝이는 붉은 머리카락에서 눈을 뗄 수 없었다. 그 모습에서 누군가가 떠올랐으니까. 빌어먹을 운명이 날 골탕 먹이려는 걸까?

지금은 버니스가 날 곤란하게 만들 것 같았다.

"칵테일 제조?" 그녀가 제안했다. 내가 질문에 답하려 애쓰는 걸 눈치챈 모양이었다.

"DJ?" 루카스가 말했다. 코카인을 너무 많이 흡입했나 보군. 분홍색 눈, 벌건 콧구멍, 숨길 수 없는 초조함. 나는 그 징후를 잘 알고 있었다.

버니스가 그를 향해 투덜거렸다. 아마도 그녀는 루카스를 인종차별주의자로 생각했는지도 모른다. 루카스는 내 피부색이나 배경이 DJ에 딱 어울린다고 짐작했으니까. 하지만 나는 그를 비난할 수 없었다. 내가 실제로 그렇지 않더라도 길거리 사진사 행세를 하고 있으니 말이다.

"물론 랩은 할 줄 알지." 거짓말이었다. "하지만 좀… 화가 날 수도 있어."

"그건 뻔해." 카밀이 말했다. 그녀는 의심할 여지 없이 내가 찍은 수많은 모델처럼 아름다웠다. "덱스는 사진을 찍어야지!"

다들 웃었지만, 루카스는 뭔가를 적고 있었다. 그들은 내가 질문에 대답하느라 쩔쩔맸다는 사실을 잊지 않겠지만, 그 이유는 결코 알아챌 수 없을 것이다.

"면접을 마무리하는 더 진지한 질문 하나." 버니스가 말했다.

"유산으로 남기고 싶은 게 뭐야? 세상 사람들이 뭘로 널 기억하면 좋겠어?"

사실은 관심도 없으면서 이런 걸 묻다니.

"사람들이 깊이 생각할 만한 멋진 사진을 찍고 싶어. 어쩌면 분쟁 지역이나 변화가 필요한 곳에서. 그 정도면 충분할 것 같아."

거짓말은 아니었다. 스스로 얼마나 재능이 없는지 깨닫기 전에는 내가 세상을 바꿀 수 있을 거라 생각했다.

"그 밖에 공동체에 도움이 될 만한 재능은?" 버니스가 물었다. 그녀는 항공 관제사였다. 당연히 있는 그대로의 사실을 더 좋아할 것이다.

만약 내가 진실을 알려 준다면? 그들은 결코 날 뽑지 않을 것이다. 아무도 나와 가까이 있으면 안 되고, 내가 사람들과 친해질 자격이 없다는 게 드러날 테니까. 지금은 절대로 말하면 안 된다.

"내가 자란 동네에 사는 아이들에게 사진 찍는 걸 가르친 적이 있어. 난 프리랜서라 일이 없을 때는 한가하니까. 어쩌면 여기서 사진 찍는 법을 가르쳐 줄 수 있지 않을까?"

"괜찮은데." 버니스가 말했다.

카밀은 나를 뚫어지게 살피며 입을 열었다. "어떻게 보면 공장은 사람들이 도시 생활로 겪는 고립에서 벗어나도록 도움을 주기도 해. 하지만 그 말은 우리가 기존 셰어하우스보다 더 친밀하다는 뜻이야. 그 점은 어떻게 생각해?"

나는 이 질문에 어떻게 답해야 할지 알고 있었다. 그들이 뿌듯해할 번지르르한 얘기를 해야 한다. 그래야 다른 불운한 사연을 제치고 내가 뽑힐 테니까.

"지금 내가 사는 곳은… 정말 갈 데까지 갔어. 24시간 내내 파티만 하고 있지. 주로 사진작가들이나 따라쟁이들이 살거든. 걔네는 요즘 나와 전혀 다른 사람들 같아." 나는 머뭇거렸다. "거긴 파티 중독자들의 소굴이 됐어. 난 그게 어디서 끝날지 정말 걱정돼…. 그래서인지 공장은 안전한 피난처같이 느껴졌어."

모두 사실이었다. 다만 이 면접이 2주나 늦어 유감일 뿐.

카밀이 고개를 끄덕였다. "배우이다 보니 내가 일하는 세계에서도 역시 그래. 무분별한 파티는 큰 피해를 줄 수 있지. 뭐… 도움이 필요한 특별한 문제라도 있어? 여기 있는 우리는 정말 힘이 되는 사람들이거든."

내가 방을 차지하게 될 거라는 암시인가? 나는 숨을 깊게 들이마신 뒤 또 다른 거짓말을 미끼로 던졌다. "솔직하게 말해야겠지? 난 요즘 알코올 중독에서 벗어나려고 노력 중이야. 그 탓에 날 외면하지 않았으면 좋겠어."

시큰둥했던 버니스의 얼굴이 밝아졌다. 그녀는 몸을 기대며 내 무릎을 만졌다.

"전혀 아니야. 우리는 여기서 결정하지 않을 거야. 잘 판단할 수 있도록 모두 최선을 다할게."

루카스가 눈썹을 치켜올렸다. 왠지 자신감이 없어 보였다. "묻고 싶은 건?" 그가 말했다.

나는 여기서 실제로 무슨 일이 일어나고 있는지 궁금했다. 자선 사업가 집주인 얘기는 내 대답만큼이나 꾸며 낸 사연처럼 들렸다. 하지만 다 된 밥에 재를 뿌릴 순 없었다.

"너희들은 진심이지?"

내 말에 루카스가 비웃었지만, 버니스는 말리려는 듯 그의 팔에 손을 얹었다.

뭐지? 이들 셋의 묘한 분위기는? 마치 텔레파시가 통하거나 남의 말을 끊을 만큼 꽤 많은 시간을 함께 보낸 사람들 같았다. 아마 이들 셋은 그렇고 그런 사이가 아닐까.

"무슨 뜻이야?" 버니스가 물었다.

"내가 아는 세상에는 사기꾼이 워낙 많거든." 그녀는 고개를 끄덕였다. "장담컨대 이곳은 진짜야. 우리는 서로를 진심으로 돌보고 있어. 어디에서도 이만한 곳을 찾기 힘들 거야."

밤은 여전히 더웠지만, 밖으로 나가자마자 후드를 다시 뒤집어썼다. 물론 이런 동네에서 날 알아볼 사람은 없겠지만, 위험을 무릅쓸 필요는 없었다.

자전거를 타고 버몬지 거리로 들어서자 울퉁불퉁한 자갈밭 때문에 자전거가 덜덜 떨렸다. 여기서 만난 그 잘난 여자 선생님과의 일촉즉발 상황으로 교훈을 얻었다. 내가 그녀를 때렸거나 그녀가 경찰에 신고했더라면 게임이 끝났을 거라는 사실.

바로 앞에는 고양이 낯짝만 한 작은 공원이 있었다. 어렴풋이 보이는 두 남녀가 그네 뒤에서 이야기를 나누고 있었다. 뭔가 거래처럼 보였다. 남자가 여자에게 무언가를 건넸다.

나는 다시 한번 눈을 깜빡였고, 그들이 누구인지 알아챘다. 여자는 공장에서 본 거만한 금발 머리 베로니카였다. 그녀는 그 공장이 사이비 종교 집단과 사창가 사이에 속한다고 떠들어댔다.

그리고 남자는 비건 아이스크림을 만드는 얼간이 홀든이었다. 게다가 불법을 저지르고 있었다.

어쩌면 홀든이 그녀에게 자기를 뽑아 달라며 뇌물을 주는 것인지도 몰랐다. 그렇다고 그를 탓하지는 않는다. 모두가 뽑힐 확률을 높이기 위해 거짓말을 하거나 사기를 치거나 규칙을 어기지 않았을까? 나도 마찬가지였다.

다만 그게 잘 통할지 의문이다.

맙소사, 잘됐으면 좋겠는데.

나는 교통 체증을 피해 왼쪽으로 돌아 템스강으로 향했다. 20분가량 자전거를 탔더니 땀방울이 뚝뚝 떨어지며 내 두려움을 대변하는 듯한 악취가 코를 찔렀다. 나는 호텔에 돌아왔을 때만 위험을 무릅쓰고 후드를 벗었다.

방에 오자마자 미니 냉장고에서 보드카를 꺼내 큰 유리잔에 가득 부었다. 면접에서는 알코올 중독자처럼 얘기했지만, 내 문제는 술이 아니었다.

망할, 그게 그렇게 고치기 쉬운 문제라면 얼마나 좋을까.

8

임미

2시간 17분 만에 사라네 집으로 돌아왔다. 버스에서 내릴 때쯤 누가 나를 덮칠지 몰라 칼을 꽉 감싸 쥐었다. 공장에서 대접받은 진토닉과 희망은 이미 다 닳아 사라졌다.

나는 거짓말쟁이였다. 런던은 결코 내 집이 될 수 없을 것이다.

마지막 블록을 돌아 사라네 아파트로 걸어가자 지하층의 열린 창문으로 성난 목소리가 들려왔다.

"…걔가 네 친구인 건 알지만 계속 이렇게 살 수는 없어, 사라. 더구나 지금은 아니라고."

"맥, 나도 임미 때문에 미칠 지경이야. 그런데 어쩌라고? 쫓아내? 걔는 지금 빈털터리라고. 새집을 찾아도 보증금 때문에 이리저리 허우적댈 거야."

"그렇다고 우리가 떠안아야 할 책임은 없어. 망할. 난 펍에 갈 거야. 임미 돌아오면 얘기 좀 해."

"못 한다면?"

"못 한다니… 그냥 얘기해. 알겠지?"

"맥, 잠깐만…."

맥이 현관문 밖으로 나와 계단을 올라왔다. 그가 나를 쳐다보더니 열린 창문을 내려다봤다. 예상치 못한 상황에 당황스러운지 그의 얼굴이 붉어졌다. "왔구나, 임미. 난 저기…."

"들었어. 펍에 간다고."

맥은 슬그머니 도망쳤다. 겁쟁이. 그와 나 사이에는 떨어질 정도 없지만, 사라가 날 싫어한다는 걸 깨닫지 못했다.

사라와 나는 대학교 때 만났다. 나는 무조건 집과 가깝다는 이유로 삼류 대학교를 택했고, 사라는 다른 학교에서 법을 공부하기에는 성적이 너무 형편없어 나와 같은 학교를 고른 것뿐이었다. 그래도 우리는 둘 다 열심히 공부했다. 대학교 출신이 아니면 아무도 런던의 밝은 불빛을 만끽할 수 없으니까.

내가 거실로 들어서자 주변을 빙빙 돌던 사라가 억지 미소를 지어 보였다. "어떻게 됐어?"

사라가 맥에게 했던 말을 못 들은 척할까? 나는 그 얘기를 따질 기력도 없었다. "잘하고 왔지. 내 생각이지만. 정말 멋진 곳이더라."

"잘됐네." 사라가 내 눈을 똑바로 보지 않은 채 말했다. "임미, 내가 너무 피곤해서 목욕하고 바로 자야겠어. 맥은 늦게까지 돌아오지 않을 테니까 혼자만의 시간을 즐겨. 냉장고에 있는 와인도 마시고. 넌 그래도 돼."

얼마 후 술이 잔뜩 취한 채로 집에 돌아온 맥은 소파 침대 끝에 발이 걸려 비틀거리다가 소파에 대고 욕을 지껄였다. 그리고 그 자신에게, 그리고 나에게.

그 뒤로 침실 문을 통해 둘이 속삭이는 소리가 들렸고 섹스로 이어졌다. 공장이 안 된다면 다른 계획을 세워야 했다. 더는 추락할

데도 없었다.

뭐, 고향 집으로 돌아가든지… 항상 다른 선택지는 있으니까.

아니, 난 절대 되돌아가지 않아. 그 집으로는.

수요일은 일에 치여 살았다. 무더운 날씨는 곤충 채집에 제격이었다. 나는 몇 주 동안 곤충 채집 수업을 계획했고, 땅바닥에 엎드려 한 줌의 흙 속에 존재하는 우주의 비밀을 캐내려는 학생들의 열정을 자극하곤 했다. 하지만 오늘만큼은 틈만 나면 휴대 전화를 확인하느라 정신이 팔려 있었다. 그러나 아무 소식도 없었다.

발표 마감 시간이 지났다. 더는 '오전'이 아니었으니까. 결국 나는 공장에 뽑히지 못했다.

심지어 보조 교사 파티마조차도 내가 엉뚱한 생각을 하느라 평소와 같은 열정을 보이지 않는다는 걸 눈치챘다.

"온종일 불독이 말벌을 씹은 얼굴이네요. 머릿속을 어지럽히는 남자라도 있나 봐요?" 결혼한 지 15년이 된 파티마는 다른 사람들의 복잡한 연애 생활 이야기에 대리 만족을 하곤 했다.

"남자가 아니라 셰어하우스 때문이에요."

내 대답에 흥미를 잃은 파티마는 곤충을 찾느라 진이 빠진 학생들을 도우러 갔다.

아이들의 모든 삶은 이 작은 런던을 중심으로 돌아간다. 나는 런던으로 이사 오고 나서야 이 도시가 전혀 크지 않다는 걸 깨달았다. 지도에서는 볼 수 없어도 실제로는 엄연히 존재하는 경계선으로 나뉜 작은 마을의 집합체였다. 친척 가운데 몇몇은 일 년에 한 번씩 웨스트엔드로 가는 일을 연례행사로 삼았다. 버스로 30분밖에 안 걸리는데도 말이다.

나는 학생들, 특히 여자아이들의 시야를 넓혀 주고 싶었다. 자신의 최대 관심사를 마음에 품은 사람들이 그 기대감을 억누르는 일이 어떤 건지 잘 알고 있었다. 또한 그 억누름을 벗어나는 경험이 얼마나 좋은지도 알았다.

"발밑에 있는 딱정벌레를 조심하세요!" 파티마가 소리쳤다. "우리가 돌려보냈을 때도 딱정벌레가 살아 있어야 합니다."

집에 갈 시간이 다가오자, 아이들은 내게 몰려들어 저마다 자기들의 발견을 자랑하느라 여념이 없었다.

"선생님, 선생님. 제가 얼마나 많은 곤충을 채집했는지 짐작조차 못 할걸요!" 나는 한껏 들뜬 아가타의 얼굴을 들여다보며 우울한 기분을 떨치고 이내 기운을 차렸다.

"어디 한번 볼까? 다섯 마리니?"

"아뇨. 다시 세어 보세요!"

"열 마리?"

"열세 마리예요." 아가타는 어깨를 으쓱했다.

아가타가 채집한 곤충 수를 다시 확인하고 있을 때 주머니에서 휴대 전화 진동이 울렸다. 모르는 번호잖아. 평소 수업 중에는 절대 전화를 받지 않았지만, 이번만큼은 꼭 받아야 했다.

"임미? 나 염색 공장의 버니스야. 아주 좋은 소식이길 바라는 얘기가 있어서…."

▶1주차◀

우리가 사는 방식

염색 공장에 온 걸 환영해. 네가 부디 여기서 진짜로 행복하게 지내길 바라.
우리는 일주일에 한 번씩 앱으로 이런 알림 메시지를 보낼 거야. 공장이 어떻게 운영되고 이곳에서 무슨 일이 일어나고 있는지 안내해야 하거든. 곧 눈치채겠지만, 애슐리가 항상 새로운 계획을 몰래 준비하고 있어.
이번 주에는 너의 단짝과 첫 모임이 있을 거야. 네 단짝이 스튜디오의 에어컨부터 놀이층에서 즐길 수 있는 무인 바와 VR 게임까지 모든 편의 시설에 관한 설명을 해 줄 거야.
단짝과는 총 네 번 만나게 돼. 공장을 체험하는 4주 동안 매주 한 번씩. 그 후 널 정식 '염색업자'로 확정하는 투표가 있을 예정이야.
걱정이나 질문이 있다면 언제든지 얘기해. 우리 중 누구라도 기꺼이 도와줄 테니 망설이지 말길.
염색업자들은 모두 우리가 사는 방식을 사랑해. 너도 그럴 거라 믿어 의심치 않아!

너의 모든 새로운 룸메이트들—바라건대 너의 새 친구들로부터.

9

4월 29일 일요일

덱스

나는 침대 밑, 모든 서랍, 그리고 옷장 위쪽까지 들여다봤다. 내 흔적을 남기는 게 싫었다. 체크아웃하려니 기분이 조금 묘했다. 이 허름한 호텔 방에 거의 3주나 묵었고, 2천 파운드가 넘는 돈을 쏟아부었다.

마지막으로 해야 할 일이 하나 있었다. 나는 휴대 전화를 켜 엄마에게 전화를 걸었다. 엄마는 바로 전화를 받았다.

"아들, 잘 있었어? 안 그래도 방금 네 얘기를 하고 있었단다."

순간 근육이 바짝 팽팽해졌다. 마치 싸움이 임박했거나 곧 이륙하는 비행기를 탄 것 같은 느낌. "아, 그래요? 설마 욕을 한 건 아니겠죠?"

"경찰에 실종 신고를 할까, 수색대를 요청할까 고민 중이었지." 엄마가 웃었다. 아마도 엄마는 지금 정원에 있는 듯했다. 물이 졸졸 떨어지는 분수대 소리와 새만 보면 요란하게 짖어대는 강아지 소리가 들렸다.

"그랬군요. 안 그래도 돼요, 엄마. 죄송해요. 새 프로젝트 때문에 정말 바빴어요. 비행 시간과 비자, 환전 때문에 정신없이 돌아다녔거든요."

"비자라니! 와, 그거 흥미로운데. 위험하지는 않지, 아들?"

"그게… 그럼요. 경호원과 보안 요원이 있잖아요. 주사도 다 맞았고요. 하지만 제가 엄마한테 너무 많은 얘기를 하면 징크스가 생길까 봐 걱정돼요. 거기 도착하면 그런 일이 없을지도 모르니까요."

"대체 어디 있는 거니? 힌트라도 주렴. 엄마니까 내 아들이 어디 있는지 알아야 하지 않을까? 더구나 아들이 무사히 돌아오길 기도하려면."

"음… 파키스탄요."

잠시 정적이 흘렀다.

"좀 위험하게 들리는구나."

"아니에요. 이번 일정은 거기서 일하는 데 익숙한 비정부 기구의 프로젝트예요. 정말 기막힌 기회고요. 엄마. 제가 런던에 온 이후 정착하려 했던 딱 그런 일이거든요."

나는 엄마에게 거짓말하는 게 싫었지만, 일이 해결될 때까진 이 방법밖에 없었다. 내가 한 짓을 사실대로 털어놓는 것보다 거짓말이 훨씬 나을 것이다.

강아지 짖는 소리가 점점 커졌다. "프레디, 그만! 그래 봐야 새들은 관심도 없어." 엄마가 한숨을 쉬었다. "바보 같은 짓은 하지 않겠다고 약속하렴. 기자들이 납치되고, ISIS에 팔렸다는 기사를 너도 읽었잖아. 더 심한 일도 있고…."

"약속할게요. 하지만 엄마한테 전화하는 건 힘들 거예요. 꽤 멀리 떨어져 있어서요. 엄마가 문자 주시면 상황 봐서 답장 보낼게요. 그리고 제 걱정은 하지 마요. 저도 제 앞가림은 해요."

"누나들에게 말해도 될까?"

"제가 돌아갈 때까지 말하지 않는 게 나을 거예요." 하지만 나는 엄마를 잘 안다. 엄마는 아무 말 없이 잠자코 있지 못할 것이다.

엄마의 한숨 소리가 다시 들려왔다. "사랑해, 아들."

엄마가 진실을 알게 된다면 그렇게 말하지 못하겠지. "저도 사랑해요."

통화가 끝난 뒤 전화기를 껐다. 그리고 새 전화를 꺼내 버몬지까지 갈 택시를 불렀다.

공장에 도착했을 때 날 반겨 준 룸메이트는 카밀이었다.

카밀은 내게 알코올 중독자라는 거짓 사연의 생명 줄을 던졌다. 그게 날 공장으로 끌어들인 거짓말이라고 확신했다.

"집에 온 걸 환영해." 카밀이 말했다. 그녀의 목소리를 들으니 피오르드와 얼음처럼 차가운 하늘이 떠올랐다. 게다가 그녀는 내가 사진으로 남기고 싶은 외모의 소유자였다.

"대다수가 널 선택하기로 동의해서 개인적으로 참 기뻐."

"괜히 우쭐해지는데."

"난 네가 믿을 수 있는 사람이라고 생각해." 카밀이 말할 때 만화에서나 볼 법한 그녀의 푸른 눈이 시선을 사로잡았다. "너 믿어도 되지, 덱스터?"

"물론이지." 거짓말쟁이.

우리는 엘리베이터를 타고 영양층까지 올라갔다. "네 스튜디오는 마라케시야. 공장 답사 때 본 곳이야." 카밀은 큰 소리로 쨍하게 울리는 승강기 덧문을 스르르 열며 설명했다. "버니스가 너희들이 각 층의 균형에 어떤 영향을 미칠지 숙고한 뒤 어디로 갈지 스튜디오를 결정했어."

버니스는 만사를 자기 뜻대로 하는군. 놀랄 일도 아니네.

카밀은 휴대 전화로 방문을 열었다. 그리고는 나더러 먼저 안으로 들어가라고 했다. 방은 내 기억보다 작았다. 그래도 끔찍한 호텔 방보다는 컸다.

너무 안이하게 생각하지 마. 이 방은 일시적이야. 모든 게 일시적이지만.

카밀은 내가 무슨 말을 할지 기다리고 있었다.

"굉장해. 진짜! 그냥 나랑 잘 어울리는 공간이야. 네가 고른 다른 룸메이트는 누구야?"

"이모젠. 학교 선생님이야. 짧은 단발머리가 마치…. 1920년대 여자들을 말하는 단어가 뭐였지?"

"신여성. 걔가 누군지 나도 알겠어."

"응. 임미는 오늘 오후에 도착해."

공지에 없던 또 다른 사람이라니? 어쩌면 내 처지 때문에 날 의심하는 걸까. 하지만 확실히 날 뽑은 건 좀 이상했다.

어쨌든 난 운이 좋았다. 정말 대박. 가짜 추천서와 내 은행 계좌가 해킹당했다는 헛소리 때문에 그 제안을 취소했을 거라 확신했다. 하지만 다행히도 그들은 내게 그저 일반 보증금의 두 배를 내라고 요구했다. "굉장한 소식이네!"

카밀이 미소를 지었다. 그녀는 이제야 이 세상 사람다웠다. "맞아. 이건 비밀인데 네가 가장 많은 표를 얻었어. 버니스가 네 팬이었지. 두 번째로 표를 많이 받은 사람은 임미와 다른 사람이었어. 동점이라 가사 도우미 한나가 결정권을 쥐었지. 한나는 누가 이곳에 잘 어울릴지 딱 직감하거든."

내게 굳이 이 얘기를 하는 게 왠지 이상했다. "임미는 그녀가 거의 떨어질 뻔했다는 걸 모르겠구나?"

카밀이 다시 얼굴을 찡그렸다. "몰라. 제발 임미에게 비밀로 해줘. 너한테만 하는 말이니까… 난 사실 임미가 공장 체험 기간에 살아남을 수 있을지 잘 모르겠어. 어쩌면 너도 임미와 너무 가깝게 지내지 않는 게 좋을 거야."

"조언 고마워. 하지만 내보내고 싶은 사람이 나일 수도 있잖아."

"누구든 체험 기간 4주가 끝나기 전에 떠날 수 있어. 복귀할 필요 없이. 나야 네가 머물렀으면 좋겠지만." 카밀이 말했다. 그녀의 창백한 피부가 슬쩍 붉어졌다. "참, 위층에 있는 셀프바에 술이 좀 남아 있긴 하지만, 일단 주방에 있는 건 모두 치웠어. 혹시 룸메이트들이 네가 술을 입에 대는지 지켜봤으면 좋겠니?"

날 감시하겠다는 뜻인가? 나는 그렇게 해 달라고 말해야 할 것 같았다. "마음 써 주다니 진짜 친절하네. 근데 내가 끊지 못한 나쁜 버릇이 또 하나 있어. 바로 전자 담배야. 혹시 여기서 펴도 돼?"

카밀은 이미 역겨운 담배 냄새를 맡았다는 듯 코를 찡그렸다. "네 방이나 공동 구역에서는 안 돼. 하지만 옥상 테라스에 흡연실이 있어."

"전망을 바라보며 전자 담배를 피우다니. 맘에 드는데."

"자, 이제 짐 풀어. 오늘 밤, 너와 임미를 위한 음료를 준비할 거야. 지금은 먼저 이 방에 적응해야겠지? 다시 한번 공장 가족이 된 걸 환영해."

나는 60초 만에 짐을 풀었다. 소지품은 대부분 여행 가방에 담아

둔다. 언제든 도망갈 준비를 해야 하니까.

짐을 정리한 뒤 커피를 마시러 주방으로 갔다. 에스프레소 머신의 작동법을 알아내느라 몇 분이 걸렸지만, 정신이 번쩍 드는 향과 함께 걸쭉한 커피가 컵에 쏟아지자 기분이 좋아졌다.

누군가가 내 주위를 서성거렸다. 나는 뒤를 돌아보았다.

베로니카였다. 길 건너편 공원에서 다른 지원자 중 한 명과 함께 있었던 큇대 높은 여자.

"안녕. 난 덱스야." 내가 웃으며 말했다.

"그래, 알아." 베로니카는 웃지 않았다.

"커피 한잔할래? 이 커피 머신 작동법을 방금 알아냈거든?"

"애쓰지 마. 너와 나, 우린 친구가 될 수 없어. 이곳에 우정 따위는 존재하지 않거든." 베로니카의 목소리가 건물 전체에 울릴 만큼 쩌렁쩌렁했다. "다들 친구인 척하지만, 생각지도 못한 순간 네 등에 비수를 꽂을걸."

대체 뭐라고 반응해야 하는 거지? 내가 대답하기도 전에 베로니카는 몸을 휙 돌려 다음 층으로 올라갔다.

이게 무슨 경우람?

베로니카가 보이지 않을 때까지 기다린 뒤 커피를 들고 옥상 테라스로 향했다. 바깥으로 나오자 갑갑한 기분에서 조금 벗어났다. 호텔에서는 꽉 잠긴 이중 유리창에 갇혀 있어 스스로 나를 가둔 느낌이었다. 누군가 날 알아챌까 움직일 수조차 없었다. 적어도 공장에는 체육관과 야외 공간이 있어 재빨리 뛰쳐나갈 수 있겠지. 도시의 공기를 흠뻑 만끽하며 세상도 볼 수 있고, 내가 원하면 언제든지 운동도 할 수 있다.

옥상 맨 왼쪽에 흡연실이 보였다. 생각보다 별로였다. 사무실 의자 두 개가 있는 작은 헛간이라고나 할까. 한 사람 아니 어쩌면 서로를 정말 잘 아는 두 사람만 들어갈 만한 좁은 공간이었다.

거길 비집고 들어가다가 입구에 있는 박하와 허브 화분에 몸이 살짝 스쳤다. 코를 찌르는 냄새에 옛 기억이 폭주하듯 되살아나 속이 메스꺼웠다. 니코틴을 몇 모금 들이마시면 다시 좋아질 것이다.

"새로운 동지가 등장하셨군! 만세!"

버니스가 흡연실로 휙 들어섰다. 버니스의 빨간 머리는 처음 봤을 때처럼 날 놀라게 만들었다. 그녀가 맞은편에 앉는 바람에 서로의 무릎이 거의 닿을 지경이었다. 인터뷰 때와 똑같은 모습. 밝은 립스틱과 흰색 블라우스를 입었다.

버니스가 날 지지했다는 카밀의 말이 떠올랐다. 왜일까?

"다시 한번 안녕, 버니스. 날 선택해 줘서 정말 기뻐. 고마워."

손을 뻗은 버니스가 장난치듯 내 무릎을 쓰다듬었다. "이렇게 빨리 이사 오니 정말 좋네. 우리는 빈방이 모두 채워지길 간절히 바랐거든. 그래야 이곳이 훨씬 즐거워질 테니까."

버니스는 내 기억보다 덜 깐깐했다. 아마도 룸메이트 면접 심사를 꼼꼼하게 챙기느라 예민했던 것 같다.

"여긴 내가 살던 셋방에 비하면 오아시스야."

"너도 여길 좋아하게 될 거야. 그렇게 되고말고. 내가 네 단짝이니까. 난 단 한 번도 실패한 적이 없거든."

"대단하네." 나는 잠시 망설이다 입을 열었다. "왜 날 선택했는지 물어봐도 될까?"

버니스는 생각에 잠긴 듯 나를 바라봤다. "벌써 엎드려 절 받고 싶은 거야? 염색업자들은 그냥 네가 딱 맞다고 생각했어. 면접이 살짝 고통스러웠다는 건 알지만, 우리 입장에선 제대로 된 룸메이트를 찾는 게 중요했거든. 간혹 실수라도 하면 전체 분위기가 망가지고 말잖아."

"베로니카는 내가 적임자라는 걸 확신하지 못하는 눈치야." 나는 말을 하자마자 후회했다. 절대 누군가를 험담해서는 안 된다.

"아. 우리끼리 하는 말이지만, 베로니카야말로 우리가 함께 짊어져야 할 실수야. 선발 과정을 재조정하거나 단짝 제도를 만들기 전에 뽑았거든. 그녀가 지금 지원했다면 절대 합격할 리 없지."

"왜 그런지 물어봐도 돼?"

버니스가 웃었다. "베로니카의 무례함은 사적인 감정이 아니라고만 해 둘게. 그녀는 네 팔처럼 길고 긴 불만을 품고 있어. 하지만 우리도 계획이 있지. 계속 그렇게 공동체에 힘을 보태지 않으면 우리의 기운을 덜 빼앗는 사람을 다시 찾을 거야."

나는 고개를 끄덕였다. 물론 공장에 일단 들어오면 쫓겨나진 않는다고 되어 있지만. "그렇군."

버니스가 전자 담배 연기를 길게 내뿜었다. "더는 베로니카 얘기로 시간 낭비를 하고 싶지 않아." 그녀가 말했다. "하지만 덱스터 셰퍼드에 대해 더 듣고 싶어."

10

임미

사라와 맥이 나를 버몬지까지 태워주었다. 당연히 두 사람은 이사 나가겠다는 나를 말리지 않았다.

"진짜 멋지네." 맥이 자갈밭 밖에 차를 세우며 말했다.

정말 그랬다. 혹시 위원회가 나와 다른 이의 이름을 혼동한 게 아닐까 내심 궁금했다. 그게 나라는 걸 알고 나면 날 돌려보내지 않을까?

내가 동정심을 사려고 눈물 나는 사연을 얘기했던 그때, 문득 내 말을 가만히 듣고 있던 버니스의 표정이 떠올랐다. 나는 이곳에서 지낼 자격이 충분했다. 물론 내 거짓말은 영원히 저주받을지도 모른다. 엄마는 거짓말을 하면 지옥 불에 떨어진다며 몹시 흥분했다. 하지만 아무리 거짓말이라도 천국 언저리에서 살 기회를 얻을 수 있다면, 그럴 만한 가치가 있지 않을까.

나와 함께 트렁크에서 짐을 내리던 사라가 농담을 건넸다. "마치 널 기숙사에 데려다주는 너희 부모님이 된 기분이야."

그건 내가 아니라 사라 자신의 기억이었다. 대학 시절, 나는 내내 집에서 살았다. 건강도 그리 좋지 않아 학교를 쉴 때도 많았고.

맥이 점점 심통을 냈다. "굼벵이도 구르는 재주가 있다더니 대단하네. 왜 우리는 이런 데를 찾지 못했을까, 사라?"

"위안이 될지 모르겠지만, 걔들이 커플은 안 받을걸." 내가 현관 인터폰을 누르며 말했다.

맥이 시계를 내려다봤다. "기름값을 내주고 싶지는 않겠지, 임미. 왜냐하면…."

현관문이 열렸다. 루카스가 활짝 웃으며 서 있었다. 그는 내 목을 가볍게 스치며 나를 껴안았다. 순간 내 몸의 모든 근육이 팽팽해졌다. 저절로 미소가 일그러졌다.

진정해. 아무 의미도 없는 포옹일 뿐이야.

사라가 루카스의 어깨너머로 눈썹을 치켜올리며 입으로 '안녕!'이라 말했다.

"어서 와, 임미!" 루카스는 사라와 맥을 무시한 채 내게 인사를 건넸다.

"부디 내 친구를 어떤 사이비 종교에 끌어들이지 않길 바라." 사라가 돌아가기 전에 루카스에게 말했다.

"뭐, 그게 사이비 종교라면 임미는 기꺼이 참여할걸." 루카스는 내가 잊고 있었던 이상한 웃음소리로 낄낄대며 사라의 말을 되받아쳤다. 그리고는 돌아서서 내 짐을 건물 안으로 옮겼다. 그는 체격이 늘씬한데도 제법 힘이 셌다. 한 손으로 내 짐가방을, 다른 한 손으로는 재봉틀을 번쩍 들어 올렸다. 그의 목에 노끈처럼 탱탱한 힘줄이 도드라졌다.

내가 사라에게 작별 인사를 채 하기도 전에 문이 스르르 닫혀 버렸다.

"저절로 닫히는 거야." 루카스가 설명했다. "저 위에 있는 카메라가 여길 드나드는 모든 사람을 찍고 있어. 아마 너도 걱정을 한시름 덜 수 있을걸."

나는 그들에게 거짓말을 한 나 자신이 싫었다. "진짜 안전해 보여."

"내가 투표할 때 말했거든. 안전이야말로 임미한테 꼭 필요한 거라고."

루카스는 진심으로 내가 알아봐 주길 원했다. 내가 미처 대답하기 전에 승강기 문이 닫히더니 천천히 위로 올라갔다. 영양층을 지날 때 성질 괴팍한 금발 머리의 여자가 혼자 긴 식탁에 앉아 있었다. 그녀가 입가에 커피잔을 반쯤 갖다 댄 채 날 쳐다보자 왠지 오싹한 기분이 들었다.

"저 여자는 괜찮은 거야?" 루카스에게 물었다.

"베로니카는 그냥 네가 교토를 차지해서 부러워하는 것뿐이야." 그가 말했다. "거길 탐내는 사람들이 많거든."

"수리는 다 끝난 거야?"

"수리?" 루카스가 얼굴을 찡그렸다.

"애슐리가 그랬거든. 바닥 공사 중이라고. 그래서 지난주에 그 스튜디오는 못 봤어."

"아, 그거. 살짝 고치는 거라서. 뭐, 다 끝나긴 했어."

놀이층에 도착한 나는 어마어마한 규모와 서까래 높이에 눈이 다시 휘둥그레졌다.

"진짜 근사하지 않아?" 루카스도 눈을 부릅떴다. "가죽 무두질이 추악한 사업이긴 해도 건축가들이 공장은 정말 아름답게 지었어."

이게 루카스의 진짜 모습일까? 아니면 수작을 부리는 걸까? 면접

날 저녁, 베로니카는 이렇게 경고했다. 정확히 뭐라고 했더라? '그 자식은 맥박만 뛰면 세상 모든 것과 섹스할 게 뻔해.'

"지금 스튜디오를 봐도 될까?" 내가 물었다.

"미안. 넋 놓고 있었네. 스마트폰 좀 줄래?"

"왜?"

"앱을 깔아야 하거든."

나는 앱을 설치하는 그의 모습을 주의 깊게 지켜봤다. 여전히 불안했다. 공장이 하나의 거대한 사기는 아닐까. 엄마가 입버릇처럼 하던 말이 있었다. '만약 어떤 게 너무 좋아 가짜 같다면, 원래 좋은 거야.'

"이제 암호만 설정하면 돼. 지문으로 해도 되고. 그럼 들어갈 수 있어." 루카스가 스마트폰을 돌려줬다.

나는 뒤돌아서서 숫자를 입력했다. 휴대 전화를 방문 센서에 갖다 대자, 은은한 녹색 빛이 감돌았다. 나는 방문을 밀어 열었다.

이 방은 아래층보다 훨씬 밝고 넓었다. 큰 참나무 책상과 킹사이즈가 분명한 철제 침대가 있었고, 아래층 방에 있던 대들보 대신 진짜 서까래가 있었다. 창문으로 옥상 테라스의 먼 가장자리와 그 너머의 도시까지 보였다.

"밤에는 샤드도 살짝 보일 거야." 루카스가 속삭이듯 말했다. "잠을 자야 하는데 사람들이 밖에서 파티하고 있다면, 이중 유리창을 닫고 암막 블라인드를 치면 돼."

잠. 나는 13개월째 제대로 잔 적이 없었다. 아무리 베개 밑에 칼을 두고 자도 내 일부는 늘 정신을 바짝 차리고 있었으니까.

나는 창문을 향해 발걸음을 옮겼다. 루카스에게서 멀찍이 떨어질 이유가 있어 마음이 놓였다. 그는 내가 이사할 수 있도록 다른 사람들을 설득했다는 핑계로 뭘 기대하는 걸까? 그 생각이 어렴풋이 스치고 지나갔다. 하지만 나는 그에게 빚진 게 없었다. 아니 어떤 이에게도. 어떤 것에도.

"여기 정말 마음에 들어."

날 괴롭히는 딱 한 가지만 빼고.

뒤돌아보니 루카스가 내 가방과 짐들을 밀어 넣고 있었다. "너도 짐을 풀어야 하니까 난 이만 가 볼게."

"루카스, 어느 쪽이 수리된 거야? 애슐리는 바닥이라고 하던데, 보아하니…." 나는 바닥을 내려다봤다. 참나무 바닥이 멋져 보였지만 새것이 아니라 닳아 있었다. "불평하는 게 아니라 어디가 아직도 건조 중인지 궁금해서. 니스 냄새가 안 나니까…."

그는 잠시 아무 말도 하지 않았다. 그리고는 마침내 입을 열었다. "글쎄, 난 잘 몰라. 버니스가 알겠지. 애슐리가 착각했을 수도 있고. 걔가 차크라하고는 장단이 잘 맞을지 몰라도 실제 생활은 안 그렇거든."

나는 어깨를 으쓱했다. "괜찮아."

루카스가 잽싸게 웃었다. "참, 우리가 새 염색업자인 너랑 덱스를 위해 환영 음료를 준비했어. 7시에 시작할 거야. 적어도 넌 엎어지면 코 닿을 데 있으니까 금방 오겠네."

덱스는 자전거로 나를 거의 쓰러뜨릴 뻔했던 사진작가였다. 이상해라. 나는 비건 아이스크림을 만든다는 힙스터가 뽑힐 거라고 확신했는데. 그래서인지 더욱 덱스가 그 방을 차지하려고 무슨 짓을 했을지 궁금했다.

루카스가 나가자 문이 부드럽게 닫혔다.

나는 침대에 앉아 숨을 내쉬었다. 드디어 내 집이다.

얼굴에 미소가 번졌다. 런던으로 이사 온 뒤 내 인생은 불운의 연속이었다. 몇몇 끔찍한 결정도 내려야 했다.

어쩌면 지금이 마침내 다시 찾아온 기회일지도 모른다.

나는 일본식 정리 컨설턴트 곤도 마리에처럼 온갖 잡동사니를 접고 쌓고 보관했다. 서랍과 옷장 문이 뻑뻑하게 느껴졌지만 건물 자체만큼 가구도 낡았기 때문일 것이다.

정리를 다 끝냈더니 처음처럼 깔끔하고 차분해 보였다. 침실 선반에 있는 내 아이패드와 멋들어진 낡은 책상 위에 있는 재봉틀만 아니면, 아무도 살지 않는 방으로 보일지도 모른다. 몇 년 전, 사재기도 유전될 수 있다는 기사를 읽은 적이 있다. 그 유전자가 날 지배하지 않도록 노력해야 한다.

이제 하나만 더 치우면 끝이다. 아마 책상 서랍 중 하나에 넣으면 되겠지. 책상 앞에 앉은 나는 어떤 사람이 예전에 여기 앉았을지 생각해 보았다. 그 사람도 이사 첫날, 이렇게 설레었을까. 이 방을 포기한다는 건 진짜 납득할 만한 이유 없이는 상상할 수 없었다.

물론 그들이 포기해서 내가 얻었겠지만.

책상 서랍 하나에는 이미 펜과 연필, '참 잘했어요. 계산 주의하세요'라고 쓰인 양면 스탬프로 가득 차 있었다. 하지만 다른 서랍 하나가 잘 안 열려서 이번에는 조금 더 힘을 주어 잡아당겼다. 결국 더 세게 비틀었더니 앞으로 튀어나왔다. 책상 틀 안쪽에서 뭔가 떨어지는 바람에 그걸 집으려고 아래로 기어들어 갔다. 처음에는 은행의 동전 봉투인 줄 알고 수십 년 전에 누군가 숨겨 둔 돈뭉치를 우연히 발견한 게 아닐까 기대했다.

하지만 아니었다. 그 안에는 아무것도 없었다. 똑바로 일어선 나는 봉투를 쓰레기통에 버리려다 한쪽에 붙은 바코드 스티커를 발견했다. 봉투를 뒤집어 봤더니 겉면에는 다음 두 단어가 인쇄되어 있었다. '증거품 봉투.'

11

임미

나는 봉투를 두어 번 뒤집어 본 다음 윗부분을 열었다. 속에는 아무것도 없는 게 분명했지만, 진짜 증거품 봉투처럼 보였다.

이게 왜 여기 있지? 어쩌면 이 책상은 범죄가 일어난 뒤 방 청소를 하다 발견한 걸지도 모른다. 아니면 공장 애들이 준비한 일종의 아이러니한 선물일지도. 나보다 먼저 여기 살았던 룸메이트가 CSI에 중독된 사람이었을지도 모르고 누군가 장난으로 증거품 봉투를 샀을 수도 있다.

어쨌거나 이건 쓸모가 있었다.

나는 내 알약 상자를 가져와 봉투 안에 넣었다. 딱 들어맞았다. 가장자리를 따라 손가락으로 지그시 눌러 밀봉한 다음 늘 같은 순서로 배열해 놓은 연필 아래에 두었다. 물론 타인이 이 방을 기웃거릴 리 없고, 보안 장치가 철저한 만큼 아무나 들어올 수도 없었다. 하지만 이렇게 해야 내가 확실히 알 수 있으니까.

나는 오늘 밤 환영 파티에 입을 옷을 뒤적거렸다. 드레스 대부분은 내 손으로 직접 만든 것이었다. 바느질은 엄마에게 배운 가장 쓸모 있는 기술이었다. 페미니즘 과학 괴짜들을 바라보는 세상 사람들의 고정관념과 맞지 않지만, 사실 드레스 만들기는 측정과 논리, 3D 시각화를 아우르는 분야다.

나는 솔기를 따라 금실 땀을 넣은 파란색 샴브레이 드레스를 골랐다. 옷을 끌어당겨 머리부터 넣은 다음 낡은 청바지에 있던 칼을 옷자락 아래에 있는 속주머니로 옮겼다. 드레스를 매만진 뒤 거울에 비친 모습을 바라보았다. 앨은 내가 이 드레스를 입으면 좋아했었다. 옛날 여자들처럼 다소곳하고 얌전해 보였으니까.

그만해. 나는 옛 생각을 떨쳐 낼 무언가를 해야 했다. 옷장 바닥에 커다란 세탁물 가방이 보였다. 맥과 사라네 집에서는 눈치보느라 제대로 빨래를 할 수 없었다. 정신을 딴 곳으로 돌리는 데는 빨래가 제격이다.

승강기를 타고 1층으로 간 나는 지하실로 향하는 계단을 내려갔다. 솔솔 풍기는 세제 향기를 따라 창문 없는 세탁실로 향했다.

첫 번째 드럼 세탁기에서 누군가의 스포츠 용품이 돌고 있었지만, 두 번째 세탁기는 비어 있었다. 나는 세탁물을 밀어 넣었지만 당장 쓸 세제가 없었다. 하지만 그곳엔 염색업자의 이름이 적힌 세제 병들이 줄지어 놓여 있었다. 나눠 써도 될 만큼 충분한 양이었다.

나는 베로니카의 세제를 꺼내 세탁기에 따랐다. 세제 병에는 '쓰지 마세요'라는 말이 으스대듯 쓰여 있었다.

그러다 갑자기 움찔했다. 세탁실에 다른 누군가가 있다는 걸 뒤늦게 깨달았다. 천천히 몸을 돌렸더니 베이지색 긴 원피스를 입은 엄마 또래의 창백하고 누추한 여자가 서 있었다.

"반가워요, 이모젠."

그녀는 내가 누군지 확실히 아는 눈치였지만, 그렇다고 해도 낯선 사람이 먼저 아는 척하는 건 좀 별로였다.

"반가워요. 여기서 일하시나요, 아니면…?" 그런 말은 하지 않는 게 나았을 텐데. 지금까지 만난 사람들보다 나이가 들어 보인다는 이유로 제멋대로 판단하는 건 옳지 않잖아? 문득 임차 계약서에 적힌 나이 상한선이 떠올랐다. 35살 이하 아니었나? 그때쯤이면 정신 바짝 차려서 나만의 집을 마련해 두면 좋으련만.

"한나라고 해요. 이곳 살림살이를 돌보고 있죠." 그녀의 툭툭 끊기는 말투가 동유럽어처럼 들렸다.

"아, 그렇군요. 저와 이메일을 주고받은 분이네요." 나는 손을 내밀어 악수를 청했다. "만나서 기뻐요. 살림을 도맡아 하시니 공장에서 일어나는 모든 일을 알아야겠군요."

한나는 손을 내밀지도, 미소를 짓지도 않았다. "아뇨. 난 여기 지하에 살아요. 일을 하지 않을 때는 거의 방해되지 않지요."

다시 힐끗 쳐다보니 그녀는 전혀 누추해 보이지 않았다. 긴 단발로 자른 은은한 회색빛 머리카락은 나보다 훨씬 깔끔했고, 고급 리넨으로 만든 원피스와 잘 어울렸다. 내가 오십 대 중반일 때 우리 엄마가 아니라 한나처럼 보인다면 훨씬 기쁠 것이다.

하지만 아무리 외모가 뛰어나도 지하에서 일하고 생활하며 이십 대들의 뒤치다꺼리를 하는 건 누구도 꿈꾸지 않는 일일 텐데. 어쩌면 그녀는 선택의 여지가 없었던 걸까.

난 그게 어떤 기분일지 알아.

"빨래 끝날 때쯤 다시 올게요." 내가 베로니카의 세제를 훔쳐 쓰는 걸 그녀가 보지 않았기를 바라며 말했다.

한나는 아무 대답도 하지 않았다. 나는 그녀가 영어를 잘 못하는 건지 궁금했다. 그녀는 그냥 거기 서 있기만 했고, 나는 어색하게 뒤로 물러나야 했다.

다시 위층으로 뛰어 올라가 밝은 곳으로 가고 싶었다.

거의 7시 직전, 립스틱을 다시 바르고 있을 즈음 누군가 내 방문을 두드렸다. 여긴 원래 이런 곳일까? 사람들이 서로를 '호출하며' 놀러 나오라고 하는 건가?

왠지 루카스일 것 같은 기분이 들어 지나치게 친밀한 그의 포옹을 감당할 마음의 준비를 하며 문을 열었다.

"괜찮아?"

덱스였다. 처음 만났을 때부터 나를 놀라게 하고, 질질 끄는 비속어 때문에 짜증 나게 했던 남자. 이제 낯이 익었다. 사실 꽤 잘생긴 얼굴이기도 하고.

"들어올래?"

고개를 끄덕이며 안으로 들어온 덱스는 주위를 둘러보며 껄껄 웃었다. "가장 좋은 스튜디오를 차지했군."

"내가 고른 게 아니야."

"에이, 변명할 필요 없어. 난 아직도 내가 왜 뽑힌 건지 도무지 알 수 없거든."

"나도 그래." 나는 마음 놓고 큰 소리로 말했다.

"좀 이상하지 않아? 그래서 환영 파티를 하는 동안 행여나 살짝 빅브라더 방식이 될까 봐 우리가 함께 뭉쳐야 한다고 생각했어."

덱스는 면접 때보다 옷을 더 맵시 있게 차려입었다. 후드 티가 진홍색 티셔츠와 반바지로 바뀌었다.

그가 팔을 들어 올렸고, 나는 빙그레 웃으며 팔짱을 꼈다. 밖으로 나가자 방문이 윙윙거리며 닫혔다. 다른 두 방은 문이 열려 있었다. 그만큼 서로를 믿는다는 건 상상할 수 없는 일이었다.

덱스는 내가 먼저 밖으로 나가도록 배려했다. 늦은 오후 햇살이 테라스의 절반을 감싸고 있었지만, 인조 잔디 덕에 그리 눈부시지는 않았다. 다른 한쪽 끝, 그늘진 곳에서 버니스와 카밀이 고전적인 용기에 술을 채우고 있었다.

"애들아, 여기 와서 맛 좀 봐 줘!" 멀리서 버니스가 불렀다. 덱스와 나는 여전히 팔짱을 낀 채 테라스를 가로질렀다.

버니스가 나를 먼저 껴안은 다음, 덱스를 껴안았다. "너희 둘 좀 봐. 졸업 무도회의 왕과 여왕 같아. 너희들이 이사 와서 정말 기뻐."

카밀은 음료수 용기에 얼음을 찔러 넣은 뒤 흐물거리는 손을 내밀었다. 차가운 얼음에 누렇게 변한 그녀의 손이 내 피부에 닿자 꽁꽁 얼 것 같았다. "맞아, 너희 둘 다 환영해."

"자, 이제." 버니스가 입을 열었다. "임미, 이 술은 우리 허브 정원에서 딴 신선한 박하를 넣은 아주 진한 핌스(영국의 대표적인 여름 음료-옮긴이)야. 널 위해 특별히 준비했지. 덱스는 크랜베리. 맛있고 신선한 라임이 많이 들어 있어."

나는 덱스를 보며 눈썹을 치켜올렸다.

"임미는 알아도 돼." 덱스가 말했다. "술은… 나한테 독이거든. 지금은 술을 안 마시려고."

"아. 그렇구나. 그럼…."

"그래서 공장에서 새 출발을 하려는 거야."

덱스는 능글맞게 웃으며 잔을 들었다. "우리, 그리고 공장에서의 새롭고 먼지 하나 없이 깨끗한 삶을 위하여."

"깨끗한 삶을 위하여." 내가 맞장구쳤다.

건배하는 동안, 버니스와 카밀이 서로를 보며 웃고 있었다. 덱스를 도와준답시고 쾌감을 맛보는 것 같았다.

나를 위해서는 뭘 계획하고 있을까?

12

임미

버니스가 아주 진한 펌스라고 한 말은 농담이 아니었다. 달콤함에 취해 술맛을 잊고 있었지만, 첫 잔을 비우기도 전에 미치도록 머리가 띵했다.

나는 어지럼증을 달래려고 테라스 가장자리에서 벗어났다. 여기에는 의자가 따로 없었다. 허브가 든 나무 상자 끝에 걸터앉았다. 상자 안엔 뾰족한 로즈메리 줄기와 무성하게 자란 바질과 박하 다발이 가득했다.

플라스틱 장미꽃으로 짓궂은 장난을 치며 살벌한 충고를 건넸던 줌이 다가왔다. "도망치라는 내 충고를 무시했군."

줌은 저알코올 맥주 한 병을 들고 있었다. 버니스나 카밀이 또 다른 펌스로 날 곯아떨어지게 만들기 전에 다른 음료를 마셔야 했다.

"글쎄, 서비튼과 브로클리에는 방이 없더라고."

줌이 껄껄 웃었다. "약속한 대로 난 너한테 투표했어."

"내가 그나마 나은 후보라서?"

"아니. 그냥 공장에도 평범한 일을 하는 사람이 있으면 좋을 것 같았어."

"줌, 넌 어떤 일을 하니?"

"IT 프리랜서로 일하고 있어. 아주 지긋지긋해."

루카스가 염색 공장의 IT 문제를 누군가가 공짜로 해결해 주고 있다고 말하지 않았었나? 줌이 그 착한 기술자가 틀림없었다. "다른 룸메이트들은 어때? 카밀이 배우라는 건 알지만, 그게 다야."

다른 사람들이 등장할 때마다 줌이 신상을 짤막하게 소개했다. 버니스는 항공 교통 관제사였다. 어째서 그녀의 목소리가 카랑카랑하고 힘찼는지 알 만했다. 루카스는 주류 회사 홍보팀에서 근무하고 있었고, 지난번처럼 격앙된 표정으로 도착한 베로니카는 보험회사 임원이었다.

"덱스는?" 내가 물었다.

"사진작가인 것 같아. 그리고 애슐리는…." 줌은 잘 맞지 않은 모로코풍 구슬 슬리퍼를 신고 테라스로 걸어 들어오는 애슐리를 향해 고개를 끄덕였다. "한 번에 한 가지씩 자발적인 선행으로 세상을 구하고 있지."

나는 심각한 표정으로 줌을 바라봤다. "애슐리는 그냥 좋은 뜻으로 하는 게 아닐까?"

"그러게. 어떤 보상을 노리는지 궁금할 정도로 솔선수범하거든."

농담인가? 아직은 그를 잘 모르다 보니 선뜻 물어볼 수 없었다. "이런 공동체 활동이 많아?"

"애슐리는 매일 아침 기상 요가를 주도하고, 화요일마다 열리는 공동체 모임에서 우리의 삶을 개선하는 도시 참선 계획을 발표해. 아, 그리고 한 달에 한 번 지구 시간이 있는데, 그때는 촛불을 켜고 모여. 도덕성을 자랑하는 짓이 요란뻑적지근하지만, 멋지잖아. 스트레스도 풀리고."

"굳이 참여하고 싶지 않다면?"

"영원히 여기 머물 수 있는지에 대한 투표가 열릴 때까지는 의욕을 보이는 게 좋아. 그 이후로는 알아서 하면 돼. 누군가의 세제를 훔치거나 침대 밑에 시체를 보관하지 않는 한, 아무도 널 간섭하지 않을 거야."

줌이 아까 세탁소에서 내가 한 짓을 어떻게 알았는지 궁금했지만, 나는 얼굴을 붉히지 않으려 애썼다. 하지만 시체라는 단어 때문에 문득 증거품 봉투가 떠올랐다. "나보다 앞서 교토를 썼던 사람들 말이야. 왜 떠났어?"

줌이 맥주병을 들어 꿀꺽꿀꺽 마셨다. "참. 너와 덱스가 여기 오기 전에, 제이미 일은 우리끼리 그냥 잊기로 동의했어."

제이미. 면접 날 밤, 베로니카가 그 이름을 언급하며 나를 공장에 못 오게 했었다. "나쁜 일이 있었나 봐?"

줌이 고개를 가로저었다. "그런 건 아닌데 아직 풀리지 않은 몇몇 불화가 있어. 너도 알다시피 어디든 그런 일은 있잖아."

나는 무슨 뜻인지 알 수 없었지만, 더는 묻지 않기로 했다. 룸메이트와는 아무것도 아닌 일로도 감정이 격해지곤 하니까. 앨을 만나기 전, 내가 지냈던 셰어하우스에서도 그런 일이 비일비재했다. "앞으로 잘하면 되지 뭐, 안 그래?"

줌이 고개를 끄덕이더니 몸을 살짝 숙이며 속삭였다. "너한테만 하는 말인데, 나는 너와 덱스에게 그 일을 숨겨야 하는 건지 잘 모르겠어. 만약 걔들이 추악한 모습을 보이기 시작하면 네가 알아야 할 내용을 꼭 말해 줄게."

내가 뭐라고 다른 말을 하기도 전에 버니스가 우리를 향해 걸어왔다. 줌이 내게 한 말을 거의 알고 있다는 듯이.

"자, 자, 줌. 밤새도록 임미를 독차지하면 안 되지. 임미는 우리 귀빈이라고."

해가 지자, 나른한 봄밤이 강렬하고 야성적으로 변했다. 음악도 계속 바뀌었다. 서로 번갈아 가며 가상 비서의 무한 라이브러리에서 원하는 음악을 선택했다. 한번 대화가 시작되면 다른 사람이 끼어들 때까지 절대 끊기지 않았다. 관심의 주인공이 된 나는 이 모든 게 낯설었지만 괜히 우쭐해졌다.

모두가 환상적으로 멋져. 나도 그렇고.

쳇, 내가 취한 모양이군.

"자, 그럼 오늘 밤 제물이 될 사람이 올까, 아니면 나중에 올까?" 다시 잔을 채울 때 내가 덱스에게 말했다.

"너무 빠른데. 아마 하지 때쯤 아닐까. 일단 우리 살을 찌워야지."

"오늘 밤 광란의 파티가 없었다면, 나는 다리털을 깎지 않았어." 내 말이 어찌나 삐딱하게 들리는지 당황해 곧장 입을 다물었다.

하지만 덱스는 싱글벙글 웃고 있었다. "난 면도 안 했어."

나는 킥킥 웃었다. "너 그거 알아…? 널 처음 만났을 때는 재수 없어 보였는데…." 다시 입을 열기 전에 정신을 가다듬었다.

"그런데?" 여전히 눈을 동그랗게 뜬 덱스는 즐거워 보였다. 그의 긴 속눈썹이 눈 밑을 쓸고 다니는 작은 붓처럼 보였다.

"하지만 내가 틀렸어, 덱스. 너 괜찮은 녀석 같아."

덱스가 웃었다. "임미, 나도 네가 괜찮은 사람이라 느꼈어."

"너 지독한 알코올 중독자야?"

"와. 그렇게 노골적으로 묻다니."

"젠장, 미안해. 내 알 바 아닌데."

"지독한 알코올 중독자가 뭔지 모르겠네. 하지만 나는 술에 취했을 때 했던 일들을 후회해. 그래서 이제부터라도 술이 깬 상태로 살아 보고 싶어."

고개를 끄덕이는데 머리가 빙빙 돌았다. "난 지금 당장 술이 깼으면 좋겠다."

"물 좀 갖다줄게." 덱스는 음료가 있는 탁자로 향했지만, 나는 물이라는 말에 돌연 화장실에 가고 싶었다. 방으로 돌아온 나는 욕실 거울에 비친 내 모습을 보며 바보같이 히죽거렸다.

내게 필요한 건 안전한 곳, 내 상처를 보듬어 줄 공간뿐이다. 만약 내가 우연히 훨씬 더 좋은 걸 발견했다면 어땠을까? 나는 여전히 웃으며 밖으로 나갔다. 이제부터는 물만 마셔야지. 그 순간 내 머리 위에 있는 복층 모퉁이에서 날선 목소리가 들렸다.

"…그래서 너희들 중 누가 임미랑 잘 거야? 아니면 제이미 때처럼 그냥 골탕만 먹일 거야?"

나는 누구 목소리인지 바로 알아챘다. 베로니카였다. 그녀의 목소리에는 독기가 서려 있었다. 나는 대들보 아래로 뒷걸음질 쳤다. 눈에 띄지 않고 테라스로 갈 수 없어 옴짝달싹 못 한 채 이곳에 갇히고 말았다.

"베로니카, 어린애처럼 굴지 마." 버니스였다. 지긋지긋하다는 투로 말했다. "우리가 널 곤란하게 해서 화가 난 건 알지만, 너한테 다시 기회를 준 건 감사해야지."

"감사? 내가 얼마나 기막히게 너희들 전부를 망가뜨릴 수 있는지 잊었구나."

"설마 그럴 리가." 루카스의 목소리도 들렸다. "네가 약속을 어기면 그들이 너도 망가뜨릴 거야."

"물론 나는 제이미에 대한 어떤 정보도 흘리지 않겠다고 약속했어. 하지만 덱스나 임미가 내게 노골적으로 물어보면 어쩌지? 걔들도 그 일이 신문에 보도되기 전에 어떤 일에 휘말렸는지 알 자격이 있어."

"그럴 리 없어." 카밀이 나지막한 목소리로 말했다. 그래서 그곳에 네 번째 사람이 있는지 깨닫지 못했다.

"참, 한나도 언론에 입 다물겠지? 한나의 힘이 현실적으로 아무 소용이 없다는 걸 자꾸 잊어. 언제까지고 이 비밀을 지킬 순 없어."

마룻바닥이 삐걱거렸고, 베로니카가 나무 사다리를 타고 내려왔다. 나는 대들보 뒤로 몸을 숙였다. 그녀는 쿵쿵거리며 중앙 계단을 향해 걸어갔고, 아마도 자기 방으로 돌아가는 듯했다.

"더는 베로니카를 못 믿겠어." 루카스가 말했다. "정말이지 너무 변덕스럽잖아."

"허풍쟁이니까." 버니스가 말했다. "한나한테 베로니카가 거절할 수 없는 제안이 있는지 물어볼게."

루카스가 웃었다. "여차하면 내가 베로니카를 골탕 먹일지도 몰라. 알았지, 카밀?"

나는 "알았어"라고 중얼거리는 소리를 들었다.

그들이 사다리를 내려오기 시작했고, 나는 허벅지에 쥐가 났는데도 계속 웅크린 채 그대로 숨어 있었다. 술김에 당장 대들보에서 튀어나가 무슨 일인지 물어보고 싶었지만 꾹 참았다. 그들이 말한 것 중 한 가지는 분명했다. 줌 역시 그랬다. 모두가 내가 상관할 일이 아니라고 생각했다.

제이미가 내 방에 살았고, 내 침대에서 잤다는 것만 빼면. 혹시 내가 찾은 증거품 봉투가 제이미와 관련된 걸까? 하지만 어떻게?

나는 그들이 테라스로 돌아갈 때까지 기다린 뒤 홀로 무인 바에 가서 진토닉을 따라 마셨다.

베로니카에게 물어봐야 할까? 안 돼. 난 너무 취했어. 어쨌든 아침이 되면 모든 게 이해될지도 모른다.

술을 다 마신 뒤 새 룸메이트들에게 작별 인사도 하지 않은 채 잠자리에 들었다. 물론 테라스는 새벽 한 시까지 떠들썩했고, 그 후에야 모두 자러 갔다.

나는 여전히 잠을 이룰 수 없었다. 침대에서 일어나 의자로 방문 손잡이 아래를 고정했다. 전자자물쇠가 있어 든든하지만, 누군가가 폭력을 사용할지 모르니 미리 주의해야 한다.

웰컴 투 The House Share 세어하우스

13

4월 30일 월요일

임미

새 침대라 그런지 편안히 잠을 잘 수 없었다. 아침에 일어날 때 너무 피곤해 이리저리 몸을 비틀었다. 폭풍 샤워로 정신을 차린 뒤 커피를 들고 옥상 테라스로 향했다. 어젯밤 파티에도 테라스는 놀랍도록 깨끗했다. 여기서 도시를 바라보니 무척 찬란했다. 그리고 가장 뿌듯했던 건 런던의 중심에 있어 걸어서 출근할 수 있다는 점이었다.

런던에 살기 전에는 그게 얼마나 중요한지 깨닫지 못했다. 종종 걸음으로 50분만 걸어도 취기가 싹 사라지겠지. 오히려 다행이다. 3학년 수업이 있는 월요일 아침보다 더 힘든 일이 3학년과 함께하는 월요일 아침과 숙취였으니까.

"자, 여러분. 다들 자리에 앉아요. 주말은 끝났고, 이제는 공부할 시간이에요."

몸은 온종일 학교에 있었지만 정신은 집에 가고 싶어 안달이 났다. 그러다 행여나 태너스워크 인도에서 무심코 흘린 내 소지품을 발견하지 않을지 반쯤 걱정했다. 거기엔 이런 쪽지가 달려 있지 않을까. '미안해, 우리가 실수했어. 넌 공장에 어울리지 않아.'

나는 최악의 상상을 접어 두고 공동 주방에 저녁 식사로 먹을 만한 음식이 있을지 골똘히 생각했다. 사라네 집에 머무는 동안에는 그녀와 맥의 저녁 시간과 겹치지 않도록 집으로 가는 버스에서 샌드위치를 먹곤 했다.

영양층으로 내려와 보니 덱스가 샐러드를 만들고 있었다.

"이 주방에 있으니까 〈마스터셰프〉(요리 서바이벌 프로그램-옮긴이)에 출연한 것 같아." 그가 말했다.

나는 공용 채소 상자를 뒤지며 정체를 알 수 없는 울퉁불퉁한 갈색 덩굴을 꺼냈다. "그러게. 나도 마찬가지야. 이제 우리가 어떻게 해야 하지?"

덱스가 껄껄 웃었다. "루카스에게는 그런 거 묻지 마. 내 생각에 그는 몇 가지 제안을 할 게 분명해."

나는 웃음이 절로 나왔다. 루카스가 어떤 사람인지 덱스가 알아냈다는 게 재미있었고, 왠지 한편인 듯 느껴졌다. 덱스에게 베로니카를 어떻게 생각하는지 물어봐도 될까?

안 돼. 어젯밤 그들의 얘기를 들은 이후 나는 공장 정치에 관여하지 않기로 했다. 공동 냉장고에서 가져온 요구르트에 바나나, 견과류, 유기농 꿀을 넣었다. "첫 단짝 모임은 했어? 네 단짝은 누구야?"

덱스가 살짝 움찔하며 말했다. "버니스야."

나는 고개를 끄덕였다. "걔는 좀 무섭긴 하더라. 내 단짝은 애슐리야. 아마 그녀는 나더러 토끼를 쓰다듬으라며 긴장을 풀어 줄 거야."

"아니면 토끼의 목을 베라고 할지도. 걔들이 사탄 의식에 관해 얘기하기 시작하면 네가 알려 줘야 해."

우리는 둘 다 웃었다. 하지만 덱스는 공장을 예민하게 받아들이는 것 같았다. "괜찮을 거야, 그렇지?" 내가 말했다.

덱스는 잠시 망설이다 칼을 내려놓은 뒤 손을 뻗어 내 손을 쓰다듬었다. "물론이지. 우리가 여길 싫어한대도 공장은 '영영 떠날 수 없는' 캘리포니아 호텔이 아니잖아. 언제든지 체크아웃할 수 있어."(이글스의 노래 '호텔 캘리포니아' 가사 중 절대 이곳을 떠날 수 없다는 내용을 빗대어 한 말－옮긴이)

나는 월요일 밤엔 더 잘 잠들 수 있었다. 물론 의자는 여전히 문에 기대어 있지만. 화요일 저녁, 퇴근 후 공장으로 돌아온 사람들이 모두 테라스로 향했고, 나도 곧 그 무리에 합류했다. 애슐리가 가장 늦게 도착했다. 땋은 머리카락을 모조리 푼 곱슬곱슬한 금발이 후광처럼 보였다.

"친구들, 특히 임미와 덱스. 이제 멋진 화요일 저녁을 맞이할 시간이야. 일주일에 한 번씩 나는 공동체 뉴스를 정리하고, 도시 참선 명상 프로그램을 소개해. 우리 삶을 개선하는 데 도움이 될 만한 멋진 프로그램이야."

몇몇이 접이식 의자와 빈백을 들어 올렸다. 왠지 공간이 꽉 차 보였다. 베로니카가 여기 없다는 것을 알아차리기 전까지는 다들 여유로워 보였다.

"우리는 늘 발표로 시작해. 그러면 각자의 생활에서 어떤 일이 일어나고 있는지 알 수 있잖아."

카밀이 이번 주에 오디션을 봤다며 먼저 운을 뗐다. "최근에 일거리가 없어 조용히 지냈는데, 오디션 결과가 정말 좋았으면 해. 경쟁이 진짜 심하니까."

덱스가 고개를 끄덕였다. "창의 산업이 얼마나 어려운 일인데. 나도 기다리는 중이야. 공장에서 내 도움이 필요한 사람이 있다면 알려 줘."

"잘될 거야, 덱스. 힘내." 애슐리가 말했다. "나는 영양 관련 소식을 전할게. 내 최신 발효 식품이 곧 탄생해. 날씨가 따뜻해서 잘 익고 있거든. 아마 내일쯤 맛볼 수 있을 거야. 케피어(우유 발효 음료-옮긴이) 맛이 정말 환상적일걸."

"하지만 줌이 건네는 건 뭐든 사양해야 해." 루카스가 우리에게 경고했다. "지난번에 줌이 발효 우유를 신 우유와 바꿔치기했거든."

줌이 씩 웃었다. "그 차이를 맛볼 수 있는 사람이 있는지 알아보고 싶었을 뿐이야."

애슐리는 웃는 시늉을 했지만, 내가 보기에 농담으로 여기려 애쓰는 듯했다. "요즘 난 삶의 질을 높이는 기술이나 다른 혁신적인 방법을 활용하고 있어." 그리고는 리모컨을 집어 들었다. 잠시 후 기이하고 거친 소음이 우리를 에워쌌다. 높은 음정과 낮은 웅얼거림이 섞여 있었다.

고래 음악이었다. 학교에서 바다 관련 수업을 할 때 아이들에게 비디오로 틀어 준 적이 있었다.

"고래들이 짝짓기 하는 소리일까, 아니면 늘 그런 소리를 내는 걸까?" 루카스가 물었다.

애슐리가 그를 째려봤다. "이건 치유 음악이야. 원래는 화재 경보 시스템을 이용해서 무선으로 각자의 스튜디오와 다른 층에 음악을 재생하거든. 아침에 요란한 알람 대신 이 음악을 들으며 깨면 마음이 차분해질 거야. 난 우리의 웰니스를 높이는 다양한 음악을 실험해 보고 싶어." 애슐리가 말했다.

'웰니스'는 내가 가장 싫어하는 단어 중 하나였지만, 나는 애슐리를 나쁘게 보지 않기로 했다. 그녀는 룸메이트 모두에게 감정과 기분을 기록하도록 요청했고, 우리를 위한 가장 효과적인 음악을 찾겠다고 선언했다.

모임이 끝났을 때 줌이 나와 덱스에게 다가왔다. "자, '끔찍한 화요일'을 처음 맞이한 기분이 어때?"

"좋았어." 내가 말했다.

"우리가 잠자는 동안 애슐리가 무의식적인 메시지를 보내 채식주의자로 세뇌하는 걸 걱정하진 않겠지?"

"농담하는 거 알아, 줌. 하지만 내가 사이비 종교에 합류했는데도 네가 도와주지 않을까 봐 걱정이야."

줌이 껄껄 웃었다. "이건 사이비 종교가 아니라 공동체야."

"뭐가 다르지?"

"적어도 우리에겐 지도자가 없어. 공식적인 지도자 말이야." 줌은 한나에게 무언가를 속삭이고 있는 버니스를 의미심장한 눈길로 힐끗 쳐다봤다. 나는 한나가 모임에 참석했는지 몰랐기 때문에 흠칫 놀랐다. 물론 그리 놀랄 필요는 없었다. 한나는 공장 살림을 도맡아 하는 사람이었으니.

버니스와 한나가 서 있는 모습을 다시 살펴보니 두 여자의 관계가 왠지 묘했다. 버니스가 여왕벌이라는 지위를 차지하고 있어도, 한나가 실질적인 책임자처럼 보였다.

테라스와 주방이 마음에 쏙 들긴 했지만, 내 공간에 들어와 방문을 닫아야 마음이 놓였다. 착한 척하지 않아도 되니까. 나는 룸메이트 광고대로 공장이 원하는 사람이 되려고 노력하고 있었다. 하지만 앞으로 3주, 그리고 5일이나 더 이 모습을 유지할 수 있을지 확신할 수 없었다.

다만… 그래야 했다. 그냥 내 페이스를 유지하되 가끔 이곳을 벗어나면 되겠지.

수요일 오후에는 피자 한 조각을 움켜쥐고 템스강 강둑에 앉아 경치를 바라봤다. 오늘 밤은 스튜디오에서 수업 계획을 짤 생각이었다. 애슐리가 스피커로 고래 음악을 틀어 놓는다고 해도, 적어도 내게는 아주 비싼 소음 방지 헤드폰이 있었다. 앨과 동거한 지 한 달 만에, 그리고 그가 나를 차 버리기 두 달 전에 크리스마스 선물로 사 준 것이었다.

돌연 피자가 목에 걸려 안간힘을 쓰며 삼켰다. 고통스러워도 어쩔 수 없다. 스스로 고통을 감당할 수 있어야 진짜 고통일 테니.

그게 내 유일한 대처 방법이었다. 만약 내가 고통을 내뱉으면 그 고통이 멈출 수 없는 쓰나미로 변해 또 다른 불운을 몰고 올까 봐 늘 두려웠다. 그게 날 쓰러뜨릴지도 모르니까.

갑자기 강물의 물살이 빨라지며 탁해졌고 더는 잔잔하지 않았다. 서둘러 공장으로 향했다. 옥상 테라스에서 들리는 떠들썩한 목소리를 무시한 채 곧장 침대에 누워 자려고 했다.

'뭔가 달라졌어.'

나는 바로 알아차렸다. 뭐지? 침대는 대충 정리해 둔 그대로였다. 내가 읽고 있던 에이다 러브레이스의 전기도 여전히 침대 머리맡 탁자 위에 놓여 있었고, 반쯤 마신 물컵도 마찬가지였다.

하지만 누군가 여기 왔었다는 걸 알아챘다. 낮 동안 창문을 열어 둔 것처럼 공기가 무척 맑고 신선했다. 학교에서 집으로 돌아온 지난 이틀 밤 동안, 방 안을 가득 메우고 있던 텁텁한 온기는 온데간데없었다.

누가 왔다 간 걸까?

내 암호는 지극히 사적인 부분이니만큼 나만 이 방에 들어올 수 있었다.

바위가 떨어진 것처럼 가슴이 답답했다. 호흡은 빠른데, 공기가 부족해 머리가 터질 듯했다. 마치 뇌가 너무 커서 두개골을 뚫고 나갈 만큼.

내 공간이 침범당했다. 참을 수 없어!

욕실 문이 조금 열려 있었다.

어떻게 아냐고? 나는 매일 아침 샤워를 마치면 환풍기가 최대한 효율적으로 작동할 수 있게 욕실 문을 닫아 둔다. 곰팡이가 피는 게 미치도록 싫으니까.

어쩌면 책상 왼쪽 서랍이 잘 닫히지 않아서 달라 보이는 걸까….

내 수면제.

책상 서랍을 비틀어 열어 보았다. 피가 거꾸로 솟구치는 것 같았다. 다행히도 투명한 증거품 봉투는 여전히 서랍 안에 있었고, 그 안에 든 상자도 손댄 흔적이 없었다. 아무도 건드리지 않았다. 내가 예민한 걸까? 나는 그제야 안도의 한숨을 내쉬었다.

호흡이 정상으로 돌아오기 시작했다.

하지만 그때 침대 머리맡에 기대어 있는 베개가 보였다. 나는 절대 그렇게 두지 않는다. 게다가 누군가 들어왔었다는 증거로 냄새도 풍겼다. 누가 여기 왔다 간지 확실히 알려 주는 비누 향. 그건 내가 신청한 게 아니었다.

나는 문을 쾅 닫으며 방에서 뛰쳐나왔다. 더는 억누를 수 없는 분노가 머리끝까지 치밀었다.

14

5월 2일 수요일

덱스

버니스와 내가 흡연실에서 첫 단짝 모임을 시작할 때, 임미가 불쑥 안으로 들어왔다.

"버니스, 할 얘기가 있어. 개인적으로." 임미가 나를 싹 무시하며 말했다. 그녀의 눈이 완전히 미쳐 있었다.

왠지 매력적으로 보이기도 했고.

무슨 생각을 하는 거야. 넌 여기 섹스하러 온 게 아니잖아. 또 옛날처럼 살고 싶은 거야?

버니스가 날 향해 눈썹을 치켜올렸지만, 나는 임미를 달래려고 테라스로 데리고 나갔다. 허브향이 밖으로도 흘러나왔다. 향이 왜 이리 센 거야. 완전 메스껍네.

임미가 너무 쉴 새 없이 말을 늘어놓아 제대로 알아들을 수 없었지만, 관리인 한나가 자기 허락도 없이 그녀의 방을 드나들었다는 얘기 같았다.

"…스튜디오에 들어가 침구와 수건을 바꾸는 건 당연한 거야. 한나는 일주일에 두 번씩 앱을 통해 드나들 수 있어." 버니스의 목소리는 차분했다. 나는 그녀가 히스로 공항의 비행기에 갇힌 조종사들처럼 짜증을 낼 거로 추측했다.

"나는 저 침대에서 세 번밖에 안 잤어. 아직 시트를 바꿀 필요가 없다고."

"이미 말한 대로, 만약 네가 싫다면 앱에서 선택하면 돼. 그럼 한나가 침구와 수건을 밖에 둘 거야. 아니면 일주일에 한 번 정도만 바꾼다고 설정하든지. 정말 별일 아니야." 임미는 붉으락푸르락하는 얼굴로 나를 쳐다봤다. 하지만 그녀의 눈은 화가 난 게 아니었다. 그 안에 또 다른 무언가가 있었다. 그녀는 상처받은 것 같았다.

"한나가 우리 주변을 기웃거릴 수 있다는 게 믿기지 않을 뿐이야. 그게 다야."

기웃거린다고? 내 눈두덩이가 파르르 떨렸다.

버니스가 임미의 손을 잡았다. "이모젠, 진심이지? 사실 한나에게 화를 내기보다는 동정심을 느껴야 해. 그 연배의 여자가 지하실에서 꼼짝도 하지 않은 채 더러운 빨랫감을 세탁해 주고 있잖아?"

"사생활을 침해당하는 건 불편해."

임미는 한나가 뭘 찾기라도 할까 봐 걱정인 걸까? 남모를 비밀이 있을 만한 타입은 아닌 것 같은데.

나는 나 자신을 점검했다. 내 기분대로 타인을 판단하면 안 된다. 죽을 만큼 수치스러운 비밀을 가진 사람은 이곳에서 나밖에 없을 것이다. "좋아. 그러면 개별 행동을 해야지. 물론 공동체 정신에 어긋나지만. 어쩌면 이 공장이 너와 안 맞을지도 모르겠네."

왠지 경고처럼 들렸다. 임미가 움찔했다. "난 불평하는 게 아니야. 그냥 적응하는 단계라…." 그녀의 목소리가 한결 온화해졌다.

"그래. 나도 이해해. 하지만 한나에게 아무 말도 하지 말아 줘. 한나가 그리 똑똑하진 않아도 우리 모두를 신경 쓰고 있어. 널 화나게 했다는 걸 알면 상처받을 거야."

임미가 한숨을 쉬었다. "말 안 할게."

버니스가 다시 흡연실로 쏙 들어가며 눈썹을 치켜올렸지만, 그녀의 진홍색 입술에도 살짝 미소가 번졌다. "누가 걔 신경을 건드렸다고? 하여튼, 어디까지 얘기했더라?"

"단짝."

"아, 맞아." 버니스가 말했다. 그녀는 몹시 들뜬 눈빛으로 가늘고 검은 전자 담배를 깊이 들이마셨다. "임미가 저러는 건 우리 공동체 정신을 제대로 파악하지 못한 사람의 전형적인 행동이야."

너무 가혹한 거 아닐까. 여기 온 지 며칠 되지도 않았는데. "어떤 면에서?" 내가 물었다.

"사생활은 누구에게나 중요해. 하지만 누군가가 방을 청소해 주고, 빨래를 해 주는 장점도 있잖아? 내 말은 어느 정도 타협할 가치가 있다는 거지, 안 그래?"

"그렇겠지."

"우리가 이해해야 하는 건 자기 스스로 방어선을 낮춰야 한다는 거야. 덱스. 다른 유형의 삶을 받아들이는 거지."

"난 그냥 여기가 단순한 셰어하우스라고 생각했어." 나는 최대한 부드럽게 말했다.

버니스가 눈을 깜박였다. "그게 공동체지. 뭐든 함께 해결할 수 있잖아. 공동체가 너한테 어떤 의미가 있는지 생각해 봐."

나는 껄껄 웃었다. "와! 치료는 무료야?"

버니스는 아무 말도 하지 않았다. 침묵이 점점 길어졌다. 작은 새가 슬며시 날아와 잘린 양철 드럼통에 앉았다. 누군가 통 안에 물을 채워 놓았나 보다. 보나 마나 애슐리겠지. 주변을 경계하며 몸을 적신 새가 날개를 휙휙 털더니 다시 멀리 날아갔다.

"네가 날 실망시키지 않았으면 좋겠어, 덱스." 마침내 버니스가 입을 열었다. "평소 내 판단력은 꽤 좋은 편이야."

임미에게 말할 때와 같은 말투였다. 왠지 나도 조심해야 할 것 같은 느낌. "아니, 내가 잊은 건 공동체라는 거야. 나도 어린 시절엔 다들 어울려 살았었어." 물론 이 말은 다 사실이었다. 하지만 버니스는 아마도 찢어지게 가난하다 못해 몇몇 잔혹한 경찰들과 지내는 빈민 아파트 생활을 상상할지도 몰랐다. 사실은 정반대였다. 마을 회관에서 펼쳐지는 댄스 파티, 스카우트, 유색인 가족이 잘 어울릴 수 있도록 친절하게 대해 달라고 다독이는 다정한 이웃들까지.

"그게 네가 그렇게 몸부림친 이유라고 생각하는구나… 그래서… 지금은 이 지경이 된 거고?"

버니스는 내가 꾸며 낸 음주 문제를 말하고 있었다. 그녀의 말이 일부분 맞기도 했다. 우연처럼. 내가 집을 떠났을 때 난장판 같은 삶이 시작됐으니까.

내가 고개를 끄덕이자 그녀는 흡족한 듯 미소를 지었다. "자, 그럼 이제 이곳 생활로 넘어가자. 네가 줄곧 공장에서 시간을 보낸다는 걸 알아. 정말 멋진 곳이니까. 그렇다고 해도 실상은 살짝 실망스럽기도 할 거야…."

단짝 모임이 끝나고 다시 마라케시로 돌아왔다. 가식을 떠느라 진이 다 빠졌다. 거짓말도 정도껏 해야지. 옷장 속에 숨겨 둔 보드카 병을 꺼내 두 잔을 따라 마신 뒤 다시 한 잔을 단숨에 들이켰다.

사기꾼 냄새도 씻어 내고 양치질도 할 겸.

계획을 세워야 했지만 서두를 필요는 없었다. 지난 몇 주가 내 모든 걸 앗아갔으니까.

내가 한 짓을 생각하면 난 어떤 평화도 누릴 자격이 없다. 죽은 사람도 깨울 만한 소리가 고통스럽게 울려 댔다. 전자 경보음이었다. 번갈아 울리는 두 가지 신호에 귀도 아프고 머리까지 욱신거렸다. 경찰 사이렌일까? 날 잡으러 오는 건가?

"화재 경보입니다. 계단을 이용해 건물에서 대피하세요."

날카로운 신호 사이에서 녹음된 여자 목소리가 차분하지만 동정심이라곤 1도 없는 지시를 내렸다. 버니스의 목소리처럼 들렸다.

나는 휴대 전화를 집은 뒤 서둘러 방을 빠져나왔다. 연기 냄새는 나지 않았다. 베로니카도 손등으로 눈을 닦으며 계단을 내려가고 있었다. 벽에서 빨간 불빛이 번쩍거리며 나가는 길을 안내해 주었다.

한나는 건물 정문 앞에서 밖으로 나오는 사람들을 확인했다. 모두 안전하게 대피시키려고 우리보다 먼저 지하실 방에서 뛰어올라왔나 보다.

"서둘러요, 서둘러." 한나가 녹음된 목소리의 말투를 따라 말했다. 창백한 잠옷에 흰 슬립온 신발을 신은 그녀는 마치 간호사처럼 보였다.

나는 혼자 사람 수를 셌다. 임미, 카밀, 루카스, 베로니카. 버니스는 머리카락이 마구 헝클어진 모습으로 나타났다. 흐트러진 그녀의 모습을 보는 건 이번이 처음이었다. 또 다른 사이렌이 울렸다.

"거주민 수와 건물 층수 때문에 경보음이 울리면 소방서가 출동

하거든." 루카스가 임미에게 말하고 있었다.

줌과 애슐리가 마지막으로 빠져나왔다.

"아주 통쾌하겠네, 그렇지?" 베로니카가 줌에게 소리쳤다.

"제발, 베로니카." 루카스가 말했다. "진짜인지도 모르잖아."

"그래, 그렇겠지. 나 진짜 중요한 규정 준수 회의가 있었어." 베로니카가 스마트워치를 확인했다. "윽, 3시간이라니. 여기 계신 조커 씨 덕분에 나는 아무짝에도 쓸모없는 인간이 되고 말 거야."

"왜 나라고 생각하지?" 줌이 말했다. "나도 다른 사람들처럼 자는 거 좋아해."

"개소리 집어치워. 우리 모두 너라는 걸 알아. 그리고 애슐리, 다음엔 우리 삶의 질을 높이는 어떤 천재적인 아이디어를 생각해 낼 때 혼자만 간직해, 응? 이 머저리가 맨날 그 방법으로 우릴 괴롭힐 생각만 하니까."

버니스가 앞으로 나섰다. "네가 경보기 울린 거야, 줌? 진짜야? 정말 그랬다면 소방관들이 떠난 뒤에 우리끼리 진짜 비상사태를 처리해야 해."

줌이 고개를 가로저었다. "내가 안 했다니까. 하늘에 맹세해."

나는 단순히 시스템 잘못일 수도 있는데 왜 다들 줌을 비난하려고 그렇게 안달 부리는지 궁금했다.

우연의 일치일지도 모른다. 어느 날 애슐리가 화재경보기를 이용해 그 재미없는 음악을 방마다 들려줄 수 있다는 창의적인 제안을 한 다음 날 밤, 경보기가 울렸으니까. 마치 누군가가 그녀를 조롱하듯.

소방차가 태너스워크로 진입한 뒤에야 좁은 길목에 겨우 넉넉한 공간이 생겼다. 한나가 소방대원들을 안으로 안내했지만, 나는 이미 잘못된 경보라고 확신했다.

어떤 별종이 그런 짓을 했을까? 초등학교 시절, 이런 일이 일어나면 우리는 철없는 꼬마가 한 짓이라고 생각했다.

나는 함께 사는 룸메이트들을 둘러봤다. 그리고 누가 이런 나쁜 짓을 했을지 궁금했다. 버니스는 이곳에 사는 우리를 공동체라 여길지도 모른다. 그러나 모든 사람이 같은 생각을 하는 건 아니겠지.

15

5월 4일 금요일

임미

금요일 수업의 끝을 알리는 종이 울릴 무렵, 나는 거의 지쳐 쓰러질 지경이었다. 거짓 화재 경보를 울린 멍청이 덕분에.

소방관들은 왜 경보기가 울렸는지 전혀 알아내지 못했고, 공장의 견고한 보안 시스템 역시 왜 경보기가 작동했는지 밝혀내지 못했다. 물론 베로니카는 줌이 한 짓이라고 주장했다. 그가 워낙 얄궂은 장난을 잘 치기로 악명 높았으니까.

하지만 우리 모두 방으로 돌아가려고 계단에 줄지어 섰을 때, 줌이 내 팔을 잡으며 속삭였다. "얘네들 말 믿지 마, 임미. 내가 좀 짓궂긴 해도 사람 목숨이 왔다 갔다 하는 걸로 장난을 치겠어?"

내가 아무 말도 하지 않자, 줌이 더 바싹 다가왔다. "생각해 봐. 경보 시스템을 잘 아는 사람이 누구겠어? 바로 애슐리잖아. 어떤 사람들은 최고로 집중할 때만 행복해하잖아."

나는 당시 줌의 말을 들었을 때 반신반의했다. 하지만 오늘 오후 너무 피곤한 나머지 걷는 걸 포기하고 버스로 런던 브리지를 건너는 동안 다른 이유도 생각해 봤다.

우리가 잠든 사이에 무의식적인 메시지를 보낼지도 모른다고 농담한 사람은 줌이었다. 게다가 사이비 종교 집단은 수면 부족을 이용해 사람들을 무너뜨린다고 하지 않았나?

웩, 너무 피곤해서 피해망상에 빠졌나 보다. 그건 그냥 실수야. 그게 다겠지.

나는 공휴일이 있는 주말을 어떻게 보낼지 골똘히 생각했다. 옥상 테라스에 누워 집에서 만든 콤부차를 마시는 것 말고는 아무 일도 하지 않을 작정이었다. 일단 공장에서는 최대한 몸을 사려야 했다. 버니스는 내가 침대 시트를 갈아 준 한나를 향해 분노를 터뜨린 사건이 내 오점이 될 거라 분명히 경고했다.

나는 버니스의 도움이 필요하다. 시끄러운 화재경보기, 참견쟁이 가사 도우미, 사이비 종교 같은 분위기가 아무리 불편해도 이곳에 남기 위해서는 버텨 내야 했다.

"잘 지냈어?" 내가 안식층 짐볼에 앉아 있을 때 애슐리가 물었다. 오늘은 토요일이었다. 나는 정신도 말똥말똥했고, 숙취도 없었고, 단짝을 만날 마음의 준비도 되어 있었다.

"당연하지. 잠을 푹 잤거든. 네가 만든 콤부차도 내 기분을 돋우는 데 한몫했고!"

애슐리는 웃고 있었지만, 눈빛은 단단해 보였다. "이제야 단짝 모임에 초대해서 미안해. 지난 6일 동안 여기서 지낸 소감은 어때?"

"정말 마음에 들어. 모든 게 그저 만족스러워. 디자인도 화려하고, 작은 소품들까지 모두 멋지고. 특히 네가 마련한 것들도."

그 말은 사실이었다. 나는 발효 음식이나 반려동물에 관해 회의적이었지만, 점심시간이 되면 다른 룸메이트들은 애슐리가 아끼는 도자기 냄비에서 여전히 발효 중인 '살아 있는' 샐러드를 접시에 담왔다. 그렇지만 나는 안식층에 있는 모퉁이에서 책도 몇 번 읽었고, 벨라와 에드워드를 보러 가는 사람들도 꽤 많이 봤다. 버니스가 그들 곁에 가장 오래 머물렀다. 나는 동물들에게 정답게 속삭이는 버니스의 목소리를 똑똑히 들었다.

“다행이네. 하지만 공장을 관리하는 우리 방식이 그렇게 마음에 들지는 않지?” 애슐리의 경쾌한 웨일스 억양에 공장을 비난하는 듯한 감정이 넌지시 드러났다.

“아, 그거.” 얘들은 어떤 왓츠앱 같은 것으로 우리의 일거수일투족을 평가하나? “그날은 하루가 엄청 길게 느껴질 정도로 지쳐서 내가 너무 흥분했나 봐. 자세히 말하기는 그렇지만… 얼마 전에 생긴 일로 꽤 당황했거든.”

애슐리가 몸을 숙이며 짐볼 위에 앉더니 부드럽게 살살 튕겼다. 내가 면접에서 말한 이야기를 그녀가 모를 거라 확신했지만, 또 모르잖아? “이모젠, 너도 공장 친구 중 하나야. 나한테 어떤 얘기를 해도 새어 나가지 않을 거야.”

친구라면서 나를 몰아붙이고 있었다. 나는 그녀를 잘 모른다. “고마워.” 짧게 답한 뒤 입을 닫았다.

애슐리의 동그랗고 예쁜 얼굴에 짜증이 쓱 스치고 지나갔다. “네 기분을 누군가와 공유하면 말하길 잘했다고 생각하게 될걸. 여기 처음 왔을 때 나는 마음의 문을 닫고 살았어. 그래, 나조차도. 그저 발효 음식이나 만들고 명상만 했지. 하지만 공장에서 지내는 동안 공동체의 의미가 뭔지 제대로 알게 됐어.”

나는 그녀가 무슨 뜻으로 하는 말인지 아리송했다. “어떻게?”

“여기서는 절대 혼자가 아니잖아. 우리는 모두… 각자 엇나갔던 경험이 있어. 나는 오빠가 가장 큰 골칫거리였고." 애슐리가 입을 삐죽거리며 말을 이었다. "가족 모두에게 영향을 줬지만, 특히 내게 가장 심했어. 그 탓에 난 아주 자기방어적이고 폐쇄적인 사람이 됐지."

"안타깝네." 물론 나는 애슐리가 그렇게 살았다는 게 그다지 믿기지 않았다.

그녀가 눈을 깜박였다. "그 일을 이겨 내려고 많이 노력했어. 그래서 지금의 내가 됐고. 고통은 우리를 하나로 만들 수도 있어. 정말 네 얘기를 공유하고 싶지 않은 거야?"

나는 그저 이 망할 짐볼에서 내려가고 싶었다. 계속 앉아 있다 보니 허벅지가 타들어 가는 것처럼 느껴졌다. "지금은 아니야. 곧 괜찮아지겠지."

애슐리가 잠시 망설이다 입을 열었다. "그래. 공장의 솔직한 분위기에 익숙해지려면 시간이 좀 걸릴 거야. 게다가 우리가 네 운명을 결정하기까지 3주나 더 남았고." 그녀가 킥킥거렸다. "자, 그럼 우리 공동체에 어떤 도움을 줄지 생각해 봤어? 어떤 선행을 베풀고 싶어?"

나는 훨씬 수월한 질문에 기뻐하며 고개를 끄덕였다. "내 재봉틀을 꺼내기로 했어. 좀 싫증 난 옷들을 리폼하거나 수선할 사람이 있다면 도와줄 거야…."

오후가 됐다. 나는 테라스에 있는 선베드에 누워 있었다. 진짜 술 한잔을 손에 쥐고 있었다면 금상첨화였을 텐데.

"그거 내장이 꾸르륵거리는 애슐리표 발효유처럼 수상쩍어 보이는데." 루카스가 안에서 화이트와인 병을 들고 나타나며 말했다. 와인이 몹시 차가운지 병에 벌써 물방울이 송골송골 맺혔다.

"덧나무꽃과 민들레로 만든 거야." 나는 새침하게 말했다.

"아, 그렇군. 키위 빛 나는 구스베리를 좋아한다면 바로 알아맞혔을 텐데." 루카스가 와인 뚜껑을 열었다. "뉴질랜드 소비뇽 블랑이야. 그거랑 달리 방귀는 안 나올걸."

"난 됐어. 고마워."

루카스는 어깨를 움츠리며 데이지꽃이 얼룩덜룩한 인조 잔디에서 얘기를 나누던 여왕벌 버니스와 카밀에게 합류했다. 오른쪽으로는 덱스와 애슐리가 수다를 떨고 있었다. 덱스는 반바지만 입은 채 격자 모양의 11자 복근을 내놓고 있었다. 일부러 뽐내는 것 같지는 않았지만, 애슐리는 최면에 걸린 사람처럼 보였다. 덱스가 입을 열 때마다 실실 웃으며 사랑에 빠진 열한 살 소녀처럼 머리카락 한 올을 귀 뒤로 계속 밀어 넣었다.

내가 왜 이렇게 못되게 굴지? 덱스 셰퍼드 씨에게는 호감을 보이지 않는 게 좋겠어. 잠깐 스치는 인연은 필요 없으니까.

선베드에서 일어난 나는 방으로 돌아가 다음 주 수업 준비에 집중하려 애썼지만, 자꾸 그 말이 눈앞에 어른거렸다. '아무리 과학이 경이로워도 오늘처럼 아름다운 날을 이길 수 없다.'

게다가 곧 엄마가 전화할 시간이었다. 나는 공장 식구들이 내 말을 엿듣는 게 싫었다.

억지로 공장 밖으로 나와 버몬지를 지난 뒤 템스강을 향해 걸어갔다. 앨과 함께 살 때는 프림로즈 힐에서 주말을 보내거나 햄스테드에서 쇼핑을 즐기곤 했지만, 개인적으로는 템스강 쪽 런던이 훨씬 좋았다. 테이트 모던과 글로브로 걸어가는 동안 강둑이 윙윙거렸다. 곧바로 강을 건너 타워브리지 쪽으로 돌아왔다.

난 여기 살고 있어. 셀카를 찍느라 아우성치는 관광객을 보니 왠지 측은한 마음이 들었다. 이봐, 이건 내 건물, 내 전망이라고. 나 런던 사람이야!

엄마는 항상 토요일 4시에서 6시 사이에 전화를 했다. 내쪽에서 먼저 전화하는 건 그리 좋아하지 않았다. 그 시간에 엄마가 낮잠을 잘 수도 있으니까. 낮잠을 잔다는 건 술에 곯아떨어졌다는 신호였다.

감정을 억누르는 방법이기도 했다. 엄마는 내가 항복하고 집에 올지도 모른다고 철석같이 믿고 있었다. 그게 우리 둘에게는 더 편했다. 공장을 찾지 못했다면 엄마의 소원이 이뤄졌을 텐데.

으스스한 런던탑을 올려다볼 무렵 전화벨이 울렸다.

바로 전화를 받았다. “안녕, 엄마. 거기 날씨는 어때?” 나는 늘 기분 좋게 인사를 건넸지만, 엄마는 보통 나를 맥빠지게 만들었다.

“끔찍하지. 너무 후텁지근해서 못 살겠어. 밤에 잠도 설치고. 런던은 더 최악이겠지?”

런던은 화창했다. 맑은 날씨에 상쾌한 바람도 불어왔다. 오죽하면 신문들이 스페인 남부의 휴양지 코스타 델 솔보다 훨씬 따뜻하다고 떠들어댈까. “맞아, 훨씬 가혹하지. 사람들도 바글대고.”

보나 마나 엄마는 소파에 몸을 웅크리고 앉아 북적거리는 런던 사람들을 상상하며 몸서리치고 있을 게 뻔했다. 내가 무슨 말을 하든 엄마는 대수롭지 않게 여겼다. 그러다 여기 사는 게 싫다고 하면 엄마는 왜 집으로 돌아오지 않냐고 물었다. 아니면 내가 모든 게 잘 되고 있다고 말할 때는 불난 집에 부채질이라도 하듯 엄마 속을 뒤집어야 할 것이다.

나는 엄마가 행복했으면 좋겠다. 하지만 그렇다고 내 삶을 희생할 만큼은 아니었다.

"앨라스테어도 함께 있니?"

앨은 엄마 마음에 든 유일한 존재였다. 그래서 나는 아직 우리가 헤어진 걸 엄마에게 비밀로 했다. 다 끝났다고 말하면 엄마는 무너질지도 모른다.

"아니. 앨은 아직 일해. 회사가 망하기 일보 직전이거든." 나도 모르게 엄마 억양을 따라 대답했다.

"또?" 하지만 엄마 목소리에는 감탄하는 기색이 가득했다. 앨은 우리가 만난 이후 엄마 집에 여러 번 들렀다. 물론 엄마는 광장공포증이 심해 런던에 있는 나를 보러 오지 못했지만, 앨의 집 사진을 본 적이 있었다. 그가 꽤 많은 돈을 들여 하이게이트에 위치한 테라스 있는 집을 구했다고 말했을 때 엄마는 우리가 자신을 놀리고 있다고 생각했다. "그 돈이면 우리 집뿐만 아니라 양쪽 옆집도 모두 살 수 있겠는걸." 엄마 말에 우리는 함께 웃었지만, 사실 그 동네 거리를 다 살 수 있을 정도였다.

"앨이 얼마나 야망이 큰지 알잖아." 내가 말하자, 엄마는 기분 좋은 목소리로 부드럽게 물었다.

"학교는 어때?"

우리의 대화는 자주 왔다 갔다 했다. 현실 속 내 삶은 엄마가 상상하는 삶과 달라도 너무 달랐다. 곧이어 대화 주제는 건강으로 바뀌었고, 엄마나 엄마의 모든 지인을 괴롭히는 다양한 질환을 주저리주저리 얘기했다. 엄마의 세상에서 병은 곧 돈이었다. 내가 엄마 나이가 됐을 때는 안락사가 합법이었으면 좋겠다.

마침내 엄마의 얘깃거리가 바닥났고, 나는 엄마에게 사랑한다고 말한 뒤 전화를 끊었다. 사랑하는 건 분명하니까. 어느새 템스강 풍경이 어둑해졌다. 날 보며 실실거리는 사람들이 왠지 하릴없이 추근댈 것 같아 서둘러 공장으로 향했다.

내 집.

그 단어만 떠올려도 세상이 다시 환해졌다.

16

임미

공장에 돌아오니 놀이층이 텅 비어 있었고, 옥상 테라스도 마찬가지였다. 원래는 무인 바로 가서 애슐리의 콤부차를 마실 생각이었지만, 엄마와 통화한 뒤 무기력해진 나는 그냥 진을 한 잔 따라 마셨다.

사다리를 타고 복층으로 반쯤 올라갈 무렵, 그곳에서 신문을 읽고 있는 루카스를 발견했다.

"아, 미안. 다른 데로 갈게."

"내가 세놓은 곳도 아닌데 뭐. 임미, 이리 와서 같이 앉아."

그가 둥근 벨벳 소파를 두드렸다. 열 사람도 앉을 정도로 큰 소파였지만, 반대편에 앉는 건 괜히 오만해 보일 것 같아 그가 읽는 신문이 보일 만큼만 가까이 다가갔다.

"놀랄 일은 아니야, 안 그래?" 루카스가 최근 미투 의혹에 직면한 배우의 사진을 가리키며 말했다. "이 남자는 늘 지저분해 보였어. 요샌 하도 미투가 많으니까 오히려 성희롱 안 하는 스타를 찾는 게 뉴스거리가 될 거야."

나는 이런 얘기가 싫었지만, 가볍게 받아들이려 애썼다. "성 상납 문제는 초등학교에선 큰 걱정거리가 되진 않아. 선생의 90퍼센트가 여자니까."

"글쎄, 주류업계에서는 이미 널리 퍼져 있고, 늘 여자만 표적이 되는 건 아니었어. 어릴 때는 내가 좀 예쁘장한 남자애였거든. 특정 나이대의 여자들이 아주 추한 모습을 보이더라고. 내가 아주 완강하게 거부한 것도 아니라서!"

루카스가 제법 예뻤다는 건 믿기 힘들었다. 그는 왠지 진이 다 빠져 보였다. 입김에서 포도주 냄새가 났지만, 과음 때문만은 아닌 것 같았다.

나는 정색하며 웃었다. "남자들은 보통 육체적으로 더 강하잖아. 게다가 그들은 대부분 책임자고. 여자들이 싫다고 거절하면 경력을 쌓는 데 얼마나 불리한지 모르지?"

루카스는 나를 한참 쳐다보더니 고개를 가로저었다. "미안해, 이모젠. 내가 정신이 나갔나 봐. 경솔하게 굴면 안 되는데." 그리고는 신문을 접어 바닥에 두었다. "여기 적응은 좀 돼?"

"예상보다 훨씬 좋아. 친구 집에 얹혀살지 않으니 더 좋고. 집이라고 할 만한 곳이 생긴 거잖아."

루카스가 고개를 끄덕였다. "그렇게 생각하니 다행이네. 염색업자들은 어때?"

"다들 너무 다정하지!"

루카스는 내 말이 뜻밖이라는 듯한 표정을 지었다. "다들? 정말?" 그의 눈이 너무 초롱초롱해 룸메이트 중 누군가를 일부러 헐뜯어야 할 것 같았다.

나는 몸을 사려야 했다. "음, 모든 사람을 제대로 알려면 분명 시간이 더 걸리겠지."

"그래, 그들 중 몇 명은 별로 알고 싶지 않을 거야."

이제 베로니카에 관해 물어볼까. "누굴 말하는 거야?"

루카스는 내 앞으로 몸을 숙였다. "수요일 밤 화재 경보음 탓에 모였을 때처럼 줌이 골칫거리처럼 보일 수도 있어. 하지만 여기서 가장 큰 문제는 베로니카야."

"베로니카는… 어딘가 불행해 보여."

"그건 수작이야. 그래야 골치 아픈 일을 모면할 수 있을 테니까."

문득 여기 온 첫날 밤에 우연히 들었던 말다툼이 생각났다. "공동체가 베로니카를 전혀 도와주지 않는 거야?"

그가 얼굴을 찡그렸다. "도움받고 싶은 사람만 도와줄 수 있겠지. 뭐랄까… 공장의 이상에 열려 있는 사람들 말이야."

나는 고개를 끄덕였다. "음, 그거 좋네."

"난 네가 공장에 어울린다고 생각했어. 살짝 미친 곳처럼 보일지 몰라도 네가 그 방향성을 따른다면 네 삶이 분명 달라질 거야. 좋은 쪽으로."

"맞아."

그가 내 잔을 가리켰다. "다시 채워 줄까? 네가 어떤 진을 마셨는지 맞혀 볼게. 내 전문이니까." 그리고는 내 쪽으로 더 가까이 다가와 내 손에서 잔을 가져갔다. "맛 좀 봐도 될까?"

"물론이지." 마치 다른 일도 허락해 달라고 부탁하는 듯 느껴졌지만, 어떻게 해야 서투르지 않게 거절할지 판단이 서지 않았다. 순간 분위기가 묘하게 바뀌었다.

루카스가 술맛을 보며 입술을 핥았다. "음, 아무래도 이건… 핸드

릭스 진인데."

"아니. 다시 맞혀 봐." 나는 분명 그럴 생각이 아니었지만, 왠지 시시덕거리는 것처럼 들렸다.

"그럼 다른 것도 확인해 봐야 할 것 같은데." 그가 몸을 숙였다. "맛을 보려면…."

루카스의 입술이 날 향해 다가왔다. 잠시 내가 이런 일을 기대했는지 궁금했다. 그와 키스하는 게 이렇게 좋은 집에서 사는 진짜 대가일까.

내가 이래도 될까? 이건 그냥 키스일 뿐이야.

하지만 루카스의 손이 내 다리에 닿았고, 그의 호흡이 빨라지고 있었다. 왠지 꼼짝 못 할 것 같은 느낌이 들기 시작했다….

몸이 스스로 내게 안 된다고 신호를 보내며 날 일으켜 세웠다. 아래를 내려다보니 내 왼손은 주먹을 쥐고 있었고, 오른손은 주머니를 뜯고 칼을 빼낼 태세였다.

"내 몸에서 떨어져! 안 돼!" 깜짝 놀랄 만큼 큰 목소리 외쳤다.

루카스는 그대로 얼어붙었다. 아연실색한 그는 순간 화를 내려다 겨우 감정을 추스르며 뉘우치는 표정을 지었다. 그리고는 뒤로 물러섰다. 우리 사이에 드디어 틈이 생겼다. "임미. 정말 미안해. 나는 그저…."

나도 원했다고 생각한 거야? 아니면 그저 될 대로 돼라, 뭐 이런 건가?

그가 역겨웠다. 하지만 나는 그의 지지를 잃을 수 없었다. "내가… 미안해. 네 잘못이 아니야. 넌 매력적이야. 하지만…."

"쉿. 완전히 내 잘못이었어. 제기랄. 내가 하비 와인스타인 같은 놈이라고 욕하겠군."

"아니, 그렇게 생각 안 해."

"아, 진짜. 낮에 술을 마시면 안 되는데. 제발 잊어 줘. 그리고 다른 사람들한테 절대 말하지 않겠다고 약속해 주면 진짜 고마울 거야. 다시는 안 그럴게. 맹세해."

루카스가 호소하면 할수록 내 안에서 분노가 치밀었다. 내 의사는 안중에도 없이 자기가 하고픈 대로 할 수 있다고 생각하는 남자들은 정말이지 지긋지긋했다. 하지만 나는 임시 룸메이트였다. 지금은 그 어떤 것도 솔직하게 말할 수 없었다. "알았어."

그가 자리에서 일어났다. "갈게. 편히 있어. 다시 한번 미안해."

"난 다 잊었어."

하지만 그렇지 않았다. 그게 정말 오해였을까. 아니면 일종의 시험이었을까. 내가 루카스의 표를 얻어 여기 계속 살려면 그의 뜻에 따라야 하지 않았을까?

나는 두 눈을 감고 마음속 파문을 잠재웠다. 일곱을 세며 숨을 들이마셨다가 열하나가 될 때 숨을 내쉬었다. 들이마시고 내쉬고를 반복했다. 넌 이제 안전해.

맥박이 느려지고 마음이 점차 차분해졌을 때, 나는 그 일이 서투른 유혹에 대한 과민 반응이었다고 확신했다. 그와는 아무 상관도 없이 모든 게 다 내 탓이었다.

▸2주차◂

우리가 원하는 것

행복한 일요일이 되길 바라며 새 소식을 전할게.
첫 주는 회오리바람처럼 잽싸게 지나갔을 거야. 하지만 이곳에서의 둘째 주가 시작된 만큼 이제 서서히 우리의 일원처럼 느꼈으면 좋겠어.
네가 염색 공장에 지원했을 때, 우리는 공장에 어떤 도움을 줄 건지 물었지. 이번 주에는 그게 어떤 건지 직접 보고 싶어. 당황하지 마. 그렇다고 한나를 위해 바닥 전체를 새로 꾸미거나 청소할 필요는 없어! 우리는 작은 친절만으로도 이곳이 행복해진다는 걸 잘 아니까. 선행을 베풀 수 있는 일이라면 뭐든 상관없어. 너의 선행을 보며 함께 지내는 게 공동체에 도움이 될지 판단하게 될 거야. 여기서 오래 지낸 염색업자들도 우리가 꺼낸 만큼 담아야 한다는 걸 떠올리겠지….
또 지난주처럼, 네 단짝이 곁에서 잘 안내해 줄 거야. 즐거운 한 주 보내길.

네 룸메이트로부터.

17

5월 6일 일요일

임미

나는 잠에서 깼지만, 루카스나 다른 룸메이트들을 피하고 싶었다. 하지만 배에서 꼬르륵거리는 소리와 공동체를 도우라는 공장 앱 메시지의 묘한 압박 때문에 결국 방을 나서야 했다. 문을 열었을 때 카밀이 내 방 맞은편 소파에 앉아 있었다.

나는 미소를 지었지만, 그녀는 나를 빤히 쳐다볼 뿐이었다. TV 범죄 시리즈 포스터에서 봤던 것처럼 공허하지만 슬프도록 아름다운 눈으로.

"카밀, 좋은 아침."

"벌써 오후야." 그녀가 여전히 얼굴을 찡그리며 대답했다. "임미, 궁금한 게 있는데…. 뭐 할 얘기 없어?"

"음… 어떤 거?"

"어젯밤 루카스가 날 찾아왔어. 너희 둘 사이에 있었던 일이 걱정됐나 봐. 하지만 널 직접 만나면 상황이 더 나빠질 거라 걱정하는 눈치였어. 그래서 내가 여자 대 여자로 너와 얘기해 보는 게 좋을 것 같았어. 나랑 내 스튜디오로 갈래?"

나는 누구와도 그 일을 얘기하고 싶지 않았다. 하지만 루카스가 카밀에게 사실대로 말했을 리 없겠지. 나는 그가 무슨 말을 했는지 알아내야 했다.

"그래."

카밀의 방은 안식층에 있는 파리였고, 애슐리와 베로니카의 이웃이었다. 안으로 들어서자마자 복숭아 향이 풍겼다. 향이 너무 강해 방향제라고 생각했는데, 잘린 복숭아 한 그릇이 책상 위에서 찬란한 오렌지색 과육을 뽐내고 있었다. 방 안에 색깔이라곤 복숭아뿐이었다. 다른 모든 건 하얀색이었다. 심지어 가구까지도.

"와, 내 스튜디오랑 분위기가 완전 달라."

카밀이 웃었다. "나는 평온한 게 좋아. 건물의 역사는 계속되고 있겠지만, 스튜디오만큼은 여기 사는 사람들의 본질을 받아들이는 것 같거든."

"저 약병 전등갓은 정말 눈부시네."

그녀가 고개를 가로저었다. "나는 훨씬 더 깊은 차원을 얘기하는 거야. 영혼이 우리를 에워싸고 있으니까. 어떻게 보면 위로가 되기도 해. 무슨 일을 하든 여기 먼저 살았던 사람들이 우리와 함께 있다는 걸 알면."

나는 그게 위로가 되거나 그럴 것 같지는 않았지만, 굳이 토를 달지 않았다. "루카스에 관해 얘기하고 싶다며."

카밀이 내게 의자를 꺼내 준 뒤 침대에 앉았다. 복숭아 향기가 더욱 진해졌다. "나는 루카스와 친하지만, 걔 단점도 알아. 루카스는 불안한 게 너무 많아서… 마음을 달랠 무언가를 계속 찾아. 술을 너무 많이 마시거나 다른 무언가에 취하면 선을 넘지."

루카스가 카밀에게는 사실대로 말했나 보군. 물론 나한테는 다른 이들에게 아무 말도 하지 말아 달라고 신신당부했지만. 적어도 양심은 있는 모양이었다.

카밀은 내가 무슨 말이라도 하기를 기다리고 있었다. "그냥 사고였어." 내가 말했다. 과연, 그랬어? 사실 우리가 처음 만났을 때부터 루카스가 추잡해 보였다.

"루카스는 자기가 한 짓을 몹시 후회하고 있어. 더구나 네 전 남자 친구가 널 학대했다는 걸 아니까."

나는 눈을 감고 마음속으로 앨에게 사과했다. 여기서 지내려면 그를 팔아서라도 거짓말을 해야 했다. 내게 손해를 입힌 사람 때문에 그가 비난받을 이유는 없지만.

"임미, 나 역시 믿었던 사람에게 심한 상처를 받았어. 그 일은 내가 누구인지, 세상을 어떻게 봐야 하는지에 대한 근간을 흔들어 놓았어."

다시 눈을 떴을 때, 카밀은 창밖을 바라보고 있었다. 이곳의 창밖 풍경은 내 방보다 훨씬 갑갑했다. 맞은편 건물의 붉은 벽돌과 겹겹이 들어선 지붕들이 보였다. 그녀의 눈시울이 붉어진 것 같았다.

"카밀, 네 말은 고마워. 하지만 난 너 자신을 괴롭히지 않았으면 좋겠어. 제발 남의 고통을 나눠 갖지 마."

"도움이 되고 싶어. 그게 다야. 널 처음 봤을 때부터 우리가… 같은 시련을 겪었다고 느꼈어. 자연스레 공감했고. 우리 둘 다 형제자매가 없잖아?" 그녀가 어떻게 알고 있는지 모르겠지만 나는 고개를 끄덕였다.

"그러니 외롭게 자랄 수밖에 없었고. 그게 아이한테는 쉬운 일이 아니잖아? 내가 주제넘게 굴거나 내 경험으로 널 넘겨짚고 있다면 용서해 줘."

나의 어린 시절에 관한 얘기는 틀리지 않았다. 카밀에게 정확히 무슨 일이 일어났는지 궁금했다.

"물론 난 상담사가 아니야. 하지만 배우로서 어떻게 하면 우리가 어떤 사람이 될 수 있는지에 몰두하고 있지. 내 어린 시절은 정말 혼란스러웠거든. 난 사람들을 믿지 않은 채 내 안에 벽을 쌓았어. 그게 날 냉정하게 보이도록 만들었을 거야. 그래도 이제 공장이 내 삶에 들어섰고, 어릴 적 기억에도 조금 더 마음을 열어 보려 노력하고 있어. 최근에 가장 실망스러웠던 일은…."

카밀은 더 많은 얘기를 하고 싶은 것 같았다. 나는 기다렸다. 일부러 그녀가 아닌 복숭아를 바라보며 말할 여유를 줬다. 복숭아 껍질은 손으로 벗긴 듯했다. 주황색 과육에 붉은 실이 자라나 가느다란 정맥처럼 보였다.

"미안해." 카밀이 갑자기 입을 열었다. 아까와는 사뭇 다른 목소리였다. "지금은 내가 아니라 널 치유해야 할 시간인데. 루카스는 자기가 아주 미안하고 다시는 그런 짓을 안 할 거라는 걸 네가 알아주길 바랄 뿐이야. 그리고 나도 여기 있다는 점 알아주면 좋겠어. 네가 할 말이 있다면…."

내가 과연 누군가에게 비밀을 털어놓을 수 있을까? 나는 도움이 필요하다는 걸 알면서도 아직 속마음을 털어놓는 일이 너무 버거워 몇 번 만에 상담을 중단해야 했다. 게다가 내게 이방인이나 다름없는 카밀이 내 얘기를 기꺼이 들어 주려고 한다니.

아니, 우선순위는 내 문제를 바로잡는 게 아니라 마음 편히 잠잘 곳을 지키는 것이었다.

“생각해 줘서 고마워.” 내가 일어서며 말했다. “하지만 지금은 뒤가 아니라 앞을 내다보는 데 집중하고 싶어.”

카밀이 문 쪽으로 걸어가는 나를 다시 불렀다.

“임미, 이거 가져가서 먹어.” 그녀는 잘린 복숭아 그릇을 내밀었다. 나는 그릇을 들고 그 공간을 빠져나왔다.

내 방으로 돌아가자마자 바싹 마른 입안에 복숭아를 베어 물었다. 하지만 카밀과 나눈 이야기 탓에 미각과 후각을 잃은 걸까. 복숭아가 아닌 솜뭉치를 씹는 듯한 느낌이 들었다.

18

임미

나는 카밀과의 대화 때문에 스멀스멀 떠오른 불쾌한 기억을 지우기 위해 마음을 딴 데로 돌려야 했다.

그래서 새 바느질 프로젝트를 시작했다. 대각선 방향으로 재단한 여름 원피스를 만들 작정으로, 침대 위에 스르르 미끄러지는 암청색 실크를 펼친 뒤 가위를 들었다. 몇 달 전에 사 둔 원단이었지만, 친구 집을 전전하는 신세다 보니 옷을 만들 여유가 없었다.

곧바로 천을 재단하는 데 집중한 나는 패턴을 제대로 익히는 일부터 진행했다. 오후가 지나는지도 모른 채 원피스 모양을 잡는 작업에 몰입했다. 진짜 예쁠 거야.

그때 누군가 부드럽게 문을 두드렸다.

"누구?"

"애슐리야. 이제 곧 지구 시간이 시작되거든. 약 10분 후에 전원이 꺼질 거야."

"아, 그래?" 그러면 더는 바느질을 못 한다는 소리군.

"같이 갈래?"

몇 주 동안 이미 사생활도 없이 지낸 터라 지금은 굳이 친구가 필요하지 않았다. "내가 안 가면 날 안 좋게 보겠지?"

애슐리는 한동안 잠자코 서 있더니 드디어 입을 열었다. "강제는 아니지만… 이미 공지된 사항이라…. 그리고 자랑은 아니지만, 내 황혼 명상은 썩 괜찮거든. 그래서 다들 참여해. 심지어 사사건건 툴툴거리는 사람들까지."

황혼? 해는 벌써 진 것 같은데.

"알겠어. 옷 좀 갈아입고 바로 갈게."

"그래. 참, 스튜디오 나오기 전에 랜턴에 촛불을 켜 두는 게 좋아. 달이 없어서 나중에 꽤 어두울 거야."

몇 분 뒤 테라스로 나갔을 때 루카스도 거기 있다는 걸 알고 괜히 겸연쩍었다. 하지만 명상을 위해 준비된 모든 장식에 마음을 빼앗겼다. 쪽빛으로 물들인 돗자리 위에 조각보가 놓여 있었고, 그 가장자리에는 부드러운 면 베개가 둘러 있었다. 테라스 벽에는 수십 개의 작은 양초가 모자이크 유리 받침마다 켜져 있어, 벽돌 하나하나 만화경을 드리운 듯 다채로운 색을 자아냈다. 태양이 물러가는 하늘은 이제 막 분홍빛으로 물들기 시작했고, 허브 정원에서 흘러나오는 향기는 혼을 쏙 빼놓을 것 같았다.

"정말 근사하다."

덱스였다. 내 목에 닿은 그의 숨결에 소름이 확 돋았지만, 두려워서 그런 건 아니었다. 불현듯 나타난 덱스가 나와 가까이 있다는 사실에 흠칫 놀랐을 뿐.

"보아하니 애슐리가 일일이 다 꾸몄나 봐." 내가 말했다.

덱스가 돗자리 위에 자리를 잡았다. 카밀은 이미 작은 북을 무릎 위에 얹은 채 차분하고 우아한 연꽃 자세로 앉아 있었다. 다른 사람들도 서서히 모여들었다.

나는 루카스를 보고 움찔했지만, 그는 내 반대편에 앉아 아무 일도 없었던 것처럼 씩 웃었다.

"너희 둘 다 재미와 게임을 즐길 준비가 됐지? 전원을 다 끈다는 건 자유롭게 장난칠 수 있다는 뜻이기도 해."

회개하게 도와줘서 정말 고마워.

덱스의 입은 웃고 있었지만, 눈은 아니었다. 그는 루카스를 별로 좋아하지 않았다. "나는 그게 지구를 구하는 길이라고 생각해." 덱스가 말했다.

루카스는 눈썹을 치켜올렸다. "초 치고 있군."

애슐리가 앞에 섰다. 다들 여기 모여 있나? 나는 재빨리 뒤를 확인했다. 오늘도 베로니카가 없었다.

"연꽃 자세에서 부드럽게 몸을 뻗는 것부터 시작할게. 나를 따라 하거나 몸이 시키는 대로 해 봐. 근육에 힘과 유연성이 느껴지면 오늘 너희를 지탱하고 이겨내 준 노고에 감사를 표하고. 매일… 근육이 그 자리에 있는 걸 눈치채지 못해도…."

나는 애슐리의 동작과 호흡을 거울삼아 다른 모든 잡념을 잊으려 애썼다. 카밀이 부드럽게 북을 두드리기 시작하자, 리듬에 내 숨결을 맡겼다.

"이제 그 친절함이 너희 자신을 넘어, 바로 이 순간 이곳에서 너희를 에워싸고 있는 사람들에게 흘러가도록 해 보자. 너희는 네 이웃, 친구들과 함께 이 마법의 공간을 공유하고 있어. 우리가 마지막으로 만난 이후의 한 달을 생각해 봐. 너희에게 다가온 일상적인 친절함. 그리고 너희가 그 친절함에 응하고 보답해 준 방식들을 되새겨 보고. 마음의 준비가 되면 이제 돗자리 위에 엎드려. 그리고 살갗에 닿는 보드라운 천의 온기를 느껴 봐. 태양이 전해 준 온기를. 매일 홀로 뜨고 지며 묵묵히 생명을 주고 있으니까….”

애슐리의 목소리가 북소리 위로 솟구쳤다. 그 말이 내 안에 녹아드는 것 같았다. 나는 내 주변 사람들, 그리고 태양과 지구를 향한 무한한 자비심을 느꼈다.

단 나를 변화시킨 사람에게는 자비심을 느낄 수 없을뿐더러 앞으로도 느끼지 않을 거라는 사실만 빼면.

그런 일이 일어나도록 내버려 둔 나 자신도 용서할 수 없었다.

나는 두려움을 없애려고 노력했다. 하지만 계속 다가왔다. 내 목구멍을 단단히 조이는 긴장감, 별이 총총히 박힌 밤하늘, 호텔 방의 퀴퀴한 냄새, 그리고 마지막까지 모든 것이 닫혀 있다는 확신.

“우리 모두는 눈 깜짝할 사이에 이곳에 왔어. 원한을 품거나 바꿀 수 없는 것에 연연하지 말고 지구에 있는 지금 이 순간의 선물을 즐겨 봐.”

애슐리의 말이 옳았다. 내게 일어난 일을 그냥 놓아주어야 했다. 나는 그녀의 말이 나 자신을 씻어 내도록 가만히 있었다. 나를 치유할 수 있도록….

그런데 갑자기 기묘한 소리가 들렸다. 애슐리의 목소리 아래로, 북소리 아래로 낮게 깔리는 사람과는 꽤 거리가 먼 소음.

슬그머니 눈을 뜬 나는 다른 사람도 그 소리를 듣고 있는지 둘러봤다. 애슐리는 여전히 앞에 앉아 있었다. 하지만 자기만의 세상에 빠진 채 부드럽게 고개를 흔들며 계속 말을 이었다. 다른 이들도 모두 열중하고 있는 듯했다.

소음이 점점 더 커지며 또렷해졌다.

대체 뭐지? 새로운 고래 음악인가? 분명 동물 소리가 맞는데. 음향 기기는 꺼 두는 게 아니었나?

소리가 점점 크게 울렸다. 더욱 선명하게.

울음소리. 울부짖는 소리.

드디어 루카스가 눈을 뜨고 일어나 앉았다. 그리고는 나를 쳐다보며 물었다. 애슐리의 목소리도 주춤거렸다. 그녀 역시 눈을 떴다. 카밀도 북 치는 동작을 멈췄다. 이제 고통스러운 동물 소리만 겹겹이 들려왔다.

끔찍했다. 도살장에서 흘러나오는 소리처럼.

“이게 뭐지?” 애슐리가 소리쳤다. “대체 어디서 나는 소리야? 전원은 다 껐잖아.” 그녀는 양손으로 귀를 막은 채 테라스를 가로질러 문 옆에 있는 AV 조정기를 향해 달려갔다.

나도 자리에서 일어나 터치스크린을 점검하는 애슐리에게 다가갔다. 어떤 결함 탓에 스피커가 다시 켜졌는지, 왜 이토록 소름 끼치는 소리가 나는지 여러 번 점검했다. 그런데 울부짖는 소리가 점점 커졌고, 급기야 최고조에 이르렀다. 이웃 건물 사람들도 이 소리를 듣고 있는 게 분명했다. 버몬지를 가로질러 흐르는 섬뜩한 울음소리의 파도.

“전원을 끌 수가 없어.” 애슐리가 소리를 지르며 한 손으로 귀를 틀어막은 채 다른 손으로 터치스크린을 세게 내리쳤다.

“내가 해 볼게!” 애슐리가 뒷걸음질 쳤다. 내가 이것저것 눌러 봤지만 터치스크린은 잠겨 있는 것 같았다. 어떤 짓을 해도 아무것도 달라지지 않았다. 사람들이 우리 주위로 몰려들더니 이래라저래라 떠들어댔고, 스피커가 어디 있는지 두리번거렸다.

그리고 끊임없이 이어지는 구역질 나는 소리….

결국 줌이 내 위로 손을 뻗어 여러 개의 버튼을 한꺼번에 눌렀고, 화면이 순식간에 검게 변하더니 소리가 뚝 멈췄다. 울부짖는 소리만큼 깜짝 놀랄 만한 침묵이 흘렀다.

다들 아무 말도 하지 않았다. 대체 뭐였지? 분명 기계 결함은 아닌데. 고의로 한 짓일까? 대체 누가 그런 짜증 나는 짓을 할 만큼 약이 오른 걸까?

다시 우는 소리가 들렸다. 하지만 이번에는 사람의 소리였다. 나는 애슐리 쪽으로 고개를 돌렸다. 아니나 다를까. 그녀는 미친 듯이 화를 내고 있었다. "너희들 중 누가 이런 짓을 한 거야? 어떻게 그럴 수 있지? 내가 너희들을 위해 얼마나…."

버니스가 애슐리의 팔을 쓰다듬었다. "애슐리, 진정해. 일단 소리는 멈췄잖아. 무슨 일이 일어난 건지 우리가 알아낼게."

애슐리는 고개를 세차게 저었다. "젠장, 잘난 척하지 마. 너희들은 모두 배은망덕해."

그리고는 몸을 휙 돌려 다시 공장 안으로 뛰어 들어갔다.

"따라가 봐야 하지 않을까?" 덱스가 물었다. 하지만 모두 바닥만 내려다봤다.

버니스가 한숨을 쉬었다. "먼저 나서면 어디가 덧나니, 응? 늘 하던 대로 내가 또 총대를 메야겠군." 그녀는 애슐리를 따라 건물 안으로 들어갔다.

애슐리에게 누가, 왜 이런 짓을 했을까.

19

5월 7일 월요일

덱스

모두를 깜짝 놀라게 한 끔찍한 울음소리 사건 이후, 염색업자들은 공동체 주간 회의를 월요일 밤으로 앞당겼다.

"기계 결함은 아니었어." 버니스가 말했다. 그녀는 여전히 정신적 충격을 받은 것처럼 보이는 애슐리를 대신해 회의를 이끌었다. "우리 중 누구도 그런 짓을 할 거라고 생각지 않지만, 고의로 한 짓이 분명해."

"누가 범인인지 컴퓨터로 알아낼 수 없을까?" 임미가 말했다.

"안타깝게도 줌이 음향 장치를 끄려고 시스템을 초기화하는 바람에 예전 데이터가 다 사라졌어."

모든 시선이 줌에게 향했다. 그는 어깨를 으쓱했다. "설마 날 의심하는 건 아니지? 내가 장난을 좋아하긴 해도 일부러 사람들을 해치는 일은 절대 하지 않아." 그가 말했다.

"엄밀히 따지면 그건 사실이 아니잖아?" 베로니카가 반박했다. "네가 애슐리 케피르로 장난쳤을 때, 우리 다 독살당할 뻔했어."

줌이 코웃음을 쳤다. "말도 안 돼. 어쨌든 전원을 다시 켤 수 있었던 사람은 단 한 명뿐이었어. 베로니카, 지구 시간 동안 넌 어디 있었지? 옥상에 오지도 않았잖아."

나는 두 사람의 말다툼을 지켜봤다. 공동체는 무슨.

"추후 공지가 있을 때까지 한나가 경보 시스템의 알람을 끄자고 제안했어." 버니스가 끼어들었다. "임미와 덱스는 투표할 자격이 아직 없으니까, 나머지 사람들끼리 거수로 결정하면 어떨까?"

투표는 만장일치였다.

"컴퓨터를 이전 상태로 되돌릴 수 있을까요, 한나?"

한나가 고개를 끄덕였다. "내일 수리공을 부를게요."

어쩌면 한나가 배후에 있을지도 모른다. 공포 영화에서도 항상 조용한 사람이 범인이잖아.

"다들 잘 들어 줘." 버니스가 계속 말을 이었다. "애슐리는 공장을 좋은 곳으로 만들기 위해 최선을 다하고 있어. 그러니까 이 난장판이 정리된 후, 애슐리가 새 프로젝트를 계획할 때 모두 물심양면으로 도와주면 어떨까?"

애슐리는 아무와도 눈을 마주치지 않은 채 조용히 일어섰다. "고마워, 버니스. 앞으로는 좋은 일만 있음 좋겠어. 그리고 할 말이 있어. 내가 지하실에서 뭔가를 발견했어. 칸막이벽 뒤에 있는 염색 수조 옆 판자 부분 알지? 거기에 사우나가 있더라. 쓰레기 뒤쪽에 말이야. 1990년대 처음으로 공장을 개조할 때의 유물 같아. 10년 넘게 쓰지 않았지만, 구조물을 확인해 보니 꽤 괜찮더라고. 우리가 새로 꾸며 사용하면 좋을 것 같아."

베로니카가 피식 웃었다. "다 된 밥에 재 뿌리고 싶지 않지만, 밖이 얼마나 더운지 알지? 사우나는 겨울에나 어울리는 거 아닌가?"

버니스가 고개를 절레절레 저었다. "우리 지지하기로 했잖아, 베로니카?"

"괜찮아, 기다리던 질문이야." 애슐리가 말했다. "매일 사우나를 하면 심장 질환과 스트레스를 줄일 수 있어."

버니스가 고개를 끄덕였다. "스트레스가 적으면 좋지, 안 그래? 애슐리가 사우나를 다시 단장할 자원봉사자를 찾고 있어. 난 다들 자기 몫을 하길 바라고. 특히 우리 예비 염색업자 여러분. 선행을 베풀 완벽한 기회야. 변명의 여지없이."

내가 가장 먼저 신청했다. 공장에 숨어 러닝머신을 뛰거나 줄기차게 근력 운동만 하며 시간을 보내던 생활에서 벗어나 내 삶에 변화를 주고 싶었다.

이제 나도 일상이 생겼다. 아침 일찍 눈을 떴지만, 일벌들이 나갈 때까지 기다렸다. 루카스, 임미, 그리고 일거리가 있으면 나가는 버니스도. 그 후 커피를 들고 테라스로 나갔다. 높은 곳에서 바라보는 경치는 아무리 봐도 질리지 않았다. 나는 모든 걸 볼 수 있었지만, 아무도 나를 볼 수 없었다. 완벽하군.

애슐리가 테라스로 나왔다. 새벽 요가 덕분인지 아침부터 통통 튀었다. 그녀는 원래의 모습을 되찾은 듯 보였고, 오히려 나머지 룸메이트를 향한 마음 씀씀이가 한층 깊어진 것 같았다.

"사우나실 단장은 언제부터 시작하고 싶어?" 애슐리에게 물었다. 그녀는 오줌 비슷한 냄새를 풍기며 김이 모락모락 나는 허브차 머그잔을 들고 내 옆에 앉았다. "이번 일이 정리되고, 한가할 때? 우리는 케케묵은 전기 제품을 다른 곳으로 옮겨야 하고, 청소도 싹 해야 하고, 새로 뭘 장만해야 할지 꼼꼼히 살펴야 해…. 내가 말하는 새로운 건, 보나 마나 재활용 목재겠지만, 그리고…."

애슐리가 하는 말에 살짝 넋이 나갔다. 그녀의 목소리는 왠지 바람 소리처럼 편안했다. 우리는 각자의 음료를 다 마신 뒤 지하실로 내려갔다. 카밀이 먼저 와 있었다. 낡은 옷을 입은 카밀은 소박하고 소소한 삶을 주제로 한 미니멀리즘 화보에서 막 튀어나온 듯 수수해 보였다.

"어제 오디션은 어땠어?" 애슐리가 물었다.

카밀이 어깨를 으쓱했다. "떨어진 것 같아. 지금쯤이면 전화가 올 줄 알았는데. 내 얼굴이 별로 안 어울리나 보지, 뭐."

"세상에. 어떻게 너처럼 아름다운 얼굴이 안 어울리겠어?" 애슐리가 부드럽게 속삭였다. "어디에서든 널 보게 될 거야."

"지난 2주 동안 오디션을 네 번이나 봤어." 카밀이 말했다. "그리고 네 번 다 떨어졌지. 하지만 이건 숫자 놀음에 불과해. 난 계속 도전할 거야."

애슐리가 양동이 두 개에 물을 채운 뒤 고무장갑을 나눠 주었다.

애슐리는 지하실 대부분을 막은 합판 문 열쇠를 가지고 있었다. 그녀가 지나가며 스위치를 켜야 제대로 앞을 볼 수 있었다.

다들 잠시 동안 아무 말도 하지 않았다. 정말… 기이했다.

어마어마하게 넓었다. 자동차 사오십 대쯤은 거뜬히 주차할 수 있을 만큼. 이 동네에서 이런 크기면 꽤 많은 돈을 벌 수 있을 것이다. 하지만 희한한 구덩이들이 있어 별 쓸모가 없었다. 낮은 건물의 주춧돌처럼 바닥엔 길이가 짧은 돌담이 엇갈려 있었다.

"여길 보니 로마 폼페이가 떠오르네." 카밀이 말했다.

딱 그랬다. 어떤 끔찍한 재난으로 전멸한 작은 문명의 잔해처럼.

"저 구덩이들은 뭐야?"

"동물 가죽을 염색하거나 태우던 곳이야."

애슐리가 말했다. "물론 당시 염료는 지금 우리가 쓰는 것과 다르지만. 주로 개똥이나 사람 오줌, 황산을 썼대. 얼마나 악취가 심했을지 상상이 되지?"

"가끔은 상상 따위 안 해도 돼." 카밀이 말했다. 기다란 형광등이 내뿜는 기묘한 빛 아래에서도 카밀은 매혹적이었다. 그녀의 푸른 눈 주위에 생긴 그늘이 무척 공허해 보였다. 당장 위층으로 올라가 내 카메라를 집어 오고 싶은 강렬한 충동에 이끌렸다.

물론 그러지는 않을 것이다. 그래 봐야 내가 얼마나 재능이 없는 사람인지 또다시 깨달을 뿐이니까.

"무슨 소리야, 카밀?" 애슐리가 물었다.

"이따금 옛날 냄새가 나거든. 화학 약품이나 썩은 내."

애슐리가 얼굴을 살짝 찡그렸다. "카밀은 상상력이 진짜 풍부해. 창의적이라 그럴까. 아니면 덴마크인이라 그럴까. 둘 다일 수도 있겠지만."

카밀이 고개를 저었다. "그게 아니라 정말 나쁜 냄새가 난다니까. 어쩌면 여기서 워낙 독한 일을 했으니까 벽에 냄새가 스며들었다가 가끔씩 빠져나왔을지도 몰라. 고통의 냄새. 사람과 동물 냄새."

애슐리는 아무 말도 하지 않았다. 이제야 나는 지구 시간에 들린 끔찍한 동물 소리가 이곳의 역사와 관련 있을 것 같다는 생각이 들었다. 우리 모두를 속인 장난이 더욱 잔인하게 느껴졌다.

처음 그 소리를 들었을 때 나는 내 마음이 속임수를 쓰는 건지, 죄책감이 날 미치게 만든 건지 궁금했다. 다른 사람들도 같은 소리를 듣기 시작했을 때 비로소 마음이 놓였다.

애슐리는 귀여운 신세대 재간꾼이지만 지금은 최악의 우두머리였다. 나는 녹이 슨 낡은 냉장고와 난방기 더미를 옮기는 등골 빠지는 중노동부터 떠맡았다. 그런 다음 사우나 안에 있는 다른 두 사람에게 합류했다. 할 일이 태산이었다.

"이제 우리는 표백제로 의자와 외장재에 생긴 검은 곰팡이를 제거해야 돼." 애슐리가 설명했다.

사우나는 염색 구덩이 두 개 위에 지어졌다. 아래쪽에는 환기를 위한 공간이 있었고, 그 위로 난로와 사우나 바위가 있었다. 보아하니 6인용으로 설계된 듯했지만, 사실 셋만 있어도 매우 비좁은 느낌이 들었다.

카밀이 나를 두어 번 건드렸다. 물론 우연이었겠지만, 자기 팔을 편히 두려는 의도라기보다 일부러 내 팔이나 무릎을 오래 만지는 것처럼 느껴졌다. 무시하려고 했는데 애슐리까지 자꾸 쳐다봐서 신경 쓰였다.

날 믿어, 숙녀분들. 너희는 나와 얽히고 싶지 않을걸.

결국 애슐리는 우리가 기진맥진해 보인다며 오늘 작업은 그만하자고 말했다.

"도와줘서 고마워. 이제 얼마 후면 사우나를 즐길 수 있을 거야!"

애슐리는 룸메이트들이 사우나실에 잔뜩 들어가 있는 장면을 고대하는 듯 보였다.

"빨리 들어가고 싶네." 내가 말했다.

공장의 화려한 불빛 아래 다시 계단을 오르니 왠지 감옥에서 밖으로 나오는 것 같았다. 나는 마라케시로 돌아가는 동안 땀을 비 오듯 흘렸다.

충전해 놓은 옛날 전화기의 전원을 켰다. 가족들이 연락할 수 있는 유일한 방법이라 매일 조심스레 확인하긴 했지만, 죄책감 탓인지 항상 이 순간이 두려웠다.

새로운 문자 메시지가 왔다는 알림음이 방 안에 울렸다. 나는 힘겹게 화면을 쳐다봤다. 만약 경찰이 연락했다면, 공장을 떠나야 할지도 모른다. 하지만 내가 대체 어디로 가야 하는 걸까. 아무 데서나 막 자 본 적은 없는데.

메시지 함을 열었더니 셀마 누나의 문자가 와 있었다.

'이봐, 작은 멍청이. 파키스탄에서 잘 지내고 있겠지? 부디 안전하길. 너무 멍청한 짓은 하지 말고. 우리는 모두 네가 무사히 집으로 돌아오길 바라.'

엄마가 결국 누나들에게 말했다. 당연히 그랬겠지. 게다가 다들 머리를 맞댄 채 ISIS 놈들이 인질의 머리를 베는 15분짜리 유튜브 영상을 보며 전전긍긍할 게 뻔했다. 내가 그렇게 될까 걱정하면서.

쓰레기 같은 기분이 드는 또 다른 이유였다.

20

5월 12일 토요일

임미

학교에서 정신없는 한 주를 보내고 나니 바로 주말이었다. 나는 토요일 티타임을 끝낸 뒤 '자원봉사'를 하러 지하의 사우나실로 향했다. 애슐리가 날 그냥 둘 리 없으니까.

오늘은 덱스가 책임자였다. 문득 헐렁하고 낡은 내 옷이 신경 쓰였다. 나는 덱스를 쳐다보지 않으려 애썼다. 또 다른 염색업자에게 마음을 빼앗겨선 안 된다.

"바닥을 깔아야 해." 덱스가 말했다. "오래된 나무가 너무 썩어서 깔판을 새로 만드는 중이거든."

"멋진데."

잠시 후 줌이 작업을 도와주러 왔을 때, 난 그에게 무슨 말을 해야 할지 난감했다. 그는 여전히 화재경보기와 엮겨웠던 지구 시간의 제1용의자였다. 물론 내 입장에선 위협을 느낀 적이 없었지만.

"그렇다고 날 허드렛일이나 하는 잡부로 취급하지 마." 줌이 사우나 밖 콘크리트 바닥에 놓인 전동 공구를 눈여겨보며 말했다. "내 실력은 실용적이라기보다 지적이거든."

덱스와 내가 눈길을 주고받았다. "그럼 넌 우리만 죽어라 일하는 걸 바라겠군." 덱스가 말했다.

우리는 사우나의 바닥 면적을 잰 뒤 삼나무 조각을 길게 톱질했다. 덱스는 체계적인데다 기술도 좋았다. 다만 나는 그저 덱스가 옷을 더 입기를 바랐다. 자꾸 그의 몸에 시선이 머물렀다.

그래, 인정하자. 나는 그에게 완전히 반했다. 절대 그러지 말자고 다짐했건만.

줌은 진공청소기로 톱밥을 싹 치우고 있었다. 나무 향으로도 벽이나 바닥에서 나는 지독한 악취를 덮지 못했다.

"여기서 누가 죽었을까?" 내가 물었다.

"난 아무 냄새도 안 나는데." 줌이 말했다. "아마 익숙해져서 그런가 봐."

"여기 온 지 얼마나 됐어?" 덱스가 물었다.

"처음부터. 버니스, 카밀과 함께 원조 멤버야."

나는 흠칫 놀랐다. "둘 중 누구와도 별로 친해 보이지 않던데."

줌이 웃었다. "별로 얽히고 싶지 않았어. 걔들은 날 끌어들이려 했지만, 그건 내 취향이 아니거든."

우정에 관한 얘긴가? 아님 더 심각한 관계? "걔들이 널 침대에 눕히려고 한 거야?"

줌이 시선을 회피했다. "난… 걔들은 나랑 있는 게 시간 낭비일걸. 사실 나 게이거든."

"아, 그렇구나…." 이제야 완전히 말이 되는군. 면접 날 저녁 내가 줌을 만났을 때, 그는 내게 다정하게 대하면서도 절대 추근대지 않았다. 루카스는 당장이라도 덮칠 것 같은 모양새였는데.

"잡담은 그만하시지." 덱스가 끼어들었다. "친구들, 우린 일해야 해. 이 마지막 널빤지가 좀 거칠어서 말이지. 샌딩 블록이랑 사포 들고 가서 좀 제거해 줘."

왠지 기분이 묘했다. 덱스가 동네 건달에서 DIY 전문가로 변신할 줄이야. 게다가 손으로 일하는 모습을 보니 훨씬 매력적이었다.

"잘못했습니다. 셰퍼드 대장님." 줌이 말했다. "대장님의 소원은 우리가 명령에 잘 따르는 것이겠죠." 그리고는 내게 특유의 눈짓을 보냈다.

덱스는 진행 상황을 재빨리 살폈다. "나무판을 잘 맞춰야 염색 구덩이에 빠지지 않겠지? 애슐리한테 가서 접착제 좀 가져올게. 나올 때까지 계속 문질러."

"노예처럼 부려 먹는군." 줌이 속삭였다.

"그럼 여기 사람들은 함께 자는 게 보통인 거야?"

나는 덱스가 계단 위로 사라진 뒤 줌에게 물었다. "난 연애가 금기 사항인 줄 알았거든."

"독점적인 연애는 절대 금물이야. 공동체를 없애려는 의도니까. 물론 너도 그게 별 효과가 없다는 걸 알아챘을지 모르지만. 하지만 즉흥적인 섹스? 루카스와 버니스, 카밀은 거의 십중팔구 서로 스스럼없이 지낼걸."

"루카스는 버니스와 그렇고 그런 사이야, 아니면 카밀이랑?"

"둘 다 아닐까? 여기 있는 모든 게 섹스를 위해 존재하는 것 같지 않아? 아름다운 사람들, 공짜 술, 스튜디오마다 있는 킹사이즈 침대들까지."

나는 문득 사라가 룸메이트 광고를 처음 발견했을 때, 몰래카메라를 확인하라고 충고했던 기억이 떠올랐다. "무슨 소리야, 줌? 여기서 추구하는 또 다른 목적이 있다는 거야?"

줌이 고개를 끄덕였다. "하하! 너도 나처럼 과학자잖아, 임미. 너도 액면 그대로 받아들이는 걸 싫어할 텐데."

"글쎄. 우리 엄마가 그러는데, 뭔가 너무 좋아서 사실이 아닌 것 같으면 대부분 진짜래. 누가 이곳에 자금을 대주는 건가?" 나는 사포로 나무판 모서리를 살짝 문질렀다. 그러면 덱스가 날 마음에 들어 할 테니까.

"그건 한나한테 물어봐야 해." 줌이 말했다.

나는 한나의 사무실이 칸막이벽 저편에 있을지도 모른다는 생각이 들어 목소리를 낮추었다. "한나는 영어가 서툰가 봐?"

"나 참, 너희 영국인들은 맨날 이민자들을 죽어라 판단하지. 자기들한테 유리한 게 영어라는 이유로." 줌이 고개를 절레절레 흔들었다. "한나는 빠삭하게 다 아는데도 별말 안 하더라고. 내가 그렇게 말을 시켜 보려고 노력해도. 참 그동안 내가 찾았던 공장 설명 자료 중 가장 좋은 건 사이비 종교에 관한 위키피디아 페이지였어."

이미 덱스가 공장이 사이비 종교 집단 같다고 농담하긴 했지만, 줌까지 그렇게 말하니 좀 의외였다. "공장이 정말 그렇다고 생각하는 거야?"

줌이 내 얼굴을 빤히 바라봤다. "아니. 하지만 몇 가지 공통점이 있어. 공장은 바깥세상을 초라한 모조품처럼 생각하잖아. 요가나 정신 조작, 식단 조절. 심지어 우리가 지어낸 말들도 있고. 염색업자. 도시 참선 프로그램."

나는 줌의 말을 곰곰이 생각했다. "하지만 사이비 종교라면 지도자가 있어야 하는 거 아니야?"

"버니스가 딱 맞잖아, 안 그래? 카리스마도 있고, 영리하고."

나는 억지웃음을 지었다. "좋아. 그렇다면 줌, 내가 어떻게 해야 세뇌당하지 않을까?"

"나처럼 해. 힘겨루기에 끼어들지 마. 그냥 단순하게 지내."

"넌 그렇게 안 살잖아. 맨날 장난만 치고."

줌이 손바닥을 들며 반박했다. "절대 아니야. 맹세해. 지금 나 말고 다른 누군가가 심한 장난을 치고 있어. 사이비 종교 집단이 잘 돌아가려면 또 하나의 대상이 필요해. 바로 희생양이지. 최근까지는 다른 사람이 그 역할을 했는데, 지금은 나랑 베로니카를 이간질하려는 것 같아."

"베로니카는 친구를 사귀거나 사람들을 휘어잡으려고 애쓰는 것 같지 않던데."

줌이 한숨을 쉬며 톱질로 생긴 미세한 톱밥을 휙 날렸다. "베로니카도 처음 왔을 때는 그랬지. 공장에 소속되고 싶은 마음이 간절했어. 그런데 걔들이 거절했지. 이유는 나도 모르겠어."

왠지 줌이 일부러 말을 아끼는 것처럼 보였다. 하지만 이 문제는 꼭 알아봐야 한다. "걔들이 왜 널 희생양으로 삼을까, 줌?"

"알 게 뭐야? 임미, 어차피 나는 외면당하는 데 익숙해. 난민이니까. 우리 가족도 그렇고. 학교에서도 마찬가지였어. 그래서 농담을 하거나 장난을 치며 힘든 상황을 버텨 냈지만, 아마도 공장에서는 역효과였나 봐…."

줌의 목소리에 슬픔과 당혹감이 서려 있었다. "이 또한 지나갈 거야. 혹시라도 덱스와 내가 투표에 참여할 수 있게 된다면, 다시 균형을 잡을 수 있을지도 몰라."

줌이 싱긋 웃었다. "걔는 진짜 귀여워."

"누구?"

"덱스. 이봐, 임미. 너희 둘은 분명 서로 끌리고 있어. 그래도 네가 덱스와 가까워지면 모든 일이 도미노처럼 줄줄이 터진다는 걸 잊지 마. 뒤따르는 피해도 위험할 수 있고. 카불에서 자란 남자로서 하는 조언이야."

"제이미에게도 그런 일이 있었어? 엉뚱한 사람과 잤다거나?"

줌이 얼굴을 찡그리며 뭐라 말하려 했지만, 덱스가 저벅저벅 계단을 내려오는 소리가 들렸다.

"너희들, 게으름 피우면 안 돼. 이제 접착제도 갖고 왔으니까 자정이 되더라도 바닥 작업을 다 끝낼 거야."

3주차

공장 규칙을 절대로 어기지 마…

일요일 아침이라 심각한 얘기를 하고 싶지 않지만, 공동생활은 몇 가지 기본적인 규칙을 받아들이는 거야. 물론 2016년 공장이 처음 생겼을 때는 아무 규칙도 없었지. 평화와 사랑만 있으면 된다고 생각했거든.

하지만 뜻대로 되지 않았어. 그래서 규칙을 만든 거야. 까다로운 건 없어. 그냥 공동 구역을 깔끔하게 유지하고, 서로를 존중하고, 뒷말을 안 하면 돼.

공장 규칙은 모두 동등한 관계를 유지하고 편 가르기나 비열한 행동을 막기 위해 만들었어. 또한 염색업자 사이의 진지한 이성 교제도 막고 있어. 물론 그 문제는 우리와 상관없다고 할 수 있겠지만, 긴밀한 공동체에서 독점적인 관계는 균형에 위협을 줄 수밖에 없어. 하지만 만약 네가 소울메이트를 만났다는 생각이 든다면, 위원회에 상황을 투명하게 알려 주길 바라.

요점은? 우리는 여기서 좋은 행동을 권하는 당근에 더 관심이 많아. 물론 필요하다면 채찍을 휘두를 수도 있어. 미리 경고하는 거야…. 혹시 궁금한 게 있다면 언제든 단짝에게 물어봐.

공장 친구들로부터.

21

5월 13일 일요일

임미

사우나실 작업을 마친 뒤 잠자리에 들었지만, 한동안 잠이 오지 않았다. 여기 사는 사람들을 생각하다가 줌의 냉소적인 눈빛에 비친 그들을 곰곰이 들여다봤다. 사이비 종교에 관한 위키피디아의 내용은 흥미진진했다. 아니, 섬뜩했다. 너무나 많은 얘기가 떠올랐다. 게다가 줌이 말하지 않은 하나가 더 있었다. 사이비 종교 집단은 나약한 사람들을 찾아낸다.

룸메이트들을 알면 알수록, 이 말이 우리 모두에게 사실이 될지도 몰랐다. 나, 카밀, 애슐리, 줌은 모두 과거에 돌이킬 수 없거나 불안했던 무언가가 있는 것 같았다. 덱스와 루카스 그리고 심지어 버니스 역시, 들여다보면 나름의 사연이 있지 않을까? 베로니카의 경우는… 분명 외면당하는 게 무엇보다 고통스러울 것이다.

면접 때 내게 슬픈 사연을 얘기해 보라던 그들의 방식을 되짚어봤다. 누가 가장 통제하기 쉬울까를 기준으로 새 룸메이트를 뽑은 걸까?

일요일 아침은 공장 앱이 알리는 새로운 메시지로 잠이 깬다. 메시지를 읽어 보니, 그들은 이미 덱스에게 반한 내 마음을 꿰뚫어 보는 듯했다.

아니 어쩌면 덱스도? 줌은 덱스와 내가 서로에게 끌리고 있다고 말했다. 그도 나를 좋아할지도 모른다는 뜻이다.

나는 다른 룸메이트들과 마주치기 싫어 거의 종일 내 방에 있었다. 그러다 해 질 녘쯤 테라스로 나갔다. 하늘은 어두워지고 있었지만 무드 조명이 주변을 밝히고 있어, 지난 일요일 이맘때 루카스처럼 누군가 날 덮칠 위험은 없었다.

덱스가 테라스 맨 끝 도시가 가장 잘 보이는 곳에 서서, 빈둥빈둥 거리를 오가는 동네 건달들에게 손을 흔들고 있었다.

"어젯밤 일찍 잤던데." 덱스가 말했다. 전날 작업 탓인지 그의 체취에서 여전히 삼나무 냄새가 나는 것 같았다.

"감시 중이야?"

덱스가 잡지를 내려놓았다. "우린 서로를 돌봐야 해. 둘 다 새내기니까."

"모두는 하나를 위해, 하나는 모두를 위해." 나는 덱스가 들고 있는 잔에 건배했다. "뭐 마시는 거야?" 내가 물었다.

"콜라. 버니스가 나더러 콤부차도 마시지 말랬어. 애슐리가 그 콤부차에 0.5퍼센트라는 엄청난 양의 알코올이 들어 있다고 말했대. 버니스는 내 병이 재발할까 봐 걱정하더라고."

나는 덱스의 얼굴을 빤히 바라보는 실수를 저질렀다. 그의 눈도 나를 끌어당기더니 시선을 돌리지 않았다.

나는 포도주 한 잔을 벌컥 들이켰다. "이상하지 않아? 여기 있는 다른 사람들이 다 취하면 술이 깬다는 게?"

"난 취기 오른 기분보다 그 맛이 더 그리워. 내가 생각했던 것만큼 그렇게 푹 빠지지 않았나 봐. 게다가 나 혼자만 술이 깨는 것도 아니고."

"아니라고?"

덱스는 루카스의 어깨에 머리를 기댄 버니스를 힐끗 보며 고개를 끄덕였다. 버니스의 몸은 마치 몇 시간째 술을 마신 것처럼 흐물흐물했다.

"버니스는 시늉만 할 뿐 한 방울도 마시지 않았어. 술을 마시지 않으면 바로 알아차릴 수 있지."

"대체 왜 취한 척하는 걸까?"

덱스가 고개를 저었다. "난 사람들이 왜 그렇게 행동할까 알아내려는 시도를 아주 예전에 포기했어."

덱스는 지긋지긋하다는 듯 말했다. 대체 그의 아킬레스건은 뭘까? 그에게서 풍기는 단 하나의 묘한 분위기는 공장을 절대 떠나지 않을 듯 보이는 행동이었다.

"일은 어때?"

그가 얼굴을 찡그렸다. "힘들지. 인스타그램으로 찍어도 사진이 꽤 잘 나오잖아. 그러니 전문가들의 일감은 줄어들고. 뭐, 내 실력이 별로라는 사실을 변명하고 있는지도 모르겠지만."

"네가 찍은 작품을 보고 싶어." 생각할 겨를도 없이 말이 먼저 튀어나왔다. 그 탓에 너무 날카롭게 들렸다.

"그럴래?" 덱스가 다시 싱글벙글 웃었다. "주로 패션 사진들이야. 끔찍한 옷을 입은 말라깽이 여자들 말이야."

"그래도 그런 일이 모든 남자들의 꿈 아닌가? 모델들한테 이래라 저래라하는 거?"

덱스가 나를 너무 뚫어지게 쳐다보는 바람에 얼굴이 화끈거렸다. 그리고 그 열기가 온몸으로 점점 퍼지기 시작했다. "내가 좋아하는 유형은 아니야."

나는 시선을 돌리려 했지만 그럴 수 없었다. 내 안에 욕망이 쌓이고 있었다. 쓰라린 경험으로 이미 지워졌다고 생각한 그 감정들이.

"그럼 너는 어떤 여자가 좋아?"

덱스는 잠시 뜸을 들이더니 대답했다. "너도 이미 그 답을 알고 있을 것 같은데. 바로 임미 서튼이야."

내가 언제 마음을 먹었는지 정확히 알 수 없었다. 모든 게 흐릿했다. 좋은 뜻으로.

다른 염색업자들이 우릴 보고 있다는 건 안다. 그리고 역시 알고 있다. 우리 둘이 너무 많은 시간을 보내고 있다는 걸. 하지만 이미 늦었다. 몇 분이 몇 시간으로 바뀌었고, 내 잔에 채워지는 와인 탓에 정신이 계속 몽롱했다. 와인을 따른 건 덱스가 아니었다. 아마도 루카스 아니면 버니스겠지.

혹시 이것도 그들 계획의 일부, 관음증 같은 걸까? 물론 지금 당장은 어느 쪽이든 상관없었다.

내 선베드 옆에 갓 딴 와인 한 병이 놓였다. 나는 다른 사람과 어울리며 덱스와 나 사이에 일어난 일을 모른 척해야 했다. 본심은 다른 누구와도 얘기하고 싶지 않았고, 덱스의 얼굴만 바라볼 뿐이었다.

예고도 없이 테라스가 텅 비어 버렸다. 우리 둘만 남은 채. 덱스가 꾸물거리는 벌 한 마리를 쓸어내릴 때 그의 손이 내 팔에 닿을 듯 말듯 쓱 지나갔고, 그 순간 찌릿할 정도로 전류가 흘렀다. 예전에 엄마 집 거실에 있는 부실한 콘센트에 감전당한 적이 있었다. 문득 몸이 부르르 떨려 꼼짝할 수 없었던 그 느낌이 떠올랐다.

덱스는 그 찌릿함의 기분 좋은 버전이라고나 할까.

나는 낄낄거리며 웃었다.

"뭐지?"

"너 때문에 감전된 줄 알았어." 덱스는 내 말을 똑똑히 들으면서도 어리둥절한 표정을 지었다. "아무것도 아니야." 내가 말했다.

"혹시 이런 감전을 말하는 거야?" 그가 내 손을 만지며 물었다. 그리고는 몸을 앞으로 숙여 자신의 입술을 내 입술에 포갰다. "아니면 이게 더 그럴까?"

나는 한참 후에야 덱스에게 대답했다. "정말 끔찍한 감전이었어. 좋은 쪽으로."

물론 두려웠다. 어쩌면 항상 그 두려움이 내 안에 머물고 있을 것이다. 하지만 나는 그 두려움을 극복할 수 있을 만큼 덱스를 몹시 원하고 있었다.

우리는 다시 입을 맞췄지만, 왠지 거슬리는 소리가 들렸다. 감시당하고 있는 느낌. 테라스를 마주 보는 건 내 방 창문뿐만이 아니었다. 루카스나 버니스 둘 중 한 명이 자신들의 방에서 지켜보고 있을 수도 있었다.

나는 덱스에게서 물러섰다.

"이번 키스는 별로야?" 덱스가 물었다.

별로라니. 더할 나위 없이 좋았다. 그래서 두려웠다. 지금 이 느낌은 내가 앨에게 키스했던 순간과 너무 달랐다. 그때는 그냥 얼얼하기만 했다. 지금은 온몸이 화끈거렸다. 동시에 겁도 났다.

나쁜 기억이 또 떠오르기 전에 덱스와 다시 키스하며 속삭였다. "내 스튜디오로 와. 지금 당장은 아니야. 우리 둘 다 눈에 띄는 걸 원하지 않잖아. 자러 가는 척하며 요란하게 떠든 다음 나중에 다시 올라와."

"정말?"

나는 줌이 경고했던 뒤따르는 피해도 생각했다. 지금은 이 일을 멈출 수 있었다. 아무런 피해도 없이.

아니, 규칙대로 하고 싶지 않았다. 그게 날 어떻게 만들었는지 잘 아니까.

나는 덱스에게 다시 키스했다. 그도 고개를 끄덕였다.

결정했어.

덱스와 나는 잘 어울렸다.

우리 둘 다 감정을 억누르는 것 같기는 했지만. 방으로 올 때 너무 떠들지 않으려고 애썼다. 룸메이트의 방이 얼마나 가까운지 아니까. 창문을 닫았더니 방 안은 덥고 공기마저 통하지 않았다.

갑자기 숨이 끊어질 듯 가슴이 조여왔다. 하지만 나는 안전하다고 스스로 위로했다. 덱스는 안전하다. 어쩌면, 어쩌면, 내 본능을 다시 믿을 수 있을지도 모른다.

"행복해?" 옆에 누운 덱스가 내 어깨에 팔을 두르며 물었다. 우리 둘의 살갗에 피어오른 열기가 견딜 수 없을 만큼 뜨거웠다.

"이제 그만 가. 너도 앱 메시지 봤잖아. 걔들은 관계가 복잡해지는 걸 원하지 않아."

"걔들?"

"공장 사람들. 위원회 말이야."

덱스의 눈이 휘둥그레졌다. "그렇군."

"괜히 복잡하게 지낼 필요는 없잖아." 나는 덱스에게서 완전히 떨어지며 그의 얼굴도 보지 않은 채 말했다. "오늘 일은 단지 순간적인 충동에 불과했어. 둘 다 취했으니까."

"난 아니야."

"아직도 그렇고. 취했으니 그런 일이 일어나지. 안 그래, 덱스?"

"난 그런 일이 또 일어났으면 좋겠는데." 덱스가 내 어깨에 손을 걸치며 말했다. 그의 손이 닿자 또다시 전류가 흘렀다. 이러다 우리가 일주일 동안 공장 전체를 가동할 전력을 공급하는 게 아닐까. 애슐리는 우리의 재생 에너지를 바로 승인할 것이다.

"너 정말 가야 해, 덱스."

"그럼 갈게."

그가 떠났다. 두 시간 이상은 안 된다.

월요일 아침엔 일찍 일어났다. 홀로, 가벼운 숙취와 함께. 머리가 띵했지만 실실 웃고 있었다.

밤사이 우리가 흘린 땀을 말끔히 씻어 냈다. 이를 닦아도 시큼한 와인 맛이 그대로 남아 있었다.

방문 앞에 서서 망설였다. 덱스가 내 방을 떠날 때 우리는 서로 합의했다. 예전과 똑같이 행동하기로. 염색업자들이 의심할 수도 있지만, 확실히 알 수는 없을 것이다. 나는 웃음을 꾹 참으며 평범한 월요일 아침이라고 되새겼다. 월요일은 보통 커피로 시작한다.

나는 평소처럼 행동하리라 마음을 먹고 방문을 열었다. 그때 내 발에 부드러운 무언가가 닿았다. 완벽한 사각형으로 깔끔하게 접힌 산뜻한 침대 시트였다.

나도 모르게 팔이 위로 솟았다. 마치 벌거벗은 몸을 바로 가려야 할 것처럼.

한나는 새 침대 시트를 수요일에 주기로 했다.

오늘 바꿔야 한다는 걸 대체 어떻게 알았을까?

22

5월 14일 월요일

임미

나는 수업을 하는 와중에도 덱스와의 하룻밤이 불쑥불쑥 떠올라 계속 산만했다.

그 생각을 하지 않을 때는 한나가 왜 새 시트를 내 방 밖에 두었는지 궁금했다. 한나가 공장에서 일어나는 모든 일을 안다고 했던 줌의 말이 맞을까?

집에 도착하자마자 곧장 내 방으로 향했다. 우연히 덱스와 마주치면 평소처럼 행동하지 못할까 봐 불안했다. 수업 준비를 조금 한 뒤, 다시 드레스 작업을 시작했다. 비단결 같은 원단을 만지며 완성된 옷을 입으면 어떤 기분이 들지 상상했다. 피부에 부드럽게 닿는 원단의 시원함에 어젯밤 기억이 또다시 떠올랐다.

그때 누군가 문을 두드리는 소리에 나는 공상에서 깨어났다.

"멘토링 준비됐어?" 애슐리가 외쳤다.

가슴이 철렁 내려앉았다. 애슐리는 지난번에 내 속마음을 털어놓게 하려고 무진 애를 썼다. 게다가 이제 내게는 더 큰 비밀이 생겼다.

"그럼, 당연하지!"

애슐리는 영양층으로 내려가자고 했다. 가고 싶지 않았다. 덱스의 방이 가까이 있다는 걸 알고 있으니까.

"인스타그램에 올릴 사진을 찍고 싶어." 그녀가 말했다. "내 팔로워 수를 진짜 많이 늘리고 싶거든. 지금은 콩이 대세야."

나는 애슐리와 함께 슬레이트 접시와 올리브 나무판자에 각양각색의 콩을 무지개처럼 배열했다. 애슐리가 콩 옆에서 사진을 찍어달라고 했다. "높은 각도에서, 내 턱은 최대한 뾰족하게."

"너 턱 없잖아." 내가 말했다.

"음, 정말 그래. 내 신진대사가 아주 느린가 봐. 너무 불공평해. 난 거의 아무것도 안 먹는데."

애슐리가 인스타그램에 올릴 표정을 지을 때, 나는 불과 몇 미터 떨어진 마라케시 문을 바라보며 그 건너편에 있을 덱스만 생각했다. 그는 거기 있는 게 분명했다. 마치 흡혈귀처럼 덱스는 어두울 때만 밖으로 나왔다.

오늘 밤 덱스의 방에 몰래 들어가도 될까? 그동안 섹스가 그렇게 좋을 수도 있다는 걸 잊고 살았다. 앨과 사랑을 나눌 때는 그 정도로 강렬하지 않았다. 그리고 공격을 당한 후에는 내 몸이 예전처럼 반응하지 않으리라 생각했다.

어젯밤, 내 생각이 틀렸다는 걸 깨달았다.

"자, 그럼 오늘은 우리의 규칙과 물건에 관한 얘기를 해야 해." 애슐리는 인스타그램에 올릴 콩의 힘 스토리를 위해 검은콩이 담긴 냄비를 휘저으며 말했다. "내가 이미 처리했다고 생각했는데, 위원회는 지난번 일이 반복되지 않게 확실히 하고 싶나 봐."

나는 흠칫 놀라 고개를 들었다. "그게 뭐였지?"

애슐리는 잠시 당황한 것처럼 보였다. "으음. 미안해. 혼잣말만 하고 있네. 내 말은, 나쁜 건 하나도 없어. 우린 단지 또다시 두 명의 룸메이트를 뽑기 싫을 뿐이야. 그건 진짜 성가신 일이니까."

"그건 그렇지. 참 덱스의 스튜디오에 있던 여자애는 호주로 돌아간 거 맞지?"

"응, 키라. 걔 참 똑똑했어. 키라 정말 보고 싶다."

"제이미는?"

애슐리가 냄비를 힘차게 휘젓자 수증기가 그녀의 얼굴을 가렸다. "그건 말할 수 없어. 미안."

"그렇다면 솔직함은 오직 한 방향이네, 그렇지?" 짜증을 감추지 못하고 내 의도보다 훨씬 시비조로 말했다.

"유감스럽지만 네 호기심을 채워 주려고 그 얘기를 할 순 없어, 임미." 애슐리도 예민하게 반응했다. "무슨 일이 일어났든 사람들이 상처를 받았으니까. 그 이유를 들추는 건 별 도움이 되지 않을 거야. 여기서 오래 살려면 이따금 개인보다는 공동체가 내리는 결정이 중요하다는 걸 받아들여야 해."

애슐리의 말은 설득력이 부족했다. 마치 타인의 말을 되풀이하는 것처럼. 사이비 종교가 '집단 사고'를 이용해 규칙을 확실히 따르게 한다는 위키피디아의 글이 자꾸 떠올랐다.

일을 크게 벌이고 싶지 않던 나는 애슐리를 향해 고개를 끄덕였다. "학교 같은 거구나. 모든 학생이 규칙을 따르는 건 아니니까. 하지만 학교는 규칙이 필요하지. 그렇지 않으면 무정부 상태가 될 게 뻔하니까."

애슐리는 안도하는 표정을 지었다. "정확해!"

물론, 공장에 있는 우리는 모두 어른이라는 사실만 빼면.

덱스의 방문을 두드리고 싶은 욕망이 점점 줄어들었다. 수요일이 되면 다시 일에 집중할 수 있을 것이다.

학교에서 집으로 돌아오는 길에 버몬지로 쇼핑을 하러 갔다. 이 동네 과잉 특권층 때문에 짜증이 난 적도 있지만, 값비싼 식품점과 양품점의 티 한 점 없이 정리된 깔끔한 진열대를 획획 바라보며 그들보다 훨씬 재수 없게 행동하기 시작했다. 오늘따라 신문 가판대 선반마저 '신중하게 선별한 기사'를 모아 놓은 느낌이었다.

날씨가 후텁지근했다. 어쨌든 내가 임대료 보조금을 지원받는다는 건 버몬지 모퉁이에 있는 유기농 가게에서 터무니없는 가격의 젤라또 두 숟가락을 살 수 있다는 뜻이었다. 머릿속에서 다그치는 엄마의 목소리가 들렸지만 무시했다. 일주일 내내 먹는 데 돈을 쓴 적이 없단 말이야. 나는 아주 진한 초콜릿과 상큼한 라임 맛에 바로 굴복하고 말았다.

몸이 오들오들 떨렸다. 한 번, 두 번. 단지 아이스크림 때문만은 아니었다. 뭔가 달라졌다.

누군가가 날 지켜보고 있었다. 분명히.

누가 어디서 날 지켜보는지 알아보려고 주변 거리를 위아래로 훑었다.

내 시야에서 어떤 형체가 갑자기 움직이면, 나도 그쪽으로 몸을 홱 틀었다. 그 여자 쪽으로.

"…베로니카?"

베로니카가 맞은편 모퉁이에 서서 나를 쳐다보고 있었다. 막 소리를 지르려는 듯 그녀의 입이 살짝 벌어졌지만, 별안간 돌아서서 뛰기 시작했다.

"베로니카, 멈춰! 얘기 좀 해."

그녀의 긴 다리가 내 다리보다 빠른 데다 어디로 가야 하는지 정확히 알고 있는 것 같았다. 공장 쪽도 아니고, 내가 그녀를 놓칠지도 모르는 술꾼들 무리 속도 아니었다. 그녀는 고층 건물을 향해 달려 가고 있었다.

내가 베로니카를 따라가려고 할 때, 내 이성이 그만두라고 말했다. 어차피 베로니카는 같은 건물에 살아. 우리는 언제든지 대화를 나눌 수 있어.

그런데도 나는 계속 따라갔다. 내 아이스크림이 포장도로에 떨어졌다. 무려 5파운드짜린데.

베로니카가 내 시야에서 벗어나자 왠지 반쯤 안심이 됐다. 그러다 밝은 붉은 색 티셔츠를 입은 그녀가 다시 나타났고, 툭 튀어나온 어깨뼈 사이로 물결치는 금발 머리를 휘날리며 완전히 사라졌다.

좋아. 어쨌든 지금은 게임을 하기엔 내가 너무 피곤해.

나는 고층 건물 끝을 빙 돌았지만, 이미 베로니카를 놓친 뒤였다.

"운동 좀 해야겠어, 이모젠."

왼쪽을 바라봤더니 베로니카가 팔짱을 끼고 무뚝뚝한 표정으로 서 있었다.

30초 동안 아무 말도 나오지 않았다. 숨을 고르며 이게 무슨 상황인지 이해하려고 애썼다. 왜 우리 둘 다 여기 있는 거지?

"대체… 왜… 뛰어갔어?"

"우리가 따로 대화를 하려면 공장에서 벗어나야 하니까. 거기서는 위원회가 네가 똥 누는 일까지 다 알걸." 베로니카는 상류층이나 쓰는 어투로 말했다. 아마 학교에서 적절한 욕마저 예의에 어긋난다고 배웠을 것이다.

"무슨 얘기를 하고 싶은 건데?"

베로니카는 주위를 힐끗 돌아보며 근처에 아무도 없는지 확인했다. "너도 이제 보이기 시작했지, 임미? 내가 옳았다는 사실을 깨닫고 있을 거고."

"제이미 때문에 이러는 거야?"

"걔에 대해 뭘 알고 있지?"

"나보다 먼저 내 방에 살았다는 것만. 내 생각에 그 애가 나쁜 짓을 한 것 같아. 물론 다들 아무 말도 안 하지만 말이야. 여전히 그 일이 사람들에게 영향을 주는 듯 보이더라고."

베로니카의 눈이 쏜살같이 좌우로 움직였다. "아냐. 제이미는 아무 짓도 하지 않았어. 내 직장 동료였거든. 걔를 공장에 들인 건 나니까, 나는 내 자신을 탓하고 있지."

"무엇 때문에?"

"걔들이 제이미의 인생을 망치고 있으니까."

"무슨 짓이라도 했어?"

베로니카는 양손을 쥐어짜며 한탄했다. 나는 한 번도 그렇게 자책하는 사람을 본 적이 없었다. "걔들이 나한테 비밀 유지 계약에 서명하라고 했어. 아주 철두철미했지. 한나가 다시 확인했고."

"음, 베로니카. 너 나한테 뭔가 말하고 싶은 게 분명해. 그렇지 않았다면 날 여기 데려오지 않았겠지."

"구글에서 제이미를 검색해 봐, 알았지? 제이미 헨더슨. 그러면 뭔가 나올 거야. 지금 검색 결과가 없다면, 앞으로 2주 안에는 확실히 뜰 거야. 그리고 만약 모든 게 밝혀지고 공장 애들이 제이미의 이름을 어디서 들었는지 물어보면, 음, 이렇게 대답해… 제이미 앞으로 온 오래된 봉투 같은 걸 찾았다고. 물론 걔들이 그 방을 싹 뒤엎긴 했지만."

나는 문득 내가 찾았던 봉투가 생각났다. 증거품 봉투. "혹시 경찰이 관련되어 있어?"

베로니카가 눈살을 찌푸렸다. "그걸 어떻게 알았어?"

"네가 방금 말했잖아. 걔들이 방을 뒤엎었다고."

그녀가 길게 한숨을 내쉬었다. "임미, 제이미에 대해서 네가 할 수 있는 건 아무것도 없어. 하지만 너 자신을 어떻게 보호해야 할지는 결정할 수 있지. 네 남자 친구 덱스도."

나는 그녀를 빤히 쳐다봤다.

"아, 임미. 순진하게 굴지 마. 공장에 비밀 따윈 없어. 네가 관여하지 않겠다고 생각해도 모든 게 힘겨루기야. 심지어 면접조차 내가 처음 합류했을 때는 걔들이 그렇게까지 하진 않았어."

합류. 베로니카는 공장에 대해 경고하고 있었지만, 내가 보기에 그녀는 여전히 공장에 소속되기를 바라는 것 같았다. 배척당했다는 현실이 그녀를 이토록 씁쓸하게 만들었을까. "걔들은 룸메이트를 잘못 뽑아서 애를 먹었다고 말하던데." 내가 말했다.

"나나 제이미처럼. 그래, 공장 애들은 그렇게 말하겠지. 그렇다고 해도 걔들이 네 모든 비밀을 뿌리 뽑을 권리가 있는 건 아니잖아?"

면접 때 일을 말하는 건가? "걔들이 뭘 하는지 알아. 나도 힘겨루기를 했으니까."

"그건 시작에 불과해. 공장 애들은 벌써 네가 자기들처럼 생각하도록 훈련하고 있어. 이따금 벌어지는 짓궂은 장난은 줌의 짓이 아닐지도 몰라. 어쩌면 걔들일지도."

"아니면 너?"

베로니카가 코웃음을 쳤다. "내가 너무 늦었군. 넌 이미 그들 편이네. 뭐, 적어도 난 노력했으니까." 그녀가 고개를 돌렸다.

"그러면 어떡하라고, 베로니카? 나는 살 곳이 필요해. 우리가 모두 금수저를 물고 태어나거나 평생 쓰고도 남을 유산이 있는 게 아니잖아."

추측일 뿐이지만, 그녀가 살짝 당혹스러운 표정을 지은 듯했다. "좋아. 그럼 투표할 때까지 걔들에게 들러붙어. 하지만 네 일부는 억누르고 있어야 할 거야."

만약 베로니카가 내가 무엇을 억누르고 있는지 안다면, 그녀는 내게 무슨 일이 일어나든 상관하지 않을 것이다.

마지막으로 한 번 더 물었다. "잘 이해가 안 되는 게 있어, 베로니카. 너한테 걔들이 그렇게 빌어먹을 정도로 끔찍한데, 왜 아직도 공장에서 사는 거야?"

우리 위에 있는 평평한 창문 밖으로 음악과 목소리가 흘러나왔고, 주차장에서 축구를 하는 아이들의 고함 덕에 정신이 번쩍 들었다. 문득, 일인자가 되지 못한 베로니카가 상황을 자기 뜻대로 통제할 수 없자 토라진 관종처럼 구는 건 아닐지 의심스러웠다. 이 드라마 같은 행동이 우스꽝스럽게 느껴졌다.

"그건 제이미가 정당하다는 걸 인정받았을 때 개네들 얼굴을 내 눈으로 똑똑히 보고 싶으니까."

그리고는 내가 더 묻기도 전에, 베로니카는 다시 뛰기 시작했다.

아까보다 더 빨리. 이제는 그녀도 내가 굳이 따라잡는 걸 원치 않을 것이다.

나는 스튜디오에 돌아오자마자 구글로 제이미 헨더슨을 검색했다. 1억 3,200만 건이 넘는 결과를 얻었지만, 공장에 대한 언급은 하나도 없었다.

이제 내게는 두 가지 선택권이 있다. 베로니카를 믿거나, 아니면 다른 공장 애들을 믿거나. 아마도 베로니카는 자신이 '속해 있던' 무리에서 제외된 게 씁쓸했을 것이다. 그게 이치에 맞았다. 베로니카와 버니스 둘 다 대표 기질이 있지만 여왕벌은 오로지 하나만 존재할 수 있으니까.

23

5월 18일 금요일

임미

금요일 밤에는 대부분 테라스에 모여 즉흥 파티를 즐기지만, 나는 와인 반 잔만 마신 뒤 다시 내 방으로 돌아왔다. 술과 덱스 앞에 동시에 서 있는 나 자신을 믿을 수 없었다.

창밖으로 잡담이 이어졌다. 기껏해야 한 시간 정도 떠드는 소리가 들리더니 다들 테라스를 떠났는지 잠잠해졌다. 나는 침대에 누워 수업 계획을 세우며 일에 몰두하려고 애썼다. 하지만 다람쥐 쳇바퀴 돌듯 덱스를 떠올리거나 아니면 앞서 이 자리에 누웠던 제이미에게 무슨 일이 있었는지 생각했다.

그러다, 잠에 곯아떨어진 게 분명했다. 갑자기 무언가에 놀라 후다닥 잠이 깼다.

내 방에서 어떤 소리가 났다.

조용히 할퀴는 소리.

사람은 아냐.

나는 눈만 뜬 채 그대로 얼어붙었다. 방 안을 빙 돌아다니는 것처럼 줄기차게 부스럭거리며 긁어댔다. 빠르고 초조하게.

생쥐? 생각만 해도 구역질이 나서 바로 일어나 앉았다. 다섯 살

때, 집에 생쥐가 들끓었다. 이웃 사람이 그놈들을 없애려고 우리 집으로 왔었다. 물론 우리를 돕고 싶어서가 아니었다. 그대로 두면 소리 소문 없이 번식한 쥐들이 이웃집과 연결된 다락방으로 빠져나가 온 거리에 우글거릴 게 뻔했으니까. 매일 아침, 내가 주방에 시리얼을 가지러 가면 바닥과 조리대를 휙 달려가 그들만의 은신처로 허둥지둥 도망가는 녀석들을 보곤 했다.

정말 끔찍했다. 하지만 쥐덫에 걸려 두 동강 난 설치류 사체를 보는 게 더 최악이었다.

머리가 쿵쾅거렸다. 긁는 소리는 계속됐다. 쥐라고 하기엔 너무 시끄러웠다. 도시에서는 쥐와 몇 피트 이상 떨어져 있지 않다고 하던데.

나는 자리에서 일어나 침대 밑을 훑으며 방 안을 점검했다. 만약 쥐와 코를 맞댄다면 어쩌지. 내 안의 과학자는 그 녀석이 나보다 훨씬 더 겁에 질릴 거라는 사실을 알고 있다. 하지만 나는 생생히 기억한다. 어린 시절 경험으로 쇠스랑에 몸이 부서지고 핀에 박힌 채 죽은 쥐가 얼마나 무서운 흉물이었는지.

긁는 소리는 차츰 희미해지다가 이내 완전히 사라졌다. 내 상상이었나?

거의 새벽 5시였다. 나는 다시 침대에 누웠다. 여전히 마음이 불안했지만 더 자고 싶었다.

토요일 아침 8시 직전, 누군가 머뭇거리면서도 다급한 듯 내 방문을 두드렸다.

"임미, 방에 있어? 나 좀 도와줘."

애슐리였다.

문을 열자, 애슐리가 빨갛게 달아오른 눈으로 거칠게 숨을 몰아 쉬고 있었다. "에드워드랑 벨라 일이야."

잠시, 나는 내가 어쩌다 두 명의 룸메이트를 깡그리 잊었는지 알아내려 애쓰다가 반려동물 얘기라는 걸 뒤늦게 깨달았다.

"걔들 어디 아파?"

"아니. 훨씬 나쁜 일이야. 둘 다 사라졌어. 걔들이 우리 문을 여는 방법을 알아냈거나, 아니면 누군가가 일부러 내보낸 것 같아."

긁는 소리. 토끼와 기니피그가 미로 속의 실험용 쥐처럼 파이프에서 길을 잃었을까? 나는 에드워드랑 벨라와 그리 친하지 않았지만, 그 동물들이 어떤 해를 입는 건 바라지 않았다.

애슐리에게 내가 들은 소리에 대해 이야기했다.

그녀가 고개를 끄덕였다. "그렇구나. 아까 내가 덱스에게도 도와달라고 했거든. 덱스가 지하실로 내려갔어. 걔들이 배관에 들어갔을지도 모른다고 해서 알아보고 있을 거야. 네가 들은 소리를 덱스에게도 말해 줄래?"

며칠 동안 일부러 덱스를 피했던 터라 막상 그를 만나면 어떻게 대해야 할지 난처했다. 하지만 애슐리가 몹시 심란한 상태니까.

내가 고개를 숙이고 지하실로 내려가려 하자 그녀가 내 뒤에서 속삭였다. "혹시 버니스를 만나도 아직 말하지 마. 걔가 그 동물들을 나보다 더 아끼거든."

아래층으로 내려간 다음 사무실과 세탁실 뒤 설비 구역에 있는 덱스를 찾아냈다. 한나도 거기 있었다. 두 사람은 건물 도면을 보며 상형 문자를 해독하려는 것처럼 당혹스러운 표정을 짓고 있었다.

"새벽에 동물들이 움직이는 소리를 들었어요. 어쩌면 벽이나 바닥 밑에 있을지도 몰라요." 나는 애써 덱스를 외면하며 말했다. "좀 봐도 될까요?"

셰어하우스를 위해 건물을 리모델링할 때 만든 도면을 보니 수도관 및 난방 시스템이 벽과 바닥을 통하는 배관으로 서로 연결되어 있었다. 나는 각종 사물을 머릿속에 그리며 3차원으로 끼워 맞추는 데 소질이 있었다. 도면 위의 한 구역을 손가락으로 두드렸다.

"여기 있을 것 같아요."

덱스와 한나도 도면을 자세히 들여다봤다. "배관을 열면 잡을 수 있을까?" 덱스가 물었다.

"아니. 배관이 너무 길어서 손이 닿지 않을뿐더러 지름도 너무 짧아. 우리 중 누구도 안으로 기어들어 갈 수 없어. 게다가 동물들이 겁에 질려 있을 게 뻔해. 우리를 보면 놀라서 더 깊숙이 들어갈 거야."

"먹이로 유인하지 않는 한." 한나가 말했다.

그녀의 말이 맞았다. 나는 토끼와 기니피그가 거부하지 못하는 음식이 뭔지 애슐리에게 물어보려고 위층으로 올라가다 덱스가 따라오고 있다는 걸 깨달았다. 속도를 조금 더 내며 발걸음을 옮겼지만, 영양층과 안식층 사이에서 덱스가 내 손목을 잡는 바람에 더는 올라가지 못했다. 순간 몸이 확 달아올랐다.

"보고 싶었어, 임미."

"그래. 하지만… 덱스. 우리 거리를 두기로 했잖아. 적어도 투표 때까지는."

나는 그를 떨쳐 내지 못했고, 덱스 역시 물러서지 않았다. 그와 키스하고 싶었다. 길 잃은 동물들과 공장 내 정치도 모두 잊은 채. 우리가 서로 몸을 숙이자, 입술이 거의 닿을 듯 말 듯 가까워졌다. 그리고….

베로니카가 조깅복 차림으로 우리 위에 서 있었다. 내가 덱스에게서 떨어지자 그가 내 팔을 놓았다. 베로니카가 실눈을 뜬 채 우리를 바라봤고, 나는 그녀가 어떤 반응을 보일지 기다렸다.

"실례할게." 그녀는 그 말만 하고 우리를 빠르게 지나쳤다. 잠시 후 현관문이 쾅 닫히는 소리가 들렸다.

"젠장, 아슬아슬했어." 덱스가 말했다.

베로니카가 이미 알고 있다는 걸 굳이 덱스에게 밝히지 않았다. 여기 사는 모두가 알고 있을 것이다. "우린 더 노력해야 해. 동물 실종 사건도 골치 아픈데 심리전에 부채질할 필요는 없잖아."

"누군가 일부러 에드워드랑 벨라를 풀어놨다고 생각하는 거야?"

나는 그가 어찌나 순진해 보이는지 흠칫 놀랐다. "잘은 몰라. 하지만 고약해. 대체 누가 이 한심한 싸움에 동물을 이용했을까?"

덱스는 각 방과 룸메이트들을 샅샅이 훑듯 계단을 올려다봤다.

"줌일까?" 덱스가 물었다.

나는 줌이 사우나실 수리를 하는 동안 내게 했던 말이 떠올랐다. 줌은 그저 분위기 전환용으로 장난을 칠 뿐이라고 말했고, 나도 그를 믿었다. "모르겠어. 줌이 짓궂긴 해도 잔인해 보이진 않아. 베로니카는 어떤 것 같아?"

덱스가 어깨를 으쓱했다. "그럴 수도. 세상에. 이곳은 가끔 혼란스러워. 그래도 최소한 우리 둘은 아니잖아. 이건 단지 옛날 얘기나 원한에 얽힌 일일 거야. 그렇지 않아?"

나는 고개를 끄덕였다. 다만 옛날 얘기라는 말에는 동의하지 않는다. 누가 이런 짓을 했든, 지금 이 순간에도 여전히 두려움과 분노를 아주 많이 품고 있는 것 같으니.

24

5월 19일 토요일

덱스

내가 세 번째 멘토링을 위해 흡연실에 들어갔을 때, 버니스는 특유의 화려한 립스틱도 바르지 않은 채, 분홍색으로 물든 처량한 눈으로 에드워드를 그리워하고 있었다.

"대체 어떤 인간이 그런 짓을 했을까?" 그녀는 갈라진 목소리로 자몽 향이 나는 담배를 아주 깊이 빨아들였다.

생각하면 할수록 누구라도 그런 짓을 할 수 있을 것 같았다. 임미를 제외하면. 어쩌면 애슐리도. 대신 나는 이렇게 말했다. "동물들을 유인하려고 뭐든 다 시도해 보고 있어."

"내 개인적인 생각으로는, 어쩌면 동물들이 공장에서 나가는 게 나을지도 몰라. 가끔 여기서 무슨 일이 일어나고 있는지 궁금해. 내가 통제할 수 없는 것 같아…."

나는 뭐라고 대답해야 할지 떠오르지 않았다. 그저 전자 담배를 켜 풋풋한 허브 향을 밖으로 날려 버렸다. 흡연실에 들어올 때마다 매번 허브 화분에 살짝 스치곤 했는데, 그 신선한 향기는 내가 안간힘을 쓰며 묻어 두려는 단 하나의 기억을 자꾸 끄집어냈다.

버니스가 나를 올려다보며 고개를 가로저었다. "후. 네가 여기 있는 게 얼마나 큰 행운인지, 또 여기 남고 싶다는 다짐을 받고 싶었는데. 진짜 엿 같은 짓이나 하고 있네, 그치?"

"화나는 게 당연해."

"당연하다?" 그녀가 코웃음을 쳤다. "그래, 넌 어때?"

"뭐가?"

"여기 남고 싶어? 다음 주 이맘때쯤이면 우리도 알아야 하거든. 만약 싫다면, 굳이 최종 투표를 할 필요가 없으니까."

"농담해? 멍청이가 아닌 이상 이렇게 좋은 데서 어떻게 나가겠어. 나를 관에 실어야 내보낼 수 있을걸."

버니스가 움찔했다. "아니면 네가 서른다섯 살이 되자마자 내보내겠지. 어느 쪽이 더 빠를까."

"나이 제한을 잊고 있었네. 그게 합법적이긴 한 건가?"

"모두 계약서에 포함된 사항이야. 아무도 우리에게 서명하라고 강요하지 않았어." 그녀가 말했다. "어디에 서명하는지 주의 깊게 봐야지, 덱스?"

서른다섯 살이면 아직 멀었다고 맞받아치려던 찰나, 불현듯 화장기 하나 없는 지친 버니스의 얼굴이 보였다. 미간 사이에는 희미한 주름이, 가르마 사이에는 흰 머리카락이 몇 가닥 있었다.

나는 억지로 시선을 돌리며 그녀의 단점을 외면했다. 그리고 못된 버니스, 정치 책략가 마키아벨리처럼 권모술수에 능한 여왕벌이 되길 바랐다. 그녀가 약점을 드러내면 공장의 모든 체제가 허물어질 것 같았다.

"조언은 언제든 환영해. 물론 너희들이 나한테 투표하지 않는다면 다 소용없겠지만."

버니스가 웃었다. "겸손한 척하지 마. 다들 널 좋아해. 특히 애슐리. 너는 애슐리의 오른팔이잖아. 자발적으로 많이 돕기도 하고."

"할 일이 없어 보이니까 맡기겠지."

그녀가 한숨을 내쉬었다. "여기 있는 게 네 문제를 해결하는 데 도움이 되니?"

"당연하지."

"그게 바로 공장이 존재하는 이유야. 도움을 주는 곳. 그렇지 않으면 다 헛수고일 뿐이니까."

어쩌면 나는 지금 잔뜩 흥분해야 할 것 같았다. 그러니까 완전히 다른 사람이 된 기분이라고, 그녀가 내 생명의 은인이라고 말해야 했을까. 아니, 더는 그녀를 속이고 싶지 않았다. "버니스, 너한테도 여기 있는 게 도움이 됐어?"

버니스가 얼마나 치유받아야 했는지 판단할 순 없었다. 그녀는 예쁘고, 자신만만하고, 꽤 성공한 삶을 살고 있고….

"그랬다고 생각했어." 버니스가 왼쪽 약지를 내려다보며 반들반들 윤이 나는 빨간 매니큐어를 뜯어내기 시작했다. 매니큐어 껍질이 벗겨지자 그 아래 있는 맨손톱이 드러났다. "나 결혼했었어. 여기 오기 전에."

결혼했다고? 나는 한 남자의 아내로 살았던 버니스를 상상할 수 없었다. 그녀는 정말 완벽한 여자였으니까. "무슨 일이 있었던 거야? 물론 나한테 말할 필요는 없어…." 하지만 버니스는 내게 털어놓고 싶어 하는 것 같았다.

"남편에게… 정신적인 문제가 있었어. 그냥 친구인 채로 도와줬어야 했는데, 결혼이 그를 살리는 가장 좋은 방법이라고 확신했지.

어느 쪽이든 그 사람 잘못은 아니지만, 이혼에 합의하면서 난 완전히 무너졌어. 그때 공장이 내 앞에 나타난 거야."

"맞아. 나도 정말 절실할 때 공장 광고를 봤어."

버니스는 이제 가운뎃손가락에 있는 매니큐어를 착착 뜯어내서 주홍색 파편들을 반바지에 흩뿌렸다. "거짓말처럼 신기하지? 한나가 마치 요정 대모처럼 나타나 우리 모두에게 공장으로 이끄는 마법의 가루를 사르르 뿌린 것 같아." 버니스가 나를 올려다봤다. 내가 그녀를 더 밀어낼 수 있는지 시험하는 것처럼.

"여기 사는 애들은 모두 망가졌다, 뭐 그 얘기를 하는 거야?"

버니스가 씩 웃었다. 그녀가 다른 사람을 험담하지 않길 바랐다. 나는 애슐리의 폭식증과 줌이 부모에게 게이라는 성정체성을 숨기고 있다는 사실을 알고 있었다. 심지어 카밀이 핀란드가 아닌 덴마크인인 척한다는 것도 알았다. 그녀의 이미지를 위해서는 덴마크 출신이라는 게 훨씬 유리할 테니.

버니스가 나에 대한 진실을 안다면 어떻게 나올지 궁금했다.

"우리 모두 엉망진창인 것 같아, 덱스. 그리고 아무리 황혼 요가를 하고 발효 양배추를 먹어도 우리의 진짜 문제를 해결하지 못할 거야. 그래도 더 나쁜 곳에서 존재적 불안을 끌어안고 살 수도 있었잖아, 안 그래?"

"내 말이 그 말이야."

버니스의 초록색 눈이 휘둥그레졌다. "공장은 내게 많은 걸 줬어. 가족처럼. 그래서 이곳을 지키는 건 내게 일처럼 느껴지지도 않아. 미친 소리처럼 들리겠지만, 거의… 소명이야."

우리 둘 다 흡연실 문을 통해 마치 수채화처럼 보이는 안개 낀 런던을 바라봤다. "만약 네가 떠나면 어떻게 되는 거야?"

버니스가 웃음을 멈췄다. "내 자리를 기쁘게 채워 줄 사람들이 있겠지. 공항 근처 쪽 집을 마련하려고 보증금을 모아 두었는데, 마음이 안 가. 비행기가 오가는 길 아래 비좁은 아파트와 공장을 맞바꾼다는 게 상상이 돼?"

나는 껄껄 웃었다. "그렇게 따지면, 버니스. 나 역시 여길 결코 떠나고 싶지 않을 거야."

▸4주차◂

소속감을 느끼니?

이봐, 이봐, 친구들. 벌써 일요일이야! 기분이 어때? 이제 공장에 소속감을 느끼니? 너희들이 여기 온 지 4주째 접어들었으니 이제 우리는 너희들이 이곳에 계속 머물지 여부를 가늠하려고 해. 그러다 문득 기존 염색업자들에게 공장이 자신을 위한 곳이라는 걸 언제 깨달았는지 물어봐야겠다고 생각했어.

'난 옥상 테라스에서 해가 지는 모습을 처음 봤을 때 바로 알았어. 주변을 둘러보며 그 놀라운 빛 속에서 룸메이트들의 얼굴을 봤을 때, 그들이 항상 내 친구라는 사실을 깨달았지.'

-버니스, 크로이던

'나는 모든 배우가 삶의 일부로 받아들이는 불합격을 각오하고 런던에 왔어. 하지만 공장에서는 합격했지.'

-카밀, 코펜하겐

'일단은 술이 중요한 게 아니야. 사람들이 네 뒤에 있다는 게 중요하지.'

-루카스, 케임브리지

'아무도 날 갖지 못해.'

-줌, 카불

25

5월 20일 일요일

임미

토끼 에드워드는 유기농 채소 상자에서 풍기는 청경채의 유혹을 뿌리치지 못했다. 덕분에 약간 부스스하지만 늘어진 귀 그대로 수도관에서 빠져나왔다. 하지만 일요일 밤이 되면서 우리는 벨라를 포기하기 시작했다.

그 탓일까. 조금 전 큰 소동이 일어났다. 방 창문을 통해 곤두선 목소리가 들렸고 무슨 일인지 보려고 테라스로 나갔다. 줌이 애써 책을 읽고 있었고, 루카스가 그 옆에 서서 줌이 재미로 사람들의 머리를 어지럽혔다고 노발대발했다.

줌은 한동안 그 행동을 무시했다. 하지만 루카스가 줌에게 주먹을 날렸고 카밀과 버니스가 소리치기 시작했다.

약자를 괴롭히는 모습에 발끈해서 줌을 두둔하려던 찰나, 그가 책을 집어 들고선 테라스를 떠났다. 루카스는 마지막 순간까지 욕을 해댔다.

"맞아, 꺼져. 네가 이 공동체에 기여하고 싶지 않다면 어떤 혜택도 누리면 안 돼."

내가 끼어들어야 했나? 나는 줌을 좋아하지만, 오래도록 염색업자로 눌러살려면 위원회를 내 편에 두어야 한다는 걸 잘 알고 있었다. 정식 염색업자로 뽑히고 나면 빌어먹을 루카스와는 절대 말을 섞지 말아야겠다.

루카스가 싫긴 해도 다른 룸메이트들은 내 생각보다 참 좋았다. 덱스는 물론, 애슐리 역시. 심지어 버니스도 약간.

버니스는 하루에 두 번씩, 벨라를 수도관에서 빼내려고 채소를 새로 갈아 주었다.

어느 날 저녁, 나는 벽에 귀를 대고 가만히 서 있는 버니스를 발견했다. "괜찮아, 버니스?"

"배관 속에서 무슨 소리가 들리는 것 같아. 저 안에 벨라가 갇혀 있다고 생각하기 싫지만 말이야. 이 모든 게 우리의 사소한 다툼 때문이잖아."

나는 버니스가 공장의 어떤 결함을 인정하거나 개인적인 책임을 지느니 차라리 죽을지도 모른다는 생각이 들었다.

그녀의 기분을 풀어 주고 싶은 욕망이 발동했다. "아마 지금쯤 벨라는 템스강으로 가는 길을 발견해 기니피그 거주지를 개척하고 있을지도 몰라." 나는 그 말을 조금도 믿지 않는다. 반려동물이 사라졌을 때 슬퍼하는 아이들을 위해 일부러 지어낸 이야기였으니까.

버니스는 나를 무시하는 듯한 표정을 지었다. "보나 마나 벨라는 밖에서 30초도 살아남지 못할 거야. 어쨌든 고마워."

내가 참 한심했다. 우리 학교 6학년 학생들조차도 입에 올리지 않을 어리석은 얘길 하다니. "누가 우리 문을 열었을까, 버니스? 다들 줌을 탓하는 것 같지만 난 잘 모르겠어."

버니스가 나를 탐색하듯 바라봤다. "문제는 우리 중 누구라도 그럴 수 있다는 거야."

버니스의 말에 나는 화들짝 놀랐다. 설마 친구까지 의심한다는 뜻은 아니겠지? "난 베로니카가 궁금해. 왠지 불행해 보여서."

"베로니카가 너한테 무슨 말이라도 했니?"

나는 고개를 절레절레 흔들었다. "그럴 리가. 솔직히 그 애는 거의 날 무시해."

버니스가 나를 빤히 바라봤다. 내 거짓말을 눈치챘을까?

그녀가 한숨을 내쉬었다. "여기서 가장 필요한 건 안정이야. 이제 2주만 버티면 돼. 그러면 더 나아질 테지. 물론 그래야 하고."

'2주?' "투표는 다음 주 이맘때 맞지?" 앞으로 일주일 더 '행복한 임미' 노릇을 계속해야 한다고 생각하니 힘이 쭉 빠졌다.

"맞아, 하지만 그다음에…." 버니스가 말을 멈췄다. "네 말이 맞아. 미안. 내 근무 시간이 오락가락해서 기억력이 망가졌나 봐. 이제 곧 너희들은 영원한 염색업자가 될 테고, 우리도 모든 걸 차분하게 되돌리겠지."

나는 버니스가 떠난 뒤에야 비로소 그녀가 덱스와 내가 머물 거라 짐작하고 있다는 걸 깨달았다.

마음을 놓아야 한다. 사실 마음이 놓였다. 하지만 밑바닥에 깔린 불확실한 기류도 없었으면 좋겠다.

그들은 덱스와 내가 오기 전에 여기서 무슨 일이 있었는지 여전히 거짓말하고 있다. 우리가 정식 계약서에 서명하기 전까지는 아무도 진실을 말해 주지 않을 것 같았다.

오늘 저녁은 퇴근 후에 사라를 만나기로 했다. 사라가 내 임대 계약서를 봐주는 대신 내가 저녁을 사 줄 참이다.

우리는 사우스뱅크에 있는 어느 술집에서 만났다. 사라는 공장을 둘러보고 싶어 했지만, 나는 초대하는 게 불편했다. 손님을 금지한다는 규칙은 없었지만, 면접 때 이후로 건물 안에서 외부인을 본 적이 없었다. 정식 룸메이트가 되기 전까지 현재 상황에 도전하지 않는 게 안전해 보였다.

녹초가 된 사라를 보니 문득 그녀의 집에 얹혀살며 출근할 때 내 피부가 얼마나 창백하고 어두웠는지 떠올랐다. 그러다 사라가 와인 한 병을 나눠 마시는 대신 엘더플라워 코디얼을 사달라고 했을 때 비로소 깨달았다.

"이런 세상에, 사라. 너 임신했구나!"

사라가 얼굴을 찌푸렸지만, 그녀의 눈에 담긴 기쁨까지는 감추지 못했다. "응. 맞아."

우리가 실컷 포옹하고 나자, 사라는 계획에 없던 일이었다고 고백했다. 그래도 나는 사라가 훌륭한 엄마가 될 거라 믿어 의심치 않는다. 물론 맥이 좋은 아빠가 되리라고는 확신할 수 없지만. "일을 생각하면 완전 자살골이지. 우리가 아기를 갖기 전까지는 맞벌이가 목표였거든. 또 너한테 사과하고 싶었어. 지난 2주 동안 우리랑 함께 살 때 내가 정말 심술궂었잖아. 이제 와 생각하니 호르몬 탓이었나 봐."

"그래. 하지만 맥의 변명은 뭘까?"

나는 음료를 갖고 돌아와 부풀어 오른 가슴과 입덧에 대해 조금 더 이야기를 나누었다. 그런 다음 사라가 공장에 대해 꼬치꼬치 캐물었다. 나는 먼저 좋은 점을 말했다. 학교까지 도보로 출근 가능한 점, 시설, 옥상 요가 등. "그리고 덱스가 있어."

"자세히 말해 봐!" 대학에 입학할 무렵, 사라는 거침없는 야생마였고 나는 천진난만한 아이였다. 엄마는 내가 스스로 앞가림을 할 때까지는 밖에 오래 내보내지 않았고, 나도 뜻하지 않은 임신으로 크루에 영원히 갇히고 싶지 않았다. 하지만 첫 학기에 함께 자고 싶을 만큼 좋아하는 남자를 만났고, 놀랍게도 모든 '평범한' 여자애들처럼 내가 매 순간 섹스를 즐긴다는 사실을 깨달았다.

"하지만 묘한 꿍꿍이가 있어." 나는 연애를 금지하는 공장의 규칙과 몇몇 이상한 일들을 설명했다. 도살장 소리가 들렸던 요가 시간, 갑자기 사라진 동물들, 통속극 같은 베로니카의 경고까지. "그리고 공장 사람들 모두 나보다 먼저 그 방을 썼던 남자에 대해 뭔가 숨기는 듯해."

"어쩌면 그 사람들은 베로니카 때문에 당황했을 수도 있지. 사사건건 툴툴대니까."

나는 와인을 홀짝이며 그게 전부라고 믿고 싶었다. "다만… 좀 심각하게 들렸거든. 베로니카는 어떤 비밀 유지 합의 때문인지 더는 말하지 않았지만. 대신에 그 남자 이름, 제이미 헨더슨을 알려주면서 검색해 보라고 하더라고. 세상에 그 이름을 가진 남자가 수백만 명에다 아무 연관성도 없는 것 같더라."

"내가 널 잘 아는데, 임미. 넌 일이 잘못될까 봐 늘 걱정하잖아. 이번에는 운이 좋을 수도 있어."

사라는 모든 게 잘되리라 여기는 긍정적인 가정에서 태어났다. 그래서 내가 왜 삶을 다르게 보는지 그녀가 이해해 줄 거라 기대하지는 않았다.

"그래. 난 언제나 부정적이니까." 나는 잔을 들며 말했다. "사실,

지금은 완전히 부정적이야. 어쨌든 더 머무를 수 있다면 이 계약서에 서명해야 해. 이번 주 일요일에 내 체류 여부를 두고 투표가 있을 거야."

"자, 이 사라 언니한테 건네 봐."

계약서를 보더니 사라가 얼굴을 살짝 찌푸렸다. "와. 이건 일반적인 임차 계약서가 아닌데? 3개월이라는 통보 기간이 꽤 극단적이지만, 아마 이 정도면 사치를 누리기 위한 대가일 거야. 끝까지 확인해 봐도 돼?"

"너만 괜찮다면."

"집으로 가는 악몽 같은 버스에서 읽을거리가 생겼네."

"계속 그 아파트에서 살 거야? 너희 둘에 아기까지 생기면 집이 좀 작잖아."

사라가 끙끙거리며 앓는 소리를 했다. "내 말이. 맥은 하이위컴에 사는 그의 부모님 댁 근처로 옮겨야 한다고 생각해. 여전히 런던은 은행가와 러시아인을 위한 곳이기도 하고. 마치 집으로 돌아가는 비둘기가 된 것 같다니까. 너도 언젠가는 런던을 떠나게 될 거야."

나는 그 생각만 해도 구역질이 났다. "내 눈에 흙이 들어가기 전까지는 아닐걸."

집으로 걸어가는 동안 햇빛에 비친 템스강이 넘실거렸고, 십여 개의 다른 언어로 시시덕거리는 사람들의 소리가 나를 에워쌌다. 지금쯤 크루에 사는 엄마는 저녁 식사 때 쓴 더러운 접시를 손가락이 백지장이 되도록 힘겹게 찬물로 씻어 내고 있겠지. 엄마는 뜨거운 물을 쓰는 게 돈 낭비라고 여겼다. "푼돈을 아끼면 목돈은 저절로 모이는 법이야." 엄마가 그랬었다. 마치 엄마를 곤경에 빠트린 게 신용 카드가 아니라 난방비라는 듯.

공장이 별난 곳일지 모르지만, 고향 집보다 견디기 힘든 곳은 아닐 것이다.

26

5월 22일 화요일

임미

화요일 아침엔 늦잠을 잤다. 시간을 벌려고 서둘러 계단을 내려가다 방에서 나오는 베로니카와 우연히 마주쳤다.

그녀는 나보다 더 화들짝 놀랐지만, 곧바로 나를 외면했다.

"베로니카, 잠시만." 나는 목소리를 낮추며 입을 열었다. "나중에 따로 만날 수 있을까? 전에 만났던 곳에서? 물어볼 게 있어."

"넌 이미 할 만큼 했어."

"무슨 소리야?"

베로니카가 눈을 가늘게 떴다. 그녀의 방문이 조금 열려 있었다. 세상에. 방은 정말 엉망진창이었다. 빈집을 털다 도중에 그만둔 것처럼 옷가지와 물건이 사방에 널브러져 있었다. 나는 엄마로 인해 그렇게 사는 모습을 너무 잘 알고 있었다. 그런 사람들의 머릿속은 훨씬 더 난잡했다.

"베로니카, 도움이 필요하니?"

그녀가 비웃었다. "내가 널 빼내려고 했던 것처럼. 내가 틀렸네. 넌 여기 있어. 나머지 독사들과 함께."

베로니카가 방으로 들어가며 문을 세게 닫자, 쿵 하는 소리가 주변으로 울려 퍼졌다. 나는 로비로 걸어가며 사람들이 행여 방 밖으로 나와 무슨 일인지 두리번거리지 않을까 생각했다.

하지만 아무도 나오지 않았다.

나는 온종일 버릇없는 학생들과 더불어 진을 다 빼는 학부모 상담까지 마친 후에야 마음 놓고 집으로 돌아왔다. 그런데 공장에 들어서자, 1층 작업 공간에서 고성이 오가고 있었다.

귀를 기울이려 애썼지만, 방음이 잘되어 있어 거의 들리지 않았다. 오로지 말투로 짐작할 뿐이었다. 단단히 화가 난 소리. 물론 이 빌어먹을 장소에서는 일상다반사였지만.

나는 위층으로 올라갔다. 건물 곳곳이 왠지 더 쓸쓸해 보였다. 물 한 잔을 따른 뒤 테라스로 갔다. 혼자 앉아 평온한 여유를 만끽하며 최근에 일어난 논쟁거리를 억측하지 않으려 애썼다.

인기척이 들렸다. 더는 혼자가 아니었다.

뒤를 돌아보니 덱스가 서 있었다.

이 공간에 둘만 있다고 생각하니 내 목덜미 쪽 머리카락이 쭈뼛쭈뼛 곤두섰다.

"아래층에 무슨 일 있어?" 나는 덱스에게 더는 가까이 가지 않은 채 물었다.

"음, 평소처럼 멋진 화요일은 아니야. 나한테는 일언반구 없이, 다들 9시 직전에 회의실로 우르르 몰려가더라고."

나는 시계를 확인했다. 벌써 밤 11시가 넘었다. "재들이 줄곧 저 안에 있었다는 거야?"

덱스가 고개를 끄덕였다. "무슨 문제가 생겼다는 거겠지."

나는 그에게서 눈을 뗄 수가 없었다. "뭐 또… 걔들끼리 심란해 있거나. 우리가 여기 있는지 걔들은 몰라."

덱스도 같은 걸 원하는 걸까?

그의 두 눈이 맞다는 듯 깜빡였다. "네 스튜디오로 갈까. 아니면 내 스튜디오?"

건물 안으로 들어간 나는 내 교토 문을 지나 계단으로 향했다. 숨을 죽이며 걸어 내려가는 동안 내 뒤에 있는 덱스를 의식하며 아직은 회의가 끝나지 않길 내심 바랐다.

덱스가 자물쇠에 전화기를 대자 마라케시 문이 열렸다. 그는 내게 안으로 들어오라고 손짓했다.

물론 전에도 이곳에 와 본 적이 있었다. 우리가 1차 서류 전형에서 뽑힌 뒤 공장을 둘러볼 때였다. 밤이라 그런지 사뭇 달라 보였다.

냄새도 좀 풍겼다. 술 냄새.

그가 내게 키스하려고 팔을 두르려던 찰나, 나는 슬쩍 몸을 뒤로 뺐다. "술 마셨어?"

덱스가 고개를 절레절레 흔들었다.

"술 냄새가 나는데. 진짜 몰래 술 마시고 있었던 거 아니야?"

어둠 속에서도 덱스의 얼굴이 의심스러워 보였다.

"이상하게 들리겠지만, 임미. 가끔 여기서 술 냄새가 진하게 풍겨. 이유도 없이. 마치 누군가가 바닥이나 대야에 술을 엎지른 것처럼. 하지만 여긴 아무도 들어오지 않지. 나는 한나가 내 물건들을 뒤지는 게 싫어서 청소도 하지 말라고 부탁했어."

덱스의 바보 같은 거짓말에 나는 정신이 번쩍 들었다. 방에서 나가려고 돌아섰다. 자기 치부를 덮으려 멋대로 이야기를 꾸며내는 사람과는 섹스하지 않을 거니까. "기가 막히네."

그가 손을 뻗어 나를 막았다. "그래. 그래. 방에 보드카가 좀 있어. 하지만 그렇게 안 보이잖아."

"젠장, 덱스. 너 술 마시면 안 돼. 그게 바로 네가 여기 있는 이유 아니었어?"

"실은 나… 술이 문제라고 과장했을지도 몰라." 덱스는 내 눈을 외면하며 말했다. "인터뷰 때 어땠는지 너도 알잖아. 재들은 공장이 치유할 수 있는 사람들을 원했고, 우쭐하고 싶어 해. 난 그 마음에 맞장구를 쳤을 뿐이야."

나 역시 면접 때 거짓말을 하지 않았다면, 그의 고백에 엄청 충격을 받았을 것이다. "…너 알코올 중독자가 아니라는 거야?"

덱스가 한숨을 쉬었다. "맞아, 꼭 그렇지는 않아. 나도 진짜 거짓말하고 싶지 않았어. 특히 너한테는. 하지만 난 이 공간이 필요했어, 임미. 너도 네 스튜디오를 원했던 것처럼. 내 말 믿지?"

과연 그럴까?

덱스는 내 망설임을 승낙으로 받아들였는지 다시 내게 키스하려고 몸을 숙였다. 내 마음은 갈대처럼 흔들렸다.

어둠 탓인지 모든 게 더 강렬했다. 우리는 막 동이 트기 직전 새벽 4시쯤 잠이 들었다. 나는 방으로 돌아가야 했지만 쉽사리 그를 떠날 수 없었다.

하지만 뭔가가 갑자기 나를 확 깨웠다. 바로 위층에서 쿵쿵대는 발걸음 소리가 들렸다.

안식층이었다. 아마도 불면증에 걸린 염색업자 중 한 명이 녹초가 될 때까지 체육관에서 운동하려는 것 같았다. 내 방으로 돌아가는 모습을 들키지 않으려면 다시 조용해질 때까지 기다려야 했다.

가만히 들어 보니 한 사람이 아니었다. 여러 명이었다. 여자 한 명과 남자 두 명의 목소리가 들렸다.

"내가 직접 할 수 있어, 고마워!"

베로니카였다. 두려움보다는 짜증이 섞인 목소리였다. 남자들은 알았다며 투덜거렸다. 뒤이어 덜커덕거리며 바퀴가 나무에 부딪히는 소리가 났다. 덧문이 열렸다 닫혔고, 승강기가 움직였다.

덱스는 여전히 깊이 잠들어 있었다. 나는 그를 깨우려다 침대에서 기어 나와 창가로 갔다. 그의 방에서는 태너스워크가 훤히 보였다. 자갈밭 위로 주차된 흰 밴의 뒷문이 열려 있었다.

베로니카는 자갈밭 위로 거대한 여행 가방을 질질 끌며 앞장서서 걸었다. 덩치 큰 남자 두 명이 상자 여러 개와 쓰레기봉투, 가죽 안락의자를 들고 뒤따랐다. 그리고 그녀는 흰 밴에 짐을 실은 뒤 차에 올라탔다.

베로니카는 조수석에 앉으며 공장을 올려다봤다. 나는 혹시 그녀가 날 쳐다볼까 싶어 재빨리 뒤로 물러섰다. 앨의 집을 떠날 때 느꼈던 굴욕감이 떠올랐다. 만약 내가 베로니카처럼 아무도 보지 않는 자정에 떠날 수 있었다면, 나도 그렇게 했을 텐데.

베로니카는 여전히 건물을 올려다보고 있었다. 그녀는 울고 있는 걸까? 건물을 향해 손을 번쩍 내민 베로니카가 가운뎃손가락을 치켜들었다.

"다들 엿 먹어!" 그녀가 소리쳤다. 물론 실제로는 아무것도 들리지 않았지만 분명 그렇게 말하고 있겠지.

27

5월 23일 수요일

덱스

어쩌면 베로니카가 떠난 건 이상한 일이 아닐지도 모른다. 진짜 이상한 부분은 아무도 그 얘기를 하지 않는다는 것이다.

말은 바로 하자. 걔들이 나한테 말해 줄 리 없잖아.

내가 여럿이 모인 공간에 들어가거나 테라스로 나가면 대화가 뚝 끊겼다. 온종일, 내 앞에서는 아무 말도 하지 않았다.

나는 사람들이 출근한 뒤 베로니카의 방을 확인하려 했지만, 누군가 몰래 엿보는 행동을 막으려고 도어 뷰에 종이를 붙여놓았다. 뒤로 한 발짝 물러서자 빛이 들어오지 않았다.

내 뒤에 누군가 있어….

나는 별일 아니라는 듯 천천히 돌아봤다. 그리고 임미라는 걸 깨달은 후에야 안도의 한숨을 내쉬었다. 종일 그녀와 얘기하고 싶었지만, 며칠 동안 거리를 두자고 동의했다.

"그거 알아?" 임미가 입을 열었다. "베로니카가 완전히 떠났어."

나는 고개를 끄덕였다. "어젯밤 비밀 모임이 잘못됐나 봐."

"아니 어쩌면 위원회가 베로니카를 없애려고 했을지도 모르지." 임미는 계단을 내려가며 영양층으로 향했고, 나는 뒤따라갔다. 그녀가 공동 그릇에 담긴 잘 익은 망고를 꺼내 자르기 시작했다. 망고 껍질 아래로 칼을 들이밀며 과육을 자를 때 그녀의 민소매에 드러난 팔 근육이 바짝 팽팽해졌다.

나는 또 몸이 달아올랐다. 모든 게 날 자극했다. 망고의 질감, 임미가 과일을 자르는 방식, 이국적인 향수. 하지만 난 이 감정을 억눌러야 한다. 단지 투표 때까지가 아니라 영원히. 내가 임미의 주변을 맴돌면 위험하다. 나는 임미가 여기 오기 전에 무슨 일이 있었는지 모르겠지만, 안전이야말로 그녀에게 가장 필요한 거라고 뼈저리게 느꼈다.

"버니스가 베로니카에 관해 얘기한 적 있어?" 임미가 물었다.

내가 물을 너무 가득 채웠는지 주전자가 요란한 소리를 내며 부글부글 끓었고, 우리 목소리가 그 소음에 묻혀 버렸다. "그런데 좀 이상하지 않아? 걔들끼리는 서로 말을 하더라고."

"넌 버니스와 꽤 가까운가 봐. 직접 물어보면 되겠네?"

임미가 질투하는 건가? "그 정도로 가깝진 않아. 버니스는 내 멘토잖아, 그게 다야."

그녀는 못 믿겠다는 표정을 지었다. 질투하는 게 분명해. 계단을 휙 둘러봤다. 주변에 아무도 없었다. 나는 임미 쪽으로 한 발짝 다가가 허리에 팔을 두른 뒤 민소매 밑으로 손을 집어 넣어 가슴으로 향했다.

고작 이걸로 끝내야 하나.

임미가 격렬하게 숨을 들이마셨지만 내 손은 부드럽게 움직였다. "지금은 안 돼."

"그럼 나중에는 돼?"

임미가 화들짝 물러섰다.

주위를 둘러보니 카밀이 계단을 내려오고 있었다. 그녀가 우리를 봤을까?

"다행히 둘 다 여기 있네." 카밀이 말했다. "너희도 눈치챘겠지만… 일이 좀 있었어."

우리 둘 다 고개를 들어 안식층에서 내려오는 카밀을 바라봤다.

"실은 베로니카가 한동안 공동체에서 지내는 걸 힘들어했는데, 이제 여길 떠나기로 결정했어. 물론 걱정할 일은 아니야."

카밀은 독재자가 운영하는 TV 채널의 대변인 같았다. 머릿속에 수많은 질문이 떠올랐지만 그중 어느 것도 묻지 않았다.

임미가 얼굴을 찡그렸다. "통보 기간이 있는 줄 알았는데?"

"베로니카는 부자야. 다들 알고 있었지?" 카밀이 말했다. "돈 있는 사람들은 힘든 상황에서 벗어날 만한 여유가 있어. 물론 상황을 힘들게 만든 책임도 일부 있지만."

"이제 어떻게 되는 거야?" 임미가 물었다.

"공장 사람들끼리 모여서 베로니카의 스튜디오를 쓸 새 룸메이트를 바로 뽑을지 여부를 결정할 거야. 가능하다면 오늘 저녁 늦게라도 결과를 알려 줄게."

카밀이 몸을 돌려 다시 계단을 올라갔다. 한껏 달아올랐던 내 흥분은 이내 수그러들었다. 어쩌면 그게 가장 안전할지도 모른다. 우리 모두를 위해서.

저녁 늦게 몇몇이 나를 찾아왔다. 버니스, 카밀, 루카스. 줌은 없었다. 애슐리도. 그야말로 거물급 인사들만.

다 함께 임미가 이미 기다리고 있는 안식층으로 향했다. 토끼 에드워드가 우리 안에서 허우적대는 소리가 들렸다. 여전히 기니피그 벨라의 행방은 오리무중이었다. 친구가 없으니 에드워드도 분명 외로울 것이다.

"기다려 줘서 고마워." 버니스가 말했다. "사실 걱정할 건 없어."

하필이면 같은 날 두 사람이나 그렇게 말하다니. 괜히 걱정되네.

"평소에는 이렇지 않아." 루카스가 입을 열었다. "하지만 베로니카는 암적인 존재였어. 지금은 싹 사라졌지."

버니스가 그의 말을 가로막았다. "너무 앞서가지 마."

루카스는 못마땅하다는 듯 눈썹을 치켜올렸다. 마치 이렇게 말하는 것 같았다. '쳇, 여자들이란.'

버니스가 말을 이었다. "베로니카는 공동생활에 적응하는 게 힘들다고 느꼈나 봐. 아니 그보다 서열이 없는 공동생활이 힘들었겠지. 줄곧 기숙 학교를 다닌 상류층 출신이니까. 이곳도 기숙 학교나 다름없다고 생각했던 것 같아."

루카스는 정신 나간 사람처럼 소름 돋는 웃음을 터뜨렸다.

버니스가 손을 들더니 그의 웃음을 가로막았다. "사람을 잘못 뽑은 일은 내가 책임질게. 베로니카가… 너희 둘한테 공장이 얼마나 형편없는지 말했을 것 같아. 심지어 너희가 이사 오기 전부터."

"뭐 다 알고 있겠지만." 루카스가 버니스의 말을 이어받았다. "이곳 규칙은 그리 많지 않아. 단지 완전한 정직과 믿음을 요구할 뿐이지."

잠시 침묵이 흘렀다.

버니스가 다시 입을 열었다. "최근에 우리는 베로니카가 공장 규칙을 깨려 했다는 사실을 알게 됐어. 아이스크림 제조업자인 척하는 룸메이트 후보자를 추천했거든. 알고 보니 그 남자는 타블로이드 신문 기자였고, 베로니카에게 돈을 주며 청탁했더라고."

채식주의자 홀든이 기자였다고? 그가 베로니카에게 돈을 건네는 모습을 본 적은 있지만, 그게 그런 이유일 거라고는 전혀 짐작하지 못했다.

잠시, 임미 대신 홀든이 뽑혔더라면 어땠을지 상상했다. 그렇다면 결국 그가 내 배경도 기웃거리지 않았을까? 아마도 그건 공장에서 발견한 그 어떤 사건보다 훨씬 어마어마한 이야기였을 것이다.

"기자가 왜 여기 살고 싶었을까?" 임미가 물었다.

"우리를 사이비 종교 집단으로 의심한 것 같아." 버니스가 대답했다. "보나 마나 뉴스거리가 될 만한 건 아무것도 발견하지 못했을 테지만. 베로니카가 신뢰를 저버리고 공동체를 꾸준히 부정했다는 사실에 조처해야 했어. 애슐리가 그 태도를 긍정적으로 바꿔 보려고 수많은 시도를 했지만, 갠 결국 우리를 모욕했지."

"그래서 어젯밤, 집주인의 조언을 받은 뒤 베로니카에게 통보했어. 집주인들이 4주 안에 방을 비우라고 했다고. 보통은 3개월인데 좀 예외였지. 베로니카의 반응은… 그리 좋지 않았어. 그래서 바로 나가기로 마음먹었나 봐. 이런 상황에서는 어쩌면 그게 최선일 테니까."

카밀이 한숨을 쉬었다. "다들 안타까워했지만 차마 작별 인사는 하지 못했어." 나는 카밀이 비꼬는 건지 긴가민가했다.

"이제 어떻게 되는 거야?" 내가 물었다. "베로니카의 스튜디오는 면접 명단에 있었던 다른 후보에게 돌아가는 거야?"

"위원회로서는 지금 당장 새 룸메이트를 데려오는 게 무리라고 생각했어." 버니스가 대답했다. "일단 주말까지 기다릴 거야. 너희의 임시 체류 기간이 끝나야 어떻게 할지 알 것 같아." 그리고는 나를 향해 잽싸게 눈을 찡긋했다. "물론 이번에는 우리가 잘 선택했길 바라지만."

나는 시선을 피했다. 내 경우를 보면 이보다 더한 실수를 할 리 없었다. 나는 머지않아 그들의 믿음을 산산조각 낼 것이다.

"무슨 질문이라도?" 루카스가 물었다.

"혹시 문서라도 있어?" 임미가 물었다.

버니스가 몸을 앞으로 기울였다. "어떤 문서?"

"우리가 어기면 안 되는 규칙이 정확히 뭔지 적힌 문서." 임미의 목소리는 내 예상보다 훨씬 날카롭게 들렸다. "앱으로 뭔가 모호한 걸 보내 주긴 했지만, 우리가 냉큼 빠질지 모를 또 다른 함정이 있을 것 같아서."

"이봐, 이건 할 일과 해선 안 될 일에 관한 규칙이 아니야." 루카스가 말했다. "공장은 그보다 훨씬 너그러워."

"베로니카를 쫓아낼 정도면 그리 너그럽진 않지."

나는 책상 밑으로 임미를 걷어차고 싶었지만, 너무 멀리 떨어져 있었다. 만약 그녀가 정말 이곳에 머무르고 싶다면, 툴툴거리는 짓은 자제해야 할 것이다.

버니스가 임미를 빤히 쳐다봤다. "사정이 있는 경우에만 그럴 뿐이야. 하지만 만약 구체적인 해명이 필요하다면, 그냥 물어보면 돼." 그리고는 서류철을 닫고 의자를 거의 넘어뜨릴 만큼 뒤로 팍 밀치더니 그 자리를 떠났다. 다들 버니스를 뒤따랐고, 마침내 나와 임미만 남았다.

나는 그녀를 바라봤다. "싸움을 걸기에 절호의 순간은 아니었을 거야. 버니스는 도전받는 일에 익숙하지 않거든."

"싸움을 걸어도 망하고, 안 걸어도 망해…." 왠지 임미가 너무 예민해 보였다. 팔로 임미를 감싸고 싶었지만, 그녀는 내 마음을 읽었는지 고개를 가로저었다. "오늘 밤은 만나지 않는 게 낫겠어."

나는 뒤돌아서는 임미를 바라보며 오늘 밤뿐만이 아니라는 생각이 들었다. 우리 사이는 끝났다. 뭐가 되었든 이게 최선이라는 걸 안다, 특히 임미에게는. 그녀는 평생 나 같은 사람이 필요 없을 게 분명했다.

지난 몇 주 동안 내가 저지른 행동에서 거의 벗어났다고 확신했다. 하지만 난 스스로를 속이고 있었다. 몇 년이 걸릴 수도 있는 문제지만, 조만간 내가 어리석은 실수라도 하면 내 잘못이 죄다 세상에 드러나고 말 것이다.

나는 마땅히 벌을 받아야 했다. 내 가족, 그리고 모두에게 어떤 영향을 미칠지라도, 지금 당장 자수해야 한다.

28
5월 26일 토요일

임미

내일은 투표 날이다.

나는 내 운명을 결정할 사람들 주변에서 애써 태연한 척했다. 물론 그럴수록 자의식도 강해졌다.

저녁이 되자 '평소처럼' 테라스로 나가는 게 좀처럼 쉽지 않았다. 한 걸음, 또 한 걸음 걷는 법을 잊은 사람처럼. 덱스도 그런 것 같았다.

덱스는 홀로 흡연실에 앉아 문 너머로 우리를 뚫어지게 바라보고 있었다. 전자 담배를 입술 위로 끌어올려 힘껏 들이마시다가 내쉬는 반복 행위를 보니 유튜브에서 본 동물들이 떠올랐다. 동물원에 감금되어 미쳐 버린 동물들. 다가가서 무슨 일이냐고 묻고 싶었지만, 위험을 무릅쓸 필요는 없었다. 게다가 나는 이미 엄마와 늘 하는 거짓투성이 토요일 잡담에 지칠 대로 지쳐 있었다.

오늘 밤 공장은 조용했다. 버니스는 야간 근무를 하러 갔고, 줌은 부모님 댁에 갔다. 요가 수련회에 갔던 애슐리가 제일 먼저 돌아와 투표에 참여할 예정이었다. 아마도 줌과 애슐리는 우리를 지지하지 않을까.

물론 위원회가 그 두 사람을 이길 수도 있다. 더구나 내가 규칙을 두고 불쑥 화를 낸 뒤라 그들이 나를 나쁘게 평가할까 봐 솔직히 불안했다.

카밀이 술이 가득 담긴 쟁반을 들고 테라스로 나왔다. "진토닉을 조금 더 만들었어." 그녀가 말했다. "같이 마실래?"

왠지 평화로운 제안처럼 보여 술잔을 들고 선베드로 향했다. 카밀과 루카스는 오후 내내 선베드에 죽치고 있었다. 둘 다 이미 취한 것 같았다. 진토닉 맛을 보니 토닉보다는 진이 더 강했다. 어쩌면 엄마와 수다를 떤 뒤라 그렇게 느꼈을지도.

나는 딱 한 잔만 마신 뒤 자러 가려고 했다.

"드디어 내일이 대망의 날이군." 루카스가 입을 열었다. 저 자식은 진짜 꼴도 보기 싫었다.

"그래서 긴장돼." 내가 말했다.

"그럴 필요 없어. 넌 우리랑 친구나 다름없잖아. 완벽하게 잘 맞는 친구. 매력 있지. 자기 관리도 잘하지…. 그리고 공장 식구들이 보듬어 주고 싶은 시련도 살짝 있고. 딱 유리한 상황인데 뭐."

나는 웃는 척했지만, 그 말이 죄다 믿기지 않았다.

내가 대답하기 전에 우리 위로 그림자가 지나갔다. 흡연실에서 나온 덱스가 인공 열매 냄새를 풍기며 모습을 드러낸 거였다.

"근육질 덱스!" 루카스가 소리쳤다. "와서 한잔해! 나 참 내 정신 좀 봐. 덱스 너 술 안 마시지. 또 다른 시련을 겪은 영혼이니까."

덱스가 '미친, 이 자식 뭐야'라는 눈빛으로 날 힐끗 바라봤다. "토닉 좀 가져올게." 덱스가 말했다.

그가 돌아올 때까지, 나는 술보다 안전한 물속에 빠져 대화를 이끌었다. 그러니까 휴가나 여름 계획에 관한 이야기를 나눴다는 말이다. 루카스는 호주에서 장기 근무를 할 예정이라고 했다. 카밀은 해마다 덴마크에 있는 호숫가 별장으로 가는 친척들이 있는데, 거기 합류할지도 모른다고. 덱스는 유럽을 돌아다닐지도 모른다고 어정쩡하게 말했다. 그가 거의 공장에만 있던 터라 누구도 그 말을 믿지 않았다. 나도 그냥 모른 체했다.

억지로 시작한 토론이었지만, 그들을 무시하지 않은 채 떠날 틈이 없었다.

"지루해." 루카스가 말했다. "우릴 감시하는 버니스가 없으니 장난을 치고 싶군. 고양이가 자리를 비운 사이…."

"VR 하는 것 좀 보여 줘 봐." 내가 제안했다. 놀랍게도 VR 기기는 루카스의 물건 중 하나였다. 그는 VR 기기를 쓴 채 얼굴과 팔, 몸을 흔들며 몇 시간 동안 춤을 췄다. 줌은 루카스가 3D 랩 댄싱 채널을 찾은 것 같다고 말했었다. "뭐 어쩌면 홀로그램을 개발해서 사귀고 있는지도 모르지. 자위행위의 극치라고나 할까."

루카스는 고개를 가로저었다. "VR은 혼자 놀기 위한 거야. 이제 뭘 한다…?" 그리고는 씩 웃었다. "좋은 생각이 났어! 우리 사우나실 개시하는 거 어때?"

덱스가 나를 향해 속수무책이라는 표정을 지었다. "안 돼. 다음 주에 있을 애슐리의 개장 계획을 망칠 수 없어. 더구나 임미와 내가 여기 계속 있으려면."

루카스가 웃었다. "진정해. 이미 말했듯이, 우린 둘을 위해 투표할 거야. 하지만 네가 지루한 사람이라면 이토록 재미난 공동체에 뽑힐 수 있을까." 카밀도 웃었다. "사우나야말로 지금 즐기기에 딱 좋아.”

“애슐리가 상처받는 거 싫어.” 덱스가 말했다. 물론 그의 반대는 미적지근했다. 우리가 루카스의 말을 따르지 않으면 투표에 안 좋은 영향을 미칠지도 모르니까.

“애슐리는 절대 몰라야지.” 루카스가 카밀의 손을 잡으며 말했다. “사우나에서 무슨 일이 생기든 무조건 비밀이야.”

루카스와 카밀이 테라스를 휙 나갔고 덱스와 나도 재빨리 뒤따랐다. 내일 이맘때쯤이면 끝날 거야. 그 뒤로는 내가 원하면 반사회적으로 행동할 수 있다.

사라는 나를 위해 임차 계약서를 확인했다. 계약서가 엄격하기는 해도 그 내용은 법에 어긋나지 않았다. 일단 공장에 머문다면, 머물 수만 있다면, 내가 형편없는 짓을 하지 않는 한 날 내쫓으려면 3개월 전에 통보해야 한다.

한나가 주변에 없는지 지하실은 캄캄했다. 내가 문 옆에 있는 잡동사니 더미 속으로 걸어 들어가는 동안, 앞서가던 루카스가 형광등을 켰다. 그러자 지하 묘지처럼 생긴 염색 구덩이가 모습을 드러냈고, 사우나실에서는 뜨거운 삼나무 냄새도 났다.

“누가 사우나실을 가동했나?”

카밀이 서서히 안으로 들어갔고, 냄새도 강해졌다. “아니, 오늘 아침에 애슐리가 테스트하는 걸 내가 도와줬어. 여긴 완전히 밀폐되어 있어. 그래서 열이 계속 남아 있는 거야.” 그녀는 덴마크식으로 사우나를 발음했다. 문득 벌거벗은 중년 남자들이 나뭇가지로 서로를 가볍게 치며 마사지하는 모습이 떠올랐다.

벌거벗은 채로….

덱스를 흘끗 봤더니, 그는 마치 몽유병자처럼 나를 쳐다봤다. 그가 사우나실로 들어섰을 때 입김에서 뜻밖의 냄새가 났다.

술.

미친 거 아니야? 덱스는 공장에 들어오려고 자신의 '문제'를 일부러 과장했다고 말했다. 그런데 왜 거짓말이 들통날 위험을 무릅쓰는 거지? 그것도 투표일을 코앞에 두고? 버니스와 애슐리가 덱스의 거짓말을 알게 되면 절대 그를 용서하지 않을 것이다.

내가 사우나 입구에서 망설이자, 루카스가 내 손을 확 잡더니 나를 끌어당겼다. "임미, 어서 가자. 열이 다 식겠어." 그의 손바닥이 차가웠다. 그는 다른 쪽 손에 냉장고에서 갓 꺼낸 프로세코 한 병을 들고 있었다.

나는 가장 낮은 벤치에 앉았다. 면바지 속으로 더운 열기가 느껴졌다. 어쩌면 일부러 이런 일을 꾸민 게 아닐까.

대체 왜?

덱스는 L자형 연단 위쪽에 있는 카밀 옆에 앉았다.

카밀은 아주 천천히 윗옷을 벗었다. 그녀의 브래지어는 속살이 다 비칠 정도로 얇았고, 밖으로 드러난 유두는 포르노 배우처럼 단단해 보였다. 차라리 다 벗는 게 낫지 않나 모르겠네.

대체 카밀 재는 뭐 하는 거야?

루카스가 나를 바라봤다. "아직도 마음이 안 놓이는구나, 임미? 그럼 이게 도움이 될 거야."

그리고는 손에 들고 있던 샴페인 병을 흔들어 코르크 마개를 터뜨렸고, 프로세코 줄기가 힘차게 튀어나왔다. 나랑 카밀에게 술이 튀는 것 같았다. 카밀도 루카스의 주문에 걸렸을까? 루카스가 내게 키스한 다음 날 밤, 카밀은 그가 가끔 선을 넘는다고 말했다. 어쩌면 루카스가 그녀를 조종해서 이 일을 벌였을지도 모른다.

덱스는 사우나 벤치에서 티셔츠에 묻은 프로세코를 닦아 내고 있었다. "보나 마나 애슐리는 우리가 여기 있었다는 걸 다 알아챌 거야." 그가 혀를 끌끌 찼다. "사우나 냄새가 싹 사라져도…."

"덱스, 긴장 좀 풀어. 왜 이렇게 재미없게 구는 거야?" 루카스는 덱스에게 핀잔을 주고는 샴페인을 한 모금 빨더니 카밀에게 건넸다. 그녀 역시 한 모금 마시고 나서 덱스에게 병을 내밀었다.

"루카스, 그만 부추겨." 나는 루카스에게 한마디 쏘아붙인 뒤 덱스를 돌아봤다. "덱스, 아무것도 마시지 마. 분명 버니스가 알게 될 거야."

하지만 덱스는 술병을 입에 갖다 댔다. 빌어먹을 멍청이.

그가 술을 꿀꺽꿀꺽 삼키자 루카스가 축구장 건달처럼 환호했다.

그리고는 병을 가져와 내게 건넸다. "자, 임미 네 차례야."

다들 날 지켜보고 있었다. 어쩔 수 없이 나도 한 모금 들이켰다. 그래야 더는 권하지 않을 테니까. 차가운 술을 마시니 몸이 으슬으슬했다. 덱스는 땀을 흘렸고, 카밀의 브래지어는 프로세코와 열기 탓인지 점점 투명하게 변했다.

루카스가 손뼉을 쳤다. "자, 이제 파티를 즐겨 볼까."

덱스를 향해 돌아선 카밀이 창백한 손을 뻗어 그의 얼굴을 매만졌다. 그리고는 그를 자기 쪽으로 끌어당겨 입을 맞추기 시작했다. 카밀의 눈동자가 멍해 보였다.

루카스는 내 다리 위로 손을 밀어 올리고는 자기 얼굴을 내 얼굴에 바싹 갖다 댔다. 그의 입에서 퀴퀴한 와인 냄새가 풍겼다. 나는 카밀을 바라보고 있었다. 그녀는 루카스를 대신해 내게 사과하고, 그의 단점을 말했었다.

그런데 왜 루카스가 이런 짓을 벌이도록 내버려 두는 걸까?

"임미, 걱정하지 마. 우리가 여기 있는지 아무도 몰라." 루카스가 거칠게 숨을 몰아쉬었다. "난 네 지원서 사진을 봤을 때부터 이 생각뿐이었어."

그의 입술이 내 입술에 가볍게 스치자마자 나는 곧장 물러섰다. "아니, 난… 이건…."

나는 덱스가 루카스를 말려 주길 바랐지만, 놀랍게도 그는 카밀마저 밀어내지 않았다. 되레 그 순간을 즐기는 것 같았다. 뜨거운 공기가 내 목과 폐를 짓눌러 숨이 턱턱 막혀 왔다.

그때 루카스가 낄낄거리는 웃음소리가 사방으로 울려 퍼졌다. "나 참, 걱정하지 마, 임미. 카밀은 너한테도 키스할걸. 카밀은 모두를 사랑해. 우린 모두 화목한 공장 식구니까."

루카스의 손이 아직도 내 다리에 닿아 있어 살갗이 뜨겁고 가려웠다. 나는 몸을 꼼지락대며 일어서려 애썼다.

"이건 규칙에 어긋나는 행동이야. 이런 짓에 말려들긴 싫어."

카밀과 덱스는 키스를 멈춘 채 이 상황을 지켜보고 있었다.

"젠장." 루카스가 가시 박힌 말투로 입을 열었다. "너희 둘이 잤다는 거 다 알아. 규칙에서 말하는 건, 심각한 관계를 금지하는 거야. 지금이야말로 공동체 활동에 참여하는 게 기쁘다는 걸 증명할 기회라고."

공장이 정말 이런 곳이었어? 아니면 루카스가 자기만족을 위해 이 따위 병신 같은 게임을 벌이는 거야?

"싫어. 난 이러고 싶지 않아."

루카스는 어깨를 으쓱했다. "유감이네. 난 네가 좀 더 열린 마음을 가진 애라고 생각했는데." 그가 덱스를 향해 돌아섰다. "그래도 넌 좋지 않아? 우리끼리 비밀을 지키면 돼. 네 병이 살짝 재발했다는 사실을 알면 버니스가 진짜 실망할 거야, 덱스터."

"덱스, 얘들 말 듣지 마."

하지만 덱스는 여전히 카밀을 떨쳐 버리지 않고 있었다. 반짝이는 그의 눈이 초점을 잃은 듯 보였다.

이게 덱스의 진짜 모습일까? 나는 순간 그에게, 그리고 그를 믿었던 내 어리석음에 구역질이 났다.

또 틀렸어, 이모젠. 이제는 네 판단을 믿을 수 없어.

나는 밖으로 나가려고 사우나 문을 세게 밀었지만 꿈쩍도 하지 않았다. 뒤늦게 안쪽으로 열어야 한다는 걸 깨닫고는 손잡이를 비틀어 당겼다. 뜨거운 나무 손잡이 탓에 손바닥이 불타올랐다.

"문 닫고 나가." 루카스가 비아냥거렸다.

지하실을 나와 계단을 뛰어오르는 동안에도 나를 비웃는 웃음소리가 들렸다. 금속 계단에 자꾸 발이 부딪치고 가쁜 숨은 곧 멎을 것만 같았다. 내 방에 들어섰을 때, 나는 이미 울고 있었다.

침대 위로 몸을 던졌다. 얼마나 바보였으면 내가 공장 시스템을 바꿀 수 있다고 생각한 걸까. 이제는 이곳에 더 머물 가능성이 없었다. 여기서 살 수 없다면 영원히 런던을 떠나야 할 것이다.

내 전화기가 윙윙거렸다. 화면을 보니 사라에게서 부재중 전화 몇 통이 걸려 왔다. 가슴이 쿵쾅거렸다. 아기 때문일까?

문자에는 다음과 같이 적혀 있었다. '이메일을 확인해 봐. 뭔가

이상한 걸 발견했어. 사라.'

나는 임차 계약서에서 찾아낸 사소한 문제점일 거라고 여기며 이메일을 열었다. 하지만 이렇게 쓰여 있었다.

'이 사람이 제이미 헨더슨일까?'

나는 아래 링크를 클릭했다.

5주차

남아야 할까, 아니면 떠나야 할까?

오늘 드디어 결정의 날이야! 지난 4주간 우리가 너를 알게 된 것만큼 너도 즐거웠기를 바라.
이제 마지막이 다가왔고, 우린 그 순간을 맞이하고 있어…. 참, 서글픈 일이야! 너도 그렇겠지만 우리에게도 투표는 스트레스야. 그래도 우리는 공장의 안녕을 지켜야 해. 게다가 이곳이 네게 맞지 않다면 너 역시 행복하지 않을 거야.
투표는 공동체 구성원 모두가 참여하는 비밀 투표야. 결과는 가능한 한 빨리 알려 줄게. 불행히도 일이 뜻대로 되지 않으면, 네가 다른 숙소를 찾을 때까지 최대 14일 동안 공장에 머무를 수 있어. 보증금은 퇴실하는 날 전액 환급될 거야. 언짢게 생각하지 말길.
정식 룸메이트가 되면, 계약서를 쓴 뒤 한 달치 계약금을 내야 할 거야. 그리고 공장을 떠나려면 90일 전에 통보해 줘야 해. 우리에게도 적당한 룸메이트를 다시 찾을 시간이 필요하니까. 최근에 안 좋은 사례가 있었던 터라 어떤 예외도 둘 수 없거든. 계약서에 서명하기 전에 개인적으로 법률 자문을 얻는 것도 좋은 방법이야.
서명하게 되면, 파티를 열자고!

공장에 있는 모든 룸메이트의 사랑을 듬뿍 보내며.

29

5월 27일 일요일

덱스

나는 아침 일찍 깼다. 술 때문에 머리가 너무 지끈거렸다. 아직 아무도 일어나지 않은 것 같았다.

테라스로 올라가 런던의 전경을 바라봤다. 오늘, 나는 진짜 노숙자가 될지도 모른다. 왜 어젯밤 그 비참한 스리섬을 그냥 무시했을까? 몇 달 동안 이곳이 내 안식처가 될 수도 있었다. 지금까지 벌어진 모든 일에서 벗어날 방법을 찾기 전까지는.

지난밤 나는 공장이 정말 어떤 곳인지 똑똑히 알게 되었다. 이곳 사람들은 자기만 좋으면 서로를 이용해 멋대로 일을 꾸몄다. 아마 나도 마찬가지였겠지만.

임미는 다를까?

그렇겠지. 임미는 가장 먼저 사우나를 떠났다.

그녀가 사우나를 나가자마자 나는 퍼뜩 현실을 깨달았다. 카밀의 입술은 숨이 막힐 지경이었고, 그녀의 손이 내 허벅지를 더듬을 때는 소고기 한 점을 다루는 정육점 주인이 생각났다.

내가 일어서려 할 때, 루카스는 싱글벙글 웃고 있었다. "네 여자친구도 이제 가 버렸으니까 싫은 척 좀 그만해. 재미있게 놀자고."

"이런 식은 싫어."

"자, 덱스터. 조금 전만 해도 기분이 아주 좋아 보이던데 뭘. 요점만 말하자면…."

나는 뒤로 물러서다 날카롭게 갈라진 틈에 머리를 부딪쳤다. 몇 초 동안 머리가 띵해 세상이 굽이치는 것 같았다.

"나가기 전에 잘 생각해 봐." 루카스가 말했다. "여기 공장에서 누가 진짜 네 동맹군인지. 버니스가 그럴듯한 말은 잘해도 금방 질리게 해. 하지만 카밀과 나는 아끼는 사람들에게 매우 충성하지."

"그러니까 내가 너랑 자면 난 남는다, 이 말이 하고 싶은 거야?"

나는 루카스가 버럭 화를 낼 거라 기대했다.

하지만 그는 어깨를 으쓱할 뿐이었다. "난 너랑 자고 싶지 않아, 친구. 그저 구경꾼이야." 그는 마치 윔블던 경기를 관람하듯 말했다.

"루카스, 그냥 보내 줘." 카밀은 김빠진 목소리로 말했지만, 루카스는 다시 웃었다. "넌 이미 이 게임에 푹 빠져 있어, 덱스터 셰퍼드. 그게 네 이름이라면."

내장이 스르르 문드러지며 눈 밑 근육이 파르르 떨렸다. 루카스가 알고 있다. 그는 나를 뒤흔들고 있었다.

"어쨌든 난 여기까지야."

"그렇지 않아, 덱스. 구글링을 하면 사람에 대해 많은 걸 알 수 있지. 하지만 아무리 검색해도 기본적인 정보조차 안 나오면 이상하잖아. 특히 사진작가에게는. 심지어 제대로 된 포트폴리오도 없고. 너한테 일을 의뢰하는 곳이 없는 것도 당연해."

그 말은 사실이다. 덱스는 온라인 세상에서만 존재하는 허울뿐인

인물이었다. 나는 호텔에서 급하게 계정을 만들었다. 소셜 미디어 계정 두 개, 다른 사람의 이미지를 담은 단조로운 웹사이트, 존재하지 않는 연락처와 이메일. "나는 입소문으로 일하니까."

루카스는 두 손을 들었다. "네가 뭐라 하든 어차피 상관없어, 덱스. 버니스는 네가 술을 끊을 수 있게 무지 애썼어. 가엾은 버니스. 오늘 일을 알면 너한테 진짜 실망할 거야."

나는 사우나를 뛰쳐나왔다. 루카스의 말이 죄다 옳았다. 하지만 임미가 더 걱정되었다. 숨을 헐떡이며 그녀가 사는 층에 도착했다. 방문을 두드리고 또 두드렸다. 카밀과 내가 키스하는 모습을 역겨워하던 그녀의 얼굴이 떠올랐다.

"임미, 나야. 문 좀 열어 봐. 미안해. 진짜 별일 없었어."

하지만 아무 대답이 없었다.

한 번 더 두드려 볼까? 나는 다시 교토로 걸어갔다. 똑. 똑똑.

역시 대답이 없네.

하루 동안 조용히 휴식을 취했던 애슐리가 밝게 빛나는 눈으로 계단을 뛰어 올라왔다. 사우나 일을 생각하니 너무 부끄러워 얼굴이 화끈거렸다. 나는 우리가 사우나에서 한 짓을 애슐리가 눈치채지 못하도록 루카스와 카밀이 샴페인 병을 깨끗이 치웠길 바랐다.

애슐리가 나를 보며 웃었다. "절대 대답하지 않을걸. 30분쯤 전에 임미가 나가는 걸 봤거든."

"혹시 임미가 뭐 들고 나간 거 있어?"

애슐리가 어리둥절한 표정을 지으며 말했다. "그냥 핸드백이야. 그래도 투표 시간에 맞춰 돌아올 게 분명해. 너 떨리는구나?"

"조금."

"다들 널 좋아해, 덱스. 게다가 공동체를 열심히 돕기도 했고. 널 내보내고 싶은 사람은 아무도 없을걸."

나는 애써 웃었다. 불쌍한 애슐리는 내가 생각했던 것보다 훨씬 더 순진하다.

내 이웃들은 4시에 만나기로 예정되어 있었다.

나는 방에서 기다렸다. 이제 무슨 일이 생길까? 만약 공장에서 날 내쫓는다면, 나는 2주 동안 다른 곳을 찾아야 한다. 그다음에는? 텐트를 사서 잠적할까….

내가 겁쟁이만 아니었으면. 누나들은 애칭으로 날 겁쟁이라 불렀지만, 생존 능력도 없는 녀석이 마냥 귀여울 리 없다.

4시 반쯤 되었을 때 나는 공지대로 작업층으로 내려갔다. 방음 회의실 앞에 미닫이식 칸막이를 끌어당겨 좁은 대기 공간을 만들어 두었다.

여전히 임미가 보이지 않았다.

몇 분 후, 버니스가 회의실에서 나왔다. 표정이 모호했다. "이모젠 봤니?"

나는 고개를 가로저었다. "애슐리가 아까 나갔다고 했어."

버니스가 못마땅한 듯 혀를 찼다. "임미는 정말 여기서 살고 싶어 할까, 아닐까?"

나는 어깨를 으쓱했다. "아마 곧 돌아올 거야. 언제쯤 결정을 내릴 거야?"

"곧." 버니스는 내 얼굴도 보지 않은 채 몸을 돌리더니 다른 염색업자에게 돌아갔다.

마침내 현관문이 덜컹거렸고, 임미가 머리카락조차 빗지 않은 채

발개진 얼굴을 하고선 작업층으로 들어왔다.

"임미, 어디 갔다 왔어? 버니스가 찾았어. 왠지 화가 난 것처럼 보이더라고. 그럴듯한 이유를 생각해 내는 게 좋을 거야."

그녀가 나를 훑어봤다. "무슨 상관이야?"

"임미, 어젯밤은… 맹세코 난 그 이상의 행동은 하지 않았어. 내가 취했다는 걸 깨닫고는…."

"잊어버려. 내가 널 잘못 알고 있었나 봐. 뭐 이제라도 알게 되어 다행…." 임미가 돌연 말을 멈췄다.

누군가 내 뒤에 서 있나 보다.

"덱스, 너 먼저." 버니스의 목소리였다. "적어도 넌 우릴 기다리게 하지 않았으니까."

나는 회의실로 걸어 들어가며 내 체류 여부에 대한 단서를 찾으려고 사람들의 얼굴을 훑었다. 루카스는 나를 빤히 쳐다봤고 카밀은 눈길을 돌렸다.

투명 의자가 원형으로 배열되어 있었고, 그 가운데 두 개는 비어 있었다. 그럼 나랑 임미 둘 다 승인된 건가?

"앉아, 덱스." 버니스가 어떤 의자를 가져갈지 망설이다 내 옆에 앉았다. 지금은 빈자리가 없었다.

우리 중 한 명은 탈락이었다.

"우린 결정을 내렸어, 덱스."

걔들은 날 버릴 테지.

애슐리와 눈이 마주쳤지만, 그녀는 웃지 않았다.

"먼저, 어젯밤에 무슨 일이 있었는지 말해 줄래?"

나는 다시 루카스를 바라봤다.

버니스가 몸을 앞으로 숙이며 눈을 가늘게 떴다. "꼭 말해야 할 의무는 없어. 하지만 앞으로 잘 지내려면 네가 말한 것보다 더 심각한 문제가 있다는 걸 인정해야 할 거야."

버니스가 공장에 남을 수 있는 방법을 알려 주는 건가? '문제'라. 나는 시간을 벌려고 그녀의 얼굴을 살피며 이리저리 할 말을 궁리했다.

"취했었지?"

나는 고개를 끄덕였다. "난… 내가 남게 될지 아닐지 몰라 엄청난 스트레스를 받았어. 그래서 뭔가 필요했고."

"모두가 널 충분히 지지했잖아?"

"그래, 맞아. 특히 버니스. 너한테는 미안해." 나는 정말로 미안했다. 버니스가 날 고치려고 얼마나 많이 노력했는지 다 알고 있었으니까.

"왜 굳이 어젯밤에 그런 일이 일어났다고 생각해?"

나는 내 이웃들을 바라봤다. 이것도 게임의 일부일까? 나를 모욕하고, 무너뜨리고 싶어서? 사이비 종교 집단은 그렇게 작동한다.

"외로웠어."

"여기서는 절대 혼자라고 느껴선 안 돼." 버니스가 말했다. "우리는 모두 한 가족이야."

애슐리가 날 향해 얼굴을 찡그렸다. "버니스가 어제 일로 진짜 실망했어, 덱스."

나는 고개를 끄덕였다. "정말 미안해. 내가 어떻게 하면 될까?"

버니스는 한숨을 쉬었다. "우리는 두 가지 조건으로 너의 임시 체류 기간을 한 달 더 연장할 수 있다고 결정했어. 우선 네가 주변의 지원을 받으면서 체계적인 재활 프로그램에 참여하는 거야."

나는 날 치유하려는 사람들에게 거짓말을 한다는 게 견딜 수 없었다. "하지만 난…."

루카스가 입을 열었다. "잘 들어, 친구. 네가 듣지도 않으려 한다면 우리도 어쩔 수 없어."

나는 저 자식 얼굴을 때려 부수고 싶었다. 하지만 내가 자제력을 잃었을 때의 일을 기억하며 숨을 깊이 들이마셨다.

"두 번째 조건은 멘토를 바꾸는 거야." 버니스가 말했다. "내가 널 망친 게 분명하니까."

"아니, 넌 안 그랬어."

버니스는 묵묵부답이었다.

"대신 내가 멘토를 추천해도 될까?"

루카스가 빙그레 웃었다. 젠장, 저놈이야?

그때 카밀이 일어나 원을 가로지르며 걸어오더니 날 껴안았다. 그녀가 가까이 다가오자, 삼나무 냄새가 코끝에 와 닿았다.

"괜찮을 거야." 카밀이 내 뺨에 차가운 손을 얹으며 말했다. "앞으로 네가 나아갈 길을 함께 찾아 줄게."

어깨너머로 루카스가 날 보며 씩 웃고 있었다.

30

임미

버니스가 밖으로 나왔다. 하지만 회의실이 아니라 맞은편 의자에 앉았다. 오늘따라 버니스가 왜소해 보였다.

"임미, 얘기 좀 해."

"날 내쫓는 거지?"

24시간 전, 나는 다른 누구보다 이 소식을 두려워했을 것이다. 하지만 지금은 반격할 방법이 생겼다. 사라 덕분에.

"그렇게 간단하지 않아, 이모젠."

"어떻게 결정됐어?"

버니스는 굵고 뻣뻣한 붉은 머리카락 한 가닥을 눈에서 쓸어 냈다. "무조건 반대한다는 의사는 없었지만, 두어 명이 기권했어. 이런 일은 처음이라… 사실상 딱히 정해진 결과가 없어."

루카스와 카밀이군.

"아무도 나한테 반대표를 던질 만큼 강하게 반대하지 않았다면, 내가 남을 수 있는 거 아냐?"

버니스가 한숨을 쉬었다. "보통은 그렇지. 하지만 베로니카 일 이후로 난 우리 공동체의 미래가 너무 걱정돼. 모두의 지지를 받지 못한 사람을 그냥 두면 어떤 난리가 날지도 모르니. 우리뿐 아니라 널 위해서도. 아직도 여기 있고 싶은 게 맞니, 임미?"

버니스의 표정은 솔직했다, 정말 걱정스럽다는 듯이. 하지만 나는 그 생각을 떨쳐 버렸다. 그녀의 관심은 오직 여왕벌의 자리를 지키는 것뿐일 테니까. "날 속이지 마."

"무슨 뜻이야?"

"여기 문제는 베로니카보다 훨씬 이전으로 거슬러 올라가야지?"

버니스는 내가 한 말의 의미를 이해하려고 날 가만히 응시했다.

"제이미에 대해 알고 있어."

그녀가 눈을 깜빡였다. "제이미는 네 스튜디오에 살았던 애야. 그래. 그래서 뭐?"

"베로니카가 단서를 줬어. 물론 비밀 유지 합의는 어기지 않았고. 제이미의 이름을 알려 주면서 구글링을 해 보라고 했어. 이상하게도 여기 와이파이로 찾았을 땐, 아무것도 검색되지 않았지. 하지만 내 친구가 바로 찾아냈어. 제이미가 괴롭힘과 보복성 음란물을 유포한 혐의로 기소됐다는 보고서 같은 거 말이야."

그녀가 나를 빤히 쳐다봤다.

"그게 제이미가 떠난 이유 맞지? 공장을 떠난 바로 그달에 기소됐더라."

버니스가 한숨을 쉬었다. "임미, 우리도 너와 덱스에게 진실을 말하려고 했어."

"정확히 언제? 넌 첫날부터 나에 대해 모든 걸 알고 있었잖아. 면접 날, 내 얘기도 열심히 들었고." 나는 위원회의 기만에 너무 화가 난 나머지 잊을 뻔했다. 이게 공장에서의 내 자리를 지켜 줄 얘기였다는 사실을. "내가 성범죄자 대신이라는 건 나한테 크게 빚진 거 아니야?"

이제 나는 소리치고 있었다. 그리고 개의치 않았다. 모두 다 들어야 했다.

"쓸데없이 다른 사람들을 걱정하게 할 필요는 없으니까." 버니스가 말했다.

"와, 진짜 배려심 장난 아니네. 물론 제정신인 사람이라면 그렇게 불쾌하기 짝이 없는 상황에 절대 발을 들여놓지 않을 거라는 핵심은 간과했겠지."

버니스는 물끄러미 바닥만 쳐다봤다. 어쩌면 그녀는 지금 이 얘기가 불쑥 튀어나온 게 수치스러울지도 모른다.

안 됐네. 하지만 난 계속 말을 이었다. "적어도 이 일로 좋은 점이 하나 있더라고, 버니스. 베로니카는 비밀 유지 합의에 묶여 있었겠지만, 나는 아니니까. 영구 임대 계약서에 서명하기 전까지는 말이야. 내가 홀든이라는 그 기자한테 가서 내가 아는 걸 말하려고 한다면, 뭘로 날 막을래? 그 남자한테 받는 돈이면 다른 아파트도 충분히 구할 수 있을 것 같거든."

버니스의 안색이 변했다. "그래서 얼마면 팔 건데? 사과를 원해? 아니면 보상이야?"

드디어 여왕벌의 기가 꺾였군. 나는 기세등등했다.

"여기 남고 싶어."

내가 버니스를 따라 회의실로 들어가자 루카스가 날 노려봤다. 아주 좋아.

착한 임미는 이제 없어.

"애슐리, 임미에게 의자 좀 가져다줘, 의자가 부족하네."

애슐리가 무안한 듯 얼굴을 붉혔다. 그녀는 내놓아야 할 의자 수를 정확히 들었을 게 뻔했다. 그건 실수가 아니었다. 애슐리가 내 옆에 의자를 놓으며 싱긋 웃었다. "임미, 너도 된 거야?" 그녀가 속삭였다.

내가 고개를 끄덕이자 애슐리가 다시 미소를 지었다. "정말 기쁜 소식이야."

버니스는 내가 자리를 잡을 때까지 기다렸다. "오늘 투표 결과, 임미를 공장 공동체의 정식 구성원으로 맞이하게 되어 기뻐. 덱스는 한 달 동안 유예 기간을 뒀어. 다시 알코올 중독 문제를 고치려고 애쓴다면, 이 기간 말에 확인한 뒤 체류 여부를 결정할게."

예상하지 못했던 일이다. 덱스는 내가 사우나를 떠난 뒤 별일 없었다고 털어놨지만, 나는 믿지 않았다. 하지만 카밀과 루카스는 대체 왜 덱스를 곤란하게 만들었을까?

"지난 몇 달 동안 많은 혼란을 겪은 뒤로…" 버니스가 말을 이었다. "이제야 우리가 친구라고 부를 만한 룸메이트가 생겨서 좋아."

잠시 침묵이 흘렀다. 애슐리가 조용히 손뼉을 치기 시작했다. 나는 동참하지 않았다. 아마 애슐리와 줌을 제외하고는 이들 중 아무도 내 친구가 아니니까. 공장에 머무르고 싶은 이유는 오직 런던 중심에 있어 편리하고 임대료가 저렴하기 때문이었다. 휴식은 개뿔. 지난 4주 동안 내가 배운 건 바로 그거였다.

"위층에서 술 한잔 해야겠지." 버니스가 말했다. "하지만 우선, 해결해야 할 또 다른 문제가 있어. 앞으로 힘든 한 주를 앞두고 있거든. 우리는 꼭 강하게 버텨야 해."

덱스가 어리둥절한 표정으로 고개를 들었다. "힘든 한 주라니, 어떻게?"

버니스가 내게 경고의 눈길을 보냈다. "예전 룸메이트 중 한 명이 성희롱 관련 범죄로 기소되어 다음 주 화요일에… 재판을 받을 거야. 목요일쯤엔 끝나겠지만 언론이 관심을 가질지도 몰라."

나는 재판이 그렇게 빨리 진행될 줄은 미처 몰랐다.

"성희롱?" 덱스가 다시 물었다. "그 사람이 뭐 어쨌는데?"

보고서에는 헨더슨이 보험 관련 일을 했다고 적혀 있었다. 그래서 나는 남자들 간의 성희롱 소송이 잘못된 줄 알았다.

버니스가 눈을 가늘게 흘겼다. "위원회가 피해자의 사생활을 보호하기로 결정했어. 그 말은 더 이상은 알릴 수 없다는 뜻이야. 게다가 증인이 아닌 한 여기 있는 누구도 재판에 출석하지 않았으면 좋겠어."

증인? 왠지 등줄기가 서늘해졌다. 공장은 내가 알고 있는 것보다 훨씬 더 어떤 범죄에 연루되어 있을지도 모른다. 어쩌면 여기서 진짜로 그런 일이 벌어졌을지도….

"기자들이 사적으로 접촉하려 들지 몰라." 버니스는 항공 교통 관제사처럼 천천히 또렷하게 말했다. "물론 공장에 이름을 붙이는 건 법적으로 허용되진 않을 거야. 하지만 여전히 특종을 찾고 있을 테니 제발, 피해자를 생각해 줘."

버니스가 고개를 끄덕였다.

줌이 일어서 있었다. "잠깐만. 그래서 우리는 어떤 논의도 안 했잖아. 네가 높은 곳에서 결정을 내리면 반대할 기회도 없는 거야?"

"줌, 이건 우리 모두에게 힘든 일이야…."

"제이미에게도 마찬가지로 힘든 일이야. 그렇지 않아?"

루카스가 후다닥 일어나 줌에게 맞섰다. "젠장, 너 대체 뭐가 문제야, 친구?"

버니스도 그들 사이를 밀치며 벌떡 일어났다. "우리는 법 제도를 믿어야 해."

"설령 네가 법정에 가지 말라고 해도 그 문제는 우리 스스로 결정을 내릴 수 있는 거잖아?" 줌이 말했다.

"우리가 증인석에 있는 누군가를 빤히 바라보지 않아도 직접 연루된 피해자는 충분히 힘들 거야."

줌이 코웃음을 쳤다. "정의롭게 행동하는 게 당연한 거야."

애슐리와 카밀이 입을 떡 벌린 채 지켜봤다. 나도 그랬다. 분위기가 냉랭했다. 루카스와 줌은 희미하게 위장한 혐오감으로 서로를 응시했다.

"네가 뭘 알아?" 루카스는 결국 몹쓸 말을 내뱉었다. "영국인도 아닌 주제에."

"이제 그만해, 루카스!" 버니스가 경고했다.

줌이 고개를 저으며 쏘아붙였다. "이 일은 아직 끝난 게 아니야." 그리고는 저벅저벅 밖으로 걸어 나갔다. 쨍그랑거리며 금속 계단에 부딪히는 발소리가 나더니 그의 방문이 쾅 하고 닫혔다. 덱스가 날 물끄러미 바라봤지만, 나는 시선을 돌렸다. 우린 이제 연인도, 친구도 아니었다.

버니스가 루카스에게 등을 돌렸다. "점잖게 침묵을 지키는 게 이 상황을 수습하는 올바른 방법이야. 누군가를 지금보다 더 고통에 빠뜨리고 싶지 않다면?"

나는 내 목소리를 내고 싶었다. 하지만 내게 권리가 있을까? 무슨 일이 일어났든, 피해자는 여기 있었고 사생활을 존중받을 자격이 있었다.

"좋아. 다음 주 토요일 공장 공개일까지 상황을 주시하자. 그동안 우리 모두 한잔해야 할 것 같아."

다들 회의실에서 조용히 빠져나갔다. 덱스가 나한테 말을 붙이려다 꾹 참는 듯 보였다.

나는 덱스를 스치듯 지나치며 엘리베이터에 탄 뒤 애슐리가 술을 준비하는 옥상 테라스로 올라갔다. 그런 다음 프레스코 한 병과 술잔을 집어 들고 뒤도 돌아보지 않은 채 다시 내 방으로 가져왔다.

어쨌든 나는 여기 남는다.

공허한 승리였지만 지금은 집에 가지 않아도 된다. 적어도 그것만큼은 혼자서라도 축하할 일이다. 내가 믿을 수 있는 사람은 아무도 없지만.

31

5월 28일 월요일

임미

월요일은 또 한 번의 공휴일이었다. 나는 방 안에 틀어박혀 거의 끝나 가는 드레스 작업에 몰두했다. 이제 계약서에 서명할 일만 남겨두고 있었다. 더는 내가 아닌 척 지낼 필요도 없었다.

화요일에는 중간 방학이라 늦잠을 잤다. 버니스와 루카스가 나가는 소리를 듣고 나서야 슬며시 방 밖으로 나왔다.

공장은 조용했다. 애슐리 말고는 아무도 보이지 않았다. 그녀는 주방에서 시큼한 냄새가 나는 피클을 용기에 담고 있었다.

"주중에는 보통 이렇게 조용하니?" 애슐리에게 물었다.

"거의 그래. 게다가 오늘부터 재판이 시작돼서 더 그런가 봐."

"아무도 안 가는 줄 알았는데?"

"음, 피해자는… 증거를 제시해야겠지?"

역시 피해자가 여기 사는 게 맞았다. 그리고 애슐리는 아니었다. 나는 잠시 생각에 잠겼다. 또 피해자가 꼭 여자일 리는 없다.

"그런데 나한테 끝까지 누군지 말 안 해 줄 거야?"

"말을 안 하는 게 아니라 할 수 없는 거야, 임미. 그 사람은 매우 이해할 만한 이유로 익명을 원하고 있거든. 주말이 되면 상황이 훨씬 나아질 게 분명해. 부디 그렇길 바라야지."

"과연 그렇게 될까?" 나는 고개를 가로저었다. "처음에는 불쌍한 동물들이 사라지고, 그다음에는 베로니카가 갑자기 떠나고, 지금은 이 일이 터졌는데?"

"물론, 그 일들은 모두 연결되어 있어." 애슐리가 말했다.

"어떻게?"

"애초에 제이미를 공장에 들인 사람은 베로니카야. 입소문으로 룸메이트를 모집했을 때."

모집이라. 이렇게 이상한 단어를 쓰다니. "다른 사람이 한 짓 때문에 그녀를 탓할 수는 없어." 내가 말했다.

"맞아, 하지만… 베로니카는 늘 골칫덩어리였어. 무슨 일만 생기면 줌을 탓했잖아. 난 그 일들 배후에 베로니카가 있는 게 아닐까 궁금했거든."

덱스가 내 방에 머물렀던 날 밤, 한나가 아니라 베로니카가 내 방 밖에 침구를 두고 갔을지도 모른다. 사소한 일이었지만, 그때는 참 불안했다. "베로니카가 왜 그런 짓을 하겠어?"

애슐리가 어깨를 으쓱했다. "공장을 분열시켜서 정복하려고? 그게 우리가 힘을 모아야 하는 또 다른 이유야, 임미. 이곳은 중요한 곳이니까." 그리고는 양념된 피클을 용기에 다 옮겨 담은 뒤 작업대 위에 더 큰 그릇을 올려놓았다. 고추와 마늘 냄새가 코를 찔렀다.

"김치 진짜 많네." 내가 말했다.

"토요일 공장 공개일을 준비 중이거든. 시기가 조금 아쉽지만, 일단 끝까지 해내는 게 중요하니까. 아마도 훨씬 긍정적인 무언가의 시작일 수도 있고."

"그때쯤이면 재판이 끝날까?"

"그래야지. 버니스가 그랬잖아. 한 사람의 말이 다른 사람에게 불리할 수도 있다고."

내가 공격을 받았을 때, 그런 이유로 경찰에 가지 않았다. 갑자기 가슴이 끔찍하게 조이는 것 같아 숨을 토해 냈다. "좀 도와줄까?"

애슐리가 나를 보며 웃었다. "나야 좋지. 김치 만들려고 양배추를 얇게 썰었거든. 이거 소금으로 문질러 볼래? 스트레스 푸는 데 그만이야."

우리는 나란히 서서 양배추에 소금 묻히는 일에 몰두했다. 찌르륵거리는 양배추 소리만 들릴 뿐 사방이 고요했다. 물론 그렇다고 해서 스트레스를 덜 받는 건 아니었다. 여전히 캄캄한 미로에 빠져 있는 게 지긋지긋했다. 만약 그 누구도 무슨 일이 벌어지고 있는지 말해 주지 않는다면, 확실히 알아낼 방법은 하나뿐이었다. 내일 직접 법정에 가면 된다.

다음 날 나는 법원으로 향했다. 법원은 내가 TV에서 본 모습과 전혀 달랐다. 주차 빌딩을 방불케 할 만큼 너무 허접했다.

보안 요원들이 내 몸과 가방을 엑스레이로 찍은 뒤 벽에 붙은 목록을 가리켰다. 잡담 금지, 음악 금지, 전자 기기 사용 금지. 레지나와 헨더슨 심리는 2번 법정이었고, 내가 도착했을 때 재판은 이미 진행 중이었다.

콘크리트 계단은 방청석으로 이어졌다. 다른 염색업자도 왔을까? 손잡이 옆 계단 꼭대기 유리창엔 '법정에서는 엄숙하세요'라는 표지가 붙어 있었다. 나는 숨을 죽이며 끝까지 지켜봤다. 두 줄로 늘어선 좌석에 딱 세 사람만 앉아 있었다. 중년 부부와 머리를 뒤로 묶은 젊은 여자 한 명이었다.

이렇게까지 해야 해? 이 재판이 괜히 나의 나쁜 기억을 떠올리게 할 수도 있지만, 위원회의 합의 따위는 신경 쓰지 말자.

게다가 그건 이미 지나간 일이다. 내가 여기 온 이유는 아는 게 힘이니까. 내 공간을 지키려면 공장을 이해해야 한다.

나는 문을 열고 들어간 뒤 자리에 앉아 법정을 내려다봤다. 아래쪽에 있던 공무원 두어 명이 나를 대충 훑어보고는 하던 일에 다시 집중했다. 법정 안은 바깥처럼 허름했지만, 법복을 입은 사람들의 분위기는 위협적이었다. 나는 판사, 변호사, 그리고 증인석에서 증언하는 젊은이를 무시한 채 피고석을 살짝 엿보려고 애썼다. 피고석이 방청석 바로 아래에 있어 보기 힘들었지만 어떻게든 몸을 숙였다.

텅 비었어.

그제야 깨달았다. 증인석에 있는 사람이 제이미 헨더슨이었다.

제이미는 정말 어려 보였다. 실제로는 나보다 겨우 두어 살 어릴 것 같았지만, 포동포동한 얼굴과 부드러운 머리칼이 아기 같았다. 경호원의 호위를 받으며 법정에 설 사람처럼 보이지 않았다.

방청석 왼쪽에 앉은 사람들이 그의 가족인가 보다. 제이미의 부모님과 여동생이 분명했다. 나이 든 남자는 몹시 화가 난 듯했다. 마치 누군가에게, 아니 모두에게 그들이 얼마나 오해하고 있는지 당장이라도 따지려는 기색이었다.

헨더슨은 작게 소곤거렸고 음향도 형편없어 그의 말을 알아듣는 데 잠시 시간이 걸렸다.

"…그리고 내 동료가 날 추천해 줘서 공장으로 이사했어요."

물론 동료는 베로니카였다.

"공동체 생활은 평범한 셰어하우스와 달랐죠. 그 합의 사항을 우리에게 말해 줄 수 있나요?" 변호사의 목소리는 친절했다. 피고 측 변호사인 모양이었다.

제이미가 미소를 지었다. 정말 훈남이네. 게다가 부드러운 스코틀랜드 억양과 어우러져 더욱더 매력적인 느낌. 염색업자들이 나랑 덱스에게 한 것처럼 그에게도 수작을 걸었을까?

"처음에는 정말 좋았어요. 도보로 출근할 수 있고, 건물도 놀라울 만큼 근사했고요. 제 방은 그리 넓지 않았지만, 모든 공동 시설이 거대하고 정말 멋졌어요. 심지어 정원도 가꿀 수 있었는데, 제가 참 좋아하는 일이었어요. 무엇보다 집세가 쌌죠. 제가 감당할 수 있는 비용으로 집세를 정했거든요. 저는 겨우 수습생 임금만 받고 있었으니까요."

"그러면 새 룸메이트들과 지내 보니 어땠어요?"

"다들… 다정해 보였어요. 처음에는요. 그래서 어쩌면 평소보다 술을 많이 마셨을 거예요. 그러다 깨달았어요…. 어떻게 말해야 할지… 아, 편 가르기 같은 거요."

"파벌이 있었다는 말인가요?"

헨더슨은 잘못된 단어를 말한 줄 알고 얼굴을 붉혔다. "전 그런 일에 신경 쓰지 않으려고 했어요. 어렸을 때 기숙 학교에 다녀봐서 알아요. 괴롭히는 애들한테 질렸거든요. 그래서 모두에게 잘해 주려고 애썼어요."

"여성 룸메이트들은 어땠죠? 이전에 이성과 어울려 살았던 적이 있었나요?"

제이미의 얼굴이 더욱 붉어졌다. "음, 물론 학교에 다니기 전에는 어머니랑 여동생과 살았어요. 기숙 학교에 다닐 때는 모두 남자아이들이었죠. 대학에 다닐 때도 주로 다른 남자애들과 어울렸고요. 수줍음이 많은 편이지만, 그래도 여러 사람들과 두루두루 친하게 지냈어요."

"눈에 띄는 사람이 있었나요?"

제이미가 고개를 절레절레 흔들었다. "처음에는 누굴 사귀는 게 제 능력 밖의 일인 줄 알았어요. 하지만, 음… 그때 친해지기 시작한 사람이 있었죠. 처음에는 믿지 않았어요."

"그게 누구였죠?"

나는 피해자로 추정되는 사람의 이름을 곧 알게 될 것 같아 숨죽이며 기다렸다.

살짝 망설이던 제이미가 방청석에 있는 가족들을 올려다보며 침을 꿀꺽 삼켰다.

"그 사람은 카… 카밀 자비스였어요."

카밀의 이름을 듣는 순간 깜짝 놀라긴 했지만, 왠지 그럴 것 같았다. 카밀은 얼마 전에 믿었던 사람에게 상처를 받았다고 내게 말했었다. 그녀의 서늘한 무표정을 생각하니 바로 이해가 됐다. 무관심은 자신을 보호하는 방법 중 하나였다. 나도 세상과 단절했다. 내게 그 사건이 일어난 이후에.

변호사가 앞으로 몸을 숙였다. "피고인이 자신을 괴롭혔다고 주장했던 그 여자군요. 복수심 때문에 피고인이 그 여자를 구속하고 모욕했다고 말했어요. 그 혐의는 어떻게 생각하나요?"

"아니에요! 전 절대 그러지 않았어요. 그럴 수도 없고요. 그녀를 사랑했으니까요." 제이미가 방청석에 앉은 부모님을 올려다봤다. 그의 어머니가 고개를 끄덕였다. '엄마는 널 믿는단다.' 제이미의 여동생은 왠지 조금 시선을 피하는 것 같았다.

나는 본능적으로 늘 피해자를 믿었다. 하지만 토요일에 본 카밀은 어땠지? 사우나에서 옷을 훌훌 벗고 덱스를 유혹하려 했다.

루카스가 배후에서 그녀를 조종하지 않는 한….

제이미의 증언은 계속되었다. 그가 떠올리는 공장 분위기는 나도 이미 아는 내용이었다. 잔뜩 열광하다가 한순간에 와르르 깨지는 공동체. 늦은 밤까지 질리도록 계속되는 술 파티에 우정 이상의 무언가가 생기기도, 산산이 부서지기도 했다.

하지만 카밀에 관한 얘기와 두 사람의 관계는 여전히 모호했다.

"당신은 언제부터 카밀 자비스 양에게 우정 이상의 감정이 생겼나요?"

"한여름이었어요. 공장으로 이사하고 몇 주 뒤였죠. 공장에서는 늘 파티가 있었는데 그날따라 늦게까지 계속되었어요. 누군가가 옥상 테라스에 화덕을 갖고 왔는데, 날이 추워지면서 다들 장작을 태우며 따뜻한 토디(위스키나 럼에 뜨거운 물과 설탕을 넣은 음료-옮긴이)를 마셨어요. 정말… 아늑했죠."

"그러다 저는 흡연실로 갔어요. 그리고 카밀… 자비스 양이 따라 들어왔죠. 그러더니 제게 입을 맞추기 시작했어요. 깜짝 놀랐지만… 뭐, 기분은 좋았어요."

"그녀가 먼저 피고인에게 키스한 게 분명한가요?"

제이미가 어깨를 으쓱했다. "네. 제가 그다지 눈치가 빠른 사람이 아니라서요. 아마 저는 꼼짝도 하지 않았을 거예요…. 아무리 술에 취했어도 저 자신을 부끄럽게 하고 싶지 않았어요."

난 제이미를 믿어.

"제이미, 그날 밤 카밀과 어디까지 갔죠?"

이제 제이미의 얼굴은 정말 빨개졌다. 그는 방청석도 엄마도 쳐다보지 않을 것이다.

"우리는… 그녀의 방으로 갔어요. 서로 키스하고 애무하고… 그녀는 더 진도를 나가고 싶어 했죠. 섹스까지요. 하지만 전 그녀가 날 좋아한다면, 어쩌면 우리가 연애를 할 수도 있다는 생각에 그때까지 기다리고 싶었어요." 제이미가 두 손을 꼭 움켜잡았다. "지금 생각하면 바보 같아요. 그 모든 일이 일어났으니까요."

"둘 다 옷을 벗고 있었나요?"

제이미가 눈을 감았다. "네. 둘 다 벌거벗은 상태였어요. 그녀가 절 만졌는데… 제가 너무 빨리 오르가슴을 느꼈어요. 부끄러웠어요. 그래서 바로 옷을 입고 제 방으로 돌아갔죠."

"그 뒤로 무슨 일이 있었나요?"

"아무 일도 일어나지 않은 것 같았어요."

그리고 진흙탕 싸움이 될 차례였다. 제이미 헨더슨의 증언에 따르면 그는 혼란스러웠고, 마음이 아팠다. 또 화가 났지만, 두 사람에게 미래가 있을지도 모른다고 카밀을 설득하기로 마음먹었다. 카밀이 멀어질수록 제이미는 그녀의 마음을 바꾸려고 노력했다. 어쩌면 카밀은 제이미가 시들해졌다고 생각했을지도 몰랐다. 하지만 몇 주, 몇 달이 지나자 제이미는 그들이 함께 있어야 한다고 더욱 굳게 믿었다.

"누군가를 설득하기에는 꽤 오랜 시간이었군요. 자비스 양이 당신에게 불평한 적 있나요? 당신의 끈질긴 태도에 항의한다거나?"

"그녀는 그렇지 않았어요. 이따금 제게 친절했고, 때론 저를 무시했죠. 그러다 루카스가 제게 조언했어요. 공장에 사는 또 다른 룸메이트죠. 루카스가 저한테 제 마음을 카밀에게 조금 더 강하게 어필해야 한다고 했어요. 그러니까 선물밖에 없다고 했어요. 꽃을 주든지. 남자들이 늘 여자를 꾈 때 쓰는 방법이잖아요?"

"자, 이제 11월 10일 사건 당일 밤으로 넘어가죠. 재판장님, 우선 그 전에 점심 식사를 위해 휴정을 요청해도 될까요?"

나는 모퉁이를 돌아 카페를 찾았다. 배는 별로 안 고팠지만, 샌드위치를 먹으며 제이미의 증언을 곰곰이 곱씹어 생각해 봤다. 제이미는 숫기도 없고, 연애 경험도 없고, 심지어 여자랑 자 본 적도 없었다. 어쩌면 카밀과 있었던 일을 오해하고 있는지도 몰랐다. 제이미가 '카밀을 되찾으려고' 한 짓은 교제를 강요당하는 이의 마음가짐에 따라 달콤하거나 사악하게 보일 수 있었다.

모든 게 오늘 오후의 증언에 달려 있었다. 제이미가 카밀의 방에 강제로 들어갔을까? 아니면 카밀이 그의 감정을 농락했을까? 내가 아는 한 폭행은 없었다. 성희롱과 직장 동료를 통해 성관계 테이프를 유포한 혐의였다.

결과는 배심원들의 선택에 따라 달라질 것이다.

내 경우 조사를 받은 뒤 희생자가 되었다. 대부분의 성범죄는 유죄 판결을 받기도 어렵거니와, 심지어 재판에 넘겨질 가능성조차 낮았다. 실제 연인 사이였다면 더욱 진흙탕 싸움이 되고 만다. 게다가 내가 겪었던 것처럼, 훨씬 수치스러운 일이 사건에 개입되었다면 모든 이에게 시간 낭비일 뿐이다.

하지만 이건 내가 아니라 카밀에 관한 사건이었다. 나는 카밀이 가족에게서 800마일이나 떨어진 곳에서 괴롭힘을 당하고, 성관계 동영상까지 찍힌 아픔을 헤아려 봤다. 그리고 여전히 그곳에서 살며 얼마나 힘들었을지도.

누군가가 그들의 권력을 남용하는 걸 보면 사람은 변한다. 겉으로는 그저 힘들어 보여도, 자신이 피해자라는 사실을 알고 나면 속으로는 돌연 세상 모든 게 달라 보인다.

나에 관한 게 아니라고? 그 일이 일어난 뒤로 내가 한 모든 일은 나에 관한 것이다.

나는 샌드위치 절반을 남겨 둔 채 커피를 꾸역꾸역 마신 다음, 법정으로 돌아가며 제이미 헨더슨의 가족을 쓱 지나쳤다. 단정한 차림새를 보니 특권층 분위기가 물씬 풍겼다. 기숙 학교는 아무나 가는 곳이 아니었다. 제이미의 변호사 역시 검찰보다 훨씬 연륜 있고 품격 있어 보였다.

창문을 무시한 채 방청석 문 앞에 이르렀다. 그리고 문을 열고 나서야 나보다 먼저 그곳에 도착해 있는 누군가를 발견했다.

32

임미

한나였다.

나는 뒤돌아서서 도망치듯 뛰어나왔다. 서둘러 계단을 내려와 법정을 빠져나온 뒤 최대한 멀리 달려갔다. 한나는 내가 여기 온 걸 알리 없었다. 날 본 것 같지도 않았다.

하지만 대체 그녀는 법정에서 뭘 하고 있는 걸까?

나는 카페로 들어가 호흡을 가다듬었다. 오늘 아침에 들었던 제이미의 증언들이 조각조각 떠올랐지만, 실제로 무슨 일이 있었는지 알려면 오후 증언을 들어야 했다.

내가 다시 공장으로 돌아와 놀이층에 들어서자 다들 나를 빤히 바라봤다. 버니스, 루카스, 카밀이 테라스에서 내 쪽을 쳐다보고 있었다. 내가 어디 다녀온지 눈치챈 걸까? 난 그들을 무시한 채 내 방으로 들어갔다.

한나가 내 침대에 앉아 있었다.

"당신은 여기 들어오지 못하는 걸로 아는데요."

한나가 어깨를 으쓱했다. "비상시에는 가능해요." 그녀의 목소리는 낮고 차분했다. 한나가 내 방 창문을 닫았을까? 테라스에 있는 누구도 우리 얘기를 들을 수 없다는 걸 깨달았다. 한나는 나보다 몇 인치 작았지만, 그 존재만큼은 위협적이었다.

"뭐가 비상사태라는 거죠?"

"당신이 놓친 증언을 들려주려고요." 한나의 말투는 전보다 덜 무뚝뚝했고, 줌이 말한 대로 영어 또한 유창했다.

"위원회가 나는 들을 권리가 없다고 한 증언 말이에요? 법정에 가지 말라는 지시를 받긴 했죠."

한나는 한 가닥 주름도 차마 볼 수 없다는 듯 눈부시게 하얀 이불 위를 손바닥으로 부드럽게 쓸어내렸다. "사실 전 그 결정에 찬성하지 않았어요. 하지만 저는 성적인 동기가 부여된 범죄에 대한 사람들의 사고방식에 집중했지요. 희생자는 수치심을 느낄 수밖에 없다는 점 말이에요. 나약한 사람을 보호하고픈 그 심정을 이해하니까요. 그래서 비밀을 지켜야 했어요."

나는 한나의 생각에 맞장구칠 수 없었다. "물론 수치심에 대해서는 당신 말이 맞아요. 그런데 왜 그렇게 제이미가 유죄라고 확신하는 거죠?"

"내가 여기 살고 있었으니까요, 이모젠. 처음에는 제이미가 수줍음 많고 정감 있는 사람인 줄 알았어요. 하지만 집착이 점점 심해졌죠. 제이미는 카밀을 가만 놔두지 않았을 거예요. 저도 그런 모습을 목격했고요. 사람들이 경고하면 할수록, 제이미는 더 끈질기게 버텼죠. '아니요'라는 말을 듣지 않았어요."

'아니, 아니에요. 아니라고요. 나도 그렇게 말했지만, 아무도 내 말을 듣지 않았어요.' 나는 목소리를 낮추었다. 카밀이 불과 몇 미터 떨어진 테라스에 있었다. "한나, 실제로 무슨 일이 있었던 거예요? 제이미의 혐의는 진짜 애매해요."

"제 생각에 두 사람은 두 번 정도 깊이 만난 것 같아요. 카밀은 제이미와의 관계를 초반에 끝냈는데 결국 같이 자고 말았지요. 나중에 그녀가 제이미에게 실수였다고 털어놨어요. 애인이라기보다는 남동생 같은 느낌이었다고요. 하지만 제이미는 받아들이지 못했죠. 감언이설도, 선물 공세도 통하지 않으니까 결국 세상을 다 포기한 듯 굴었어요. 자살할 것만 같았죠. 카밀은 제이미의 기분을 풀어주려고 그를 자기 방으로 불렀고 제이미는 그녀에게 술을 권했죠. 그리고는 잠시 후 둘은 성관계를 했어요."

나는 눈을 감았다. 이 말은 듣고 싶지 않았다. 하지만 그 모습을 상상할 수밖에 없었다. 제이미가 나타나 카밀의 방으로 들어갔고 문이 닫히며 분위기가 점점 고조되더니… "그럼 합의된 섹스 아닌가요?"

한나가 어깨를 으쓱했다. "카밀은 그때 일을 제대로 기억하지 못했어요. 반쯤 정신이 나갔달까. 약에 취한 것 같았어요. 그녀는 제이미가 방을 나간 뒤에도 몇 시간 동안 멍하니 누워 있었어요. 그러다 버니스에게 문자 메시지를 보냈고, 버니스가 그 모습을 본 거죠. 하지만 카밀은 경찰을 부르지 말라고 했어요. 기억이 잘 안 난다면서요."

카밀의 얘기는 제이미와 정반대잖아.

"그래서 뭐가 변했죠?"

한나가 눈을 깜빡였다. "두 가지예요. 첫째, 제이미는 카밀과 또 자고 싶었죠. 제이미의 집착은… 무서우리만큼 점점 심해졌어요. 두 번째는 제이미가 두 사람의 성관계 동영상을 촬영해 직장 동료들과 공유했고, 카밀은 그 동영상이 널리 유포된 걸 알게 됐죠. 잘 알다시피 카밀은 TV 드라마 광고로 이미 얼굴이 알려졌잖아요. 성관계 동영상을 아무리 없애려고 해도 특정 인터넷 사이트에서는 여전히 찾을 수 있었어요."

나는 문득 어디선가 카밀을 본 것 같다고 물었을 때 그녀가 한 말이 생각났다. "모든 사람이 벌거벗은 널 봤다는 사실을 안다면 정말 심란할걸." 만약 누구나 벌거벗은 내 모습을 볼 수 있고, 심지어 그걸 보며 자위까지 즐기고 있다면 내 기분이 어땠을까. 제이미를 향한 내 관점이 순식간에 돌변했다. 그가 마땅히 받아야 할 벌을 받길 바랐다.

"제이미가 증언할 때 뭐가 문제였다고 설명하던가요?"

한나는 얼굴을 찌푸렸지만, 이마가 주름지진 않았다. "제이미는 카밀이 경험 많은 여자라는 점을 강조했어요. 그러니까… 젊은 남자를 꾀는 데 능숙한 그런 여자라고 말이에요. 전 배심원들이 그를 잘 꿰뚫어 봤으면 좋겠어요."

"재판은 내일 끝날 예정이죠?"

"그래요. 유죄 판결이 나면 카밀의 상처도 조금은 아물 거예요. 아마도 그 이후에는 이곳 사람들의 감정이 덜… 변덕스럽지 않을까 싶어요."

그리고 만약 무죄로 판결이 나면? 그 질문은 하지 않기로 했다.

나는 고개를 끄덕이며 말했다. "한나, 말해 줘서 고마워요. 음… 제가 지금 좀 할 일이 있어서요. 달리 할 말이 없으면…."

한나는 일어서지 않았다. "또 법정에 갈 건가요?"

"글쎄요."

"제 생각에는 이모젠, 법정에 가지 않는 게 공동체를 위해 더 좋을지도 몰라요. 오늘 거기서 당신을 봤단 말은 아무에게도 하지 않을게요."

그녀의 목소리는 늘 그렇듯 차분했지만, 표정은 굳어 있었다.

나는 어깨를 으쓱했다. "알겠어요."

한나가 일어서며 웃었다. "좋아요. 이제는 당신도 공동체의 완전한 구성원이 됐으니 자신의 시간을 즐기는 데 집중했으면 좋겠어요. 당신이 이곳에 머물려고 얼마나 열심히 노력했는지 저도 충분히 알고 있거든요."

33

5월 30일 수요일

덱스

오늘 오후엔 카밀과의 첫 단짝 모임이 있을 예정이었지만, 왠지 두려웠다. 나는 테라스에 서서 생각하고 있었다. 카밀이 또 사우나에 가자고 하면, 또는 루카스도 그곳에 있다고 하면 대체 뭐라고 답해야 할지.

건물 안에서 음악이 흘러나왔고, 그 소리를 따라 발걸음을 옮겼다. 버니스의 방에서 나오는 소리였다.

버니스는 카밀을 어떻게 다루는지 잘 알고 있을 것이다. 물론 난 버니스에게 알코올 중독자라는 거짓말로 상처를 줬지만, 그녀에게 조언을 구하면 우리가 다시 가까워지는 데 도움이 될지도 모른다. 나는 마음이 바뀌기 전에 서둘러 버니스의 부에노스아이레스로 향했다.

노크했지만 대답이 없었다. 다시 문을 두드렸다. 작업복을 입은 버니스가 문 앞에 서 있는 날 보며 깜짝 놀란 표정을 지었다. “미안, 내 방 음악 소리 때문에 시끄러웠니?”

“아니. 듣기 좋아.”

음악 소리가 꽤 정열적이었다. 엄마가 가끔 술을 많이 마셨을 때,

아빠를 구슬리며 함께 춤을 추자고 틀었던 음악처럼.

"괜히 나한테 잘 보이려고 거짓말하는 건 아니지, 덱스?"

나는 고개를 저었다. "그럴 리가."

"나보다 스무 살이나 더 먹었어." 버니스가 안으로 들어오라며 손짓하더니 구식 턴테이블을 가리켰다. "노던 소울 노래야. 모타운보다 살짝 발랄해. 공장 출신 가수들인데 위건 카지노 같은 클럽에서 주로 연주했지." 그녀가 웃었다. "우리도 알다시피 공장에서의 삶이 좀 암울하기도 한데 말이야."

나는 버니스의 방 상태에 질겁했다. 어수선한데다 더럽기까지 했다. "이제 막 퇴근했구나?"

"응. 다행히 생명을 위협하는 사건들은 전부 피했지, 평소처럼." 버니스는 내가 앉을 수 있게 그녀의 비행 가방을 의자에서 치운 뒤 옷장을 열었다. 옷장에 깨끗이 세탁한 셔츠와 반바지가 여러 벌 걸려 있으리라 생각했지만, 온갖 잡동사니가 쏟아져 나왔다. 그녀는 옷을 갈아입기 시작했다. 옷 벗는 모습이 야한 건 아니었지만, 나는 눈길을 돌렸다. 낯익은 자몽 향기가 났다. 버니스는 방 안에서 전자담배를 피우고 있었다.

"스튜디오에서는 담배 못 피우잖아. 공장 규칙 아니었어?"

버니스가 옷을 갈아입고는 내 앞에 섰다. 평소 유니폼처럼 입는 평범한 반바지였지만 구겨지고 얼룩져 있었다. "가끔은 나도 사생활이 필요해. 그게 범죄는 아니잖아?"

그녀는 어이없다는 듯 펄쩍 뛰었지만, 재판이 열리는 동안 우리 모두 범죄자가 될지도 몰랐다. 아무도 무슨 일이 있었는지 정확히 말해 주지 않았고 만약 내가 잡히게 되면 그들은 어떤 반응을 보일지 궁금했다.

내가 한 짓을 고백하면 기분이 어떨까? 문득 버니스에게 다 털어놓는 내 모습을 상상했다. 그러면 마음이 놓일까.

물론 나는 기꺼이 벌을 받겠지만, 우리 가족까지 평생 종신형을 받을지도 모른다는 생각에 견딜 수 없었다.

"어딜 가나 사생활은 없어." 내가 말했다.

버니스가 한숨을 쉬었다. "그나저나 여기 왜 온 거야, 덱스?" 노련한 버니스. 곧바로 본론으로 들어갔다.

"이따 카밀과 첫 단짝 모임을 하거든. 더는 일이 틀어지면 안 되니까 네 조언을 듣고 싶었어."

"너 혹시 도박꾼이야, 덱스?"

"아니. 도박은 한 번도 빠져 본 적 없어. 너는?"

"지극히 평범한 방식은 안 통해." 버니스가 전자 담배를 깊이 들이마셨다. 그리고 다시 숨을 내쉬자 수증기 구름이 그녀의 얼굴을 뒤덮었다. "덱스, 조언하는 관계가 다 일방적인 건 아니잖아. 지금 카밀은 몇몇 생각을 떨쳐 버리고 싶을 거야. 또 카드놀이를 좋아해."

나는 버니스의 눈을 바라봤다. 카밀이 제이미의 피해자라는 걸 암시하고 있는 걸까? 버니스는 먼저 시선을 피했다.

"고마워." 내가 말했다. "정말 그게 도움이 된다고 생각한다면 내가 제안해 볼게."

버니스가 웃었다. "사실 내가 뭘 알겠어? 여기 살면 살수록, 사람들이 왜 그러는지 점점 이해할 수 없게 돼."

머리가 지끈거릴 만큼 음악 소리가 윙윙대더니 어떤 남자가 이별의 아픔을 노래했다. 그러다 음악이 뚝 끊겼고, 지지직거리며 바늘을 가는 소리만 들렸다. 버니스는 턴테이블을 빤히 바라볼 뿐, 그대로 있었다.

버니스는 매우 당당한 여자였다. 하지만 오늘은 무척 지쳐 보였다. 내가 손을 뻗어야 할까? 나는 그녀의 기분을 건드리고 싶지 않았지만…. "버니스. 오늘 좀 달라 보여. 같이 기분 전환 좀 할래?"

버니스는 고민하는 듯했지만, 이내 고개를 떨구었다. "좀 피곤해서 그래. 그리고 카밀과 함께 있을 때, 너무 무리하지 마. 도박은 그냥 하나의 아이디어일 뿐이야. 카밀은 좋은 애지만, 진짜 현금을 갖고 놀 수도 있어. 그러니까 네가 잃어도 되는 돈보다 더 많이 걸지는 마."

카밀이 단짝 모임에서 포커를 가르쳐 주려 할 수도 있으니, 잔돈 몇 푼을 챙겨 작업층으로 갔다.

그녀는 입식 책상에서 노트북을 보고 있었다. 화상 회의용 화면에서는 롤러코스터 화면 보호기가 이리저리 움직였다. 너무 심하게 오르락내리락하는 바람에 내 머리가 어질어질할 정도였다.

카밀이 돌아봤다. "안녕, 덱스." 그녀의 미소는 청회색 눈동자만큼 인상적이진 않았다. 생기 없는 눈을 보니 사우나에서 있었던 일이 떠올랐다. "난 네가 안 올지도 모른다고 생각하고 있었어."

"그럴 리가."

"이건 너 자신을 위한 거야."

"맞아." 유예 기간 동안 얌전히 지내기로 다짐했는데도 나는 살짝 빈정거리는 투로 입을 열었다. "카밀, 너와 루카스가 나한테 무슨 짓을 하려는지 모르지만, 더 이상 스리섬 협박은 안 통할 거야."

카밀이 고개를 숙였다. "그건 내 생각이 아니었어."

"어쨌든 나한테 할 조언이 뭐야?"

카밀이 고개를 절레절레 흔들었다. "덱스. 사실 너만 괜찮다면 네가 날 도와줬으면 좋겠어."

카밀이 노트북을 클릭하자 그녀의 모습이 화면에 등장했다. 바로 그녀를 유명하게 만든 광고였다. TV 드라마에서는 본 적이 없었지만, 지하철 광고는 무시할 수 없었다. 마치 검은 물에 떠 있는 것처럼 칠흑 같은 머리카락을 늘어뜨리고, 벌거벗은 몸으로 나뭇잎과 흙에 뒤덮인 채 숲에 누워 있던 여자.

물론 그건 상처였다…. 특수 분장이었지만, 소름 끼치도록 실제 같았다. 늑대에게 물린 피부, 그리고 부패의 초기 단계.

영상은 빠르게 다음 장면으로 넘어갔다. 카밀이 꼼짝하지 않고 누워 있을 때 늑대들이 춤을 추듯 그녀 주위로 몰려들었다. 스피커에서 배경 음악 소리가 터져 나왔다. 무거운 베이스 비트로 흐르는 불안한 장송곡. 화면이 너무 커서 제대로 보기 힘들었다. 실물 크기 다섯 배쯤 되는 그녀는 몹시 여윈 떠돌이에다 거인이었다.

그러다 카밀이 갑자기 눈을 번쩍 떴다.

나는 깜짝 놀라 뒤로 자빠질 뻔했다.

"이게 내 포트폴리오야." 카밀이 비디오를 잠시 멈추며 말했다. "배우 오디션용 영상인데 뭐가 문제인지 잘 통하지 않네. 네가 비슷한 일을 하니까 물어보는 건데 의견 있으면 좀 말해 줄래? 의미 있는 지적이면 바꿔 보려고… 생각 중이야."

정말 원하지 않는 일이었지만, 적어도 내가 벌거벗는 건 아니니까 상관없었다. "좋아. 내가 도울 게 있다면 그렇게 할게."

"처음으로 돌릴게." 카밀이 말했다.

늑대들이 등장하며 카밀의 이름, 소속사 세부 사항과 함께 제목으로 되돌아가는 영상을 묵묵히 지켜봤다. 물론 이 영상은 카밀을 가장 널리 알렸지만, 시체 연기가 실력을 증명할 수 있는 좋은 방법은 아니지 않을까.

곧 카밀이 외국어로 연기하는 다른 영상들로 이어졌다. 덴마크 드라마인 것 같았다.

연기를 썩 잘하는 편은 아니네. 언어 장벽 때문인지 오히려 그녀의 연기가 더욱더 서툴게 보였다. 표정과 동작도 지나치게 부자연스러웠다.

카밀의 얼굴을 클로즈업한 화면을 보면서 나는 어떤 말로 긍정적인 피드백을 줄지 곰곰이 생각했다. 그녀의 모습이 화면 전체를 가득 채울 때는 마치 전화기를 보는 듯 느껴졌다. 그녀의 눈이 또 반쯤 감겼다.

고민하던 중 마침내 내가 제안할 수 있는 부분이 있어 마음이 놓였다. 카밀은 늑대 다큐멘터리 예고편 같은 그 장면을 잘라야 했다.

하지만 화면 속 카밀이 눈을 번쩍 떴을 때 그 안에서 진정한 공포가 보였다. 그 장면은 그녀의 연기력을 폄훼한 내 판단력을 재고할 정도로 강렬했다. 술에 취한 듯 입이 축 늘어져 있는 데다 대사 한마디 없었지만 그녀의 눈에 어린 생생한 공포가 그대로 드러났다.

카밀은 여전히 내게 등을 돌린 채 영상을 멈췄다. "어때?"

"마지막 동영상은 진짜 강렬했어. 말을 하지 않는데도 감정이 잘 전달되더라고. 다른 영상도 있어?"

"엄청 많지. 말해 봐. 얼마 낼 거야?" 카밀은 노트북에서 또 다른 파일을 선택했다.

카밀의 얼굴을 같은 각도에서 촬영한 장면이었다. 하지만 이번에는 소리가 들렸다. 헐떡이며 속삭이는 남자 목소리였다. 아직은 그녀의 얼굴만 보였지만, 성관계 장면 같았다.

"아, 카밀." 남자가 소리쳤다. "넌 정말 아름다워."

카밀? 왜 남자가 카밀의 본명을 부르는 거지?

화면이 클로즈업되자 카밀의 몸이 더 많이 드러났다. 티셔츠가 그녀의 목까지 밀려 올라가더니 가슴이 훤히 보였다. 이 장면을 촬영한 남자는 카밀과 섹스를 하던 도중에 별나게 카랑카랑한 스코틀랜드 억양으로 그녀에게 사랑한다고 속삭였다. 세상 그 무엇보다.

화면 속 카밀은 아무 말이 없었다.

나는 당장 자리를 뜨고 싶었지만, 몸이 말을 듣지 않았다. "대체 이게 뭐야, 카밀? 이거 진짜야?"

카밀이 나를 향해 돌아섰다. 그녀의 눈물이 볼을 타고 하염없이 흘러내리고 있었다.

"이걸 본 적 없는 사람은 너뿐일 거야." 그녀가 흐느끼며 말했다. "전 세계인이 다 봤을 거라고 생각했거든."

그제야 나는 깨달았다. 내가 뭘 보고 있는지, 그리고 제이미의 피해자가 누구인지.

34

6월 1일 금요일

임미

공장에서 지낸 후로 가장 길었다고 느꼈던 한 주가 끝났다.

어제 배심원단이 평결을 위해 소집되었지만, 몇 시간 후 판사가 다음 날 아침에 평결하겠다며 그들을 집으로 돌려보냈다.

무거운 기다림이 건물을 집어삼키고 있었다. 모두가 평결 시간이 다가오고 있다는 걸 알았다. 카밀은 방에서 꼼짝하지 않았고, 다들 방해하고 싶지 않은지 그저 그녀의 방 주변만 이리저리 기웃거렸다.

나는 기분 전환차 테이트 모던에 있는 카페로 향했다. 모처럼 차분하게 앉아 일에 몰두할 작정이었으나, 중간 방학 동안 경험할 '체험 학습'을 두고 티격태격하는 엄마와 아이들에게 둘러싸이고 말았다. 나는 엄마와 체험 학습을 가 본 적이 없었다. 엄마는 바깥세상, 사람들, 삶 자체에 두려움을 느꼈다.

드디어 서류 작업을 끝냈다. 그리고 혹시 인터넷에 평결에 관한 내용이 나왔을까 싶어 소송 사건을 검색해 보았다. 아무 흔적도 없었다. 나는 공장으로 이사 간 첫날 밤에 우연히 들었던 말다툼이 떠올랐다. 베로니카가 룸메이트들에게 무언가가 언론에 보도될 거라 말했었다. 틀림없이 그 재판일 텐데. 그렇지만 그리 충격적인 사건은 아니었나 보다.

심심풀이 삼아, 그리고 공장에 늦게 돌아가고 싶어 구글에 공장을 검색했다. 공장이 정말 선구적인 실험이라면 예전에 보도된 기사가 있지 않을까?

나는 런던 전역에 걸친 30년치 부동산 가격과 부동산 중개업자의 세부 정보를 모아둔 사이트부터 찾았다. 거기서 공장 정보를 발견했다. 건물명으로는 아무것도 뜨지 않아 우편 번호로 찾아냈다. 첫 번째 사진은 복사본이었다. '여피족'을 위한 대형 아파트로 소개되어 있었고, 1990년대식으로 꾸민 인테리어, 짙은 목재와 황색 가구, 놀랄 만큼 낮은 임대료라는 설명이 눈에 띄었다. 사우나 시설도 언급되어 있었다.

'새천년을 전후해 이중 천장과 칸막이벽을 들어낸 건물은 층별로 방이 있는 널찍한 고급 아파트로 재탄생했다. 요즘과 비교해도 임대료는 현저히 낮았다.'

그 건물이 지금의 공장으로 환생할 무렵 임대 광고가 중단됐다. 하지만 리모델링 관련 건축 잡지에서 PDF 파일로 된 기사를 찾아낼 수 있었다. 간단히 말하면 이랬다.

'…세계에서 가장 상징적인 도시가 흔히 도시 환경을 등한시하는 것과는 대조적으로, 공동체와 사회적 관계를 육성한다는 사고에 초점을 맞추었다.'

설계자들이 넉넉한 예산을 말하기는 했지만, 건물주에 관한 내용은 아무것도 언급되지 않았다.

'우리는 비용에 구애받지 않고 마음껏 건물을 설계했어요. 각 층은 매슬로의 욕구 계층을 토대로 밀레니얼 세대를 새롭게 재해석했지요. 먹고, 마시고, 쉬고, 재충전하는 곳, 간단히 말하면 사는 공간이죠. 또한 협업을 장려하고 외로움을 극복하는 구조를 고안했어요. 그래서 킹사이즈 침대가 필요했고요. 젊은 사람들은 잠을 좋아하잖아요. 섹스도 마찬가지고요.'

문득 사우나가 떠올라 몸서리쳤다. 하지만 왜 부동산 소유주나 개발자들이 별 볼 일 없는 젊은 도시인들의 삶을 개선하기 위해 그렇게 많은 돈을 지출했을까? 애슐리는 집주인이 자선 사업가라고 했지만, 부자들은 보통 낯선 이에게 그리 관대하지 않았다.

공장의 초기 목적이 무엇이든, 지금 내게는 훨씬 더 큰 물음표가 생겼다. 공동체는 잘 운영되었을까, 아니면 상황이 더 악화했을까.

공장에서 보낸 지난 5주 동안, 나는 성적 긴장감, 경쟁, 분노, 조작, 죄책감, 고통을 목격했다. '공동체와 사회적 관계를 육성하는' 모습은 거의 보지 못했다.

나는 노트북을 닫고 공장으로 돌아갔다. 이른 오후, 공장 공개일을 하루 앞두고 애슐리의 정성이 곳곳에 드러났다. 표지판과 포스터, 그리고 글루텐 프리 레몬 케이크를 굽는 냄새.

나는 계단을 올라가며 오후에는 애슐리를 돕기로 마음먹었다. 물론 애슐리는 살짝 순교자의 고통을 즐기는 것 같았지만, 일을 돕다 보면 불쾌했던 기억들이 머릿속에서 잠시나마 사라질 것이다.

막 교토에 들어가려던 찰나, 인간보다는 동물에 가까운 비명이 들렸다. 카밀의 방에서 나는 소리였다.

35

임미

무죄.

10 대 2. 배심원 중 두 명만 카밀의 증언을 믿었다. 그건 별로 위로가 되지 않았다.

비명을 듣고 버니스가 카밀의 방으로 향했다. 버니스는 내게 다른 염색업자들이 집에 도착하면 자기에게 말해 달라고 메시지를 보냈다.

무언의 합의인지 오늘 밤 테라스에 있는 사람은 아무도 없었다. 대신 영양층에 모여 있었다. 버니스가 뒤이어 내려왔다. 우리는 카밀의 상태를 물었고, 그녀는 그저 고개만 저었다.

"공장 공개 행사를 취소해야 해." 애슐리가 트레이 베이크(널빤지에 얇게 구운 사각형 케이크-옮긴이) 위에 아가베 시럽을 부으며 말했다. "카밀은 낯선 사람들이 자기 주변을 돌아다니는 게 죽기보다 싫을 거야."

버니스가 한숨을 내쉬며 말했다. "아니, 카밀은 공동체 일정을 망치고 싶지 않을 거야. 혼자서 치유할 시간이 필요할 뿐이지."

"문제는 곳곳에서 뭔가 진행되고 있다는 거야." 애슐리가 말했다. "여기 영양층에서는 사우어크라우트(독일식 김치-옮긴이)를 담그고 있고, 안식층에서는 요가를, 그리고 작업층에서는 줌이 전 세계 공동 주거에 관한 화상 회의를 준비하고 있어."

줌이 수줍게 웃었다. 공장 공개일에 뭔가를 한다는 건 좋은 일이었다. 다른 사람들과의 불화를 잠재우는 데 도움이 될지도 모르고.

"지하실에서 어떤 활동을 할지 계획했어?" 루카스가 물었다.

"아니." 애슐리가 뾰로통하게 대답했다. "기억할지 모르겠지만 성급한 몇 분이 사우나를 공개하기도 전에 벌써 사용했더라고."

루카스는 투덜대는 애슐리의 말을 무시했다. "공장을 개방하는 동안 내가 카밀을 데리고 한나의 사무실로 갈게. 한나는 분명 개의치 않을 거야. 난 씻지도 않은 군중을 만나고픈 마음이 전혀 없어. 모두 되돌아갈 때까지 우리는 술이나 마시며 숨어 있을게."

그렇게 토요일 날, 우리는 거의 백 명쯤 되는 사람들을 맞이하며 공동체가 미래의 삶이라고 설파했다. 물론 상처받은 사람이 보이지 않는 곳에서 움츠리고 있긴 했지만. 나는 공장 안에서 벌어진 끔찍한 일을 받아들이려 애썼다. 그리고 공장이 이런 힘든 상황에서 살아남을 수 있을지 궁금했다.

애슐리는 스타였다. 명상 수업과 발효 식품 작업장으로 손님들을 이끌고 돌아다니자 모두 환호성을 질렀다. 특히 다들 0.5도짜리 콤부차 맛에 열광하며 들떠 있었다. 내가 여전히 공장에 살지 않았더라면 대기자 명단에 이름을 올렸을 것이다. 나는 새 드레스를 입고 사람들에게 어떻게 이 옷을 만들었는지, 어디서 바느질을 배울 수 있는지 설명했다.

"드디어 다들 갔네." 오후 5시가 되기 직전, 방문객 배지를 달고 있던 사람들이 건물을 떠나자 애슐리가 말했다. "자, 이제 콤부차에 진을 섞어야 하지 않을까?"

나는 진에 넣을 신선한 레몬을 가지러 주방에 갔다가 덱스를 마주쳤다. 그는 손님들을 직접 만나기보다 영양층에 있는 창고에서 그릇을 닦고 청소를 하며 허드렛일을 돕고 있었다.

"네 자손을 위해서라도 행사를 촬영해야 하지 않았을까?"

덱스가 어깨를 으쓱했다. "낯선 사람들과 잡담을 나눌 기분이 아니라서."

덱스의 목소리가 왠지 묘했다. 내가 덱스를 향해 걸어가자 그가 뒷걸음질 쳤다.

"젠장, 덱스. 너 술 냄새나."

"그게 너랑 무슨 상관인데?"

맞는 질문이었다. 그동안 내 머릿속은 온통 소송 사건으로 꽉 차 있어서 그를 생각한 적이 없었다. 덱스도 나를 찾지 않았다. 우리가 보낸 이틀 밤은 이미 일탈 행위로 보이기 시작했다. 어쩌면 염색업자들이 억지로 설정한 교묘한 계획의 결과물인지도 모른다.

"우리 사이는 잘 안 풀렸을지 모르지만, 덱스. 난 널 신경 쓰고 있어. 혹시 하고 싶은 얘기 있어?"

덱스가 고개를 흔들었다. "나한테서 떨어져, 임미. 너를 위해서 하는 말이야."

그의 거절에 마음이 아팠다. 그와 함께하는 시간은 이번이 마지막이겠지. "네 앞가림이나 잘해."

나는 테라스로 향했다. 애슐리가 줌이랑 루카스와 함께 있었다. 적어도 저 둘은 더는 서로 다투지 않았다. 버니스도 있었지만, 피곤해서 그런지 제정신이 아닌 것 같았다.

"카밀은 괜찮아?" 내가 루카스에게 물었다.

그가 어깨를 으쓱했다. "카밀은… 서서히 진정하고 있어. 물어봐줘서 고마워."

애슐리가 공장을 둘러본 사람들의 열렬한 반응을 얘기하는 동안 나는 모두의 잔에 레몬 조각을 끼워 넣었다.

"너희들도 봤지? 사람들이 우릴 어찌나 부러워하는지. 이 공간을 함께 공유하고 있다는 게 얼마나 큰 행운인지 스스로 느껴야 해."

모두 잔을 들었다. 완벽한 곳은 없다. 우리가 힘을 모을 수 있다면, 아직은 공장에 대한 희망이 남아 있을지도 모른다.

나는 지난 일주일 동안의 스트레스가 한꺼번에 몰려와 일찍 잠자리에 들었다. 테라스에는 버니스와 루카스만 남아 있었다.

갑자기 끙끙거리는 소리가 나를 깨웠다. 섹스 소리와는 거리가 멀었고, 얼마 전 카밀의 비명과도 아주 달랐다. 나는 소리를 모른 척할 수 없었다. 왠지 놀이층 어딘가에서 들려오는 소리 같았다. 비틀거리며 침대에서 일어난 다음 주머니에 칼을 넣고 소음을 따라 움직였다.

버니스가 자기 방 입구에 서 있었다. 줄곧 쉬지도 않고 1마일을 달린 사람처럼 가슴이 들썩거렸다.

"무슨 일이야?" 나는 그제야 버니스가 신음하고 있다는 걸 깨달았다. 루카스의 방문도 열려 있었다.

"나…." 버니스가 무슨 말을 하려다 자기 방을 가리켰다.

내 시선은 그녀의 손끝을 따라갔다. 선반과 바닥에는 잡지와 책이 너저분하게 쌓여 있었고, 침대 위에는 비행기 여행을 기념하는 빈티지 포스터가 걸려 있었다.

처음엔 뭘 봐야 하는지 깨닫지 못했다.

곧 이어 그 모습을 발견하고 숨을 헐떡였다.

기니피그 벨라가 구겨진 침대 시트 위에 누워 있었다. 어떻게 이제서야 돌아와 잠들어 있는지 의아했다….

아니, 자고 있지 않았다.

벨라는 죽었다.

속이 메스꺼웠지만, 침대로 다가가 벨라의 몸을 만져 보았다. 혹시 손님들의 시끄러운 소음 탓에 은신처에서 나왔다가 심장 마비로 죽었을까?

손가락에 뻣뻣한 털의 감촉이 느껴졌다. 그리고 훨씬 이상한 구석이 있었다. 벨라는 얼음처럼 차가웠고, 얼굴이 일그러져 있었다. 이미 얼마간 죽어 있었던 게 틀림없었다.

그 말은 누군가 죽은 벨라를 일부러 버니스의 침대에 눕혀 두었다는 뜻이다.

버니스와 내가 커다란 브랜디 잔을 들고 테라스에 앉아 있는 동안 루카스가 벨라를 처리했다. 이 상황이 너무 벅차서 그의 예상치 못한 동정심을 챙겨 줄 여유는 없었다.

"좀 더 마셔." 나는 버니스에게 권했다. 방에서 버니스를 데리고 나오려고 손을 잡았을 때, 살갗이 너무 축축해 기절할 것만 같았다. 그녀는 지금 무슨 물건인지조차 깨닫지 못한 유리잔을 부여잡고 있었다. "놀랐을 때는 더 마시는 게 나아."

"임미, 누가 그런 짓을 할 수 있을까?" 버니스의 목소리는 내게 익숙한 맑고 깨끗한 소리와 너무 다르게 들렸다. "벨라는 아무에게도 해를 끼치지 않았어. 하지만 누군가가 벨라랑 에드워드를 우리 밖으로 내보냈고… 어쩌면 벨라를 죽였을 거야."

"벨라에게는 아무런 흔적도 없었어. 아마 이미 죽은 것을 발견한 뒤에…." 나는 말꼬리를 흐렸다. 누군가 기니피그 사체를 발견한 뒤 몰래 보관하고 있다가, 가령 자신의 개인용 냉장고에 냉동한 다음, 밤늦게 버니스의 침대 위에 올려놓고는 끔찍이 겁을 주려고 한 걸까. 아무리 생각해도 불쾌하기 짝이 없었다.

"이런 짓을 한 상대는 내가 동물을 아낀다는 걸 알아. 게다가 내가 이보다 훨씬 공포에 질릴 거라는 것도 알고 있어. 만약 그들이 우리 중 누구를 죽인다면…"

설마 그럴 리가. 그녀가 입술로 유리잔을 들어 올리는 동안 나 역시 범인이 궁금해지기 시작했다. 공장에 불상사가 생기면 대부분 줌이 비난을 받았지만, 그는 내게 한 번도 심술궂게 군 적이 없었다. 이런 짓을 했다고는 믿기 힘들었다. 하지만 베로니카가 떠난 뒤로 버니스나 위원회를 맹비난하려는 사람의 명단이 줄어들었다.

버니스의 어깨너머로 루카스가 목욕 수건으로 감싼 작은 보따리를 들고 있는 게 보였다. 그는 그 애처로운 보따리를 상자에 넣은 다음 자기 방으로 가져갔다. 버니스는 앞으로 다시는 그 모습을 볼 일이 없을 것이다.

루카스가 세 번째 잔을 들고 와 술을 벌컥벌컥 들이켰다. "젠장, 버니스. 대체 우리가 어떤 사람들과 함께 사는 거지?"

버니스는 고개를 들지 않았다.

"무슨 일이 있었는지 아무한테도 말하면 안 될 것 같아." 루카스가 말했다. "공장이 뒤죽박죽될 테고, 그 자식은 정확히 자기가 원하는 대로 됐다고 좋아 죽을 거 아니야."

나는 루카스를 쳐다봤다. "그 자식이라니?"

"제발, 임미. 줌 말고 누가 있겠어? 부디 그 관종한테 관심 좀 주지 마."

나는 괜한 말다툼을 벌이고 싶지 않았다. "일단은 애슐리에게 말하지 않는 게 좋겠어. 진짜 상처받을걸."

"버니스, 그거면 되겠어?"

버니스가 눈을 부릅뜨며 고개를 들었다. "난…."

루카스는 당황한 듯 날 향해 눈썹을 치켜올렸다. "네가 여기 남아서 버니스 좀 재워 줄래?" 그가 나지막하게 말했다. "온종일 카밀과 보내느라 너무 힘들었거든."

"물론이지."

루카스가 버니스의 어깨를 꼭 쥐었다. 그녀가 움찔했다. "버니스, 부디 기운 차려."

버니스는 루카스의 방문이 닫힐 때까지 아무 말 하지 않았다.

"임미, 내가 널 믿어도 될까?" 마침내 입을 연 버니스가 조용하면서도 묘하게 카랑카랑한 목소리로 물었다.

나는 고개를 끄덕였다. "그래도 된다는 거 알잖아."

"나는 내가 할 수 있는 일을 다 한 것 같아, 공장에서. 이건 너무 잔인해."

"네가 당한 일은 정말 잔인해. 하지만 버니스, 넌 이곳의 중심이야. 네가 없으면 예전 같지 않을 거야." 이 말은 거짓말이 아니었다. 내가 그녀를 좋아하든 싫어하든 상관없이.

"내가 다 망치면 어떡하지, 임미? 만약 내가 잘못해서 공장이 이토록… 위험해진 거라면?"

마음속 일부는 버니스를 밀어붙이며 그게 무슨 뜻인지 묻고 싶었다. 하지만 그녀는 깊은 충격에 빠져 있다. 내가 그걸 이용한다면, 다른 사람들만큼이나 못되게 구는 짓이다.

"잘 들어 봐. 아침이 되면 기분이 나아질 거야. 사는 게 다 그렇잖아." 물론 그건 또 다른 거짓말이지만, 선의로 한 말이었다. "인제 그만 자자."

루카스가 벨라의 여린 몸을 치우며 방을 정리해 준 덕분에 적어도 지금은 이불 위에 버니스가 잘 공간이 생겼다. 그녀는 침대에 누웠지만 내 손을 놓기 싫어하는 눈치였다.

"네가 알아야 할 게 있어, 임미. 이곳에 대해. 그래야 공평할…." 피곤함에 지친 그녀의 목소리는 이미 흐려지고 있었다.

"지금 말고. 내일 해. 내일이면 무슨 얘기든 할 수 있을 거야." 내가 말했다.

내 방으로 돌아온 나는 새로운 한 주가 시작되면, 우리 모두 극심한 스트레스에서 벗어나 어느 정도 여유를 갖게 될 거라며 애써 마음을 달랬다.

그렇지만 왠지 불안했다.

6주차

똘똘 뭉칩시다.

다들 좋은 아침 맞이했어? 최근 일어난 사건들 탓에 당분간 일요 알림을 계속 보내기로 했어. 함께 힘을 모아야 할 때니까.
그동안 모두 시련을 겪었지만, 이제 앞을 내다보자. 아직 우리가 기대해야 할 일이 엄청 많아. 한여름 파티가 3주도 채 남지 않았거든. 매우 특별한 행사라 다 같이 늘 최선을 다해 준비하며 돈독함을 다지기도 했었지. 네가 새로운 구성원이든, 기존 염색업자든, 예전처럼 우리가 할 수 있는 걸 다해 보자. 나쁜 시기는 이미 지나갔어. 이제 다음 무대를 위해 하나가 될 시간이야.

36

6월 3일 일요일

임미

카밀이 무죄 판결을 다 이해했다는 듯 드디어 방에서 나왔다. 하지만 여전히 그녀의 얼굴에는 미세한 경련이 남아 있었다. 왼쪽 눈도 실룩거렸다. 한번 말을 시작한 카밀은 입을 닫지 않았다.

나 역시 오늘이 평범한 일요일인 것처럼 행동했다. 누군가의 침대에 죽은 동물이 버려지지 않은 것처럼. 공장에 아무 증오심을 품고 있지 않은 것처럼.

오늘은 정식 요가 수업은 없었지만, 머리를 맑게 하고 싶었다. 그래서 애슐리가 매일 실천하는 요가 시간 동안 나도 매트를 끌어당겨 그녀와 마주 보고 섰다. 이제는 동작이 많이 익숙해져서 거울을 보며 따라 하기가 쉬웠다.

애슐리는 공동체를 유지하려고 아주 열심히 노력했다. 그런 그녀에게 벨라의 운명을 알릴 순 없었다, 절대로.

요가 동작들은 제 역할을 시작했다. 내 척추와 목이 여전히 경직되어 있었지만, 팔다리는 조금씩 긴장이 풀렸다.

몇 분 후, 누군가가 내 뒤에서 또 다른 매트를 털썩 내려놓았다. 나는 천천히 뒤돌아봤다.

버니스였다.

그녀는 요가보다 전자 담배가 휴식에 더 좋다고 고집하던 요가 회의론자였다. 대체 왜 여기 온 거지?

나는 애써 긴장을 풀려고 노력했지만, 버니스 탓에 제대로 몰입할 수 없었다. 곁눈으로 그녀를 지켜봤다. 애슐리가 쉬지 않고 격려의 미소를 보냈지만, 버니스는 어설프고 자의식도 강했다.

요가 시간이 끝나자, 버니스는 안식층에 가서 허브차를 마시자는 애슐리의 제안을 거절한 채 나를 따라 내 방까지 왔다.

"부탁이야, 이제 얘기 좀 할 수 있어?"

'난 끼어들기 싫어.'

경험으로 얻은 본능적인 반응이었다. 법정에 간 건 실수였다. 덱스를 도우려 했던 것, 심지어 베로니카와 얘기를 나눈 것까지.

그리고 처음으로, 나는 그동안 일어난 장난들이 훨씬 위험한 무언가의 징조 같아 불안했다. 동물을 해친 사람이라면 결국은 인간을 해칠 수도 있을 것이다….

"버니스, 어떻게 된 건지 점검한다고 해서 뭐가 나올까?" 나는 목소리를 낮추며 말했다. "루카스 말이 맞아. 우리는 평소처럼 굴어야 해. 벨라에게 그런 짓을 한 사람을 잡으려면."

"그들은 내가 나가길 원해." 버니스가 속삭였다.

"누가 그러는데?"

"누구든 이런 짓을 벌인 사람들이겠지. 나는 이곳에 모든 걸 쏟아부었어, 임미."

티셔츠에 회색 운동복 하의를 입은 버니스는 오늘따라 유난히 왜소해 보였다. 나는 예전의 버니스를 되찾고 싶었다. 일상 유니폼이나 다름없는 빳빳한 셔츠와 완벽하게 다림질한 반바지를 입은 대담한 여왕벌.

"그건 아무도 의심하지 않아, 버니스. 우리 모두 소송 사건 때문에 화가 났지만, 이제 곧 결과는 뒤집힐 거야. 그렇지 않아?"

버니스가 고개를 힘차게 저었다. "아니. 안 그럴 거야. 내가 거짓말을 했어. 이제 그들은 그걸 이용할 거야…."

"무슨 거짓말?"

버니스는 더 이상 날 보고 있지 않았다. 그녀는 계단을 뚫어지게 쳐다보고 있었다. 안식층에서 발걸음 소리가 들렸다.

"내 나이를 속였어." 그녀가 조용히 말했다. "실제 나이보다 더 어리다고 했어. 내 나이는 지금 서른여섯 살이야. 그들이 나이를 이용해 날 내보낼지도 몰라."

"나이 제한? 네가 이미 여기 정착했으니까 그건 문제 되지 않을 거야."

버니스는 내 말을 듣지 않는 것 같았다. "거짓말은 나한테 불리하게 작용할 거야." 그녀는 그 말과 맞지 않는 가짜 웃음을 지으며 덧붙였다. "여기서는 비밀이 있을 수 없어…." 돌연 버니스가 웃기 시작했다. "나 진짜 요가 못하는 것 같아."

나는 갑자기 얘기 주제를 바꾼 버니스를 당황하며 바라봤다.

그때 루카스와 카밀이 계단으로 올라오고 있었다.

"그래, 넌 분명 태어날 때부터 뻣뻣했을 거야. 맞지, 버니스?" 루카스가 말했다. "그래도, 난 너를 존경해. 그 오래된 뼈들이 움직여 주잖아, 그렇지? 우리 다 예전만 못한데 말이야."

나는 공장 사람들의 끊임없는 불평과 내분에 정말 진절머리가 났다. 영양층에서 먹을 걸 가지고 온 뒤 온종일 내 방에 틀어박혀 바느질하거나 책을 읽거나 일에 몰두했다. 뭘 하든 남의 말에 휘말리는 것보다는 나았다.

줌은 주방에서 반죽을 섞고 있었다. 그의 손가락이 밀가루를 긁으며 한데 모으고 있었다.

줌이 범인일 리 없어, 안 그래? 얼어붙은 벨라의 몸을 생각하니 순간 또다시 소름이 돋았다.

"괜찮아, 임미?"

"뭘 만드는 거야?"

"플랫브레드(밀가루와 물, 소금을 넣은 반죽을 굽거나 튀겨 납작하게 만든 빵-옮긴이). 엄마 레시피를 따라 하는 중인데, 반죽이 끝나면 화덕에 구우면 돼. 이따 다 같이 먹을 거야."

나는 냉장고에서 요구르트를 꺼냈다. "이따 뭐 해?"

"당연히 지구 시간이지!"

젠장. "그걸 싹 잊고 있었네." 나는 요구르트를 그릇에 따른 뒤 공동 용기에서 글루텐 프리 그래놀라를 넣었다.

줌이 빙긋이 웃으며 말했다. "정말 기막힌 타이밍이야. 우리 공동체가 다시 뭉칠 기회잖아. 내가 공장 애들을 자주 돕지는 못했지만, 우리가 새로이 시작할 수 있다면 뭐든 돕고 싶어. 일단 빵 부스러기부터."

"그래?"

줌은 고르게 뭉친 빵 반죽을 마른행주 아래에 두었다. "부풀어 오르려면 숙성 시간이 좀 필요해."

"너 거기에 설사약 같은 거 넣은 건 아니지?"

줌이 고개를 가로저었다. "맹세코 아무것도 안 넣었어. 앞으로는 장난 안 칠 거야."

"왜 마음이 바꼈어?"

줌이 냉장고에서 버터를 꺼내 쟁반에 놓은 뒤 작은 접시에 양파씨를 담았다. "생각해 보니까… 제이미와 카밀 사이에 무슨 일이 일어났든, 두 사람과 우리 모두 많은 상처를 입었어… 이제는 그 상처를 잊을 때야. 다시 시작해야지."

버니스가 한 말을 줌에게 해야 할까, 그녀가 얼마나 당황했는지? 아니, 그러면 벨라 얘기를 해야 하고, 게다가….

"좋아." 나는 대신 이렇게 말했다. "나중에 보자."

방으로 돌아온 나는 모든 걸 저울질해 봤다. 줌은 제이미에 대한 그들 모두의 의견에 동의하지 않는다는 이유로 따돌림을 당했지만, 지금은 이곳을 위해 더 나은 사람이 되려고 하고 있다. 만약 그가 모든 쓰라림을 잊을 수 있다면 나도 그럴 수 있지 않을까?

누군가 문을 두드렸다. 애슐리였다.

"지구 시간에 참석할 거지?"

나는 애슐리를 따라 테라스로 향했다. 이미 화덕에 불이 켜져 있었고, 애슐리는 원을 그리며 요가 매트를 깔았다. 베로니카가 없으니 매트가 하나 줄었다. 어쩌면 그녀와 제이미가 공장을 위험에 빠뜨렸는지도 모르지만, 그들은 이미 떠났고 우리는 또다시 시작할 수 있을 것이다.

방 밖으로 모두 같은 미래를 바라고 있는 것 같았다. 심지어 덱스도 나와 요가 수업을 준비했다.

"모두 눈을 감아." 애슐리가 부드럽게 속삭였다. "그리고 코로 숨을 들이마시며 셋… 둘… 하나… 다시 입으로 숨을 내쉬며… 다섯… 넷… 셋….”

내 숨결이 느려졌다. 애슐리가 숫자를 반복할 때마다 숫자 사이의 공백이 길어졌다.

“우리는 공동체야.” 애슐리가 말을 이었다. “우리는 보이지 않는 실로 연결되어 있어. 슬픈 기억과 즐거운 기억도 함께 나누고 있지. 그래서 다시 한번 뭉쳐야 해. 서로를 치유하기 위해.”

명상에 잠겨 있는 동안 나는 어떤 기척에 눈을 반쯤 떴다. 버니스가 내 맞은편에 앉아 있었다. 눈을 감고 있는 버니스의 뺨은 물에 반사된 듯 반짝였다.

그녀는 울고 있었다.

아무도 눈치채지 못했다. 애슐리도 눈을 감고 있었고.

나도 눈을 감았다. 위풍당당한 여왕벌은 그녀의 이런 모습을 아무에게도 들키지 않아 무척 기쁠 것이다.

지구 시간이 끝나고 나면 몸은 고단해도 마음은 깨끗해졌다. 밖은 조용했다. 내 룸메이트들도 일찍 잠자리에 든 모양이었다. 마침내 나도 잠과의 밀당을 시작하려던 찰나….

뭐지?

뭔가 쨍하고 산산이 부서지는 소리가 났다. 내 몸이 쿵 떨어지는 소리였나. 악몽 속에서 빠져나오려 발버둥 치다 침대에서 떨어진 걸까.

아니면 버몬지 거리를 비틀거리던 누군가가 우리 건물 벽에 대고 오줌을 쌌을까?

나는 침대에서 몸을 일으킨 뒤 귀를 기울였다. 이미 자정이 지났다. 공장 식구 중 한 명이 테라스에서 밤공기를 마시고 있나?

하지만 거리에서 시끄러운 소리가 들려왔다. 비명 소리. 알아 들을 수 없는 말들.

침대에서 일어나 밖으로 나가자 내 발밑에는 마룻바닥의 따스한 기운이 감돌았다. 주위엔 아무도 없었다. 테라스로 걸어 나갔다. 역시 아무 움직임도 없었다.

하지만 태너스워크에서 들리는 말소리가 점점 시끄럽고 날카로워졌다. 테라스 너머를 슬쩍 들여다봤다. 아래로 떨어지는 물방울을 보니 머리가 어지러웠다. 라벤더 화분 하나가 없어진 것 같았지만, 그 외에는 여느 때와 다르지 않았다.

"거기 누구야?" 나는 아래를 향해 소리쳤다. "누가 여기서 자려는 거야!"

"당신이 여기로 와야 해요." 누군가가 다시 소리쳤다.

이봐, 내가 거길 왜 가.

대신 나는 벽 가장자리를 향해 억지로 한 발짝 더 내디뎠다. 그리고는 낮은 난간을 붙잡은 채 몸을 숙였다.

아래를 내려다보니 이번에는 무언가가 보였다. 쓰레기 봉지나 버려진 외투처럼 보이는 모양 위에 몸을 구부린 형체 두 개.

그 주위로 보라색 웅덩이가 퍼지고 있었다. 그 광경을 비추는 가로등 후광처럼.

37

6월 4일 월요일

임미

나는 달렸다.

발바닥이 계단에 닿는 것조차 느낄 수 없었다. 몸은 멀리 떨어진 것 같았지만 뇌는 날카로웠다.

대체 거기 누워 있는 사람이 누구지?

인사불성이 된 부랑아일지도 몰라. 술을 너무 많이 마신 여자애라든가. 자전거를 타다 갓돌을 들이받은 사람일 수도 있어.

하지만 쿵 하는 소리가 들렸다. 만약 누군가가 길거리에서 비틀거렸더라면, 아무 소리도 들리지 않았을 것이다.

내가 뛰어가는 동안 내 뒤에 있는 문이 열렸다. 다른 염색업자들이 누가 대체 왜 금속 계단을 덜커덕거리며 내려가는지 보려고 밖으로 나왔다.

나는 점점 속도를 냈다. 누굴까?

뛰어내린 걸까….

1층에 이르렀을 때 룸메이트들의 얼굴이 내 머릿속을 스쳐 지나갔다. 그들 중 누가 이토록 절박했을까?

과거의 실수에 시달리는 줌일까?

술에 취한 게 미안해서 잠 못 이루는 덱스?

하지만 자꾸 머릿속에 맴도는 얼굴이 있었다. 카밀.

나도 내 몸이 너무 혐오스러워 그 몸에서 떠나고 싶은 심정을 알고 있다. 몇몇 남자들이 그러는 것처럼 자기 자신이 사람이 아닌 물건으로 취급당하는 느낌도. 그 감각이 멈추기를 바라는 마음도. 설령 그게 존재의 소멸을 의미한다고 해도.

나는 출입문을 비틀어 열었다. 두 남녀가 바닥에 쓰러진 사람을 보며 서 있었다. 남자는 숨 가쁘게 전화 통화를 하고 있었다. "아뇨. 숨을 쉬지 않아요. 여자는… 그 여자는 죽은 게 거의 확실해요."

그 여자.

젊은 여자가 내게 달려왔다. "길 건너편에서 여기에 뭔가 떨어지는 걸 목격했어요. 처음에는 세탁물 바구니나 빈 봉지들이 바람에 날리는 줄 알았거든요. 그런데…."

나는 두 사람 사이를 비집고 들어가 꼼짝도 하지 않는 형체를 억지로 쳐다봤다. 왜소한 몸매. 빨간 머리.

버니스.

아니야, 그녀일 리가 없어.

"버니스. 일어나."

하지만 그녀가 내 말을 들을 수 없다는 걸 나도 이미 알고 있었다. 납작해진 버니스의 머리 한편에서 검붉은 피가 쏟아져 나왔다. 뭉개진 몸에 원래 살던 사람은 이미 가 버린 게 분명했다.

나는 주저앉은 채 버니스를 끌어안았다. 어쩌면 내 고통을 달래려는 몸짓이었을까. 버니스의 피가 곧바로 내 다리와 손을 감싸며 티셔츠 속으로 스며들었다. 테라코타 화분 파편들이 검은 흙과 함께 인도 주변에 흩어졌고, 라벤더의 부러진 녹색 줄기가 버니스의 아름다운 머리카락에 파고들어 향기로운 내음을 풍겼다.

오, 버니스.

지금 버니스를 붙잡기에는 너무 늦었어. 내 양심이 비명을 질렀다. 어제 그녀가 도움을 청했을 때 조금이라도 위로해 주었다면, 어쩌면 아직 살아 있었을 텐데.

나는 내 몸을 바싹 기대 버니스의 얼굴을 가렸다. 조금이나마 그녀의 프라이버시를 지켜 주고 싶었다. "제발, 아무도 가까이 오지 말라고 해 주세요. 적어도 응급 구조대가 도착할 때까지는요." 그리고는 목격자들에게 부탁했다. "아무도 이걸 보면 안 돼요."

한참을 기다린 끝에 구급차가 가까이 다가와 버니스의 얼굴과 사방에 묻은 피를 비추었다. 나는 구급차가 다가오는 소리조차 듣지 못했다.

뒤따라온 경찰차에서 경찰관들이 뛰어나왔다. 마지막으로 공장에 다녀간 지 불과 몇 개월 만에.

버니스를 보내고 싶지 않았지만, 구급 대원이 침착하게 나를 설득했고, 내가 비틀거리며 일어서자 누군가 내 어깨를 담요로 감쌌다. 춥지는 않았다. 하지만 피범벅이 된 내 모습을 보면 다들 깜짝 놀랄 게 뻔했다. 루카스가 나를 보자마자 겁에 질린 표정을 지었으니까.

"젠장, 임미. 너 도대체 무슨 짓을 한 거야? 내가 구급차 사이렌 소리를 듣고…."

바로 그 순간, 루카스는 피해자가 내가 아니라는 걸 깨달았다.

나는 그가 버니스를 보게 둘 수 없었다. 이렇게는 아니야. 그를 밀어냈지만, 옥신각신하던 도중에 내 팔에 묻은 버니스의 피가 루카스의 팔로 번졌다. "사… 사…." 나는 사고라고 말하려 했지만, 그게 아니지 않을까? "나쁜 일이 생겼어, 루카스. 지금 의료진이 처리하고 있으니까 그 사람들 다그치지 마."

루카스가 내 어깨너머로 쳐다보고 있었고, 나 역시 뒤돌아봤다. 의료진이 심폐 소생술을 하고 있었다. 아마 그것만으로도 가족이나 친구들의 기분이 나아질지 모른다. 뭔가 시도하고 있으면 일말의 희망이 생기니까. 의료진이 모여들자 더 이상 버니스의 몸이 보이지 않았다. 그들이 버니스의 가슴을 두드릴 때마다 그녀의 맨발이 살짝살짝 움직였다.

발가락에 바른 매니큐어가 보였다. 선홍색. 그녀가 항상 바르는 립스틱과 같은 색.

늘 바르던 거야.

"버니스야?" 루카스가 어린아이처럼 애처로운 목소리로 물었다.

"보지 마, 루카스."

루카스가 비명을 질렀고 나는 그를 멀리로 데리고 나왔다. "버니스가 왜?"

"내 생각에… 떨어진 것 같아. 테라스에서."

그는 잠시 흐느끼는 걸 멈추더니 지붕을 올려다봤다.

나는 면접을 보기 전에 여기 서 있었던 기억이 났다. 위에서 울려퍼지던 파티 소리. 놀이터에서 뛰노는 아이들이 연상되는 소리였다.

"떨어졌다고?" 루카스가 되물었다.

"나는 아무것도 못 봤어. 그저… 뭔가 들었어." 아까 들은 소리를 묘사하고 싶지 않았다. "목격자들이 구급차를 불렀는데… 그 소리가 들렸어."

"버니스가… 너한테 무슨 말이라도 했어?"

"아니, 의식이 없었어."

우리 뒤에서 룸메이트들이 지켜보고 있었다. 덱스, 애슐리, 카밀, 그리고 줌.

그들은 모두 나보다 훨씬 버니스와 가까웠다. 하지만 그녀가 솔직한 마음을 털어놓으려고 했던 사람은 나밖에 없었잖아. 믿을 만한 유일한 사람이 나였기 때문일까?

나는 모두에게 다가갔다. 그리고 수학여행 중 학생들을 한데 불러 모을 때처럼 공장 식구들이 보지 말아야 할 것에서 멀리 떨어져 있으라고 손짓했다.

한 경찰관이 우쭐한 몸짓으로 우리에게 다가왔다. 물론 경찰관이 보고 있는 사람은 나였다. 나는 반쯤 벌거벗고 있는 데다 온통 피투성이였으니까.

갑자기 다리에 힘이 풀리더니 내 눈앞에서 검은 별들이 반짝였다. 나도 떨어지고 있었다.

"이모젠? 눈 좀 떠 봐요."

나는 시키는 대로 했다. 눈이 부실 정도로 환한 빛이 앞을 가리고, 어딘지 알면 다시 정신을 잃고 싶은 곳이더라도.

나는 구급차에 있었다. 처음엔 어안이 벙벙했다. 버니스가 여기 이 자리에 있어야 했다. 다친 사람은 버니스였으니까.

하지만 버니스는 다치지 않았다. 그녀는 죽었다.

"내 친구는요?"

구급 대원은 모든 걸 볼 줄 안다. 그는 내 첫 번째 본능이 옳다는 듯 아무렇지도 않게 물었다.

"어디 불편해요, 이모젠?" 그가 물었다. "넘어져서 무릎에 찰과상이 생겼어요. 또 어디 아픈 데 있나요?"

나는 머릿속으로 내 몸을 점검했다. 머리부터 발끝까지. "멀쩡한 것 같아요."

"누군가 때리거나 다치게 한 건 아니죠? 제 여자 동료나 경찰에게 말하고 싶은 거라도?"

예전에 내게 벌어진 일을 털어놨다면 어땠을까 하는 생각이 수백 번 들었다. 그 일도 지금과 거의 비슷하니까.

나는 고개를 가로저었다. "이건 그녀 피예요. 버니스요."

"깨끗이 씻고 싶겠지만, 경찰이 당신 옷을 가져가고 싶어 할 것 같아요."

나는 고개를 끄덕였다. 내 몸이 떨리기 시작했다. 눈을 감으면 버니스의 피 묻은 머리가 떠올랐다. 더 이상 예전의 버니스를 생각할 수 없을 것 같았다.

"서두르지 마세요. 몇 분 후면 경찰이 올 테니까. 정확히 무슨 일이 있었는지 침착하게 말하면 돼요."

경찰은 지하의 사무실에서 옷을 갈아입도록 허락했다. 한나는 경찰들이 내가 입었던 티셔츠와 속옷을 챙기는 동안 그곳에 있었다. 그리고 갈아입을 옷을 가져다주었다.

남자 한 명, 여자 한 명, 경찰관 두 명이 내게 말을 걸었고, 내 답변을 녹음했다. 할 말이 그리 많은 건 아니었다. 내가 싸움이나 말다툼이 없었다고 하자, 경찰들은 왠지 안심하는 눈치였다. 나는 오직 밖에서 나는 소리를 들었고, 건물 밖으로 달려가 버니스를 발견했을 뿐이라고 말했다.

"제 생각에는… 버니스가 뛰어내린 게 틀림없어요." 나는 경찰들이 내 말에 반박하길 바라며 입을 열었다.

여자 경찰은 계속 무표정했다. "전면적인 조사가 있을 겁니다. 원인 불명의 사망 사건은 비일비재하니까요."

한나는 사망이라는 말에 움찔했다.

경찰들이 날 놓아주었을 때, 다른 룸메이트들은 모두 영양층 식탁 주위에 모여 있었다. 그리고 계단을 오르는 나를 뚫어져라 지켜봤다. 그때 탁자 끝에서 이상한 소리가 들렸다. 카밀이었다. 나는 지금까지 그토록 비통한 절규를 들어 본 적이 없었다. 날카롭게 울부짖는 소리, 음이 너무 높아 사람에겐 거의 들리지 않는 소리였다.

카밀의 얼굴에서 시골 출신다운 생기 있는 혈색이 사라졌다. 아무도 그 끔찍한 소리를 지르는 카밀을 막으려 하지 않았다. 그래 봐야 아무 의미가 없다는 걸 알고 있다는 듯.

"경찰들이 뭐래?" 덱스가 내게 물었다. 목소리가 걸쭉했다. 그의 손에 스카치나 브랜디로 보이는 황갈색 술이 반쯤 들려 있었다.

"아무 말도 하지 않았어. 다만 전면 조사를 한대."

줌이 고개를 가로저었다. "그건 뻔해. 버니스는 자살했어."

"아무도 몰라." 애슐리가 쏘아붙였다.

버니스를 나무라는 사람은 한 명도 없었다. 그녀가 우연히 떨어질 리 없는데도.

"너희들 다 버니스 친구라며." 줌이 말했다. "버니스가 도움이 필요할 때 다들 어디 있었어?" 그가 계속 말을 이었다. "단짝이니 요가니 헛소리 다 집어치워. 그런 짓들이 이 지경을 만들었으니까."

"줌, 그만해." 루카스의 목소리는 의외로 강경했다. 그는 울음을 멈췄지만, 눈이 빨갛게 물들어 있었다.

"아니. 계속할 거야." 줌이 반박했다. 하지만 아까보다 훨씬 조용히 말했다. "우리는 모두 공동체에 사는 척하고 있어. 우리도 함께 신경 써야 할 부분인데 버니스 혼자 너무 아등바등했어. 그러니 미치도록 죽고 싶었을 거야. 누구도 버니스의 죽음을 막기 위해 빌어먹을 어떤 행동도 하지 않았어."

나는 누군가 다투길 기다렸다. 하지만 침묵만 흐를 뿐이었다. 우리 모두 같은 생각을 하고 있었으니까.

38

덱스

나는 전혀 싸울 생각이 없었다. 하지만 줌이 그 모든 헛소리를 지껄이는 순간, 줌의 광대뼈에 부딪힌 내 손가락 관절에서 오도독거리는 소리가 났다.

곧이어 찌르는 듯한 아픔과 창피함이 동시에 밀려왔다.

"이봐. 덱스, 대체 무슨 짓이야?" 루카스가 우리 사이에 끼어들었다. 싸우고 싶은 욕망은 이미 내게서 사라지고 없었다. 나를 책망하는 줌의 눈동자를 보니 얼음장처럼 차가운 호수에 풍덩 빠진 것 같았다.

"미… 미안해. 줌. 이럴 생각이 아니었는데." 내 변명은 어설펐다. 내 이빨이 헐렁거리는 듯 느껴졌다. 마치 내 두개골을 덜컹거리게 한 사람이 나인 것처럼. 줌은 벌건 뺨을 만지작거렸다. 그의 눈까지 시퍼렇게 멍들지 않을까 걱정스러웠다. 난 절대 싸움꾼은 아니었다.

"덱스, 그만 자러 가." 임미가 학생을 호통치듯 말했다.

줌이 고개를 저었다. "어쨌든 난 갈 거야. 다들 자기 잘못이 아니라고 확신할 때까지 어디 한번 계속 마셔 봐. 진실을 마주하는 것보다 그게 훨씬 쉽지 않겠어?"

나는 다시 자리에 앉았다.

카밀의 통곡은 이제 기묘한 소리로 변했다. 동물이 너무 아플 때 내는 소리를 닮았다. 그럴 때는 차라리 동물을 죽여 주는 게 가장 친절한 행동일지도 모른다. 나는 문득 카밀이 보여 준 영상이 떠올라 그녀가 얼마나 더 버틸 수 있을지 궁금했다.

버니스와 친했던 사람은 아무도 먼저 자러 가지 않았다.

"버니스가 너희 중 누구와 얘기했었어?" 애슐리가 물었다. "그냥… 모르겠어. 왠지… 무기력한 것 같은 느낌?"

무기력.

죽은 사람은 무기력하지 않다. 자살은 우울한 일이 아니다. 그리고 일단 시체의 우윳빛 눈을 바라보고 나면 온화한 죽음도, 사후 세계도 없다는 걸 알아야 거울 속에 비친 자기 눈을 볼 수 있다.

루카스가 브랜디 병을 잡았다. 그는 자기 잔에 술을 더 붓더니 식탁 주위를 돌며 술을 따랐다. 먼저 임미. 애슐리는 자작했다. 그다음은 카밀, 그리고 결국 나한테까지.

모두 내가 금주해야 한다는 사실을 잊었다. 어쨌든 술병은 거의 비었다. 내 텀블러엔 겨우 1인치 정도 남은 술이 담겼다. 식탁에 둘러앉은 우리 모습을 보니, 죽은 이의 혼령을 부르는 강신술이 생각났다.

버니스, 거기 있어? 맞으면 한 번, 아니면 두 번 두드려 봐.

"있잖아, 버니스는 선택한 거야." 루카스가 조심스럽게 입을 열었다. "상황이 얼마나 나쁜지 모두에게 말하지 않기로 말이야. 버니스는 우리의 친구였어. 특히 카밀과 나. 우리한테 무슨 일이 벌어질 거라고 생각했을 거야."

우리 자신을 용서하기에는 너무 이르다.

애슐리가 고개를 끄덕였다. "카밀도 알고 있었어, 그렇지?" 애슐리는 여전히 카밀의 손을 쓰다듬었지만, 그녀는 계속 낯선 소리만 내고 있었다.

루카스는 거짓말을 하고 있었다.

알만 해. 사람들은 이미 일어난 사건을 재구성하고, 자신을 용서하고, 자기 행동을 설명할 복잡한 이유를 지어내고, 결국은 새롭게 개선된 형태의 일들을 꾸미기 시작한다.

하지만 그건 도움되지 않는다. 마음속 깊은 곳에서는 다 알고 있으니까, 자기가 한 짓을 돌이킬 수 없다는 것을.

금속 계단을 가볍게 내딛는 발걸음 소리가 들렸다. 버니스의 발소리와 너무 닮았다. 주방 불빛 아래 희끗희끗하고 각진 얼굴을 들이민 사람은 한나였다.

"인제 그만 눈 좀 붙이도록 해요."

의자들이 콘크리트 바닥에 긁혔다. 마치 우리가 잘 수 있도록 한나가 허락해 준 것 같았다. 그 순간 신께 감사했다. 안 그랬으면 날이 샐 때까지 여기 앉아 있을 뻔했다. 게다가 몇몇은 내일 출근해야 한다.

누구든 버니스의 동료들과 얘기한 적 있나? 나는 버니스의 일이 그녀를 죽음에 이르게 한 원인은 아닌지 궁금했다. 항공 교통 관제사들은 매일같이 스트레스를 받을 테니까.

하지만 그들은 선별된 사람들이다. 무슨 일이든 잘 대처하도록 훈련받았다.

나는 눈을 깜빡였다. 모든 사람이 공동체를 위한다고 아무리 핑계를 대도, 버니스가 이런 일을 벌일 줄은 꿈에도 생각하지 못했다. 버니스는 항상 자기 자신을 통제하고 있었다. 그런 그녀가 인도 위에서, 공공장소에서, 온몸이 마비되는 것만으로 끝나지 않을 거라는 확신도 없이 그렇게 죽는 방식을 택하다니? 그녀와 전혀 어울리지 않았다.

문득 버니스가 경계심을 누그러뜨리며 힘들었던 결혼 생활을 털어놨던 그날 저녁이 생각났다. 그때 이런 일이 벌어질 줄 눈치챘어야 했을까?

나는 내 세상에 너무 열중한 나머지 제대로 귀 기울이지 못했다. 나야말로 아무것도 하지 않았다. 아니, 그보다 더 나쁠지도 모른다. 어쭙잖은 거짓말로 그녀에게 고통을 안겼고, 그 후 그녀의 동정심을 또다시 걷어찼다. 마지막 지푸라기였을까? "자, 카밀. 이거 받아요." 한나가 말했다. 그녀는 한 손에 갈색 알약을, 다른 손에 물 한 잔을 들고 있었다. 내가 그 모습을 유심히 보자 한나가 눈을 가늘게 흘기며 말했다. "허브 진정제예요. 당신도 하나 먹을래요?"

나는 고개를 가로저었다. 내게는 약이 잘 듣지 않는다. 하지만 오늘 밤은 정말, 정말 약이 효과가 있었으면 좋겠다.

39

임미

나는 밤새도록 뒤척였다. 익숙한 일상이 날 일으켜 세우는 유일한 원동력이었다. 일주일 만에 처음으로 학교에 갔다.

아이들은 짧은 방학 동안 있었던 일을 신나게 떠들어 대느라 들떠 있었고, 내 동료들은 일주일 휴식에도 별로 나아진 게 없어 보였다. 내가 영혼 없는 기계처럼 일하니까, 보조 교사 파티마조차 날 그냥 내버려 뒀다.

마지막 종소리가 들리자마자 나는 슬그머니 학교를 빠져나왔다. 머리가 맑아질까 싶어 집까지 걸어가기로 했다. 별 소득 없이 지나가는 사람들만 빤히 쳐다봤을 뿐이었다. 어제 이맘때쯤에는 버니스가 살아 있었다. 저 사람들처럼. 대체 무슨 일이 있었을까? 버니스는 내가 좋아하는 룸메이트는 아니었다. 하지만 그녀는 날 내보내거나 남길 수 있을 만큼 자신감이 있었다.

그걸 바꾸려다 무슨 일이 생겼을까? 어떤 의문도 딱 들어맞지 않았다.

내가 아는 거라곤 공장이 안전하지 않다는 점이다. 나는 템스강 쪽으로 계속 걸어가는 대신 지하철에 올라 그토록 혐오하던 교외로 향했다. 맥과 사라는 나를 처분했다고 생각했겠지만, 오늘 밤만큼은 공장 말고 친구 집 소파에서 자는 달갑지 않은 손님이 되는 게 차라리 나을 것 같았다.

"친구!" 뜻밖에도 사라는 반가운 표정으로 문을 열어 주었다. "어쩜 이렇게 때마침 등장했을까."

"내가?"

"그래. 맥이 일하러 가서 집에 없는데, 하와이안 피자가 너무 먹고 싶은 거야. 하지만 혼자 배달해 먹기가 난감하더라고."

나는 애써 웃었지만 사라 앞에서는 가식적으로 구는 게 통하지 않았다. 동료나 아이들 앞에 서 있는 것보다 훨씬 힘들었다. "얘기 좀 하자."

사라가 나를 데리고 안으로 들어갔다. 내가 그리 세게 끌어안은 것 같지 않았지만, 나와 부딪힌 그녀의 가슴이 움푹 짓눌렸다.

휴대 전화를 든 사라는 벌써 햄과 파인애플에 고추를 곁들인 하와이안 피자를 주문하고 있었다. "넌 치즈 피자 먹을래? 참, 지금은 그 공동체에 사니까 채식주의자가 됐겠네?"

나는 어깨를 으쓱했다. 사라가 주문을 마칠 때쯤, 나는 울고 있었다. 보통은 다른 사람들 앞에서, 심지어 나와 가장 친한 친구 앞에서도 좀처럼 무너지지 않는 나였다.

흠칫 놀란 사라가 고개를 들어 나를 바라봤다.

"이런 젠장, 임미. 내가 맥이 즐겨 마시는 과일주를 가져올 테니 좀 기다려."

사라가 내 잔에 술을 채웠고, 잔이 비면 계속 따라 주었다. 나는 사라에게 버니스의 시체를 발견한 일, 그 가엾은 여자가 뛰어내리기 전에 내게 뭔가 말하려고 했던 일, 그리고 기니피그 벨라에게 벌어진 엿 같은 사건 등을 털어놓았다. 사라는 내 등을 토닥거렸다. 나를 몰아세우지도 않았다.

"네 탓이 아니야." 내가 이야기를 끝내자, 사라가 말했다. "그곳은 이미 엉망이었고, 넌 그 여자를 잘 몰랐잖아."

"그래서 버니스가 굳이 나랑 얘기하고 싶었던 거야. 다른 사람들, 소위 친구라 불렀던 룸메이트들이 아니라. 그들도 골칫거리 중 하나였을 테니까."

"그래, 그렇다고 쳐도 넌 그 여자가 자살할 줄 전혀 몰랐잖아."

"하지만…."

"하지만 뭐? 슬픈 일이지만 네 잘못은 아니야. 차라리 이제부터 어떻게 할지 고민하자. 너 이사 가고 싶어?"

"난… 내 능력으로는 공장 반만큼이라도 쾌적하고, 시내에 있고, 가격도 적당한 곳을 찾을 수 없을 거야. 그리고…."

"그럼 네 느낌은?"

"공장은…." 나는 망설였다. 내 말이 얼마나 바보같이 들릴지 아니까. 어쨌든 솔직하게 말했다. "위험한 곳 같아. 안전하게 느껴지지 않아."

"그럼, 됐어. 오늘 밤과 내일은 여기서 지내도 돼. 맥은 수요일에 돌아오니까. 그동안 내가 계약서 세부 사항을 들여다본 뒤 널 이 계약에서 빼낼 방법을 찾아볼게. 그게 네가 진짜 원하는 거라면."

초인종이 울렸다. 피자 배달원이었다. 사라는 날 계속 응시하며 내 대답을 기다리려 했지만, 피자를 갈망하던 그녀의 눈이 반짝거렸다.

"하룻밤 자고 생각해 볼게."

소파 침대의 매트리스가 무척 딱딱했지만, 최근 며칠보다 잠을 푹 잤다. 아침에 눈을 떴을 때, 나는 내가 무엇을 해야 할지 깨달았다. 다시 시작하자, 새로운 곳에서. 자살 사건이 일어난 건물이라서가 아니라, 공장에 계속 사는 한 내가 버니스를 외면했던 기억이 계속 떠오를 것이다.

어쩌면 다른 사람들한테서 도망치는 게 비겁한 짓일지도 모른다. 하지만 사라가 내 보증금을 되찾아 주면, 난 허름한 방을 새로 구해 이사할 것이다. 출퇴근 시간 동안 영혼이 잠식당하더라도. 어떤 곳이든 공장의 세련된 잔혹함보다는 나을 것이다.

잠시 틈이 날 때 스페어룸닷컴에서 혹시나 보증금을 바로 받지 못해도 구할 수 있는 집이 있는지 잽싸게 뒤져 보았지만, 유일하게 싼 곳은 너무 멀리 떨어져 있어 내가 저축한 돈을 모두 교통비로 써야 할 정도였다. 점심시간엔 학교 근처 동네 가게에 있는 작은 광고까지 샅샅이 훑었지만 헛수고로 끝났다. 신문 가판대까지 살펴보고 돌아왔을 때, 교무실에서 웅성거리는 소리가 들렸다. 여자 선생님들이 간이 주방 주위에 모여 있었다.

"저기 왔네요!" 파티마가 내게 손짓하며 옆으로 비키자 방문객의 모습이 보였다.

루카스였다.

여기서 보니 루카스가 꽤 낯설었다. 탄광 속에 갇힌 공작처럼. 나는 늘 퇴근 후에야 그를 봤었다. 루카스가 직업상 필요했던 몇몇 보조 수단, 즉 반들거리는 구두와 값비싼 명품 시계 등을 벗어 던졌을 때였다. 나는 그가 학교 운동장을 떠날 때쯤 그 시계를 감추라고 말할 예정이었다. 동네 폭력배 중 한 명이 그 시계를 보자마자 바로 달려들지도 모를 일이다.

"임미!" 루카스가 날 향해 걸어오더니 양 볼에 키스하듯 인사했다. 그의 애프터셰이브 향 때문에 우리가 처음 만났을 때와 사우나에서의 끔찍했던 순간이 떠올랐다. 내가 그를 마주 봤을 때, 그의 눈이 빨갛게 달아올랐다는 걸 알아챘다.

"그냥 들린 거니?"

"꼭 그런 건 아니고. 어젯밤에 네가 안 들어와서 걱정했거든. 다들 그랬어."

"좀 조용한 데로 가자." 나는 따분해하는 동료들에게 오늘의 막간 드라마를 보여 주고 싶지 않았다. 루카스는 나를 따라 교문 바로 너머에 있는 사각지대, 흡연자들이 즐겨 찾는 곳으로 걸음을 옮겼다.

"난 공장을 떠나기로 했어." 학교에서 아무도 우리를 볼 수 없도록 한 뒤 그에게 말했다.

"우리도 공장이 예전 같지 않다고 생각해. 게다가 난 버니스의 가장 친한 친구 중 하나였는데, 정말 믿기지 않아…." 루카스가 잠시 말을 멈추더니 눈길을 돌렸다. "하지만 버니스가 뭐라고 할지 난 알아. 이런 일은 감정적으로 결정하면 안 돼."

"충고 고마워." 나는 조금 후회했다. 너무 심했다. 어쨌거나 일부러 나를 보러 왔는데 이런 얘길 하다니. "여기 왜 온 거야?"

"우선 괜찮은지 보려고. 자살이란 게 전염성이 있잖아? 사람들은 자기들만 사라지면 세상이 더 좋아질 거라는 끔찍한 생각에 감염되곤 하니까."

나는 루카스를 빤히 바라봤다. 그의 말은 진심인 것 같았다. 문득 그에게는 어떤 사연이 있는지, 그를 마약과 허세로 이끈 상처가 무엇인지 궁금했다. "나도 슬퍼. 죄책감도 들고. 하지만 더는 나 자신에게 상처 주고 싶지 않아. 너도 그렇지, 루카스?"

"제기랄, 너무 이기적이네." 루카스가 옅고 푸른 하늘을 올려다보며 주변을 훑어봤다. "난 네가 하는 일이 존경스러워. 여기 학생들. 그리고 학교라는 곳. 여기는 이기적인 곳과는 정반대잖아."

"꼭 그렇지 않아. 그래서 부담도 많고."

"선생님한테는 좋은 거잖아."

"그렇기는 하지. 루카스, 미안한데 나 수업 준비해야 해." 물론 거짓말이었다.

"버니스가 항우울제를 복용하고 있었어. 같이 술을 마시지 말았어야 했는데."

"그건 몰랐어. 경찰이 그래?"

루카스가 어깨를 으쓱했다. "경찰이 버니스의 주치의에게 물어봤겠지. 버니스도 술을 마시면 기분이 안 좋아진다는 걸 알아서 피하곤 했어. 하지만 지난 몇 주 동안, 다시 술을 마시기 시작했지. 내가 그 얘기를 꺼내면 나더러 신경 쓰지 말라고 하더라고."

나는 언젠가 덱스가 한 말이 생각났다. 그는 버니스가 술 마시는 척만 한다고 말했었다. "너랑 버니스 말이야… 혹시 같이 자기도 했어?"

루카스는 눈길을 돌렸다. "우리… 처음에는 연인 사이였어. 요점만 말하면, 맞아. 하지만 우리는 그냥 친구로서 잘 지내자고 결정했어. 가장 친한 친구로. 정말이야."

지난 주말은 전혀 친한 친구처럼 보이지 않았다. 버니스는 루카스와 카밀을 보자마자 입을 닫았다. 둘을 두려워하는 표정이었다.

"버니스랑 뭐 틀어진 일 있었어?"

"아니."

"널 탓하는 게 아니야, 루카스. 가끔은 입을 닫는 게 상책이라는 거 나도 알아."

루카스가 한숨을 내쉬며 말했다.

"오늘 밤에는 돌아와, 임미. 우린 같이 사는 게 더 나아. 버니스 일 때문에 다른 애들도 정말 힘들어하고 있거든. 함께 얘기하다 보면 극복하기 훨씬 쉽지 않을까."

"다른 애들이라면, 카밀 말하는 거야?"

"응. 덱스도. 버니스가 덱스를 많이 지지해 줬잖아. 걔를 위해 부단히 노력했고. 덱스가 무슨 짓을 할지 걱정돼. 네가 덱스를 위로해 줄 수 있지 않을까? 둘이 가깝게… 지내기도 했으니까."

"너와 카밀처럼?"

루카스의 얼굴이 붉게 달아올랐다. "이 모든 다툼이 이제 너무 하찮아 보이지 않아, 임미? 우린 힘을 모아야 해. 넌 여전히 공장을 떠나고 싶겠지만, 네가 단 며칠이라도 우리랑 같이 있으면 분위기가 정말 달라질 것 같아. 제발 돌아와 줘."

나는 아무 말도 하지 않은 채 살짝 고개만 끄덕였다. 루카스가 앞으로 몸을 숙여 나를 끌어안았지만, 나는 뒤로 물러섰다. 하지만 루카스가 날 어루만졌을 때, 이제는 아무 느낌도 없었다. 딱히 위협적이지도 않았다.

루카스가 떠난 뒤, 나는 혹시 내가 그의 심리전에 속은 건가 싶어 대화를 곱씹었다. 그럴지도 모르지. 그래도 할 수만 있다면 옳은 일을 하고 싶은 마음이 들었다.

나는 사라에게 문자를 보냈다.

'오늘 밤에는 공장으로 돌아갈게. 버몬지에서 정리할 일이 있어서. 여러 가지로 고마워. 사랑해.'

40

6월 5일 화요일

임미

밖에서 볼 때 공장은 예전 모습 그대로였다. 거리는 깨끗이 정리되었고, 경찰 저지선도 없었다. 고개를 들어 보니 옥상 테라스를 따라 늘어선 라벤더 화분들이 다시 가지런히 놓여 있었다. 물론 한 개는 사라졌지만.

공장 안에는 침묵만 흘렀다. 평소 같으면 방에서 음악이 흘러나오거나 계단 주변에서 누군가 얘기를 나누거나 영양층에서 음식이 지글거리고 있었을 텐데.

아무 소리도 나지 않았다.

하지만 모두 안에 있다는 걸 안다. 덱스의 자전거가 줌의 접이식 자전거 옆에 있었다. 우편함은 싹 비어 있었다. 베로니카와 버니스가 썼던 단 두 곳만 빼고.

금속 계단에 닿는 내 발걸음 소리가 장례식장에서 울리는 북소리처럼 터무니없이 시끄러웠다.

나는 테라스에 도착해서야 다른 사람들을 만날 수 있었다. 애슐리와 카밀, 덱스가 그곳에 있었다. 따뜻한 오후가 점점 후텁지근한 저녁으로 바뀌고 있었다. 흡연실을 흘끗 바라보는 순간, 이제 더는 버니스가 그곳에 앉아 있지 않을 거라는 사실이 믿기지 않았다. 자기 벌집을 살피는 데 여념이 없었던 우리의 여왕벌.

카밀은 내게 어정쩡한 미소를 보냈고, 애슐리가 일어나 나를 끌어안았다. 분홍색으로 엷게 물든 애슐리의 눈을 보니 어딘가 아파 보였다. 그녀의 몸에서 땀에 젖은 라벤더오일 향이 났다. 그 순간 버니스의 갈라진 두개골과 머리카락 사이로 흩어진 라벤더 줄기가 떠올랐다.

"우리가 얼마나 널 걱정했는지 알아?" 애슐리가 말했다. 왠지 날 책망하는 소리로 들렸다. "우린 하나가 되어야 해. 서로 필요하고."

"친구랑 있었어. 다들 잘 지냈어?"

애슐리가 다른 두 사람을 힐끗 쳐다봤다. "네가 직접 봐 봐. 카밀은 이제 좀 차분해졌어. 한나가 길초근보다 훨씬 더 강한 안정제를 억지로 먹이는 것 같아. 그리고 덱스는…."

덱스가 허공을 바라봤다. 멍한 눈으로 입을 반쯤 벌리고 있었다. 나는 그가 술에 취했다는 걸 바로 알아챘다. 덱스는 내가 가까이 다가가자 비로소 인기척을 느꼈는지 날 보며 씩 웃었다.

"내 친구, 이모젠." 그가 어눌한 말투로 느릿느릿 입을 열었다. "다시 공장 가족의 품으로 돌아왔구나. 우리는 선택받은 행운아들이었잖아?"

나는 눈썹을 치켜올리는 애슐리를 힐끗 바라봤다. "조용한 데 가서 얘기 좀 해." 내가 덱스의 팔을 잡으려 하자, 그가 어깨로 밀쳐냈다.

"뭐 하러 그래? 우린 하나의 공동체잖아, 그렇지? 서로 나누고, 돌봐 주고…."

"자, 어서." 내가 속삭였다. "네가 이런 식으로 행동하지 않아도 카밀은 지금 엄청 속상하니까. 걔를 생각해서라도, 응?" 이번에는 덱스가 내 말을 들었다. 물론 거친 파도 위 화물선처럼 기우뚱거렸지만.

나는 내 방 의자에 덱스를 앉힌 뒤 커다란 유리잔에 물을 가득 채웠다. 덱스가 물을 다 마시자마자 대화를 시작했다.

"너 그날 이후로 술 마신 적 없어?"

"버니스가 옥상에서 떨어진 이후?"

지난번에 내가 덱스의 금주를 도와주려고 했을 때, 나는 그의 냉정함에 치를 떨었다. 하지만 버니스가 죽었고, 지금은 상황이 달라졌다. 나는 더 노력해야 한다. "덱스, 나보다 네가 버니스와 더 가깝게 지낸 거 알아. 네가 왜 술을 마시는지도 이해해. 하지만 스스로를 위해 솔직하게 속마음을 털어놓는 게 어떨까?"

"너만 그런 게 아니야. 애슐리도 내게 끊임없이 말을 시키려고 애쓰고 있어."

"좋은 뜻으로 그러는 거겠지." 내가 말했다.

물론 확신할 수 없었다. 애슐리는 요즘 북받치는 슬픔을 즐기기로 마음먹은 것 같았다. 내 오해일 수도 있지만.

나는 덱스의 잔에 다시 물을 채워 주었다. 그리고는 침대에 앉았다. 덱스가 여기 함께 있으니, 돌연 밀실 공포증이 도진 것처럼 답답했다.

"침몰하는 배를 떠나려는 거 맞지?" 덱스가 물었다.

나는 거짓말하고 싶지 않았다. "…그게 최선일지도 모른다고 생각하는 중이야. 그래서 어젯밤엔 친구 집에 있었어. 정신을 좀 똑바로 차리려고."

"난 네가 영영 떠나 버린 줄 알았어." 덱스의 목소리가 슬프게 들렸다. 빈정대지도 않았다.

"오늘 루카스가 학교에 왔었어. 걔가 그러더라고. 함께 이겨 내는 게 나을 거라고. 그래서 왔어. 하지만 길게 봤을 때 이곳은 내게 맞지 않는 것 같아. 너는 어때?"

덱스가 웃었다. 즐겁지 않은 씁쓸한 미소였다. "나는 남을 거야. 선택의 여지가 별로 없거든."

"자, 덱스. 네가 원하면 마음 편히 살 수 있어. 네 자전거 팔면 그 돈으로 다른 집을 구할 수 있을 거야."

"난 지금 내가 처한 난장판에서 빠져나올 수 없어."

"무슨 난장판? 말해 봐. 내가 탈출구를 생각해 낼지도 몰라."

"사실이야. 난 막다른 골목에 있어. 어쨌든, 난 여기 있는 게 더 나을 거야. 평범한 사람들과 떨어져서 다른 괴짜들과 사는 게 말이야. 난 위험한 놈이야, 임미."

분위기가 돌연 가라앉았다.

이틀 전에 일어난 사건의 또 다른 버전이 내 머릿속을 스치고 지나갔다. 버니스와 덱스, 두 사람이 함께 옥상에 있었다면? 몸싸움을 벌이며 서로 밀치다가… 떨어졌을까.

"그게 무슨 뜻이야?" 나는 속삭이듯 물었다.

덱스가 고개를 흔들었다. "난 버니스를 해치지 않았어."

"그럼 다른 사람을 해치기라도 했다는 거야?"

"응. 맞아." 그는 여전히 불안정한 자세로 일어섰다. 내 방에 있기에 너무 컸다. "잘 들어, 임미. 난 네가 생각하는 그런 사람이 아니야."

"덱스." 내가 덱스의 손을 잡았지만, 그는 뿌리쳤다. "앉아서 얘기 좀 더 하자."

"오늘 밤에 내 트라우마를 덜어 낼 거야."

"오늘 밤에 뭐 있어?"

"루카스가 말 안 했어? 한나가 우리 얘기를 들어 줄 사람을 고용했어. 상담사 말이야. 정말 친절하지. 공장 뒤에 있는 착한 사람이 우리 슬픔까지 돌봐 주다니."

한나는 상담사가 쓸 수 있도록 안식층에 있는 한 구역을 따로 마련해 두었다. 고맙게도 한나는 작업층에 있는 의자를 옮겨 두었다. 덕분에 우리가 속내를 털어놓는 동안 빈백에 앉을 필요는 없었다.

"의무적인 상담은 아니에요." 한나에게 물었더니 이런 대답이 돌아왔다. "하지만 버니스의 자살은 공동체 전체에 끔찍한 사건이었어요. 그래서 이런 선택지라도 주지 않으면 무책임하다는 생각이 들었지요."

놀랍게도 모두 상담을 요청했다. 루카스와 줌조차. 휘갈겨 쓴 그들의 이름을 보니 어쩐지 나도 상담을 받아야 할 것 같은 압박감에 시달렸다.

내게 할당된 시간에 내려갔더니 줄리앙이라는 남자가 앉아 있었다. 수염을 기른 그 남자는 내가 생각하는 전형적인 상담사보다 훨씬 어려 보였다. 줄리앙은 내게 앉으라고 권하더니 잠시 후 기분이 어떤지 물었다.

덫에 걸린 것 같아 두려워요.

"슬퍼요." 결국 나는 이렇게 말했다. "그리고 버니스가 왜 그런 짓을 했는지 혼란스럽고요. 죄책감도 느껴요."

그는 고개를 끄덕이며 내가 계속 말을 이어가도록 기다렸다. 수염 탓인지 상대의 표정을 읽기가 힘들었다. 내가 잠자코 있자 그가 입을 열었다. "버니스에 대해 말해 보세요."

나는 생각나는 대로 내뱉었다. 평소 버니스의 침착함과 남다른 매력을 묘사하며 공장이 그녀 중심으로 돌고 있는 느낌이었다고 답했다.

내가 누군지 모르고, 버니스가 누군지도 모르는 사람과 얘기하니 조금 도움이 되는 것 같았다. 나는 내가 들었던 소음, 계단을 달리는 동안의 두려움, 버니스를 안고 있던 그 순간, 피를 흘리는 그녀에게 건넸던 위로의 말들을 되뇌었다.

"제가 무슨 말을 했든 뭐 그리 중요할까요. 버니스는 이미 가 버렸는데."

"당신이 잘 모르는 모양인데." 줄리앙이 말했다. "청각은 가장 마지막까지 남는 감각 중 하나예요. 버니스는 아마 당신 말을 들었을 거예요."

"버니스는 죽기 전날, 저랑 대화를 하려고 했어요. 그 말을 들어줬더라면 아직 살아 있을지도 몰라요."

"왜 그런 말을 하죠?"

"그 전에… 죽기 전에 버니스는 내게 중요한 얘기를 하려고 했어요. 하지만 전 관심이 없었죠. 공장이 정치적으로 변할 수도 있으니까요. 편 가르기 하듯이요. 전 끼고 싶지 않았어요. 그래서 버니스의 바람을 외면했죠."

"버니스가 무슨 얘기를 하고 싶었는지 혹시 예상되는 일이 있었나요?"

그녀의 나이 얘기를 하기에는 너무 사소해 보였다. 하지만 다른 게 있었다. "몇몇 사건들이 있었어요. 장난질요." 내가 조명과 화재 경보기, 그리고 버니스의 침대 위에 누워 있던 죽은 동물에 관한 얘기를 늘어놓고 보니, 왠지 그때보다 훨씬 더 불길한 예감이 들었다.

"듣고 보니 일종의 협박 같군요. 버니스는 그런 일들에 어떤 반응을 보였나요?"

"버니스는 기니피그 사건에 몹시 분노했어요. 나는 들어 주는 것밖에 못했어요…."

"이모젠, 버니스가 무슨 짓을 하려는지 아무도 몰랐을 거예요. 당신 탓도, 공장 탓도 아니에요. 그녀 스스로 목숨을 끊으려고 마음먹었어요. 그렇죠?"

그의 몸짓 탓인지 아니면 직설적인 질문 탓인지 모르겠지만, 나는 문득 이 상담이 진짜 우리를 위한 것인지 의심스러워졌다. 어쩌면 공장 소유주의 이익을 보호하는 게 더 중요하다면?

"전문가라면서요. 당신은 어떻게 생각하는데요?"

그가 무릎에 손을 얹었다. "그래서 여기 온 게 아니에요."

"그럼 왜 왔어요? 이게 다 버니스 탓이라고 우리를 설득하려고요? 아니면 법적 조치를 하려고요?"

줄리앙이 얼굴을 찌푸렸다. "난 변호사가 아니에요. 하지만 버니스는 아무도 예측할 수 없는 선택을 했어요."

"음, 그렇다면 괜찮은 거 아니에요? 아무런 해도 없잖아요. 불쌍한 여자가 죽었다는 점만 빼면요. 그리고 여기 살던 또 다른 세입자는 성폭행으로 재판을 받다가 거의 모든 걸 잃을 뻔했어요. 우리가 이토록 놀라운 공동체에 살다니 아주 제대로 복 받았다고요!"

"이모젠…." 그의 목소리가 누그러졌다.

나는 이미 일어서 있었다. "걱정마세요. 한나한테 가서 집주인에게 얘기하라고 해요. 소란을 피우거나 언론에 나서는 일은 하지 않을 거라고. 대신 내가 이런 악독한 시궁창을 떠날 수 있도록 놓아주어야 한다고."

나는 계단을 내려가다 한나와 마주쳤다. "임미. 화났군요…."

"제기랄, 지긋지긋해요. 이제 더는 가짜 상담 안 해요. 더는 시트도 갈지 말고, 간섭도 하지 마요. 그냥 나한테서 떨어져요."

41

임미

한 사람씩, 내 방문을 두드렸다. 애슐리, 덱스, 줌. 심지어 카밀까지. 나는 어둠이 반쯤 내려앉은 침대에 누워 있었다. 산들바람이 불자 창문에 달린 블라인드가 덜거덕거렸다. 나는 내 방으로 들어오도록 허락한 유일한 사람을 기다렸다. 필요한 해답을 가진 유일한 사람.

"임미, 나야. 우리 얘기 좀 할 수 있을까?"

내가 문을 열자 루카스가 놀란 표정을 지었다.

"말해." 나도 하고 싶은 얘기가 있었지만, 그가 먼저 말을 꺼내도록 내버려 두기로 했다.

"임미, 상담사가 돌아갔어. 내가 한나한테 상담하기에 아직 이른 것 같다고 말했어."

나는 루카스가 들어올 수 있도록 옆으로 비켜선 뒤 의자에 앉았다. 그는 어색하게 침대에 걸터앉을 수밖에 없었다.

"한나가 무슨 상관이야?"

"한나는 이 집…."

"가사 도우미? 집주인 꼭두각시에 가깝겠지. 아니면 네가 너무 여기 오래 살다 보니 한나한테 질질 끌려다니는 줄 미처 몰랐던 거 아니야?"

루카스는 고개를 가로저었다. "한나 얘기는 그만두자."

"너희 중 누구도 아무것도 의심하지 않잖아. 사치스러움에 눈이 멀어서 공장이 말도 안 되는 곳이라는 걸 모르는 거야."

"너도 처음엔 꼬치꼬치 캐묻지 않았잖아. 그렇지?"

"그래, 하지만 그때는 누군가 죽기 전이었어."

나는 그의 눈에 스치는 두려움을 목격했다. "이곳이 뭔가 잘못됐다는 거 너도 알지, 루카스?"

루카스가 고개를 숙였다. "너랑 싸우러 온 게 아니야. 다른 걸 알아냈다는 걸 말해 주고 싶었어. 버니스에 대해서."

"뭔데?"

"버니스의 수첩을 발견했어. 일기 같은 거. 그 수첩을 보면 버니스가 마음속에 뭘 품고 있었는지 알 수 있을 거야. 예전 모습을 생각하면 그렇게 죽을 리 없거든. 경력도 뛰어났고 누구나 버니스를 좋아했고."

"버니스가 뭐라고 썼어?"

"아직 못 봤어. 지금은 경찰이 가지고 있거든. 하지만 버니스는 죄책감 때문에 끔찍한 악몽에 시달리고 있었어. 제이미에 대한 소송 사건에 카밀을 밀어 넣은 책임감도 느꼈고. 게다가 버니스는 자기 나이도 속였거든. 공장에서 쫓겨날까 봐 늘 전전긍긍했어."

정말 그게 다일까? "루카스, 수첩은 누가 찾아낸 거야?"

"그게…." 그가 돌연 멈칫했다. "한나. 한나였어. 하지만 그게 무슨 대수야, 그렇지 않아?"

나는 아무 말도 하지 않았다.

루카스가 고개를 절레절레 흔들었다. "이번 일은 한나 잘못이 아니야. 내 잘못이지. 난 버니스의 친구였어. 가장 친한 친구…." 그가 침을 꿀꺽 삼켰다. 울지 않으려고 애쓰는 것 같았다. "버니스가 어떤 기분인지 말해 줬더라면 그녀를 안심시킬 수 있었을 텐데. 왜 나한테 말하지 않았을까?"

갑자기 루카스가 흐느끼기 시작했다. 머릿속에 그가 벌인 온갖 엿같은 짓이 떠올랐지만, 나는 그의 눈물을 그냥 두고 볼 수 없었다. 두 팔로 그를 감싸 안았다. 너무 펑펑 우는 바람에 내 티셔츠가 곧바로 흠뻑 젖었다. 결국 이렇게 한바탕 울고 나야 후련해진다. 학생들과 우리 엄마도 그랬으니까. 그가 눈물을 멈췄을 때 물을 한잔 따라 주었다.

"훨씬 낫지?"

루카스가 훌쩍거렸다. "미안해. 사실 카밀을 위해서라도 침착하려고 했는데. 카밀은 정말 형편없는 어린 시절을 보냈거든. 카밀에게 버니스는 친구뿐만 아니라 엄마 같은 존재였어."

"너희 두 사람이 가장 마음 아팠을 거야."

"맞아. 물론 애슐리가 하는 짓을 보면, 자기가 버니스의 가장 친한 친구라고 생각하는 것 같아. 진짜 빌어먹을 관종이야."

지금은 내가 아는, 내가 혐오하는 루카스에 가까웠다. 이제는 그를 몰아붙여도 죄책감을 덜 느낄 것 같았다. "한나가 또 뭘 찾아냈어? 유서?"

"내가 아는 한 없어."

"그러니까… 버니스가 자살을 계획하지 않았다는 뜻일 수도 있겠네. 최근에 버니스한테 너무 많은 일이 있었고. 그 말은 우리 중 누구도 이런 일이 터질 줄 몰랐다는 뜻이기도 해. 알았다면 뭐라도 했겠지."

루카스의 눈이 밝고 영롱한 푸른색을 되찾았다. "진실은 알 수 없지."

"내가 유일하게 궁금했던 건." 나는 조심스럽게 입을 열었다. "버니스가 지난번 사우나 사건을 알았을까? 너와 카밀과 덱스에 관한 일 말이야."

"아무 일도 없었는데 일은 무슨 일?" 그가 고개를 흔들었다. "어쨌든 버니스는 절대 그런 일로 질투하지 않아. 내가 어떤 사람인지 잘 아니까. 뭐. 조금…."

"헤픈 놈?"

나는 내 가혹한 말을 후회했지만, 루카스는 웃기 시작했다. "껄렁껄렁해도 완벽한 한 방이 있는 녀석. 의지는 약해도 매력적인 걸레. 버니스는 날 그렇게 묘사했지."

돌연 루카스의 이상한 웃음소리가 멈췄다. 위로의 말은 바닥났는데 그는 돌아가지 않았다. "임미, 잠깐 같이 앉아 있어도 될까? 아직은 못 가겠어. 나가서 또 가식 떨기도 싫고."

나는 마음이 약해서 탈이다. 루카스의 부탁을 거절할 수 없었다. 물론 여전히 그를 좋아하지도, 믿지도 않았지만 지금 당장은 슬퍼하는 한 사람만 보였다.

"그럴 것 같네."

나는 보드카 뚜껑을 열어 빈 유리잔에 콸콸 쏟아부었다. 마침내 밖은 어두워졌고, 우리는 나란히 누웠다. 친구도, 그렇다고 연인도 아니었지만, 혼자 자는 것만큼 외롭지는 않았다.

42

6월 6일 수요일

임미

나는 거의 깨어 있었지만, 루카스는 잠이 들었다. 너무 깊이 잠든 나머지 아침이 되어서도 그를 깨우기가 힘들었다.

"루카스, 벌써 7시가 다 됐어."

그는 마치 자기가 어디에 있는지, 내가 누구인지 전혀 모르는 것처럼 눈을 깜박였다. 정신이 들자 얼굴을 찡그렸다. "혹시 우리…?"

"당연히 아니지. 하지만 얼른 네 방으로 돌아가. 다른 애들이 너 여기서 밤을 보낸 거 알면 엉뚱한 상상을 할지도 몰라."

그는 잠시 유감스럽다는 표정을 지었다. "물론이야. 네 말이 맞아. 아무도 알면 안 되지. 괜히 난감하게 해서 미안해."

파티마는 루카스가 학교를 방문한 이후 그에게 푹 빠졌다. 그가 독신인지, 내가 그를 좋아하는지, 그가 겉모습처럼 아주 부자인지 끊임없이 질문을 쏟아냈다.

공장에서 무슨 일이 벌어지고 있는지 안다면 파티마도 마음을 접을 텐데. 하지만 너무 사적인 얘기라 자살 사건을 함부로 공유할 수는 없었다.

나는 분 단위로 시간을 세며 버몬지로 돌아가려고 했다. 적어도 거기서는 가식을 떨 필요가 없었다. 나약해진 루카스의 마음을 보듬고 버니스의 수첩 소식을 들었던 지난밤, 롤러코스터 같은 이 모든 감정이 슬픔의 과정이라는 걸 깨달았다.

우리는 모두 죄책감을 느꼈다. 그렇다고 해서 우리가 무언가 바꿀 수 있다는 뜻은 아니다….

오늘은 학교가 일찍 끝났다. 강사가 독감에 걸려 오후 일정인 교직원 연수가 취소되었다. 교장이 "자발적 연수를 하세요. 영화관에 가든지, 공원을 산책하든지, 뭐든지 하세요"라며 고개를 끄덕였다.

나는 수영복을 챙기러 집에 갔다. 지난 몇 달 동안 수영장에 가지 못했다. 수영을 하고 나면 머리가 맑아질지도 모른다.

공장 안은 쥐 죽은 듯 고요했다. 계단을 오를 때 낮은 목소리가 들렸다. 또 다른 무언가가 나를 숨 막히게 했다.

웃음소리.

버니스가 죽었다고 웃으면 안 된다는 법은 없었다. 하지만 너무 이른 것 같았다.

나는 그게 누군지 슬쩍 알고 싶었다. 조금이라도 수치심을 주려고 최대한 조용히 계단을 올랐다. 웃음소리는 안식층에서 들려왔다. 나는 눈에 띄지 않는 곳에서 걸음을 멈췄다.

"…거봐, 내가 결국 거기까지 갈 거라고 했잖아." 루카스였다. 그의 웃음소리는 정말 독특했다.

다른 누군가가 웃었다. 이번에는 여자였다.

"넌 진짜 못된 남자야, 루카스."

카밀? 목소리가 꽤 차분했다.

나는 몇 걸음 더 뛰어올라 그들이 대체 무슨 얘기를 하는지 당장 따지고 싶었다. 하지만 꾹 참고 기다렸다.

"하지만 카밀, 걔한테 한마디도 하면 안 돼. 힌트 하나라도."

"누군가가 죽으면 사람들이 늘 뭐라고 하더라? 버니스도 그 말을 하고 싶었을 텐데. 뭐 이제 다 끝났으니까. 그럼 또 걔랑 자려고?"

"그럴 것 같지는 않아."

"너답지 않네."

루카스가 잠시 머뭇거리다 다시 입을 열었다. "임미는 사랑스럽고 무척 애썼지만, 내 마음엔 한 여자밖에 없어. 너도 알잖아."

잠시, 루카스가 무슨 말을 하는지 곰곰이 생각했다. 그러다 돌연 자동판매기의 동전 뭉치처럼 그 속뜻이 우르르 떨어졌다.

카밀한테 나랑 잤다고 말하고 있어.

그는 내 침대에 누워 잠들었을 뿐이었다. 서로에게 위안이 된다고 생각했기에 허락한 일이었다.

카밀은 우리가 섹스를 즐겼다고 생각했다.

루카스는 왜 거짓말을 하는 걸까?

위에서 그들의 발소리가 들렸다. 그리고 작은 숨소리. 둘은 키스하고 있었다. 당장 올라가서 내가 여기 있다고 알려야 하나? 나한테 내 숨소리가 이렇게 크게 들리는데, 둘은 내가 겨우 몇 미터 떨어진 곳에 있는 걸 깨닫지 못하는 게 놀라웠다.

"너 피곤해 보여." 카밀이 말했다.

"엄청난 밤을 보냈잖아." 루카스가 말했다. 그리고는 다시 낄낄거렸다.

마지막 키스를 나눈 뒤 두 사람은 헤어졌다. 카밀은 파리를 향해 차분하게 걸어갔고, 루카스는 놀이층 쪽으로 저벅저벅 올라갔다.

나는 몸을 옆으로 피한 채 방문이 닫히기를 기다렸다. 결국 다리에 힘이 풀려 금속 계단 위에 털썩 주저앉았다.

공장은 모든 게 썩었다. 만약 내가 여기 남는다면, 그들만큼 사악해지지 않을 거라고 확신할 수 있을까?

마침내 몸을 일으켜 세우고 건물을 나와 템스강으로 향했다. 몇 마일을 계속 걸으며 앞으로 어떻게 해야 할지 고민했다.

공장에 오래 머무르고 싶지 않았지만, 다른 방을 알아보려면 보증금을 돌려받아야 했다. 사라에게 문자를 보내 다시 한번 계약서를 봐달라고 부탁했다. 사라는 나와 통화하려고 했다. 그녀의 문자 메시지를 보니 내가 자꾸 이랬다저랬다 해서 그런지 짜증으로 얼룩져 있었다.

"임미, 노력해 보겠지만 장담할 수 없어. 계약서에 서명하기 전에 떠나기로 마음먹었더라면 훨씬 쉬웠을 텐데."

사라가 옳았다. 하지만 지난 4주 동안 한나와 염색업자들은 최악의 자질을 숨겼다. 아니 어쩌면 내가 그들의 단점을 보지 않기로 다짐했었다.

이제 모든 위험이 드러났다. 나는 스스로 끈질긴 사람이라고 생각했지만 버니스도 마찬가지였다. 나라고 궁지에 몰리지 않으리라 확신할 수 있을까?

이제 엄마 집으로 돌아가는 게 내게 남은 유일한 선택일지도 모른다. 런던에 살아 보겠다고 기를 쓰고 싸우다 진 기분이 들었지만, 두려워했던 것보다 나쁘지 않을 수도 있다. 엄마는 최근에 더 안정을 되찾았다. 내가 긍정적인 마음만 먹으면, 언젠가 엄마도 현관 밖으로 첫발을 내디딜 수 있을지도 모른다. 아마 일주일 뒤면, 너끈히 정원 문도 넘을 수 있지 않을까.

마침내, 나는 엄마가 다시 세상의 품으로 돌아갈 좋은 방법을 찾을 것이다.

나는 얼른 엄마에게 전화를 걸어 내 기분이 어떤지 말해 주고 싶었다. 하지만 괜한 스트레스를 주고 싶진 않았다. 내가 속사정을 털어놓으면 엄마는 걱정할 게 뻔하니까.

젠장.

그러고 보니 이번 주에 엄마와 전혀 이야기를 나누지 않았다. 엄마의 부재중 전화를 확인하고도 통화를 미뤘었다. 그러다 버니스가 죽었고, 그 일 말고는 모든 걸 싹 잊고 살았다. 만약 엄마가 다쳤거나, 쓰러졌거나, 더 나쁜 상태면 어떡하지? 난 형편없는 딸이다. 딸 자격도 없어….

곧바로 엄마에게 전화를 걸었다. 통화 연결음이 울렸다. 두 번, 네 번, 여섯 번. 젠장, 젠장. 혹시 바닥에 쓰러진 게 아닐까? 엉덩이가 부러졌거나 아니면…?

"이모젠, 너랑 얘기할 기분 아니야."

나는 숨을 들이쉬며 내 목소리에 억지웃음을 실었다. "아, 엄마. 정말 미안해. 사정이 있어서 그때 전화를 못 받았어. 학교 일 때문에 너무 정신이 없었어."

"내 말 못 들었니? 너랑 얘기하고 싶지 않다니까. 네 말은 다 거짓말이야!"

"엄마?"

"내 평생 이렇게 배신당한 적이 없었어."

나는 넋이 나간 채로 일어나 유리로 된 건물 두 채 사이에 있는 더 조용한 곳을 찾아 걸어갔다.

엄마가 무슨 배신을 말하는 걸까. 나는 이미 엄마에게 너무 많은 거짓말을 했다.

"엄마, 대체 무슨 말인지 모르겠어."

"토요일 날 네가 전화를 안 받길래 대신 앨라스테어한테 전화했지."

아뿔싸, 나는 힘이 쭉 빠졌다. 거의 4개월 동안 엄마에게 앨과 헤어진 사실을 숨긴 것만 해도 다행이었다. 나는 피할 수 없는 일을 자꾸 미루곤 했다.

"엄마, 내가 다 설명할게…." 말은 꺼냈지만 어떻게 시작해야 할지 난감했다.

"소용없어. 내가 왜 네 변명을 들어야 하지? 그것도 모르고 내가 한 짓을 생각하면…."

엄마는 이 모든 게 얼마나 끔찍했는지, 앨이 더는 나와 함께 살지 않을뿐더러 지난 2월 이후 만난 적 없다고 말했을 때 얼마나 모욕적이었는지, 자기가 얼마나 부끄러웠는지 고래고래 외치며 열변을 토했다.

엄마는 내가 왜 그렇게 오랫동안 거짓말을 해야 했는지 조금도 궁금해하지 않을 것이다.

▸7주차◂

버니스를 추모하며

이번 주는 공장에서 가장 힘든 한 주였습니다.
불과 일주일 전만 해도 우리가 사랑하는 친구 버니스는 여전히 우리 곁에 있었어요. 여러분도 짐작했겠지만, 이러한 안내 문자를 보내는 일에 늘 앞장선 이가 버니스였지요. 버니스는 공동체 철학을 전파하는 데 많은 의미를 부여해 왔어요.
무엇 때문에 스스로 목숨을 끊어야 했는지는 결코 알 수 없겠지만, 우리는 항상 그녀를 그리워할 거예요.
슬픔에는 제한 시간이 없어요. 하지만 지금 우리가 해야 할 일은 서로를 지지하는 겁니다. 또한 버니스가 남기고 싶었던 유산이 무엇인지 고민해야 하고요. 그녀가 공장에 온 이유가 분명 있었을 거예요. 공장에 와서 긍정적인 역할을 수없이 했고, 덕분에 공장은 지금처럼 영감을 주는 공간이 되었지요.
그러니 상황이 절망적일수록 이웃과 대화하세요. 그리고 슬픔이 밀려올 때마다 자신에게 물어보세요. 이게 버니스가 원했던 것일까? 버니스가 시작한 일을 어떻게 이어 나갈 수 있을까?

43

6월 10일 일요일

임미

앱 알림음에 잠이 깼다. 새 메시지를 읽으며 누가 썼는지 궁금했다. 이제는 버니스도 없는데.

어쩌면 풍파를 가라앉히려는 애슐리일지도 모른다. 아니면 한나가 고용주들을 위해 공장을 똘똘 뭉치게 만들려고 보낸 건가?

그래도 내 마음은 바뀌지 않을 것이다. 사라가 내 보증금을 잃지 않고 계약을 파기할 방법을 찾는 순간, 나는 이곳을 떠날 거니까. 하지만 지금 당장은 지난 일요일 이맘때 버니스와 내가 테라스에서 함께 요가를 하고 있었다는 사실만 떠올랐다. 나는 침대에서 일어나 창문 너머 아침 햇살로 물든 스카이라인을 바라봤다. 크루에서는 이런 장관을 절대 보지 못한다.

버니스는 왜 세상을 등지고 싶었을까?

태너스워크 아래쪽에서 카페 셔터를 올리는 쇳소리가 들렸다. 갑자기 커피 생각이 간절했다. 그때 뭔가 날 얼어붙게 했다. 외면하고 싶었지만 그럴 수 없었다.

누군가 움직였어. 버니스의 스튜디오에서.

창문 블라인드도 반쯤 올라가 있으니 그냥 산들바람이겠지…?

사람일까? 아니면 유령?

나는 유령을 믿지 않는다. 그렇다면 한나가 저 방에서 돌아다니는 걸까?

밖으로 슬금슬금 빠져나온 뒤 그 사람이 등장할 순간을 기다렸다. 아래층으로 돌아가려면 무조건 날 지나쳐야 했으니까.

내가 발끝으로 조심스레 바닥을 가로지르는 동안, 쿵, 쿵, 쿵 하는 소리가 들렸다. 지금까지 들어본 것 중 가장 시끄러운 소음이었다. 이런, 칼을 깜박 했네. 나는 늘 베개 밑에 칼을 놔둔다. 다행히 작업대 위에 작은 과일칼이 보였다. 진토닉에 넣을 레몬과 라임을 자를 때 쓰는 칼이다. 나는 그 칼을 집어 들었다.

아드레날린이 솟구치면 위험하지 않은 곳에서도 위험을 느낀다. 나는 예전에 안전하지 않은 데도 안전하다고 굳게 믿는 실수를 저지른 적이 있었다.

버니스가 자살한 게 아닐 수도 있을까? 텅 빈 방에서 찾은 증거품 봉투가 머릿속에 불쑥 떠올랐다. 경찰이 이곳에서 범죄 수사를 한 건 이번이 처음이 아니었다. 하지만 그건 제이미 사건이었고, 이 일과는 아무 관련이 없었다.

혹시… 지금 버니스의 방에 있는 사람이 제이미일까?

찬찬히 숨을 가다듬었다. 내가 서 있는 자리에서도 버니스의 방문이 잘 보였다. 잠시 후 문이 열렸다. 서서히.

나는 작은 칼을 감싼 내 오른손이 움푹 패도록 손잡이를 꽉 쥐었다. 일본 디자이너의 칼 중 하나인데 마치 공기를 자르듯 레몬을 잘라 낼 정도로 날카로웠다.

문틀을 가만히 바라봤다.

누구든 이 일을 해명해야 한다.

한 남자가 밖으로 나왔다.

줌.

믿을 수 없었다.

방문을 닫고 돌아선 줌이 나를 보자마자 그대로 얼어붙었다. 싸울까? 아니면 도망가야 할까?

어차피 줌은 갈 곳이 없었다. 도망은 내게 선택 사항이 아니었다.

그는 운동 가방을 들고 있었다. 암만 봐도 어색했다. 이전에 줌이 운동하는 모습을 본 적이 없었다. 어떤 종류의 운동도. 나도 모르게 깔깔대고 웃을 뻔했다.

다시 두려움이 몰려왔다. 줌은 그동안 우리한테 왜 그리 이상한 짓을 해 온 걸까.

그가 10초쯤, 아니, 어쩌면 15초쯤 꼼짝하지 않고 있다가 내 쪽으로 걸어왔다.

"멈춰. 가까이 오지 마."

"임미, 네가 생각하는 그런 거 아냐." 줌이 소곤거렸다.

그는 지금 내가 뭘 생각하고 있다고 지레짐작하는 걸까? 그가 도둑이라고? 아니면 염탐꾼? 혹시 살인자? 나는 여기 있는 모든 사람 중에 줌을 가장 믿는다. 아니, 믿었다.

"너 대체 거기서 뭐 하고 있던 거야?" 불과 몇 미터 떨어진 리마에 루카스가 자고 있었다. 그를 깨우지 않으려고 목소리를 낮췄다.

줌이 혀끝에서 맴돌던 말을 다시 삼켰다. 아마도 믿을 만한 해명이 딱히 떠오르지 않는 모양이었다. "여기선 안 돼." 그가 말했다. "내 스튜디오로 가자."

따라가도 괜찮을까? 나는 줌과 멀찍이 떨어져 계단을 내려갔다. 그가 전화기로 뉴델리 문을 여는 동안, 어떻게 버니스의 방에 들어갔는지 궁금했다. 왜 그랬을까?

문이 열리고 내가 안으로 반쯤 들어갔을 때, 내 이성이 이러지 말라고 나를 말렸다. 나는 혹시나 하는 마음에 언제든 달려 나갈 수 있도록 문 가까이에 서 있었다.

줌의 방은 온갖 기술 장비와 서류 뭉치로 가득 차 있었다. 침대는 비교적 작았지만, 여느 해커의 은신처보다는 컸다. 그가 운동 가방을 툭 떨어뜨리더니 침대 밑 중간 지점까지 걷어찼다. "너 대체 버니스 스튜디오에서 뭐 하고 있었어?"

줌이 길게 한숨을 내쉬었다. "네가 생각하는 그런 게 아니라니까." 그는 같은 말을 반복했다. 줌의 초록빛 눈동자와 긴 속눈썹을 보니 그는 강도라기보다는 밤비 같았다.

"그럼 내가 어떻게 생각해야 하는 건데? 제길 수상하잖아."

"청소 중이었어. 봐 봐, 여기 증거가 있어." 줌이 침대 밑으로 손을 뻗어 운동 가방을 꺼낸 뒤 지퍼를 열었다. 가방 안을 들여다보니 스프레이와 물티슈가 가득했다.

"왜? 거긴 어떻게 들어간 건데?"

줌은 아무 말도 하지 않았다.

"간단히 설명해 봐." 내가 말했다. "네가 말하지 않으면 한나한테 물어볼 거야."

줌의 눈이 휘둥그레졌다. "좋아. 하지만 다른 애들한테는 비밀로 해 줘. 사실 내가 믿는 사람은 너뿐이야."

나는 그 말을 곰곰이 따져봤다. 지금은 동의할 수 있지만, 필요하다면 한나에게 말할 수도 있다. 공장에 사는 그 누구도 약속을 지키지 않는 것 같으니까.

"내가 너를 믿을 수 있다면, 잠자코 있을게."

줌이 고개를 끄덕이며 침대에 앉았다. "내 얘기가 생각보다 소름끼치지는 않을 거야."

시작은 좋아, 줌.

"정말 청소하고 있었어. 공장이 텅 빌 때까지 기다렸거든. 그런데 버니스가 죽은 후 카밀과 덱스가 거의 건물을 나가지 않더라고. 그래서 다들 잘 때 청소하자고 마음먹었지."

"한나가 이미 다 정리했어. 심지어 수첩 같은 것도 발견했고."

"누가 그래?"

루카스. 또 다른 거짓말이 아니라면. "그냥 들은 얘기야. 넌 왜 굳이 거길 청소하려고 했어?"

"왜냐면… 내 문제는, 내가 버니스의 스튜디오에 가 본 적이 있다는 거야. 혹시 모를 내 흔적을 치우러 갔었어. 추가 조사가 있을지도 몰라서."

"추가 조사? 버니스는 자살했고, 사건은 종결됐잖아."

줌은 아무 말도 하지 않았다.

"좋아, 줌. 그럼 왜 그 방에 네 흔적이 있는 거지? 나는 네가 버니스의 스튜디오에 가는 걸 본 적이 없어. 그리고 너와 버니스는 친구도 아니었잖아."

"처음에는 친구였어. 우리가 여기 처음 이사 왔을 때쯤엔. 하지만 버니스가 주도권을 잡을수록, 자기들끼리만 어울리는 일이 점점 늘어났어. 난 그 짓을 방해하려 했고."

"어떻게?"

"그냥 걔들을 약간 불안하게 만드는 정도였어. 책이나 신발 한 짝을 다른 데 숨겨 놓거나, 걔들이 불을 끄면 다시 불을 켜 놓거나 뭐 그런 거."

나는 줌을 빤히 쳐다봤다. "그럼 네가 버니스의 스튜디오에 몰래 침입했었다는 거야? 어떻게?"

"한나가 쾅쾅 두드리는 보안 시스템 알지? 그거 해킹하기 되게 쉽거든. 시간은 하루 정도. 물론 비트코인 몇 개가 들었지만 나는 아무 흔적도 없이 스튜디오에 들어가는 방법을 알아냈지."

"너 내 스튜디오도 왔었니?"

"아니. 난 오직 자칭 왕실 가문이라고 으스대는 걔들만 겁주고 싶었을 뿐이야. 그럴 때만 장난쳤고."

그 장난들. "세상에, 그럼 에드워드와 벨라를 풀어 준 사람도 바로 너였어. 그럼 그 짓도 너…." 나는 버니스의 침대에 누워 있던 죽은 벨라의 모습이 떠올라 구역질이 나올 것 같았다. "네가 버니스를 이 지경으로 몰아넣었어."

줌이 고개를 세차게 흔들었다. "아니야. 난 동물들한테 손댄 적 없어. 너희들이 이사 올 때쯤 장난을 그만뒀거든. 이미 공장 상황도 아주 고약했고."

"제이미가 한 짓 때문에?"

줌이 끄덕였다.

"넌 제이미 편에 섰잖아?"

"꼭 그렇지는 않아. 우리 중 누구도 그날 밤 무슨 일이 있었는지 정확히 몰라. 제이미와 카밀을 제외하면. 솔직히 난 둘 중 어느 한

쪽도 흠이 없다고는 말 못 하겠어."

나는 그를 바라봤다. "여자 부탁이라 이 정도밖에 말 못 하는 거라면 이만 갈게."

"아니, 그게 아냐." 줌은 깊이 한숨을 쉬었다. "어째서 위원회가 두 사람을 막을 누군가가 필요했는지 정말 알고 싶다면, 말해 줄게. 하지만 그 말을 들으면 떠나지 못할 거야."

"아냐, 난 공장을 떠나고 싶어. 말 안 하면 한나한테 네가 뭘 하고 있었는지 말할 거야."

줌은 책상을 향해 두 걸음 내디뎠다. 내 방에 있는 것과 같은 책상이었다. 그의 책상 역시 정확히 같은 지점에서 페인트칠이 벗겨져 있었다. 나는 내 책상이 오래된 거라 믿었지만, 공장 어딘가에 버려져 있던 걸 가져온 게 분명했다. 또 다른 거짓말.

줌이 왼쪽 서랍에 쑤셔 넣은 서류를 뒤적거렸다. 잠시 그가 무기를 꺼내는 건 아닌지 의심스러웠다. 나는 주머니 속 칼을 꽉 움켜쥐었다.

하지만 그는 내게 A4 용지를 건넸다.

"읽어 봐. 그게 모든 걸 바꿀지도 몰라."

44

임미

줌이 건넨 건 베팅 전표를 복사한 종이였다. 위쪽에 '베팅 전표'라고 쓰여 있고 아래쪽에 세부 사항을 적는 칸이 없었다면, 그게 무슨 종이인지 몰랐을 것이다.

아래쪽 공간에 적힌 글씨체는 동글동글한 게 특이했지만, 누가 쓴 건지 알아내기도 전에 그 단어들을 보고 숨이 턱 막혔다.

'덱스는 4주 안에 임미와 섹스한다.'

나는 그 말이 무슨 뜻인지 이해하려고 두 번이나 읽었다. 맨 아래쪽, 판돈을 쓰는 칸에 누군가가 1파운드라고 적어 놓았다. 마지막 칸에는 같은 글씨체로 적힌 날짜가 있었다.

'2018년 4월 24일.'

"이날은 내가 면접 보러 온 날이잖아…." 나는 고개를 가로저었다. "이게 대체 뭐야? 어디서 났어?"

"버니스의 스튜디오에서 발견했어. 내가 몇몇 물건을 몰래 치우러 갔었거든. 버니스를 겁주려고. 그 주에 걔가 진짜 내 비위에 거슬렸거든. 그러다 침대 옆 캐비닛에 숨겨 둔 종이 뭉치를 찾아냈지."

"종이 뭉치? 이런 게 또 있다는 거야?"

"그래. 네 기분이 조금이라도 풀리려면 빼놓지 않는 게 낫겠지. 내가 휴대 전화로 그 종이 뭉치를 찍어 와서 버니스는 절대 몰랐을 거야."

"다른 것들도 보여 줘."

줌이 서랍에서 종이 뭉치를 꺼내더니 내게 건넸다. 모두 열 장쯤 되는 것 같았다.

이번엔 아까 필체와 달라 보였다. 나는 루카스의 글씨라는 걸 바로 알아챘다. 설렁설렁 제멋대로 휘갈긴 글씨가 마치 음탕한 아저씨 같았으니까.

'애슐리는 7일 만에 뚱보가 되고 추해져서 못생긴 술주정뱅이가 된다.'

날짜는 2017년 1월이었다. 다음 종이를 들췄다.

'나는 3개월 안에 키라가 가장 싫어하는 공포를 알아내 재미있게 논다.'

버니스의 글씨였다. 완벽한 O자와 각진 T자를 보니 그녀가 지금은 죽고 없다는 사실이 떠올라 마음이 쓰라렸다. 하지만 그 말은 사악했다. 키라는 호주로 돌아가기 전에 덱스의 방에서 살았던 간호사인 듯했다. 어쩌면 이런 짓들 때문에 그녀가 떠났을지도 몰랐다.

줌을 돌아봤다. "이게 다 무슨 뜻이야?"

"버니스, 루카스, 카밀이 나머지 사람들은 알지도 못하는 게임에 돈을 걸었다는 거지."

"말도 안 돼." 나는 그렇게 말했지만 문득 이 모든 게 왠지 사실일지도 모르겠다는 생각이 스쳤다.

"전부 읽어 봐. 다른 뜻이 있는지 직접 보라고."

나는 그의 말대로 했다. 그 내기는 18개월 전부터 시작되었고, 공장에 새 룸메이트가 올 때마다 면접 위원회에서 각각 한 장씩, 전표 세 장을 작성해 보관하고 있었다.

모든 내기는 사람들의 약점, 즉 섹스, 술, 마약, 수줍음을 악용하는 데 초점을 맞춘 것 같았다.

이제 두 장 남았다. 첫 번째는 작년 6월에 쓰인 루카스의 글이었다.

'카밀은 불쌍한 제이미를 짝사랑에 미치게 만들 수 있다.'

내 입술이 바싹바싹 말라 갔다. "정말이야?"

줌이 고개를 끄덕였다. "제이미가 이사 온 날 쓴 거야. 내가 12월쯤 발견했지. 제이미가 괴롭힘으로 기소된 지 2주 후일 거야."

"걔들 이런 행동 네가 따진 적 있어?"

"그 문제는 정말 신중하게 생각해야 했어. 괜히 따지다가 되레 나한테 음모를 꾸밀 수도 있잖아? 모른 척하면 걔들을 계속 감시할 수 있고 말이야."

"무서운 애들이구나."

"제이미에게 일이 생기고 난 후니까."

나는 마지막 종이를 내려다봤다. 다시 버니스의 글이었다. 또박또박 정성스러운 글씨로 다음과 같이 쓰여 있었다.

'루카스는 한여름 밤이 되기 전에 임미와 잔다.'

오늘은 6월 10일이다. 루카스는 거의 2주를 남겨 두고 '나와 잤다'고 거짓말을 했다….

나는 종이를 떨어뜨렸다. 지금 당장 루카스를 깨워 그가 얼마나 형편없는 놈인지 따지려 했다.

하지만 줌이 내 앞을 막았다. "말하면 안 돼, 임미."

"아니, 젠장. 난 말해도 돼. 너야 괜찮겠지? 여기서 네 이름은 단 한 번도 나오지 않았으니까."

"난 버니스와 카밀이 여기 들어올 때 같이 와서 그래. 걔들은 이 내기를 나중에 시작했을 거야. 잘 생각해 봐. 어쩌면 이게 버니스의 자살을 설명할 때 우리가 놓친 고리일지도 몰라. 이걸 지금 밝히면 걔들은 분명 은폐하려고 할 거야."

나는 망설였다. "그럼 이 내기 때문에 버니스가 죽었다는 거야?"

"그건 확신할 수 없어. 하지만 경찰이 알아낼 수도 있잖아."

나도 줌이 옳다는 걸 안다. 버니스가 죽었는데도 내기는 여전히 진행 중이다. 루카스는 카밀에게 나와 잤다고 거짓말을 했다. 이 빌어먹을 내기 때문에!

지난번에 누군가가 내게서 원하는 걸 가져갔고, 그건 날 영원히 망가뜨렸다. 다시는 이 따위 짓을 용납할 수 없다.

나는 줌을 거세게 밀어냈다. 내 힘에 쓰러진 줌을 보고 깜짝 놀랐지만, 서둘러 문을 열고 루카스의 방으로 가는 계단을 뛰어 올라갔다.

곧장 방문을 두드렸다. 내 반바지 주머니에 아직도 과일칼이 들어 있었다. 어쩌면 내가 그 칼을 쓰게 될지도 모르는 순간이다. 무기력한 느낌이 어떤 건지 그에게 똑똑히 보여 줄 것이다.

문 저편에서 끙끙대는 소리가 들렸다. 잠에서 깨는 게 싫은 모양이었다. 루카스가 마지못해 대답했다. "알았어. 간다, 가."

나는 아무 말도 하지 않았다. 깜짝 놀라게 하고 싶었으니까.

문을 연 루카스는 여전히 반쯤 잠든 것처럼 보였다. 그래, 좋았어.

"루카스, 이 빌어먹을 사기꾼."

그가 얼굴을 찡그렸다. "뭐?"

"전부 다 거짓이었어. 난 그런 줄도 모르고. '임미, 불쌍하게 죽은 내 친구 때문에 나 너무 슬퍼. 날 좀 위로해 줘.' 세상에, 그게 다 연기였다니. 넌 버니스를 전혀 걱정하지 않았어."

"잠깐, 임미. 그렇게 말하면 안 되지…."

"내 입 갖고 내가 무슨 말을 못 해. 넌 날 이용했어." 나는 지금 루카스를 보고 있었지만, 머릿속으로는 그와 똑같은 짓을 한 다른 남자를 떠올리고 있었다.

1년 전, 호텔 침대가 생각났다. 내 위에 올라탄 그 남자가 한 손으로는 내 얼굴을 베개로 누르고, 다른 한 손으로는 내 목을 움켜쥐고 있었다. 나는 폐가 터질 듯 숨이 막혔고, 머리가 빙빙 돌아 피가 거꾸로 솟는 것 같았다. 공포에 질려 온몸이 마비되었고 세상이 온통 깜깜해졌다…. 잠깐 제정신이 들면 다시 의식을 잃고, 끊임없는 악순환이 반복됐다. 제대로 저항조차 하지 못한 채 그렇게 여섯 번이나 죽다 살아났다.

나는 문득 떠오른 생생한 기억에 애써 눈물을 감추며 깊게 숨을 들이마셨다. 루카스 뒤로 완전히 벌거벗은 카밀이 침대에서 일어나더니 눈을 비비며 다가왔다.

내 옆으로도 누군가 다가와 섰다. 뒤를 쫓아온 줌이 애원하는 눈빛으로 날 바라봤다. '제발 말하지 마.'

아주 작은 의심이 자라났다. 아는 게 힘이다. 분노를 이겨 내고 이 정보를 이용하면 내가 원하는 걸 얻을 수 있을지도 모른다.

"어제 너희 둘이 얘기하는 거 다 들었어. 카밀, 루카스가 왜 거짓말을 했는지 모르겠지만 우린 섹스한 적 없어. 루카스가 버니스 일로 속상한 척했고, 난 그런 걔가 그저 불쌍해서 내 스튜디오에서 재워 준 거 뿐이야."

카밀이 눈살을 찌푸렸다. 무슨 영문인지 그녀는 평소보다 예뻐 보였다. "그게 사실이야?"

"나…." 루카스는 나를 한 번 힐끗 보고 카밀에게로 시선을 돌렸다. 그리고 다시 나를 쳐다봤다. "나 속상했던 거 맞아."

"우리 다 그래. 왜 카밀한테 잤다고 거짓말했지? 네가 하는 말 다 들었어. 우리가 섹스했다는 걸 알면 버니스가 얼마나 기뻐하겠냐고 한 얘기도."

루카스가 카밀 눈치를 보다가 운을 뗐다. "그 말은… 어리석었어." 그의 눈동자가 왼쪽으로 휙 솟아올랐다. 아이들이 사소한 잘못을 덮으려 변명거리를 찾을 때처럼. "사우나 일이 틀어진 뒤 내가 매력적이라는 걸 증명하려고 애쓰던 중이었거든…."

루카스의 말이 채 끝나기도 전에 카밀이 한숨을 내쉬더니 다시 들어가 티셔츠를 챙겨 입었다.

"대체 왜 버니스가 기뻐할 거라고 생각한 건데, 응?"

"그건 설명할 수 없어. 지금 내가 할 수 있는 건 너한테 사과하는 것뿐이야, 임미. 네 친절을 이용해서 미안해. 네 화를 풀 방법이 있다면…."

거짓말 그만둬. 나는 생각했다. 하지만 일단 거짓말을 시작하면 걷잡을 수 없다는 걸 나도 너무 잘 알고 있었다.

카밀은 아무 말 없이 나를 밀치고 지나갔다. 루카스가 고개를 떨군 채 바닥만 빤히 바라봤다.

"루카스, 그냥 나한테서 떨어져. 알았지?" 내가 돌아서자 그의 방문이 닫혔다.

줌은 나와 함께 교토로 걸어갔다. 내가 투덜거리며 안으로 들어가자 문밖에서 줌이 말했다. "아무 말도 하지 않아 준 것 고마워."

갑자기 온몸에 힘이 쭉 빠졌다. 온종일 누워 있었는데도. "널 위해 잠자코 있었던 건 아니야, 줌. 너도 염탐하다가 이 모든 걸 알아낸 거니까."

나는 줌을 돌려보낸 뒤 샤워기를 최대한 세게 틀어 놓고 옷을 벗었다. 내 머리 위로 세찬 물줄기가 쏟아질 때, 이 모든 상황을 이해하려고 애썼다. 그들의 역겨운 게임을 역으로 이용할 방법을 찾으면 공장에서 탈출할 수 있을까? 아니 더 정확히 말하면, 이 안에 있는 룸메이트들에게서 벗어날 수 있을까?

45

6월 13일 수요일

덱스

이제는 내가 술을 마시든 말든, 아무도 감시하지 않았다.

내게 딱 맞는 삶. 나는 요즘 해장술로 하루를 시작해 온종일 속을 달래다가 다시 그 술로 잠이 들었다. 그날이 그날 같았다. 화요일 같기도 하고 수요일 같기도 했다.

"덱스?"

내 문 저편에 있는 애슐리만이 나를 포기하지 않았다. 그녀에게는 이런 상황에서조차 친절함을 베푸는 약간 놀라운 구석이 있었다. 마치 에든버러 성취상(영국의 국제 청소년 자기 성장 프로그램-옮긴이)에 합격하려 애쓰는 사람처럼.

"누군가에게 요가를 억지로 강요하는 건 나쁜 업보를 쌓는 일이야, 애슐리."

"그게 아니고, 버니스의 부모님이 공장에 오실 거야. 그분들은 아직도 충격에서 벗어나지 못하셨거든. 그래서 그분들께 버니스가 우리에게 어떤 의미였는지 적은 카드를 전하려고 해."

퍽도 위로가 되겠다. 딸의 기대를 저버린 사람들의 감성 넘치는 헛소리를 보면.

나는 몸을 질질 끌며 침대에서 일어나 입에 손바닥을 갖다 대며 입 냄새를 확인했다. 평균이군. 이 정도는 참아 넘기겠지.

내가 문을 열자 애슐리가 안도의 미소를 지었다. 하지만 그 미소는 눈 밑의 어두운 그림자까지 감추지는 못했다. "얼굴이 까칠해 보여." 내가 말했다.

"고마워, 덱스. 그래도 너만큼 똥 씹은 표정은 아니야."

나는 카드를 벽에 대고 빈 곳에 메시지를 적었다. 이미 아무렇게나 휘갈긴 몇몇 메시지가 보였다. 카밀은 이렇게 썼다. '버니스는 내 친구였고, 내 편이었으며, 내가 가장 사랑한 룸메이트였어요.'

오직 자기 처지에서만 죽은 여자를 생각하는 전형적인 배우의 모습. 아마 카밀에게 일어난 온갖 사건 때문에 그렇게 됐을지도 모른다. 제이미가 만든 끔찍한 성관계 영상을 본 지금의 나로서는 카밀이 그저 피해자라는 생각밖에 들지 않았다.

나머지 메시지는 뻔했다.

나는 눈을 감았다.

버니스를 기억해 봐. 후광이 비치는 붉은 머리카락, 그녀의 눈에 담긴 두려움, 깨달음의 순간.

난 친구가 아니라 살인자야.

"뭐라고 쓸지 막막하면 미안하다고 써도 돼. 그것만으로도 위로가 될 거야." 애슐리가 말했다. 나는 문득 애슐리가 진정한 의미의 슬픔을 아는지 궁금했다. 버니스가 애슐리에게 정신 나간 형제가 있음을 암시했던 기억이 났다.

나는 이렇게 썼다. '네가 없다는 사실이 정말 슬퍼. 넌 원래 강한 사람이었잖아.' 그마저도 다른 해석의 여지가 있었다. 지우기엔 너무 늦었다. 나는 카드를 돌려줬다. 카드 앞면에는 파란 하늘을 가로질러 휙 날아가는 새 그림이 있었다. 끔찍한 합성 사진이었다.

그게 중요한 것처럼.

"버니스의 부모님은 몇 시에 오셔?"

애슐리가 고개를 가로저었다. "오늘 오후쯤. 다른 룸메이트들이 퇴근하기 전일 거야. 그때쯤 나와서 부모님과 얘기 나눌래?"

"아니, 괜찮아. 무슨 얘기를 어떻게 해야 할지도 모르겠고."

하지만 오후에 내가 샌드위치를 만드는 동안 승강기가 끽 소리를 내며 올라왔다. 한나의 목소리가 승강기 빗장 사이로 흘러나왔고, 뒤이어 한 남자가 들릴락 말락 한 소리로 조용히 대답했다. 나는 버니스의 부모님을 만나고 싶지 않았지만, 주방 조리대 아래 숨지 않는 한 피할 방법이 없었다.

승강기에서 내린 한나의 시선이 내게 꽂혔다. 마치 내가 얼마나 겁쟁이인지 알고 있다는 듯이.

"여긴 버니스가 친구들과 함께 요리하던 곳이에요. 이쪽은 덱스터. 새 룸메이트 중 한 명이지요. 버니스와 참 돈독했어요. 두 분께 그 얘기를 드릴 수 있어 덱스터도 무척 기쁠 거예요."

버니스의 어머니와 아버지는 왜소했다. 물론 버니스도 체구가 작았지만, 그 안에서 뿜어 나오는 강한 개성은 거인이나 다름없었다.

나는 수건에 손을 닦은 뒤 조리대 뒤에서 나와 버니스의 아버지에게 손을 뻗어 악수를 청했다. 그는 살짝 움찔했지만 예의상 내 손을 잡았다. 어쩌면 인종차별주의자일지도 모르겠다.

아니면 나를 있는 그대로 본 걸까. 살인자.

그의 아내는 베이지색 재킷 주머니에 손을 단단히 찔러 넣고 있었다. 밖에 비가 내리고 있어 그녀의 어깨가 젖어 있었다. 그래서인지 개 냄새가 났다.

"버니스 부모님, 이런 일이 생겨 정말 유감입니다."

그들은 마치 평생 가장 당혹스러운 일을 당했다는 듯 고개를 푹 숙이고 있었다.

나는 입을 꾹 다물고 싶었다. "오래 알고 지낸 건 아니지만, 버니스는…." 카드에 쓴 대로 강한 사람이라 운운하는 헛소리를 되풀이할 참이었다. 달리 무슨 말을 할 수 있을까? "우리 모두 무척 충격받았어요. 버니스는 그럴 사람처럼 보이지 않았으니까요…."

부인이 나를 향해 불쑥 고개를 들었다. 그녀는 당황하지 않았다. 분노하고 있었다. "자살할 사람요? 물론이죠. 버니스는 그런 애가 아니었으니까요. 적어도 이곳으로 이사 오기 전에는."

"헬렌…." 남편이 부인의 팔에 손을 얹으며 말했지만, 너무 지쳐 그녀를 막을 수 없다는 듯한 목소리였다. 자세히 들여다보니 그들은 생각보다 젊어 보였다. 사십 대 중반쯤. 우리 부모님보다 젊었다. 하지만 충격과 슬픔에 휩싸인 두 사람의 피부는 잿빛으로 변했고 몸은 푹 내려앉아 구부정했다.

"우리 딸에게 대체 무슨 일이 있었죠?" 부인은 딸의 눈동자색과 같은 호박색 눈을 부릅뜨며 내게 물었다. "우리 딸이 왜 죽었냐고요?"

"저도 모르겠어요." 그 말은 정말 사실이었다.

"공장 설립 초기부터 정신 건강을 위한 지원 시스템이 마련되어 있었어요." 한나가 말했다. "단짝 상담, 명상 시간, 다양한…."

"결국 다 쓸모없잖아요." 부인이 몸을 획 돌려 한나를 마주 봤다.

"여긴 겉만 번지르르한 셰어하우스예요. 도대체 왜 그런 수고를 하는 거죠? 모든 걸 발뺌하려는 수작 아닌가요?"

"그건…." 한나가 쭈뼛거렸다. "설립자들…. 그러니까 집주인분들은 젊은이들의 복지에 관심이 있어요. 공동체 생활은 일종의 도시… 작은 마을을 상상했고요."

"빌어먹을 빅브라더겠죠."

한나가 고개를 가로저었다. "아니에요. 건물주들도 상실이라는 아픔을 겪어서 잘 알고 있어요. 그래서 젊은이들에게 안전한 공간을 주고 싶었던 거예요."

부인이 코웃음을 쳤다. "안전 좋아하시네. 이게 끝이 아닐걸요. 우리는 딸의 유품을 챙기고 슬픔이나 달래려고 여기 온 게 아닙니다. 집주인들에게 그렇게 전해 줄래요?"

한나가 고개를 끄덕였다. "그럴게요."

"여보, 그만해." 남편이 다시 손을 잡으며 말리자, 이번에는 그녀가 남편의 뜻에 순순히 따랐다. 부인은 울고 있었다. "한나, 이제 우리는 버니스의 친구를 더는 보고 싶지 않아요. 덱스터, 기분 나쁘게 생각하지 마요. 우린 단지 딸이 살던 방을 보고 싶을 뿐이니까. 그러고 나면 여기를 바로 떠날 거예요."

"물론이죠. 따라오세요."

한나가 두 사람을 놀이층으로 안내하며 어깨너머로 나를 힐끗 돌아봤다. 나는 한나의 표정을 이해할 수 없었다. 왠지 두려움이 밀려왔다.

망연자실한 버니스의 부모님을 만나고 나니, 우리 부모님 생각이 머릿속에서 떠나지 않았다. 내가 위험한 곳에서 임무 수행 중이라고 거짓말을 해야 연락이 잘 닿지 않는 이유를 설명할 수 있었다. 하지만 돌이켜 보니 너무 이기적이었다는 생각이 불쑥 뇌리를 스쳤다. 엄마는 줄곧 내가 납치되거나 인질로 잡혔거나 더 나쁜 일을 당했을지도 모른다고 상상하며 온종일 파키스탄 소식에 귀 기울일 게 뻔했다.

예전 휴대 전화를 다시 켰다. 마지막으로 확인한 게 언제지? 버니스가 죽은 뒤로는 한 번도 보지 않았던 것 같다. 나는 아들 노릇마저 제대로 못 하는 몹쓸 놈이었다.

위험을 무릅쓰면서까지 문자 아닌 전화를 해야 할까? 엄마 목소리가 듣고 싶었다. 아마도 나는 엄마한테 지금은 인도나 태국 같은 안전한 곳에 있다고, 하지만 단독 임무를 수행 중이라고 말할 것이다. 아무도 날 추적할 수 없도록 모호하게. 물론 거짓말이 더 늘어났지만, 적어도 조금 더 착한 거짓말이지 않을까?

문자 알림 소리가 여러 번 윙윙거렸다. 나쁜 신호였다. 만약 우리 가족에게 무슨 일이 생겼다면? 아니면 누나 중 한 명에게? 젠장, 계속 이런 식으로 살 순 없어.

손가락으로 터치스크린을 더듬으며 훑기 시작했다. 메시지를 보낸 사람은 엄마나 누나들이 틀림없었다. 다른 사람은 내가 모조리 차단했으니까.

'덱스, 잘 지내니? 임무 수행 중이라는 말을 들으니 기쁘구나. 무슨 일이 있어도 안전이 최우선이야. 우리 모두 널 사랑하고 네가 무사히 집으로 돌아왔으면 해. 엄마가.'

일요일에 온 문자였다. 내가 엄마한테 마지막 문자를 보낸 바로 뒤였다. 엄마는 월요일에도 비슷한 문자를 보냈다. 하지만 화요일에 보낸 문자는 돌연 어조가 바뀌어 있었다.

'옛날 룸메이트라는 사람이 너와 얘기하고 싶다며 집에 찾아왔어. 이 문자 받으면 바로 전화해 줄 수 있니?'

한 시간쯤 후 엄마는 또다시 문자를 보내 놓았다.

'그 여자가 지금 막 갔어. 급히 연락해야 한다면서. 경찰 얘기도 하고, 누가 죽었다던데? 대체 무슨 일이니? 제발 연락 좀 다오. 너한테 문제가 생겼다면 우리가 해결할게. 널 사랑하는 엄마가.'

오늘 엄마는 또 한 통의 문자를 보냈다.

'우린 지금 제정신이 아니야. 연락 좀 주렴. 네 아빠는 우리가 직접 경찰을 불러야 한다고 하셔.'

마지막 문자는 어떤 위기가 닥쳐도 늘 알아서 책임지는 큰 누나 셀마가 보낸 거였다.

'꼬마 동생. 네가 어디 있는지 모르겠지만 파키스탄이 아닌 건 분명해. 네가 연락해야 우리가 도와줄 수 있어. 너 자신을 위해 하지 않는다면 엄마를 위해서라도 꼭 연락해.'

나는 곧바로 셀마 누나에게 답장을 보냈다.

'난 잘 있어. 진짜야. 곤란한 일이 생겼지만, 곧 설명할게. 엄마 아빠한테 걱정하지 말라고 전해 줘. 경찰한테 연락할 필요 없다고. 사랑하는 덱스.'

문자 전송이 완료된 순간 다시 전화기를 꺼 버렸지만, 벌써부터 겁에 질려 어쩔 줄 몰랐다.

경찰이 그 문자 하나로 내 위치를 추적할 수 있을까? 그럼 이제 난 어떡하지? 나를 찾아온 사람은 누구였을까? 날 아는 사람일까? 왜 하필 지금일까? 나랑 같이 살았던 사람인 척하는 형사일지도 모른다.

나는 현실을 외면한 채 이렇게 살다 보면 모든 게 잠잠해질 거라 생각했다. 이제 다시 도망치는 것 말고는 다른 방법이 없었다. 경찰에 붙잡혀 내가 사랑하는 사람들의 삶을 망치고 싶지 않다면.

46

덱스

나는 새 전화기로 동쪽에 있는 비앤비에 전화를 걸었다. 그리고 1박을 예약한 뒤 숙박비는 현금으로 내겠다고 간곡히 부탁했다. 그마저도 날 초조하게 했다. 경찰이 내 현금인출기를 감시하고 있으면 어떡하지? 아니. 만약 그랬다면 이미 날 찾았을 것이다.

짐을 싸다 말고 방에서 나가 공용 창고에 있는 음식을 꺼냈다. 몇 개는 지금, 몇 개는 나중을 위해. CCTV에 찍힐 위험을 최소화해야 했다. 테이크아웃도 금물이다.

"너! 너였지?"

무언가가 계단을 구르며 내 쪽으로 떨어졌다. 그리고는 내 뺨을 때리더니 금속 계단을 튕기며 내려가다 쨍그랑 소리를 냈다.

나는 위를 올려다봤다. "대체 뭐야…?"

낄낄거리는 이상한 웃음소리가 계단을 타고 내려왔다. 루카스가 안식층과 놀이층 사이에 있는 층계에 서 있었다. 한 손에는 진 한 병을, 다른 손에는 레몬 두 개를 들고서. 마치 수류탄을 던지듯 내게 레몬 한 개를 던졌다. 나는 제때 몸을 피했다.

"네가 과일칼 슬쩍했지?" 그가 고래고래 소리를 질렀다. "술이야, 마약이야? 아니면 둘 다야?"

"난 그런 빌어먹을 짓을 할 시간이 없어." 내가 말했다. 그리고는 루카스를 쓱 지나치려 할 때 그가 계단 한쪽 가장자리에서 비틀거렸다. 나는 본능적으로 뛰어올라 그를 부축한 뒤 놀이층에 있는 더 안전한 곳으로 데려갔다. "이봐, 루카스. 조심해."

눈빛을 보니 술보다 더한 무언가에 취한 듯 흐리멍덩했다. 또 코카인을 흡입했군. 그것도 엄청 많이. 나는 이 자식이 살짝 두려웠다. 그 마약이 그에게 어떤 짓을 할지도.

루카스가 말했다. "꺼져!"

나는 뒤로 물러서서 팔을 들어 올렸다. "알았어."

"너희들이 오기 전까지 우린 다 괜찮았어. 너랑 그 재수 없는 임미. 게다가 이제 네가 칼까지 슬쩍했으니 난 술도 못 마셔."

"난 아무것도 안 훔쳤어. 주방에서 다른 칼 갖다줄게." 물론 그건 어쩌면 어리석은 친절일지도 모른다. 지금 당장은 그가 칼을 쥐고 있는 게 안전해 보이지 않았다.

"칼은 필요 없어. 난 버니스를 되찾고 싶을 뿐이야. 모든 게 예전 같았으면…."

루카스가 멍청한 녀석인 건 분명하지만, 그 역시 상실감에 빠져 있었다. 난 그게 어떤 기분인지 안다. "끔찍한 일이라는 건 알아. 하지만 네가 버니스를 막을 방법은 아무것도 없었어."

"거짓말하지 마. 난 바보가 아니라고. 게다가 그게 자살이 아니면 어쩔 거야?"

"잠깐, 루카스. 혹시 다른 사람이 연루되었을 수도 있다고 생각하는 거야?"

루카스가 나를 빤히 쳐다봤다. “나도 더는 몰라. 버니스가 자살 충동을 느끼며 적은 수첩이 있다고 하지만, 한나는 지금 경찰이 그 수첩을 갖고 있다고 했어. 버니스는 절대 나약하지 않았어. 강한 사람이었다고.”

“버니스는….” 나는 흡연실에서 버니스와 나눈 대화가 떠올랐다. 그녀는 공장에 오기 전의 삶을 얘기했었다. 정신 질환이 있는 남자와의 결혼 생활. 어쩌면 그 일도 자살에 영향을 줬을까? “문제는 우리 중 누구도 다른 이의 머릿속에서 무슨 일이 벌어지고 있는지 결코 알 수 없다는 거야.” 내가 말했다.

루카스가 고개를 절레절레 흔들었다. “나는 버니스를 잘 알아. 뭔가 잘못된 거야. 아마 누군가가 버니스의 귓가에 장난으로 자살하라고 속삭였을지도 모르지. 아니면 옥상에서 밀었거나.”

“이봐 친구, 제발 진정해.”

“난 빌어먹을 네 친구가 아니야. 버니스한테 그런 짓을 한 게 너일 수도 있잖아!”

루카스가 이러고 있으니 나는 아무것도 생각할 수 없었다. 그래도 한 가지 답은 분명했다. 루카스는 내가 신경 써야 할 문제가 아니었다. 공장이 그를 엿 먹였으니, 다시 되돌려 놓겠지.

내가 영양층으로 다시 걸어갈 때쯤, 루카스가 계속 혼잣말을 중얼거렸다. 무인 바 가장자리에 위태롭게 걸쳐 있던 술잔이 떨어져 산산조각이 났다. 그는 다시 노발대발하며 내게 욕을 해댔다. 그리고 삶과 자기 자신에게까지.

룸메이트들이 공장에 있는 게 분명하다면, 애슐리나 줌이 그의 말을 들었을까? 그들 역시 나와 같은 기분일지도 모른다. 제 살길은 각자 알아서 찾으면 된다.

그런데도 나는 그냥 두고 볼 순 없었다. 반쯤 내려가 안식층에 이르렀을 때, 카밀의 방문을 두드리기로 했다. 버니스가 없으니 루카스가 기댈 사람은 카밀뿐이었다. 그가 한심해 보였지만, 어쨌든 깊은 슬픔에 빠져 있었다. 내가 아는 한, 카밀이 곁에 있으면 루카스의 마음에 조금이나마 여유가 생길 것이다.

게다가 그를 그렇게 내버려 두면 내 마음도 편치 않을 것 같았고.

"카밀, 거기 있어?"

나는 대답을 기다렸다.

"응. 말해."

"루카스 말이야. 지금 위층에 있는데 좀 화가 난 것 같아. 술잔도 깨지고. 지금은 네 말만 들을 것 같아."

침묵이 흘렀다.

"카밀, 듣고 있어?"

"루카스도 어른이야. 내일이면 다시 쌩쌩해질걸. 다음번에 또다시 코카인을 할 때까지. 그건 우리가 말릴 수 있는 문제가 아니야."

"하지만…." 나는 말끝을 흐렸다. 어쩌면 카밀의 말이 맞을지도 모른다. 코카인 중독자들은 누구의 말도 듣지 않는다. 특히 그런 상태에 있을 때는 더욱. 카밀도 자기만의 슬픔이 있다.

루카스는 그저 또 다른 약쟁이일 뿐이다. 누구의 동정도 받을 자격이 없었다. 사람은 자기가 뿌린 대로 거두는 법이다.

나는 방으로 돌아왔다. 그리고 여행 가방의 지퍼를 올렸다. 6주 전, 내가 여기 도착한 이후로는 거의 열어 본 적이 없었다. 어쩌다 그 귀중한 시간을 다 써 버렸을까?

나도 모르는 사이 이곳이 날 사로잡았기 때문인지도 모른다. 경계심이 떨어지면 아무 위험도 보이지 않는다. 가까이 다가가 그 위험에 직접 손대지 않는 한.

47

6월 14일 목요일

임미

처음에는, 꿈에서 나는 소리인 줄 알았다.

나는 초원에 누워 얼굴에 비치는 따사로운 햇살을 만끽하며 깊게 숨을 들이마셨다. 하지만 평온함도 잠시, 뭔가 중요한 걸 잊고 있다는 느낌에 문득 불안해졌다.

화재경보기가 울리기 시작했다. 이토록 텅 빈 들판에서는 절대 들릴 리 없는 소리가 울려 퍼졌다. 태양은 사라지고… 나는 공장으로 돌아와 어둠이 내려앉은 내 침대에 누워 있었다. 경보음이 너무 요란해 마치 내 몸속에서 울리는 것 같았다.

"화재 경보입니다. 계단을 이용해 건물에서 대피하세요."

누군지 알 수 없는 목소리를 들으니 버니스가 다시 생각났다. 이제는 그녀가 죽고 없어서일까. 지난번보다 더 사악하게 들렸다.

새벽 3시 19분. 나는 전화기를 확인했다.

또 다른 가짜 경보일까?

어쨌든 지금은 생각할 틈이 없었다. 침대에서 벌떡 일어나 반바지와 양털 스웨터를 입은 다음, 운동화를 신었다. 전화기, 지갑, 노트북을 집어 들고는 내가 잃어버리고 싶지 않은 또 다른 소지품을 찾아 이리저리 돌아다녔다.

나는 마지막 순간 주머니에 칼을 집어넣었다.

방 밖으로 나오니 경보음이 더 크게 울려 귀청이 떨어질 것 같았다. 아래층에 사는 룸메이트들도 허둥지둥 아래로 내려가는 모습이 보였다.

한나가 테라스에서 나왔다. 아래층이 아니라 왜 여기 있는 거지? 면 잠옷을 입은 그녀는 튼튼한 맨다리를 내보이며 모카신을 신고 있었다. "나가요. 얼른 내려가 거리로 나가세요."

"옥상 테라스로 가면 안 되나요?"

그녀가 고개를 가로저었다. "테라스에서 탈출하는 안전한 방법은 없어요. 얼른 내려가요."

나는 문득 옥상에서 떨어진 버니스의 주검이 생각나 움찔했다. "한나, 혹시 이거 훈련인가요? 연기 냄새가 하나도 안 나요."

"훈련 아니에요. 얼른 여길 나가야 해요."

루카스의 방문이 열려 있었다. "루카스는 벌써 내려갔어요?"

한나는 아무 말도 하지 않았다.

루카스야 뭐 다른 사람을 구하기는커녕, 자기만 살려고 냉큼 빠져나갔겠지. 전형적인 이기주의자.

"얼른 가야 해요. 응급 구조대가 오고 있어요. 걸어서 가요. 뛰지 말고. 그리고 다른 사람들과 함께 기다리세요."

한나의 말투는 왠지 시키는 대로 하게 된다. 계단을 내려갈수록 경보음이 커졌지만 아무런 흔적이 없었다. 내가 거리로 나왔을 때쯤, 소방차가 골목 밖에 멈춰 섰다. 파란 불빛은 자갈밭을 얼룩덜룩 뒤덮었다.

얼떨결에 잠에서 깨어 싸늘한 바깥공기를 맞으니 온몸에 소름이 돋았다. 나는 룸메이트들이 있는 곳으로 향했다. 애슐리는 우주복처럼 생긴 잠옷을 입고 있었고, 줌은 팬티 바람이었다. 카밀은 작은 체구를 감싸 안은 와인색 기모노를 입고 있었다. 몇 명이 부족했다. 나는 머릿속으로 인원수를 셌고, 그럴수록 점점 오싹해졌다.

"덱스 봤어?" 내가 물었다.

애슐리가 고개를 저었다. "이런. 루카스도 안 보여."

우리는 공장 입구를 향해 뛰어갔다. 건물에서 막 내려온 한나가 문 앞에서 우리를 막아섰다. "다시 들어가면 안 돼요."

"두 명이 안 보여요." 애슐리가 날카로운 목소리로 말했다.

"두 명이라니요?" 한나가 얼굴을 찡그리며 말을 되풀이했다.

"덱스와 루카스요." 내가 말했다.

"제발 비켜 주세요."

나는 몸을 돌려 내 뒤에 있는 두 명의 소방관을 바라봤다.

"무슨 일이죠?" 여자 소방관이 물었다. "안에 누구 있습니까?"

한나가 우리를 힐끗 쳐다보며 로비 입구로 더 들어가자 두 소방관이 뒤따랐다. "네." 한나의 목소리는 낮았지만 잘 들렸다. "하지만 화재 영향은 없을 거예요. 경찰이 오고 있나요?"

나머지 말은 들리지 않았다. 우리는 곧 태너스워크를 따라 뒤로 물러섰고, 더 많은 소방관이 건물 안으로 들어갔다.

그들이 건물에 다가갈 때, 나는 덱스에게 전화를 걸었다.

통화 연결음이 울리다가 짧은 음성 메시지가 들렸다. '덱스예요. 지금은 바쁘니 나중에 전화할게요.'

"덱스, 너 위에 있어? 만약 밖으로 도망쳤거나 뭐 그랬다면 전화 좀 줘." 나는 망설이다가 덧붙였다. "네가 걱정돼."

애슐리가 얼굴을 찡그렸다. "답이 없어?"

"응, 안 받아."

그녀는 팔짱을 낀 채 떨고 있는 카밀에게 다가갔다. "루카스에게 전화해야 해."

"전화기를 방에 두고 나왔어."

"내 거 빌려줄게." 나는 카밀에게 전화기를 건넸다.

카밀은 잠시 우물쭈물하다가 곧바로 루카스의 번호를 입력한 뒤 전화기를 귀에 갖다 댔다.

모두 잠자코 기다렸다. 나는 저쪽 편에서 나는 소리를 들었다.

그 소리는 사방으로 울리고 있었다. 가까운 어딘가에서 아주 희미한 메아리가 울려 퍼졌다. 건물 안에서.

"여보세요?" 카밀이 말했다. 내가 아무리 루카스가 한 짓을 미치도록 혐오한대도, 나는 그가 무사하길 바랐다.

내가 참 바보같이 느껴지기도 했다. 당연히 루카스는 괜찮겠지. 무슨 일이 생겨도 요리조리 빠져나가는 데 선수잖아.

카밀은 전화기를 빤히 바라봤다. 전화기 불빛에 비친 그녀의 얼굴이 섬뜩해 보였다.

"무슨 일이야?" 애슐리가 물었다.

카밀이 내게 전화기를 건넸다.

"여보세요?" 나는 곧 반대편에서 들릴 루카스의 조롱 섞인 웃음소리를 기대하며 입을 열었다.

"이모젠이에요?" 여자 목소리였다. 한나? 하지만 목소리가 평소와 달랐다. 머뭇거리고 있었다. "일단 끊을게요. 곧 다시 내려갈 거예요."

나는 '심장 충격기'라고 적힌 커다란 녹색 가방을 든 다른 소방관이 공장으로 향하는 모습을 바라봤다.

소방관은 아무 말도 없이 건물 안으로 사라졌다.

나는 카밀과 다른 룸메이트들에게서 몸을 돌려 전화기에 얼굴을 바싹 대고 속삭였다. "루카스 거기 있어요? 다쳤나요?"

한나가 한숨을 내쉬는 소리가 들렸다. "루카스가 지금 숨을 쉬지 않아요."

무슨 말을 해야 할지 고민하던 찰나, 문자 알림음이 윙윙거렸다. 화면을 확인하니 덱스였다.

'어젯밤에 새로운 곳을 찾아 떠났어. 더는 거기 머무를 수 없거든. 나한텐 슬픈 일이지만. 언젠가 설명해 줄 날이 올 거야. 작별 인사 못 해서 미안해.'

48

임미

경찰이 도착했다. 이번에는 뭔가 달랐다.

더 큰 조사팀이 와서 수사에 집중했다. 동정심이 덜한 우리에게는 더욱 그랬다.

날이 밝은 뒤 룸메이트들은 지하실로 호송되었고, 경찰 한 명이 우리 모두를 계속 지켜봤다. 감시라는 말이 호들갑스럽게 들렸지만, 그게 바로 경찰이 공장에 온 이유인 것 같았다.

"서로 얘기해도 되나요?" 애슐리가 물었다.

경찰이 잘 모르겠다는 표정을 지었다. "아마 방금 일어난 사건과 관련된 대화는 안 될 겁니다." 그가 말했다. 물론 우리가 하고 싶은 얘기는 그것뿐이었지만.

다른 룸메이트들은 구급 대원이 우리보다 한 시간 앞서 건물에 들어왔다는 걸 알고 있었다. 한나와 직접 통화했던 나만 루카스가 아직 건물 안에 있고, 숨을 쉬지 않는다는 점까지 알고 있었다. 만약 구급 대원이 루카스를 되살렸다면, 병원으로 옮기지 않았을까?

하지만 창문으로 들리던 정신없는 소리는 잠잠해졌다. 경찰 드라마에서 봤던 것처럼 현장을 보존하고 있는 것 같았다.

"루카스가 죽었나 봐, 그렇지?" 애슐리가 말했다.

아무도 대꾸하지 않았다.

경찰이 주전자와 냉장고 위에 놓인 차 상자를 가리켰다. 한나가 챙겨 둔 차였다. "차 한잔 먹고 싶어 죽겠군요. 누가 끓여 줄 사람 있나요?"

애슐리가 자청했다. 그녀가 바삐 돌아다니자 내 머릿속이 빠르게 움직였다. 한나가 직접 화재경보기를 울린 게 뻔했다. 하지만 왜 그랬을까? 루카스가 다쳤거나 의식을 잃은 걸 발견했나? 어쩌면 루카스 역시 버니스처럼 자살 시도를 했을지도 모른다.

'정말 버니스가 자살했다면.'

모든 게 바뀌었다. 아무리 속단하지 않으려 해도 공장에서 두 명이나 죽었으니 경찰은 살인 가능성을 고려하는 게 틀림없었다.

나는 카밀을 올려다봤다. 무릎을 꽉 쥐고 있는 그녀의 손가락 마디가 하얗게 질려 있었다. 공장 위원회 중 혼자만 살아남았을지도 모른다는 공포에 휩싸였을까?

또 하나 미궁에 빠진 건 덱스의 실종이다. 그의 문자를 받은 뒤에 내가 다시 전화를 걸었지만, 경찰이 우리 전화기를 모두 가져갔기 때문에 그가 응답했는지 알 수 없었다.

어떤 여자 경찰이 노크와 동시에 불쑥 들어왔다.

"맨 위에서부터 방 순서대로 조사할 예정입니다…." 그녀가 목록을 내려다봤다. "이모젠 서튼?"

나는 다른 이들에게 벗어난다고 생각하니 조금 마음이 놓였다. 경찰들과 함께 승강기를 타고 놀이층으로 올라갔다. 그들은 빈백을 한쪽으로 밀어 놓고는 그 자리에 의자 세 개를 가져다 두었다. 의자

두 개는 여자 경찰과 그녀의 동료, 그리고 남은 하나는 목격자를 위한 의자였다. 바로 내 자리였다.

물론 나는 아무것도 목격하지 못했다. 그래서 더 용의자에 가까울지도 모른다.

의자에 앉았을 때 비로소 여자 경찰의 동료가 버니스의 사고를 담당했던 남자 형사라는 걸 깨달았다.

경찰들이 차례대로 자기 이름을 소개했다. 나는 그 이름을 곧바로 잊었지만, 여자 경찰이 담당 형사였다. 그녀가 내게 오늘 아침에 있었던 일을 이야기해 달라고 요청했다. 내가 무슨 일이 있었는지 물어볼 여지는 없었다.

나는 있는 그대로 진술했다. 경보기가 나를 깨웠고, 방을 나오자마자 한나를 봤다고. 또 루카스의 방문이 열려 있다는 걸 목격했고, 그 후 곧바로 건물 밖으로 대피했다고 말했다.

"그렇다면 룸메이트 두 명이 실종된 건 언제 알았나요?"

경찰들은 덱스에 관해 알고 있어. 뭐, 내 전화기를 갖고 있으니 당연하겠지만.

"거의 직후요. 사람 수를 셌는데… 안 맞더라고요."

"그래서 전화를 걸었나 보군요." 그녀가 메모를 확인하며 말했다. "셰퍼드 덱스터에게 먼저 걸었네요. 당신이 본 그대로 진술해 보세요."

내가 본 그대로. 경찰들은 더 이상 우리를 믿지 않았다.

나는 덱스에게 음성 메시지를 남겼고, 카밀에게 내 전화기를 건네 루카스와 통화하도록 했다고 설명했다. 그리고 통화 연결음이 들리고 나서 한나가 전화를 받았다는 것까지….

내 입이 바싹바싹 말라 갔다. "루카스에게 무슨 일이 생긴 건지 말해 주실 수 있나요?"

여자 경찰이 동료와 눈짓을 주고받았다. "불행히도 루카스 캘러헌은 발견 당시 아무런 반응도 하지 않았어요. 소방대원들과 구급대원들이 아무리 애를 써도 그를 살릴 수 없었죠. 유감입니다. 일단 거기까지만 말씀드릴 수 있어요."

"하지만… 루카스가 폭행당했나요? 제발 알려 주세요. 우리 다 이곳에 살아요. 버니스가 죽었을 때도 전 여기 있었고요…. 제가 버니스의 시체를 찾았잖아요. 기억하시죠?"

나는 남자 경찰에게 호소했다. "루카스가 살해당했다면 우리 다 위험에 빠질지도 몰라요."

목청껏 소리를 높였더니 일순간 경찰들의 얼굴이 굳었다. 마치 나를 질식시킬 듯이.

"그래서 우리 역시 이 문제를 심각하게 받아들이고 있어요. 부스 양과 캘러헌 씨의 죽음이 모두 고의적인 행위였거나 적어도 어떤 식으로든 연관되어 있을 가능성을 무시할 수 없으니까요." 여자 경찰의 얼굴이 살짝 부드러워졌다. "하지만 폭행의 흔적은 전혀 없었다고 말씀드릴 수 있습니다."

"셰퍼드 씨한테서 연락이 왔습니까?"

나는 무의식적으로 주머니에 손을 넣었지만, 내 전화기는 이미 경찰들이 보관하고 있었다. 대신 나는 칼자루를 감싸 쥐었다. 만약 경찰들이 내 몸을 수색하면 이 칼이 어떻게 보일까? 빨리 끝내려면 대답을 해야 했다. "내 전화기를 가져갔잖아요. 그 친구가 보낸 문자를 보셨을 텐데요."

"타이밍이 아주… 딱 맞더군요. 그가 이곳을 떠날 줄 알았나요? 두 분이 친했던 걸로 알고 있어요."

한나가 경찰들에게 뭐라고 한 걸까? "우리 둘은 동시에 이곳으로 이사 왔으니까요. 그리고 아주 잠깐… 사귀기도 했어요." 그 빌어먹을 베팅표가 예상한 대로. 그 얘기도 해야 할까? 단 증거가 없다는 것만 빼면. 줌이 가진 건 복사본이었다.

베팅표를 작성한 사람 중 두 명이 죽었으니 줌은 이제 그 복사본을 넘겨주어야 한다. 그리고 카밀은 공장을 지배한 위원회의 유일한 생존자였다. 그게 그녀를 더 위험에 빠뜨릴까?

어쩌면 아무 관련도 없는 연결 고리를 보고 있는지도 모른다.

"셰퍼드 씨와의 관계는 왜 끝났나요?"

나는 어깨를 으쓱했다. "마치 갓 입학한 신입생 주간을 겪었다고 봐야죠. 처음에는 한배를 탄 사람들과의 관계가 끈끈해도 점점 공통점이 없다는 걸 깨닫는 것처럼요. 그리고 덱스가 범인은 아닐 거예요. 차라리 예전에 여기 살았던 제이미와 얘기 좀 해 보세요. 제이미야말로 공장 사람들을 해치고 싶은 이유가 아주 많았으니까요."

"그건 우리가 알아서 합니다. 고마워요. 서튼 양. 그리고 루카스는 어땠나요? 그 친구와도 잘 지냈나요?"

정곡을 찌르는 질문이었다. 루카스를 혐오하는 데는 여러 이유가 있었지만, 그보다 그가 죽었다는 생각에 견딜 수 없었다.

경찰들이 모두와의 면담을 마칠 때쯤, 나는 학교에 가야 했다. 우리가 모두 아래층에 모여 있는 동안 법의학자들과 과학 수사팀이 루카스의 시체를 치웠다. 옷을 갈아입으러 내 방에 갈 때 테이프로 막힌 그의 방문이 보였다. 테라스로 가서 살펴봐도 그의 창문 안쪽이 온통 종이로 덮여 있었다.

한나가 우리를 주방으로 불렀다.

"여러분 모두 할 일이 있다는 걸 아니까 간단히 말씀드리자면, 제가 집주인분들께 연락드렸더니 대대적인 외부 보안 업그레이드에 동의하셨어요."

한나의 얘기를 듣는 동안, 내가 그녀의 첫인상을 얼마나 오해했었는지 문득 떠올랐다. 나는 한나를 '정식 교육을 받지 않은 이민자'라 못 박았었다. 또 누구를 잘못 판단하고 있을까.

"이건 그저 예방책일 뿐이에요. 루카스의 죽음이 의심스럽다는 증거는 없지만, 전 여러분이 안심할 수 있게 돕고 싶어요."

줌이 한숨을 내쉬었다. "의심스럽지 않다고요? 건강한 젊은이 두 명이 죽었는데, 그저 어쩔 수 없는 일이었다…."

"그런 말은 안 했어요."

"게다가 보안을 강화하면 외부 침입자만 막을 수 있겠죠. 만약 루카스가…." 줌이 멈칫하더니 잠시 망설였다. "타살로 죽었다면 우리 중 한 명이 연루되었을 가능성이 더 클 텐데요? 살인 사건의 피해자들 대부분은 거의 면식범에게 당한다고요."

지금까지 아무도 살인이란 단어를 직접 말하지 않았다.

"전 단지 여러분을 안심시키려는 것뿐이에요." 한나가 말했다. "저는… 제 눈으로 뭘 봤는지 똑똑히 알고 있어요. 루카스는 살해당하지 않았어요."

"무례하게 굴 생각은 없지만 당신 말을 믿느니 차라리 병리학자를 기다리는 편이 낫겠어요." 줌이 씁쓸한 표정으로 말을 이었다. "하필이면 이 모든 일이 일어난 바로 그 밤에 떠나기로 한 룸메이트가 있어요. 다들 덱스를 의심하고 싶은 생각이 없다면, 제이미는요? 옛날 일을 생각한다면 그를 고발할 수 있을 거라고요."

"줌." 나는 그의 손에 손을 얹었다. "제발, 지금은 아니지 않아? 다들 답을 원하지만, 아직은 너무 일러. 우리 다 충격에 빠졌다고."

한나가 고맙다는 듯 내게 고개를 살짝 끄덕였다. "경찰이 덱스를 조사하고 있는 걸로 알고 있어요. 불쌍한 루카스의 직계 가족들에게도 죽음을 알렸지요. 하지만 당장은 공장에서 일어난 일을 외부에 알리지 않았으면 좋겠어요."

"당신과 집주인들은 세상 참 편하게 사는군요." 줌이 빈정거려도 한나는 눈 하나 깜짝하지 않았다. 나는 줌의 손을 더 꽉 잡았다. 아마도 그는 진작에 베팅표를 들고 경찰을 찾아갔다면 루카스가 아직 살아 있을지도 모른다고 느꼈을 것이다.

한나가 줌을 빤히 쳐다봤다. "여러분의 계약서에 사생활 보호 조항이 있다는 걸 다들 기억할 거예요. 언론에 공장 룸메이트에 관한 말을 발설해선 안 됩니다."

"만약 발설하면 어떻게 되는 거죠? 쫓아내나요? 자, 어디 한번 해보시죠." 줌이 말했다. "어쨌든 제정신인 사람은 되도록 빨리 떠나겠지만."

한나가 줌을 향해 지독히 불쾌한 표정을 지었다. "지금은 공동체가 똘똘 뭉쳐야 할 때예요. 서로 물고 뜯는 게 아니라. 또 궁금한 거 있나요?"

아무도 말이 없었다.

한나가 고개를 끄덕였다. "보안 업그레이드가 완료되면 알릴게요. 경찰들이 여러분의 전화기를 보관하는 동안 각자 방에 들어갈 수 있는 임시 전자 카드를 드리겠습니다."

그녀가 카드를 나눠 준 뒤 주방을 떠나자 다른 룸메이트들도 흩어졌다. 나는 줌과 얘기하고 싶었지만, 애슐리가 나를 막아섰다. 그녀의 눈은 퉁퉁 부어올라 벌게졌다.

"임미, 우리가 의논할 일이 아닌 건 알지만… 경찰이 너한테 뭘 물어봤어?"

"뭐 그냥 다들 어떻게 지내는지 물었어. 곧바로 마약에 관해 묻더라. 루카스가 어떤 마약을 했고, 얼마나 많이 했는지 아느냐고."

애슐리가 고개를 끄덕였다. "나한테도 같은 걸 질문했어. 그러니까 루카스가 코카인을 하긴 했지만… 아직 젊잖아. 건강하기도 했고. 중독되거나 그런 건 아니었어."

"루카스가 생각보다 훨씬… 심약하다는 걸 내가 알아챘다는 것만 빼면." 나는 부드럽게 덧붙였다. "버니스가 죽었으니까. 심지어 나한테 자살이 전염될 수 있다고도 말했어. 정말 끔찍해, 애슐리. 그래도 그의 죽음이 마약 때문이라면 적어도 우린 아무도 연루되지 않았다는 걸 알잖아. 우리는 안전할 테고…."

그렇게 말하면서도 내 스스로 그 말을 믿는지 알 수 없었다.

"난 실패자야." 애슐리가 애처로운 목소리로 속삭였다. "내 역할은 사람들을 행복하게 해 주는 거였어. 빌어먹을 요가 시간이나 공동체 행사 등등. 내가 과거에 했던 잘못을 속죄하려고 의미 있는 일을 하고 싶었을 뿐인데…."

나는 그게 무슨 뜻인지 묻고 싶었지만, 애슐리가 울고 있다는 걸 깨달았다. "임미, 내가 일을 더 망치면 어쩌지…." 그녀가 서럽게 울먹였다.

애슐리를 품에 안았다. "애슐리, 네가 모든 일에 최선을 다했다는 걸 의심하는 사람은 아무도 없어."

적어도 나는 그렇게 생각했다. 애슐리가 속상한 건 이해가 되었지만, 루카스의 죽음을 왜 자기 탓으로 생각하는지 의아했다.

49

임미

나는 카페인 덕분에 학교 수업을 무사히 마쳤다. 쉬는 시간마다 커피를 따라 마셨고, 파티마의 전화를 빌려 덱스에게 계속 전화를 걸었다. 그의 음성 메일을 듣는 게 지겨워질 때까지.

게다가 온종일, 불면증에 시달린 머리를 굴리며 어젯밤 일들을 이리저리 생각해 봤다. 대체 어떻게 된 영문인지 하나도 이해할 수 없었다. 하루가 끝날 무렵, 공장으로 돌아가는 게 두려워지기 시작했다. 물론 그곳에 더는 머무를 수 없다는 걸 안다. 이제는 패배를 인정하고 고향 집으로 돌아갈 시간이다.

다이앤 교장 선생님이 내 시야에 들어왔다. "잠깐 얘기 좀 할 수 있을까요?"

퇴근하면 될 줄 알았는데. 이제 교장은 시종일관 수업에 집중하지 못한 내 태도를 물고 뜯겠지. 물론, 그녀도 알아차렸을 것이다. 학교에서 일어나는 모든 일을 샅샅이 알고 있을 테니까. 가장 어린 저학년 학생들의 행동부터 시시콜콜한 교무실 알력 다툼까지.

교장실에 들어선 나는 이제 그만 학교를 떠나야겠다고 통보해야 하나 고민했다. 하지만 마음이 편치 않았다. 다이앤은 지난 2년 동안 나를 굉장히 신뢰했고, 내게 학교의 큰 행사도 덥석 맡기며 성장할 수 있도록 물심양면으로 도와주었다.

"요즘 어때요, 서튼 선생님? 왠지 피곤해 보여서요."

"죄송해요. 지난 며칠 밤잠을 설쳐서 그런가 봐요. 그냥 일시적인 거예요…."

"서튼 선생님, 훈계하려고 부른 게 아니에요. 오히려 정반대죠. 혹시 교감직 맡아보는 게 어때요?"

나는 다이앤을 빤히 바라봤다. "정말요?"

"선생님 능력이면 충분하죠. 교감 선생님이 방금 내게 또 임신했다고 말하더라고요. 임신한 지 꽤 됐나 봐요. 학교 이사들과 논의해야겠지만, 9월부터 내년 여름까지 선생님이 대신 교감을 맡아 주면 좋겠어요. 그 뒤로는, 또 누가 알겠어요?"

내 눈이 따끔거렸다. 이 도시에서 살아남기 위해 했던 모든 일을 돌이켜 보면, 이 뉴스는 압도적이었다.

"고맙습니다." 내가 간신히 입을 열었다. "절 믿어 주셔서요."

"제가 더 고맙죠. 한시름 덜게 됐으니까."

잠시 후 다이앤이 세부 사항을 훑을 때, 녹록지 않은 내 현실을 깨달았다. 나는 늘 리더 자리를 원했고, 다이앤은 내 꿈의 멘토였다. 그렇다고 이 모든 게 형편없는 진실을 바꾸지는 못한다. 공장이나 부유한 남자 친구가 없다면, 런던에 계속 머무를 수 없었다.

"무슨 질문 있어요?"

나는 고개를 가로저었다.

다이앤이 자리에서 일어섰다. "참. 하마터면 잊을 뻔했네. 일시적으로 월급도 오를 거예요. 엄청나지는 않지만 평소 받던 액수와는 달라야겠죠."

나는 버몬지로 돌아가며 희망을 잃지 않으려고 애썼다. 월급을 확인해 봐야겠지만, 임시 승진이 구세주가 될 수도 있었다.

내가 교감직을 승낙하면 보증금을 전액 돌려받지 못하더라도 늘어난 월급만으로 공장을 떠날 수 있을지도 모르니까. 새집의 보증금을 내려면 서커스 광대처럼 신용 카드를 돌려 막아야겠지만, 왠지 잘될 것 같은 예감이 들었다. 특히 한나와 통지 기간을 짧게 협상할 수 있다면 더더욱.

공장으로 돌아와 안식층에서 빈백을 정리하는 한나를 보자마자, 그녀에게 다가갔다.

"잘 지내죠?" 내가 물었다.

한나는 침착해 보였다. 헐렁한 리넨 드레스를 깔끔하게 차려입었고, 단발머리도 가지런하게 정돈했다. 한나의 회색 머리카락이 사뭇 진지한 분위기를 풍겼다.

"루카스가 죽었다는 게 믿기지 않아요." 한나가 말했다. "하지만 우리는 평소처럼 지내야 해요. 일상이 없으면 우리 모두 무너지고 말 테니까요."

한나는 일부러 대화를 끊으려 애썼지만, 승진 소식에 의기양양해진 나는 돌연 막말이 튀어나왔다. "한나, 우린 이미 무너지고 있어요, 안 보여요?"

"공장은 다시 원래의 평정을 되찾을 거예요." 한나가 또 다른 빈백을 집어 들더니 툭툭 털고는 제자리에 두었다.

나는 손을 뻗어 한나의 팔을 붙잡았다. "아뇨, 한나. 줌이 말한 대로예요. 제정신인 사람이라면 되도록 빨리 여길 떠나고 싶을걸요."

한나의 표정이 얼어붙었다. 그 태도는 정말이지 오싹했다. "보안 업그레이드가 다 끝났어요. 이제 다들 안전해요. 지금부터는 서로를 격려해야 해요. 그렇지 않으면 난장판이 될 겁니다."

나는 한나를 빤히 쳐다보며 말했다. "아뇨. 그렇지 않으면 공장 실험이 효과가 없다는 걸 받아들여야죠. 난 떠나고 싶어요."

"확실해요, 이모젠? 어쩌면 당신은 자신이 어디서 왔고, 여기 오기 위해 무엇을 했었는지 장밋빛 관점으로 보고 있었나 보네요."

순간 나는 한나의 말이 면접 때 이야기가 아니라 내게 실제로 벌어진 그 일을 암시하는 것 같은 묘한 기분이 들었다. 하지만 여기 있는 누구도 과거의 내 사생활을 알지 못했다. "친구 집 소파에서 지내는 게 아무리 아니꼬워도 죽는 것보다 나아요."

"쯧쯧, 너무 과장하지 마요! 만약 당신이 임대 계약을 일찌감치 파기하고 싶다고 해도 난 절대 지지하지 않을 거니까요."

한나의 일방적인 태도에 화가 났다. "존경하는 한나, 당신이 상관할 바가 아니에요. 내가 집주인에게 직접 편지를 보낼 테니까. 아니면 그냥 이메일 주소만 알려 줘요. 번거롭지 않다면."

격앙된 내 목소리에 놀랐는지 에드워드가 우리에서 긁는 소리가 들렸다. 우리보다 훨씬 꽉 막힌 공간에 갇힌 가엾은 존재.

"이모젠, 내가 여기서 허드렛일 말고는 다른 기회가 없다고 생각하나요? 사람들은 내가 누구인지, 어디서 왔는지 궁금하게 여겼죠. 나는 내 고국이나 심지어 이곳에서도 어떤 기회든 잡을 수 있어요."

"관심 없어요." 물론 나는 그녀를 과소평가했다. 우리 모두 그랬다.

"공장은 내가 헌신한 프로젝트예요. 나는 젊은이들이 그들만의 삶을 시작할 때 도와주고 싶었어요. 하지만 때로는 엄한 사랑이 필요하죠. 조금 힘든 시련을 겪더라도 삶을 포기하지 않도록요." 한나가 문 옆에 형사들이 쓰던 의자를 쌓아 놓으며 말했다.

"조금 힘든 시련요? 두 사람이나 갑자기 죽은 게 조금 힘든 시련이라고요?"

"이모젠, 둘의 죽음은 정말 슬픈 일이에요. 하지만 피할 수 있었죠. 거의 확실하게. 버니스는 너무 외로웠고, 루카스는 애써 숨겼지만 마약 중독자였고요. 당신의 확신처럼 나도 일부 책임감을 느끼지만, 지금이라도 남은 사람에게 집중해야 해요. 특히 카밀요."

처음으로 바른 소리를 하시는군. "카밀이 어떤데요?"

"충격에 빠졌죠. 그리고 두려워해요. 나는 그 친구들의 죽음에 아무 의미가 없다고 계속 설명했지만, 카밀은 그렇게 보지 않아요. 게다가 제이미에 대한 악몽을 꾸고 있었고요. 게다가 카밀은 유일하게 살아남은 위원이니까요. 그녀의 곁을 지키는 게 우리의 의무 아닐까요?"

한나가 뒤돌아서서 양초 심지를 다듬었다. 그녀의 엄지와 집게손가락이 결국 검은 그을음으로 뒤덮였다. 세상이 무너져도 한나는 다음 요가 시간을 위해 양초를 피우고 있을 것만 같았다.

문득 베팅표 생각이 떠오르자 카밀을 향한 내 동정심이 이내 식어 버렸다. "카밀에게 다른 친구나 가족은 없나요?"

"있죠. 카밀이 자신의 어린 시절에 관해 말한 적 없나요?"

"아주 수월하지 않았다고 했어요."

한나가 고개를 끄덕였다. "꽤 절제해서 말했군요. 카밀은 집에 돌아가고 싶지 않을 거예요. 친구들이 죽은 곳에 있길 원하죠. 다 끝나기를 바라고 있고요. 카밀이 여기 계속 머무르길 원하는 만큼, 당신과 애슐리, 줌이 도와주면 좋겠어요."

"감정적으로 협박하지 마요."

한나가 고개를 가로저었다. "협박이 아니라 당신의 가치에 관한 거예요, 이모젠. 물론 억지로 당신을 머물게 할 수는 없겠죠. 만약 당신이 떠나고 싶다면 이미 낸 2개월치 보증금은 우리가 계속 보관하고 있을 거예요. 전체 통지 기간을 어기면 한 달치 임대료를 더 내야 하고요."

"뭐라고요? 그런 돈은 없어요."

"계약은 분명해요. 원칙대로 하지 않으면 공동체 전체 구성원이 당신의 3개월을 함께 책임져야 해요. 당신이 돈을 내지 않으면 추심업자가 고용될 거예요. 하지만… 협상의 여지가 있을지도 모르죠."

"어떤 협상요?"

"공동체에 조금이라도 의지를 보이면서 집주인에게 통지 기간을 줄여 달라고 호소할 수 있겠죠. 아니면 학기가 끝날 때까지 집세 없이 당신 소지품도 보관할 수 있을 거고요. 여름엔 여행을 다녀와도 되겠네요. 새 학기에 맞춰 런던으로 돌아오면 다른 곳에서 새 출발을 하면 될 테니까."

이렇게 극적인 사건이 넘치는 와중에도 한나가 내 학기 일정까지 환히 꿰고 있어 깜짝 놀랐다. 게다가 나를 얼마나 잘 파악하고 있는 건지 그녀의 제안에 마음이 흔들렸다. 특히 지금은 뜻밖의 승진과 봉급 인상이라는 행운이 겹치다 보니 더욱.

나는 공장에 하루도 더 살고 싶지 않았지만, 사라가 내게 합법적인 탈출 경로를 찾아 줄 동안 그 제안을 고려하는 척하며 시간을 버는 게 더 쉬울지도 모른다. "그럼 저 대신 집주인분들에게 물어봐 줄래요? 오늘부터 3개월의 통보 기간이 시작된다는 것도요. 서면으로 확인할게요."

"좋을 대로요." 한나가 빙긋이 웃었다. "이모젠, 사람 한 명을 살릴 수도, 무너뜨릴 수도 있잖아요. 도움이 필요한 사람을 돕는 건 결코 후회할 일이 아니에요."

나는 저녁 내내 한나가 원하는 배려심 많은 사람인 척 연기하며 그 역할에 충실했다.

그리고 카밀과 그녀가 견뎌 온 일을 공감하려 애썼다. 힘들었던 어린 시절, 제이미와의 재판, 지금은 가장 친했던 두 친구의 죽음까지. 나는 상황이 이렇게 된 타이밍을 고민했다. 줌의 말대로 그 끔찍한 내기는 루카스가 공장에 합류한 후부터 시작되었다. 어쩌면 이 공장을 엉망으로 만든 건 루카스일지도 모른다.

애슐리와 나는 정성을 다해 카밀을 챙겼다. 함께 술을 마시고, 그녀의 시시콜콜한 모든 일에 수다를 떨었다. 줌조차도 카밀을 부드럽게 대했다.

카밀은 가끔 따뜻한 미소로 우리의 정성에 화답했다. 어렵사리 내 무릎 위에 앉아 갸릉갸릉대는 소심한 고양이를 보는 것처럼 왠지 뿌듯했다.

"너 보기보다 훨씬 따뜻하구나, 임미." 우리가 주방에 있을 때 애슐리가 허브차를 만들며 내게 말했다.

"그럼 내가 평소 차갑게 굴었다는 거야?"

애슐리가 얼굴을 붉혔다. "아니. 하지만 네가 여기 처음 왔을 때는 우리가 목에 칼을 들이대지 않는 한 공장 일에 무관심했잖아."

나는 움찔했다. 애슐리는 몰랐을 것이다. 그저 표현 방식이 달랐을 뿐인데. "너희들끼리 너무 친한 것 같아 불안했거든. 따돌림당하는 기분이 들었어."

"이제 안 그래. 이렇게 슬픈 상황에서 좋은 일이 생길 수도 있고." 애슐리가 미소를 지었지만, 그녀 역시 억지로 그런 생각을 한다는 걸 안다. 아주 낙천적으로. 오늘 아침 루카스에 대한 소식을 알았을 때 그녀가 한 말과는 너무나 달랐다. '내가 했던 잘못에 대해 속죄하려고 의미 있는 일을 했을 뿐인데.'

애슐리는 대체 무슨 속죄를 해야 하는 걸까?

나는 그녀의 손을 쓰다듬었다. "나도 그랬으면 좋겠어."

잠자리에 들기 전에 나는 다시 덱스에게 전화를 걸었다. 경찰이 오늘 밤에 전화기를 돌려주었지만, 여전히 우리를 감시하고 있을지도 모른다.

설령 그렇다고 해도 친구를 걱정하는 건 죄가 아니니까. 이번에는 연결음 없이 바로 음성 메일로 넘어갔다. 나는 잠을 청했다.

오랜만에 잠을 푹 잤다. 아침 7시쯤 눈을 떴다.

가엾은 루카스가 발견된 지 겨우 28시간이 지났을 뿐인데, 왠지 마음이 차분해졌다. 게다가 다이앤이 제안한 교감직을 생각하니 머리부터 발끝까지 따뜻한 짜릿함이 퍼졌다.

내가 너무 이기적인 걸까? 그럴지도 모른다. 하지만 과학자로서 따져 보면 자기 보호 본능은 인간의 가장 강한 본능 중 하나이다.

나는 이 본능을 잘 다룰 수 있다. 며칠 동안 공장에 헌신하는 척하면 한나가 집주인에게 연락하겠지. 당장 이곳을 떠나고 싶었지만, 이제는 참을 만했다. 루카스와 버니스에게 벌어진 일은 나와는 아무 상관없다고 생각하기로 했다.

햇볕이 내리쬐고 있을 즈음 거리로 나왔다. 그런데도 꽤 쌀쌀해 오들오들 떨었다.

나는 어깨너머로 휙 돌아봤다.

누군가가 태너스워크에서 버몬지까지 나를 따라왔다. 남자였다. 나이는 대충 내 또래. 동그란 안경을 끼고 수염을 길렀다. 이상하게도 낯이 익었다. 이 근처를 어슬렁대는 여느 남자들과 별 차이가 없어서일까.

먼저 잠재적 목격자가 되어 줄 사람들이 인도에 넘치는 걸 확인했다. 홱 돌아서서 멈췄다. 하마터면 그 남자가 나를 칠 뻔했다. 이제야 그가 누구인지 기억이 났다.

"홀든?" 공장 면접날 본 남자였다. 비건 아이스크림 가게 사장 행세를 했지만 사실은 기자였던 홀든.

"임미, 맞지?"

내 이름을 기억한 걸까, 아니면 베로니카가 시켰을까?

"네가 뭘 원하든, 난 할 말 없어." 내 목소리가 살짝 떨려 흠칫 놀랐다.

"왜 이래, 임미. 널 곤란하게 만들 생각은 없어. 단지 공장에서 벌어진 일에 관해서만 얘기하고 싶을 뿐이야."

나는 계속 걸었다. "나 늦었어. 관심도 없고."

이 시간이면 늘 마주치는 인파에 이리저리 부딪혔다. 홀든은 이제 내 옆에 바짝 붙어 걸었다. 그의 애프터셰이브 냄새까지 맡을 수 있을 만큼.

"진심이야? 대가는 톡톡히 할게. 경찰이 말하는 게 사실이면 많은 돈을 벌 수 있어."

"뭐, 대체 그게 무슨 말이야?" 나는 가만히 있을 수 없었다.

"룸메이트가 살해당했다며."

"무슨 헛소리야. 루카스는 마약을 해서 그렇지…." 나는 무심코 내뱉은 말에 놀라 잠시 멈췄다.

홀든이 웃었다. "너희들 모두 힘든 나날을 보내고 있다는 거 다 알고 있어."

"꺼져. 안 그럼 도와 달라고 소리칠 거야." 나는 홀든을 따돌리려 종종걸음을 쳤다.

"상황이 나빠질 거야, 임미. 이 일이 세상에 밝혀지면 매일 집 밖에 기자들이 진을 치고 있을걸. 나한테 공장 얘기를 말해 주면 다른 기자들은 입 닥치게 해 줄게."

나는 계속 걸음을 재촉했지만 마음이 불안했다. 살해당했다고? 루카스가 죽었다는 걸 깨달았을 때 순간 그 생각이 머릿속을 스쳤지만, 경찰은 약물 과다 복용에 초점을 맞추는 것 같았다.

홀든이 내 입을 열게 하려고 거짓말하는지도 몰랐다.

"임미, 내가 한 말 잘 생각해 봐. 네가 말하지 않더라도 네 룸메이트 중 누군가는 일생일대의 기회를 잡으려고 할걸. 장담컨대, 우리는 다른 누구보다 훨씬 더 많은 돈을 줄 수 있어. 얼마면 될까? 네가 값만 부르면 돼…."

나는 홀든의 제안을 못 들은 척하며 발걸음을 옮겼다. 그 돈이면 당장이라도 공장을 떠날 수 있다는 사실을 애써 외면하면서.

아니, 그렇게까지 굽실거리지 않을 거야. 그러면 나도 똑같이 이기적인 년이 될 게 뻔해.

50

6월 16일 토요일

임미

토요일 아침, 애슐리가 〈더 선〉을 들고 테라스로 향했다.

나는 하마터면 웃을 뻔했다. "애슐리, 평소에는 신문 안 읽잖아."

그러다 신문 머리기사에 시선이 꽂혔다. "목숨과도 바꿀 만한 셰어하우스."

"신문에서 그러는데… 루카스가 살해됐대." 애슐리가 나지막하게 중얼거렸다.

"하지만 어떻게…?" 나는 신문을 건네받은 뒤 그 기사를 읽어 보았다. 홀든 라이트 기자의 독점 취재. 무시무시하게 말도 안 되는 거짓말로 가득 찬 기사였다. 루카스는 '국제적인 양조 전문가'이며 공장은 '부유한 엘리트를 위한 문화 공동체'라고 적어 놓았다. 나는 헛소리를 외면한 채 사실만 확인했다.

'루카스 캘러헌(29)의 시신은 지난 목요일 새벽, 최신 공장 건물에서 거짓 화재 경보로 주민들이 대피한 사이에 발견됐다. 입주민 중 한 사람이 나오지 않자 소방대원들은 건물 안으로 들어가 전형적인 도시 젊은이의 시신을 발견했다.

한 소식통에 따르면, 처음에는 약물 과다 복용으로 사망한 것처럼 보였다. 도시에 사는 부유한 다른 근로자들처럼 캘러헌도 코카인에 중독되어 있었다. 또 최근 자살한 것으로 보이는 다른 주민의 사망으로 경찰은 독극물 검사를 긴급 지시했다.'

이 기사는 버니스에 관해 이렇게 소개했다.

'그녀는 퇴폐적인 파티가 끝난 뒤 정확한 시간을 알 수 없는 새벽녘에 호화로운 옥상 테라스에서 몸을 던졌다. 공장은 마음껏 마실 수 있는 공짜 술과 이성 간의 자유로운 섹스로 유명하다.'

보아하니 몇몇 구절은 맞는 말이었다.

'독극물 검사 결과, 경찰은 최악이라고 확신했다. 캘러헌은 코카인 과다 복용으로 사망한 게 아니라 엄청난 양의 인슐린 주사를 맞은 것으로 짐작된다.

캘러헌은 이미 술에 취해 있었다. 즉, 그의 간 상태가 인슐린을 이기지 못하고 심장 마비로 사망한 것으로 보인다. 경찰은 어젯밤 "이제는 살인 사건으로 수사한다"라고 공표했다.'

누군가 정말로 루카스를 죽였다.

그리고 그 사람은 우리 중 한 명임이 틀림없었다. 줌이 말했듯이 공장 내부에 위협이 있다면, 아무리 외부 보안을 개선한다고 해도 우리를 보호하지 못할 게 뻔했다.

내 가슴이 조여들며 기도가 점점 닫히는 듯했다. 그리고 내 온몸에 너무나 익숙한 마비 증세가 퍼져 날 죽이는 것만 같았다.

신문 안쪽에 기사의 마지막 문단이 있었다.

'형사들은 이번 주말에 부유한 공장 주민들을 재심문할 것이다. 한편 경찰 내부 관계자는 공장에서 일어난 괴롭힘 사건과의 연관성도 조사하고 있다고 밝혔다. 공장의 전 주민은 보복성 음란물 혐의에서 무죄 판결을 받았으나, 경찰은 이 사건을 재조사할 가능성이 크다.

경찰은 피해자의 신분을 밝히지 않았지만, 불과 보름 전 옥상 테라스에서 추락한 버니스 부스로 추정된다.

형사들은 또 다른 불안한 사건들로 곤혹스러워하고 있다. 그중 하나는 건물에서 반려동물로 키우던 기니피그가 거주자들의 방임으로 실종된 사건이다. 보통 사이코패스들이 살인을 하기 전에, 동물로 예행 연습을 한다는 건 극히 잘 알려진 사실이다.'

나는 무슨 말을 해야 할지 몰라 애슐리를 향해 고개를 들었다.

"무슨 일이 있어도, 카밀에게 알려선 안 돼." 애슐리가 말했다.

나는 신문을 되돌려 주었다. 내 손가락이 있었던 자리에 기름진 손자국이 살짝 남아 있었다. "맞아. 하지만 기사에서 괴롭힘 사건의 피해자를 버니스라고 오해한 만큼, 나머지 말도 모두 헛소리일지 몰라."

"인슐린은 맞잖아."

애슐리의 눈에 그렁그렁 눈물이 맺혔다.

"대체 그런 게 어디서 났을까?" 내가 말했다.

애슐리의 눈에서 눈물이 떨어지기 시작했지만, 그녀는 알아차리지 못하는 것 같았다. "나한테서."

"뭐라고?"

"나 사실 당뇨병 환자거든. 그게 바로 '나'라는 이유 중 하나야." 애슐리가 털썩 주저앉았다. "뚱뚱하니까. 단 걸 참지 못해서 어렸을 때부터 인슐린을 복용해야 했어."

왜 애슐리는 이 얘기를 숨겼을까? "그랬구나…."

"오늘 아침 친구가 이 얘기를 문자로 보냈길래 신문을 사 온 거야. 루카스가 살해됐다는 말에 내 소지품 상자를 확인했는데, 내 약병들이 대부분 사라졌어."

"얼마나?"

애슐리가 목멘 소리로 답했다. "한 달치."

"젠장, 애슐리."

그녀는 이제 본격적으로 흐느끼기 시작했다. 내가 애슐리를 안아주려 일어서자마자 초인종이 울렸다. 누군가가 현관에 있었다.

경찰? 기자?

다시 초인종이 윙윙거렸다.

우리 둘 다 꼼짝도 하지 않았다. 그저 서로를 끌어안은 채, 한나가 손님을 맞아 주길 기다렸다.

정중함은 사라진 지 오래였다. 경찰이 우리를 지하실로 소환했다. 나는 애슐리와 함께 지하실로 향했다. 카밀과 한나는 이미 그곳에 있었고, 줌이 가장 늦게 도착했다.

줌은 다 체념한 듯 날 보며 미소를 지었지만, 나는 화답할 수 없었다. 계단을 내려오는 동안 곰곰이 생각해 보니 이 건물의 모든 방에 흔적을 남기지 않고 접근할 수 있는 유일한 사람이 줌이라는 걸 깨달았으니까.

뚱뚱한 남자 형사가 지하실로 들어왔다. 다른 경찰보다 훨씬 연륜 있어 보였다. 동료들이 모두 깍듯이 대했다.

"신문에 유출된 건 유감입니다. 물론 대부분 정확하지 않지만, 우리가 캘러헌 씨의 죽음을 의심스럽게 보는 건 사실이에요. 또한 부스 양의 죽음도 더 자세히 들여다볼 겁니다. 이 건물 전체가 범죄

현장이 되어 버렸어요. 그러니 여러분도 우리와 함께 견뎌야 해요. 건물 자체도 엄청 넓으니까요."

"우리는 여러분 모두와 다시 면담해야 해요. 예전 거주자들도 만나 볼 계획입니다. 해답이 필요하거든요."

애슐리가 내 옆에 서 있었다. 똑똑한 아이가 어려운 질문에 대답하고 싶어 애타게 손을 들 듯, 애슐리에게도 그런 기운이 느껴졌다.

"둘 다 살인 사건이라는 건가요?" 줌이 물었다.

형사가 발끈했다. "저는 제 추측을 목격자나 용의자와 공유하지 않습니다. 하지만 캘러헌 씨가 자연사하지 않은 만큼, 다른 관계자가 있는지에 대해 열린 마음이라는 걸 강조해야겠군요. 궁금한 거 있습니까?"

이제 애슐리가 말할 기회를 얻었다.

"제가 지금 할 얘기가 있는데요." 그녀가 입을 열었다. "인슐린에 대해서요…."

나는 손을 뻗어 그녀의 팔을 꼬집었다. 테라스를 떠나기 전, 우리는 이 문제를 의논했다. 일단 다른 사람들 앞에서는 인슐린 얘기를 하지 말자고.

돌연 애슐리가 말을 멈췄다.

"좋습니다." 형사가 말했다. "당신과 가장 먼저 면담해야겠군요. 아무도 버몬지 인근 지역을 떠나지 마세요. 면담 요청을 할 때 반드시 근처에 계셔야 합니다. 안타깝지만, 우리 과학 수사 팀이 여기 있는 동안 여러분이 먹을 커피는 직접 사 드세요. 주방과 다른 공동 구역은 일시적으로 출입 금지니까요."

나는 딱 붙어 있어야 할 친구처럼 애슐리 뒤에서 머뭇거렸다.

목요일 밤에 왔던 여자 경찰이 내게 고개를 돌리며 단호하게 말했다. "면담 시간에는 친구와 함께 있을 수 없어요, 알겠죠?"

나는 고개를 끄덕였다. "물론 안 되겠죠. 하지만… 형사님이 아셔야 할 게 있어요."

51

임미

경찰이 애슐리와 내 진술서를 가져간 뒤, 우리는 함께 길 건너 카페로 향했다. 카페 안 공기가 참을 수 없을 정도로 갑갑해서 자갈밭 위에 놓인 철제 탁자에 앉았다.

"경찰한테 뭐라고 했어?" 애슐리가 물었다.

나는 차마 말할 수 없었다. 지금으로선 그 얘기를 한다는 것 자체가 엿 같았다. "내가… 우리가 그 얘기를 하기로 한 건 아니잖아, 그렇지?"

"맞아. 하지만 서로의 기분을 알아도 되잖아. 난 누군가에게 말해야 했어. 어쩌면 경찰들은 내가 한 짓이라고 확신할지도 몰라. 내 인슐린이니까."

"쉿. 그럴 리 없어. 네가 인슐린을 복용한다는 거 공장에서 또 누가 알아?"

"한나 말고는 아무도 없어. 지원서에 적어야 했으니까." 애슐리가 대답했다. "하지만 만약 다른 누군가가 지원서를 엿볼 수 있다면 어쩌지? 어쨌든 이런 일이 계속 벌어지고 있어서…."

나는 애슐리의 다음 말을 기다렸지만, 그녀는 절대 말하면 안 될 비밀을 공유한 아이처럼 손가락을 입에 갖다 댔다. "어떤 일?" 내가 물었다.

"가끔 어떤 냄새가 났어. 내 방에서. 케이크나 빵, 초콜릿. 내가 먹어서는 안 되는 모든 음식들 말이야."

나는 억지로 웃음을 참았다. "애슐리, 네 방은 영양층 바로 위에 있잖아."

"맞아, 하지만 대체 공장에서 케이크를 먹는 사람이 누구지? 염색업자들은 대부분 글루텐 프리만 먹잖아." 애슐리가 얼굴을 찡그렸다. "게다가 그 냄새는 단지 내 방에서만 맡을 수 있었고, 공동 구역에서는 괜찮았어. 일부러 내 방을 향해 내뿜는 것처럼."

"이런, 애슐리. 대체 왜 누가 그러겠어?"

애슐리가 얼굴을 붉혔다. "제발 이 얘긴 다른 사람한테 말하지 마. 사실 여전히 난… 가끔 폭식할 때가 있어. 어릴 때 부모님이 내가 원하는 걸 마음대로 먹지 못하게 했거든. 당뇨 때문에."

애슐리의 비밀이 폭식이라는 건가? 염색업자가 서로 숨기는 것 같은 다른 사연보다 참 하찮아 보였다. "우리 모두 이따금 당기는 음식이 있어, 애슐리."

"그 냄새 때문에 음식을 탐하는 내 갈망이 훨씬 심해졌어. 누군가가 나를 조종하는 것처럼."

"그럴지도 모르지." 나는 애슐리의 얘기를 애써 무시했다. 그러다 다른 얘기도 떠올랐다. 덱스의 방에서는 항상 술 냄새가 진동했던 거. 그가 술을 마시지 않았다고 바득바득 우길 때조차.

줌이 장난을 친 걸까? 정말 옹졸해 보이는 장난이었다.

하지만 그가 정말 살인자라면? 그 정도 장난은 전혀 이상하지 않다.

"네 말이 맞아, 임미. 내가 과대망상에 빠진지도 몰라…."

바리스타가 음료를 줄 때까지 우리는 말없이 앉아 있었다. 나는 공장을 올려다봤다. 칙칙한 대낮에는 판판한 영화 스크린처럼 보였다. 소름 끼치는 블록버스터 세트장.

사실은 나도 애슐리만큼 호들갑을 떨고 있었다. 나는 경찰에게 줌에 대해 말하기 싫었고, 지금도 그가 살인자라는 게 믿기지 않는다.

하지만 우리 중 누군가는 살인자다.

제이미? 복수가 목적이었다면 루카스가 아닌 카밀을 해쳤어야 했다. 그리고 인슐린에 대해 어떻게 알았는지, 공장에 어떻게 침입했는지 설명할 수 없었다.

덱스가 떠났다. 그는 루카스를 혐오했다. 내 메시지에 아무 응답도 하지 않았다. 게다가 그가 스스로 위험한 사람이라며 자기한테서 멀리 떨어지라고 말한 적이 있었다….

카밀은 어떨까? 그녀가 고통받고 있다는 건 알지만, 어쩌면 그중 일부는 죄책감일지도 모른다. 그리고 슬픔에서 비롯된 유대감을 다소 즐기는 듯한 애슐리가 있었다. 물론 그녀는 공동체를 위해 많은 걸 바쳤지만, 줌과 덱스는 이구동성으로 애슐리가 제멋대로 행동한다고 넌지시 말했다. 그게 살인으로 이어졌을까?

이건 미친 짓이야. 나는 열심히 머리를 굴리며 터무니없는 가설을 쥐어짜고 있었다. 그중에서도 가장 확실한 용의자는 나와 가장 가까웠던 사람이었다. 바로 덱스.

"임미, 저기 좀 봐."

애슐리가 공장을 가리켰다. 출입문이 열리며 제복 경찰이 밖으로 나왔다.

그의 뒤에 줌이 있었다. 줌이 수갑을 차지는 않았지만 자갈길 위를 함께 걸을 때 경찰들이 마치 그가 자기 소유물이라도 되는 듯 바싹 붙어 있었다.

나는 애써 시선을 피했지만, 줌이 이미 나를 쳐다봤다. 우리는 그의 이마에 맺힌 땀방울이 보일 정도로 가까웠다.

"곧 돌아올게." 줌이 경찰차 쪽으로 호송되는 동안 소리쳤다. 두 경찰이 뒷문을 열었지만, 줌은 차 안으로 순순히 들어가지 않고 저항했다. "난 이 일과 아무 상관도 없어. 하지만 누군가 루카스를 죽였으니까 범인이 밝혀질 때까지는 너희들도 몸 조심해."

인내심을 잃은 경찰들이 무죄라고 생각하는 누군가를 억지로 차 안에 들이밀었고, 이내 줌의 모습이 사라졌다.

애슐리와 나는 자갈길을 따라 버몬지를 향해 돌아가는 경찰차를 물끄러미 바라봤다.

경찰차가 사라지고 나서야 애슐리가 날 쳐다보고 있다는 걸 깨달았다. "경찰한테 줌을 캐라고 한 거 너지? 틀림없이 그랬을 거야. 경찰들은 지금까지 우리 둘과만 면담했고, 나는 줌 얘기를 한 적이 없으니까."

"애슐리, 난…."

"대체 경찰들한테 뭐라고 한 거야, 임미? 줌이 살인 혐의로 끌려간 이유가 뭐냐고?"

마치 막을 수 없는 쓰나미처럼 애슐리는 요가 토끼의 순진한 겉모습 뒤에 가려져 있던 모든 분통을 터트렸다.

"모든 게 나한테서 사라지고 있어." 애슐리의 파란 눈이 거의 까맣게 변했다. "네가 여기 오기 전까지 공장은 내 안전지대였어. 나는 모두에게 중요한 사람이었고. 지금은 무의미한 사람으로 전락했어. 네가 우리를 망가뜨렸어. 나를 망가뜨렸다고."

애슐리는 줌이 살인자일지도 모른다는 생각보다 내 배신에 훨씬 분노했다. 그녀의 분노 뒤에 뭐가 있는지 알 것 같아 큰 소리로 불평하는 애슐리를 그냥 내버려 뒀다. 바로 애슐리 자신의 죄의식. 루카스를 죽인 건 그녀의 인슐린이었으니까.

마침내 기운이 다 빠진 애슐리가 조용해졌다. 내가 다시 입을 열었다. "알다시피 내 잘못도, 네 잘못도 아니야. 그리고 이제는 경찰에 맡겨야 해."

하지만 애슐리는 의자를 뒤로 세게 밀며 일어났다. 하마터면 넘어질 뻔했다. 그녀는 날 남겨 두고 그 자리를 떠났다.

"애슐리, 형사들이 건물에서 너무 멀리 가지 말라고 한 거 기억하지?" 나는 뒤에서 소리쳤다.

"그게 무슨 대수라고. 이제는 너도 경찰들이 그 빌어먹을 사건을 해결했다고 생각하지 않아?"

나는 애슐리를 뒤쫓을까 생각하다가 그녀 스스로 진정할 수 있도록 내버려 두기로 했다. 커피값을 내러 카페 안으로 들어갔다. 고전적인 커피 머신 뒤에 1950년대 유물처럼 보이는 바리스타가 서 있었다. 광택이 흐르는 철제 계산대처럼 남자의 검은 염색 머리가 반질반질 빛났다. 그가 나를 이상하게 쳐다봤다. 틀림없이 날 원망하는 애슐리의 말을 들었을 것이다.

"소란스럽게 해서 죄송해요." 내가 말했다. "룸메이트랑 오해가 생겨서요."

"길 건너에서 왔죠?"

나는 고개를 끄덕였다.

"당신도 공공장소에서는 그런 얘기를 조심하고 싶겠죠. 이곳에 기자들이 우글거리거든요."

장사 잘돼서 좋을 텐데. "경고해 줘서 고마워요."

"당신 친구들이 죽은 일은 정말 안 됐어요. 죽는다고 돈을 버는 것도 아닌데." 그가 내 직불 카드를 흔들었다. "나한테는 그래요. 그렇게 끔찍한 일에 휘말리는 게 얼마나 쓰레기 같은 기분인지 알거든요."

나는 뜻밖의 친절함에 흠칫 놀랐다. 그에게 고맙다는 인사를 한 뒤 몸을 돌려 공장으로 향했다. 동시에 내 눈꼬리가 슬쩍 움직였다.

차 한 대가 주차 금지선 위에 서 있었다. 조수석에서 남자의 모습이 보였지만, 내 눈을 먼저 사로잡은 건 거대한 카메라 렌즈였다. 운전석 문이 열리더니 한 여자가 내려 내게 외쳤다. "사망자에 대해 아는 거 있나요?"

빌어먹을 기자.

나는 그 여자가 내게 더 다가오기 전에 공장 문을 더듬거리며 서둘러 안으로 들어가려 애썼다.

"그 남자가 마약 중독자였습니까?" 여자 기자가 소리쳤다. "혹시 당신이 그 남자 애인인가요?"

마침내 나는 간신히 로비로 들어선 뒤 문을 쾅 닫았다.

"다음엔 어떤 일이 생길지 걱정 안 되나요?"

공장 안에서는 과학 수사관 세 명으로 구성된 팀이 범죄 현장일 가능성이 있는 곳을 구석구석 조사하고 있었다. 애슐리와 줌의 방이 엉망진창으로 난리가 났고, 몇몇 공동 구역은 테이프로 봉쇄되어 있었다. 어차피 공동 구역은 제 기능을 잃었다. 두 명이 죽었고, 한 명은 실종됐고, 한 명은 체포됐다.

누구든 방해하고 싶지 않아 나는 내 방으로 갔다. 오늘은 밥 한 끼도 안 먹었지만, 웬지 배가 고프지 않았다. 어쩌면 두려움 때문일지도.

이제 경찰이 유력한 용의자인 줌을 체포한 만큼 훨씬 안전하다고 느껴야 하지 않을까?

덱스에게 또 전화를 걸었지만, 음성 메시지로 바로 넘어갔다. 나는 엄마한테 문자 메시지를 보내서 엄마가 원하면 전화하겠다고 말했다. 엄마는 곧장 짧은 답장을 보냈다. '말은 고맙지만 됐어. 내가 너를 용서했을 때 연락하마.'

나는 책에도, 바느질에도 집중할 수 없었다. 결국 침대에 누워 나지막이 들리는 경찰들의 목소리를 들었다.

누군가 문을 두드리는 소리에 화들짝 놀랐다. 날이 거의 어두워진 걸 보니 나도 모르게 졸고 있었나 보다. 머뭇거리면서도 위협적이지 않은 노크 소리. 그럼에도 난 손바닥에 칼을 움켜쥔 채 방문에 난 작은 구멍을 들여다봤다.

"나야." 애슐리였다. 구멍에 달린 어안 렌즈 때문에 애슐리의 얼굴이 일그러져 보였다. "아까 했던 말 미안해. 진심이 아니었어."

"괜찮아. 우리 모두 지쳤잖아."

"들어가도 될까, 임미?"

돌연 가슴이 조여들었다. "무슨 일이야?" 애슐리가 살인자일 리 없겠지만, 나는 예전에도 여러 번 사람을 잘못 본 적이 있었다.

"경찰은 돌아갔어. 혼자서는 잠을 못 자겠더라고. 오늘 밤, 네 방에서 같이 자도 될까 궁금했어. 그래도… 둘이 있으면 낫겠지 싶어서."

루카스를 하룻밤 재워 줬던 날이 떠올랐다. 그리고 8일 후 그가 죽었다. 만약 내가 그를 외면했다면 뭔가 달라졌을까?

하지만 오늘 밤, 나 역시 혼자 있고 싶지 않았다. 나는 반바지 주머니에 칼을 찔러 넣고 문을 열었다.

애슐리가 깜짝 놀란 표정으로 눈을 깜박였다. "네가 허락할 줄 몰랐어."

나는 촉이 뛰어난 사람은 아니었지만, 왠지 애슐리를 안아 줘야 할 것 같았다. "이리 와."

우리는 서로를 끌어안았다. 애슐리의 라벤더오일 향기를 맡으니 처음 만났던 날, 그녀에게 아무 말이나 내뱉으며 환심을 사려던 기억이 떠올랐다.

그와 동시에 가엾은 버니스의 시체 옆에서 발견한 부서진 라벤더 화분도 생각났다.

잠시 후 애슐리는 깊이 잠들었다. 어린아이처럼 팔과 다리가 이불 밖으로 빠져나왔고, 홀치기 염색을 한 상의가 그녀의 등 뒤에서 말려 올라갔다. 이불을 위로 당겨 애슐리를 덮어 줄 때 나는 그녀의 어깨에 난 까만 멍을 발견했다.

더 자세히 들여다봤다.

멍이 아니라 문신이었다. 그녀의 손목에 두른 섬세한 별 문신과는 모양이 매우 달랐다. 주먹만 한 거미줄 문신이었고, 마치 십 대가 새긴 것처럼 푸른 선이 굵고 투박했다. 물론 애슐리 스스로 문신을 새길 수는 없었을 것이다.

그 중앙에는 추악한 모습의 거미가 파리를 기다리고 있었다.

▸8주차◂

관리자 메시지

한나예요. 이번 주는 앱으로 배포할 메시지를 작성한 사람이 없어 직접 보내기로 했어요.
우리에게 일어난 일의 여파가 평생 남을 거예요. 하지만 지금은 하루하루 조금씩 이겨 내야 해요. 저와 집주인분들은 여러분이 늘 안전하게 지낼 수 있도록 필요한 모든 일을 할 겁니다.
경찰 조사 때문에 약간 혼란스럽겠지만 우리 모두 루카스와 버니스를 위한 정의가 살아나길 간절히 바라고 있어요. 일단 조사가 완전히 마무리되면, 여러분이 전보다 훨씬 안전하다고 느낄 수 있게 더 많은 변화를 끌어낼 생각이에요. 그러니 필요할 땐 저를 찾아 주세요. 저는 항상 여러분 곁에 있으니까요.
한 가지는 변하지 않았어요. 공동체에 사는 사람들을 지원하고 육성하는 우리의 목표 말이에요. 이 목표는 그 어느 때보다 지금 더 중요하니까요.

한나

52

6월 17일 일요일

임미

다행히도 애슐리는 동이 트자마자 살금살금 내 방을 빠져나갔다. 이불을 당겨 그녀의 거미 문신을 덮은 후에도 나는 문신이 잊히지 않았다. 어째서 그녀에게 그런 문신이 있을까? 대체 무슨 뜻일까?

본능이 당사자에게 묻지 말라고 했다.

오늘도 과학 수사팀이 공장에 와 있었다. 나는 밖으로 나와 버몬지 주변에서 일요일을 즐기는 군중 사이를 정처 없이 떠돌아다녔다. 그러다 공원 벤치에 앉아 구글 검색을 했다. '거미줄 문신은 무슨 뜻일까?'

'거미줄 문신은 감옥에서 시간을 보내거나, 집단 폭력에 연루되거나, 그 체제에 갇히는 것과 가장 관련이 깊다.'

룸메이트에게 받은 충격은 다 지난 일이라고 생각했건만, 또 틀렸다. 애슐리가 내가 줌을 고발했다는 사실을 알았을 때, 버럭 화를 내던 태도가 떠올랐다. 어쩌면 그 모습이 사람들이 알고 있는 느긋한 애슐리보다 진짜 애슐리에 더 가까울지도 모른다.

문신이 무슨 뜻이든 나는 나 자신을 보호해야 한다. 사라가 흥분하지 않도록 내가 할 말을 침착하게 정리하고 난 뒤 그녀에게 전화를 걸었다.

"안녕, 임미." 사라가 바로 전화를 받았다. 주변 소음을 들으니 차 안에 있는 것 같았다. "네 하루가 부디 재수 없는 나보다 낫길 바라. 우리는 지금 교외에 있는 꿈의 집을 사려고 시댁 식구들에게 돈을 구걸하러 가는 길이야."

"혹시 어제 신문 봤니?"

"아니, 왜?"

나는 사라에게 루카스의 사망과 독극물 검사, 그리고 경찰도 무슨 일이 일어났는지 영 알아내지 못하고 있다는 사실을 얘기했다.

"제길. 아까 한 말 취소할게. 네가 더 최악이었구나. 공장에 통보는 했지?"

"물론이지. 나는 3개월 안에 떠나고 싶은데, 집주인은 통보 기간을 줄여 줄 생각이 없나 봐. 혹시 내가 도망치는 데 도움이 될 만한 내용은 발견했어?"

"특이사항을 빌미로 계약을 파기할 수 있는 판례법이 있긴 해. 법정에 설 필요는 없는데, 집주인들이 정말 그렇게까지 할까? 내가 집주인들한테 설득하는 편지를 써줄 수 있어. 네 요구를 들어주지 않는 건 생산적이지 않다고 말이야. 물론 극단적 선택이지만."

나는 그런 편지에 대한 한나의 반응을 상상했다. "관리자가 잘 받아들일 것 같지 않아. 오늘 아침엔 우리 모두에게 훨씬 누그러진 메시지를 보내긴 했지만. 법적 절차를 밟기 전에, 마지막으로 한번 그녀와 얘기해 볼 수 있을 거야."

"임미, 안전한 거지?"

아니.

1년이 넘도록 안전하다고 느껴 본 적은 없었다. 사라는 내게 무슨 일이 벌어졌는지 전혀 모른다. 사라에게 그때의 일을 말할 수는 없었으니까. 사실대로 말하면 모든 걸 털어놓는 거나 다름없었다.

이 순간도 어쩔 수 없이 거짓말을 했다. "날 알잖아, 사라. 난 바퀴벌레 버금가는 생존 능력이 있어서 아마겟돈에서도 살아남을 수 있다니까."

"여전하구나. 난 그런 곳에 혼자 있는 널 상상도 하기 싫어. 무슨 일 생기면 언제든 연락해."

내가 공장에 들어갈 때쯤 또 다른 기자가 불쑥 나타나 다짜고짜 물었다.

"그 난민을 잘 아세요?"

나는 걸음을 멈췄다. "도대체 무슨 소리예요?"

"경찰이 체포한 사람이요." 그녀가 말했다. "아프가니스탄에서 온 난민이잖아요. 이슬람교도인가요?"

나는 언론이 정보를 왜곡할 거라 짐작했어야 했다. 미쳐 날뛰는 이민자가 난동을 부리고 있다고.

"함부로 말하지 마세요."

그래 봐야 나도 마찬가지였다.

주변에 아무도 없는 걸 보니 과학 수사팀의 조사가 다 끝난 것 같았다. 한나를 찾으러 아래층으로 내려가는 동안 기자의 질문을 곰곰이 생각해 봤다. 어쩌면 미치도록 친구를 되찾고 싶은 마음에 경계심마저 허물어진 걸지도 모른다.

종교는 줌에게 중요해 보이지 않았다. 하지만 아프가니스탄을 떠나기 전에 목격한 일이 그의 삶에 깊은 영향을 미치지 않았을까.

아니, 그럴 리 없다. 내가 경찰에게 줌을 캐 보라고 말한 이유는 오직 그만이 보안 시스템을 해킹할 수 있기 때문이었다. 부디 줌이 경찰에게 잘 설명하면 좋으련만. 이제는 경찰이 다른 염색업자들을 조사하길 바랐다. 덱스나 카밀, 그리고 애슐리와 그녀의 끔찍한 문신. 물론 제이미도 잊지 않았으면….

이상하게 몸이 부들부들 떨렸다. 아래층이 춥기 때문만은 아니었다. 나는 조심스레 한나의 사무실에 발을 들여놓았다. 그녀의 모습이 보이지 않았지만, 새삼 그 존재가 얼마나 특별한지 떠올랐다. 지하 사무실에는 햇볕이 비치지 않았다. 그래서일까. 세탁 세제 냄새마저 눅눅한 습기를 가려 주지 못했다. 뭐 별거 아니지만.

나는 나가려고 돌아섰다.

"날 찾고 있었나요?"

내 뒤에 한나가 있었다. 그녀의 속눈썹을 세어 볼 수 있을 만큼 아주 가까이.

"한나, 우리가 한 말을 생각해 봤는데요. 아무래도 공장을 떠나야 할 것 같아요."

"이미 상의했었죠. 카밀과 애슐리를 지지하기로 한 합의를 어기겠다는 거예요?"

"그건 확실한 합의가 아니잖아요. 루카스가 살해됐다는 걸 알게 된 지금은 상황이 달라졌고요. 내 변호사도 그렇게 생각해요."

한나의 눈이 휘둥그레졌다. "당신 변호사요?"

"한나, 나도 나 자신을 지켜야 하니까요. 변호사가 집주인들에게 정식으로 편지를 쓰고 싶어 하는데, 그렇게까지 안 해도 합의해 줄 수 있는지 알아보러 왔어요."

한나가 나를 보고 웃더니 컴퓨터 옆에 있던 낡은 의자에 앉았다. "그러면 당신의… 변호사는 모든 사정을 다 알고 있겠네요? 변호사가 당신에게 최선의 이익을 확실하게 챙겨 줄 수 있대요?"

"걱정해 줘서 고맙지만, 그래요. 제가 바라는 최선의 이익은 보증금을 돌려받은 뒤 여길 떠나서 안전한 곳으로 이사하는 거니까요."

한나가 컴퓨터 앞에 앉았다. 그리고는 내게 등을 돌리며 컴퓨터를 켰다. 계약서를 보여 주려는 걸까. 내 오른쪽 신장을 희생하지 않고는 떠날 수 없다는 뜻의 비밀 조항을 보여 주려고?

"이모젠, 우리는 심사 과정의 하나로 공동체에 알맞은 사람들을 데려오는 건지 미리 확인해 봐야 했어요."

개소리 집어치우시죠. 나는 문 쪽으로 걸어갔다. "그럼 면접 과정을 바꾸셔야겠네요. 제대로 먹히지 않으니까."

"반대로, 당신을 심사할 때 몇 번 경고가 있었어요. 하지만 전 당신에게 유리한 해석을 요청하기로 결정했었죠."

"당신이 날 성가시게 하지 않았더라면 정말, 정말 좋았을 텐데." 나는 문 앞으로 가다 뒤를 힐끗 돌아봤다. 컴퓨터 화면에서 어떤 얼굴이 보였다.

내 얼굴.

그 순간 나는 그 말이 무슨 뜻인지 깨달았다.

웰컴 투 The House Share 셰어하우스

53

임미

"대체 무슨 짓을 하는 거예요?"

나는 너무 놀란 나머지 모른 척 시치미를 뗐다.

한나가 의자를 돌리더니 나를 마주 봤다. "요즘 젊은 사람들은 정말 안쓰러워요. 내가 젊었을 때는 경솔한 행동을 해도 잊힐 수 있었지만, 이제는 아무리 지워도 늘 흔적이 남아 있으니까요."

"동정심 넘치시네. 한나, 그건 어디서 난 거죠?"

그녀는 화면을 향해 돌아앉더니 또 다른 사진을 띄웠다. 반짝이는 금색 이브닝드레스를 입은 나를 캡처한 사진이었다. 푹 파인 가슴골과 다리를 둘 다 훤히 드러낸 모습.

"이게 어디서 났는지 정확히 알고 있겠죠, 이모젠. 아니면 이사벨라라고 불러야 하나요? 매춘부치고는 세련된 이름이에요."

나는 충격에 휩싸여 말문이 막혔다. 곧바로 수치심이 밀려왔다.

"사진 닫아 줘요, 제발."

"예쁘기만 하네요. 헤퍼 보이긴 해도. 그리고 타고났나 봐요. 모든 성매매 알선업자한테 별 다섯 개를 받은 걸 보니."

"그들이 내 프로필을 모두 없앴다고 말했어요. 내가 여러 번 확인했고요."

"내가 말했잖아요. 아무것도 사라지지 않는다고."

내 머릿속은 내가 한 짓과 내가 당한 짓의 파편들로 가득 찼다. 생각할 수도 없었고, 말하고 싶지도 않았다.

"이모젠, 난 당신을 비난하지 않아요. 물론 슬프게도 대다수는 그러겠죠. 어쩌면 당신 엄마는 애써 이해할지도 모르겠네요. 하지만 동료 선생님들은 어떨까요. 당신이 빚에 허덕이지 않으려고 했던 짓을 과연 동정해 줄까요? 교사로서 성심성의껏 가르치는 아이들의 부모는요?"

"저 좀… 앉아야겠어요."

한나가 의자에서 일어나고, 내가 대신 그 자리에 앉았다. 컴퓨터 화면과 너무 가까운 곳에, 다시는 보고 싶지 않았던 사진 앞에.

룸메이트에게 차마 부탁할 수 없어 혼자 셀카봉을 들고 사진을 찍다 보니 몇 번이나 각도를 다시 잡아야 했다. 알선업자는 어떤 옷을 입어야 하는지, 어떤 자세를 취해야 하는지, 내 페이지에 어떤 글을 써야 하는지 조언해 줬다. 굳이 말하자면 연애 사이트에 있는 프로필을 모방한 것이었다. 내 화장은 천박하면서도 요염했고, 내 프로필 아래 달린 댓글에는 빈정거림이 가득했다. 이 페이지를 훑어본 사람들은 인생의 동반자를 찾는 게 아니었으니까.

"또 누가… 이사벨라에 대해 알고 있죠?"

"나와 세입자들을 뒷조사하는 사람만요. 여기 사는 룸메이트들은 전혀 몰라요. 우리는 사생활을 매우 중요하게 여기니까요."

나는 그녀를 빤히 쳐다봤다.

"그 원칙을 바꾸어야 할지도 모르겠어요. 당신이 지금 떠나면 애슐리와 카밀이 자신을 탓할 수도 있으니까요. 하지만 이 사진을 보여 주면 적어도 당신을 신뢰하지 않을 테니까. 그들을 안심시킬 수도 있고요."

어째서 내가 걔들이 아는 걸 신경 쓸 거라 멋대로 판단하는 거지? 애슐리의 문신만 봐도 그녀는 자신을 스스로 돌볼 수 있을 만큼 대담했다.

한나가 말을 이었다. "또한 당신의 불안정한 삶이 학생들에게도 영향을 줄 것 같아 걱정되고요. 내가 아는 걸 공유하는 게 내 의무겠지요."

젠장, 학교에서 알면 모든 게 끝이다. 게다가 엄마까지 알게 된다면, 엄마는 망가지고 말 것이다. 나 역시 고향에서조차도 다시 시작할 수 없을 거야.

"몇 주 후면 내 인생을 망칠 거라는 뜻인가요?"

한나가 고개를 절레절레 흔들었다. "이건 원칙과 충성의 문제예요, 임미. 당신도 그걸 분명히 확인했잖아요?"

아니, 난 못해. 빌어먹을.

수치심이 사라진 자리에 분노가 들어앉았다. "당신은 이곳을 지키는 데 왜 그렇게 필사적이에요? 걔들이 당신 자식도 아니잖아요? 게다가 이 일이 당신이 바라는 꿈의 직업도 아니고요? 지하실에 살면서 허드렛일이나 하는 삶에…."

"아까 설명했을 텐데요. 전 여러분 모두를 보호하려고 여기 있는 거예요."

궁지에 몰린 동물처럼 마구 달려들고 싶었지만, 소용없는 일이었다. 그저 숨만 쉬었다. 들이마시고, 내쉬고, 들이마시고, 내쉬고….

"나더러 어쩌란 거죠?"

"얼마 전에 당신이 한 약속만 지키면 돼요. 이 일이 지나갈 때까지 여기 남아요."

"지나가지 않을걸요. 두 사람이나 죽었다고요!"

"임미, 모든 건 지나가요. 전 훨씬 이로운 일에 초점을 맞춰야 하고요. 생각해 봐요. 방을 바꿔 줄 수도 있어요. 그래야 남은 룸메이트들끼리 서로 가까워지고 힘이 되어 줄 수 있으니까요. 이제 겨우 한 달 남짓 남은 학기 말에, 당신은 보증금을 전액 돌려받고, 원하는 대로 나가면 돼요."

"내 사진은요?"

"우리가 뒷조사를 맡긴 사람은 단연 업계 최고예요. 말하자면… 온라인에 있는 개인 정보도 깨끗이 없애 주죠. 당신이 지금 우리를 도와주기만 하면 당신의 잊힐 권리는 덤이 되겠죠."

나는 끝까지 고민하는 척했다. 물론 선택의 여지가 없었지만. "여기 사는 사람 모두를 뒷조사해서 갖고 있나요?"

"제가 설명했듯이, 임미. 전 사생활을 매우 진지하게 생각해요. 그래서 그들에 관한 어떤 것도 당신과 공유하지 않을 거예요." 한나의 눈에 비친 자기 만족감을 보니 공장 애들 모두의 비밀을 죄다 알고 있는 게 분명했다.

다만 누가 루카스를 죽였는지, 그리고 버니스가 스스로 뛰어내렸는지 아니면 누군가 그녀를 밀어버렸는지만 빼면.

나는 자리에서 일어났다. 얼른 그녀에게서 벗어나고 싶은 마음이 간절했다. "한나, 당신이 쥔 그 권력 실컷 즐겨요. 그래 봤자 그저 때깔 좋은 빌어먹을 가정부로 삶이 끝날 테니까."

한나가 고개를 가로저었다. "당신은 때깔 좋은 빌어먹을 매춘부죠. 어떻게 결정할 건지 오늘 밤까지 알려 줘요. 모든 게 확실해야 저도 마음의 준비를 하니까요."

나는 방에 오자마자 울컥 토했다. 입안에 남은 역겨운 잔여물을 없애려 이를 닦았지만, 냄새는 그대로 남아 있었다.

거울에 비친 내 모습을 바라봤다. 평범한 이목구비와 눈 아래 칠한 잿빛 아이섀도. 사실 호신용으로 칠한 건 아니었다.

화장과 보드카가 할 수 있는 일은 참으로 놀라웠다. 전자는 할 수 있다는 신호를 보내고 후자는 정신을 멍하게 한다. 2016년 8월 런던에 처음 왔을 때 돈 때문에 남자들과 잘 생각은 추호도 없었다. 대체 누가 그럴까? 내 월급이 오르긴 했지만, 학자금 대출까지 상환해야 했다. 그래도 모든 걸 감당할 수 있었다. 엄마가 빚 때문에 힘들다고 털어놓기 전까지는…. 나는 엄마 스스로 지출을 관리할 수 있도록 도와주지 않았다.

그저 자투리 빚을 갚으라고 엄마한테 조금씩 돈을 보내기 시작했다. 돈을 보낼수록 엄마는 점점 더 많은 돈을 원했다. 엄마한테 인터넷을 알려 준 건 엄마가 외로움을 덜 느낄 것 같아서였다. 하지만 엄마는 쇼핑 중독에 빠졌다. 편안한 소파에 앉아 온갖 잡동사니를 사들이며 집 안을 가득 채웠다.

결국 내 집세에 엄마 집세까지 내야 하는 상황이 되었다. 내 일이 술술 풀릴 때에도 엄마는 몇 번의 위기를 겪었다. 한번은 엄마가 학교 조회 시간에 다섯 번이나 전화를 걸었다. 나는 슬쩍 자리를 뜨며 혹시 엄마가 병에 걸린 건 아닌지, 아니면 사고를 당한 건 아닌지 마음을 졸였다. 내 전화를 받은 엄마는 대뜸 집행관에게 전화를 건

냈고, 집행관은 오전까지 돈을 이체하지 않으면 엄마의 모든 가구와 TV를 가져가겠다고 협박했다. 죄책감에 사로잡힌 나는 싫다는 말도 하지 못한 채 6개월 내내 엄청난 빚에 허덕였고, 아무리 애써도 출구가 보이지 않아 막막했다.

그러다 성매매 여대생에 관한 잡지 기사를 보고 마음이 솔깃했다. 기사 속 여대생들은 무척 평범해 보였지만, 런던 2존에 살며 값비싼 물건들을 소유했고, 심지어 아파트를 살 돈까지 모아 두고 있었다.

내 첫 성매매 경험은 끔찍했다. 물론 첫 고객은 그 후의 고객들에 비하면 조금도 혐오스럽지 않았지만. 나는 일주일에 단 하룻밤 성매매 일을 했고, 일주일 내내 수업으로 버는 돈보다 훨씬 많은 돈을 벌었다. 내 삶이 모든 면에서 편해졌다. 나는 선생님으로도 훌륭했고, 룸메이트로도 손색이 없었다. 누군가를 행복하게 하려고 내가 해야만 했던 짓을 꼭꼭 숨긴 채 살았다.

일단 성매매 일은 임대료 보증금을 마련할 만큼 벌면 그만둘 계획이었다. 고객은 대부분 외롭거나 심지어 시간에 쪼들리는 고소득층인데도, 나는 이 일이 현재 내 삶을 갉아먹을 뿐 아니라 잠재적으로 위험할 수 있다는 걸 깨달았다.

내가 남자들과 함께 있는 동안은 데이트와 별반 다르지 않았다. 추근대고 먹고 마시는 데 돈이 드는 건 마찬가지였으니까. 단 하나의 차이점은 그들이 돈만 내면 우리의 저녁을 섹스로 끝낼 수 있었다. 정말 간단했다. 돈을 내고 섹스를 하겠다는 고객을 만나면 나는 어떤 것도 거절할 수 없었다.

몸을 팔고 다음 날 아침 4시쯤 집에 도착했을 때, 나는 원래 이모젠으로 돌아왔다. 그리고 학교로 떠나기 전에, 성매매 알선 업체 홈페이지에 접속해 계정을 정지시켰다. 내가 그만둔 건 그뿐이 아니었다. 더는 짙은 화장을 하지 않았다. 목에 난 멍을 가리는 두꺼운 컨실러를 제외하면. 머리 손질도 귀찮았고, 내가 가르치는 아이들이 아닌 다른 누구와도 시간을 보내고 싶지 않았다.

몇 달 후 사라가 내 등을 떠밀며 외출시킨 날, 앨을 처음 만났다. 대부분의 남자들은 내게 관심을 보이지 않았지만, 앨은 초반에 데이트를 할 때마다 나를 다정하게 대했다. 그제야 내게 안전이 필요하며 얼른 그 이상의 안락함을 얻어야 한다는 걸 깨달았다. 그 후 정말 많은 일이 빠르게 지나갔다.

하지만 그건 거짓말이었다. 앨이 사랑에 빠진 여자는 숫기 없는 초등학교 교사였다. 그는 독특하고, 열정적이고, 재미있고, 매력적인 이모젠이 있다는 걸 추호도 의심하지 않았다. 그런 이모젠은 거의 존재하지 않았는데도.

밸런타인데이 밤, 그의 사무실 파티에 가지 않았다면, 내 안의 그녀를 영원히 묻을 수 있었을 것이다. 나는 우리가 인사할 때 그의 상사를 바로 알아봤지만, 눈을 가늘게 뜬 그 남자는 날 어디서 봤는지 알아내려 했다. 나는 그 남자가 영원히 나를 기억하지 못하기를 바랐다.

앨의 상사는 나의 초기 고객 중 한 명이었다. 그 자신이 아니라 해외 클라이언트 세 명을 대접하려고 마련한 야회를 위해서였다. 그 상사는 고급 음식, 값비싼 와인, 순종적인 접대부 등 그런 자리에 있을 만한 모든 상품을 주문했었다. 그런 일들이 비일비재하니 딱히 끔찍한 경험은 아니었다.

하지만 결국 날 기억해 낸 앨의 상사가 월요일 아침에 앨에게 말했다.

그날 밤, 앨은 노발대발하며 따져 물었고, 나는 그에게 해명할 게 너무나 많았지만 그저 침묵했다. 앞뒤 재지 않고 성매매를 하는 사람은 없다고, 〈프리티 우먼〉은 영화 속 얘기라고. 그리고 언젠가는 내가 벌을 받을 줄 늘 알고 있었다고.

젠장! 나는 서랍장에서 증거품 봉투 안에 든 수면제를 꺼냈다. 그날의 충격 이후 의사에게 애원해 처방받아 둔 수면제였다. 약이 남기는 쉿내 나는 몽롱함이 싫었지만, 극심한 불면증 주기를 깨는 건 이 방법뿐이었다.

나는 수면제 한 알을 삼켰다. 확실한 망각에 빠지려면 진으로 씻어 내야 한다. 살금살금 빌어먹을 무인 바로 가서 주문서에 적지도 않은 채 진 한 병을 통째로 훔쳤다. 이왕 이렇게 된 거 경범죄에 절도죄까지 추가하지 뭐.

웰컴 투 셰어하우스
The House Share

54

임미

저녁이 되자 경찰들이 떠났다. 침대 위에 멍하게 누워 있을 때, 어떤 목소리가 들렸다. 남자들 목소리야.

수면제에 진까지 먹었는데도 나는 잠에서 바로 깨어났다. 줌이 체포됐으니 공장에 남은 사람은 여자들뿐이었다.

그럼 지금 밖에 있는 사람은 대체 누구지?

침대에서 일어날 때 머리가 핑 돌아 잠시 비틀거렸다. 나는 겨우 균형을 잡은 뒤 한쪽 주머니에는 전화기, 다른 쪽 주머니에는 칼을 집어 넣었다. 계단을 내려가며 목소리가 들리는 영양층으로 향했다. 제복을 입은 경찰관이 뉴델리로 가는 문을 붙잡고 서 있었다. 가까이 다가가 방 안을 들여다보니 짐을 싸는 줌의 모습이 보였다.

고개를 든 줌이 내 모습을 확인한 뒤 고개를 흔들었다.

"무슨 일이야?"

"경찰이 날 풀어 줬어, 임미. 그래서 지금 이러고 있는 거야."

"아크타르 씨는 추가 조사가 있을 때까지 보석으로 석방되었습니다." 경찰이 말했다.

"공장에 다시 올 거야?"

"아, 걱정하지 마." 줌은 나를 보지도 않은 채 티셔츠와 속옷을 접으며 말했다. 줌의 뒤로 모든 장비와 개인 소지품이 흐트러져 있었다. 과학 수사팀이 그런 것 같았다. "난 옷 갈아입으러 잠깐 들렀고, 내가 행여 뭐든… 조작하나 싶어 내 경찰 친구가 여기서 감시하고 있는 거야. 그렇다고 조작할 게 많이 남았다는 건 아니야."

"경찰이 널 감옥에 데려가는 거야?"

이제야 줌이 나를 바라봤다. "그보다 더 최악이지. 보석으로 풀려나는 대신 부모님 댁에 있어야 해. 사실 부모님이 나보다 이 일에 더 흥분하고 계시지만."

줌이 내 눈을 똑바로 바라봤다. 그동안 있었던 모든 일에도 줌의 눈은 해맑았다. 그때 갑자기 머릿속에 무언가 번뜩였다. 줌은 살인을 할 리 없어. "줌… 사실 내가 경찰한테 네 얘기를 했어."

줌이 여행용 가방의 지퍼를 닫더니 들어 올렸다.

"다 끝났습니까?" 경찰이 물었다. "당신이 여기서 나가는 걸 확인해야 해요. 원하면 지하철역에 내려 줄 수도 있는데? 차라리 그러는 게 어떨까요."

줌이 고개를 저었다. "고맙지만 신선한 공기를 마시고 싶어요."

줌이 방에서 나가려고 할 때 나는 옆으로 비켜섰다. "나랑 애슐리가 카페 밖에 앉아 있을 때 우리더러 몸 조심하라고 했잖아. 그건 무슨 뜻이었어?"

"그냥 단순한 문제야, 임미. 경찰이 여전히 날 틀 안에 가두고 있지만, 나를 구금할 증거가 부족해. 컴퓨터를 되찾자마자 내 결백을 증명할 작정이거든. 그때까지 루카스를 죽인 진범이 누구든 마음껏 원하는 대로 할 거라고."

"네가 아니라면 누구라고 생각해?"

그리고 덧붙였다. "덱스 아니면 제이미? 한나?"

줌이 한숨을 내쉬었다. "하필 최근 공장에 드나든 사람들의 기록이 모두 지워졌어. 백업 파일까지. 경찰은 나만 그런 기술이 있다고 추정하지만, 분명히 숨겨진 재능을 가진 다른 누군가가 있을 거야."

"무슨 생각이 있는 거야?"

방에서 나온 줌이 승강기를 향해 내려갔고, 경찰이 그의 뒤를 따랐다. "내가 그랬다면 왜 너와 공유하겠어, 임미?"

나는 아무 말도 하지 않았다.

엘리베이터에 오르기 직전, 줌이 뒤돌아섰다.

"뭐, 이제 끝났을지도 모르지. 어쩌면 결국 루카스와 버니스가 진짜 자살했을 수도 있고."

"줌, 이것만 말해 봐. 여건이 되면 넌 여기 남아 있을 거야?" 내가 물었다.

줌이 희미한 미소를 지었다. "아마 안 그럴걸. 하지만 네가 여기 오기 훨씬 전부터 공장은 모든 게 잘못되기 시작했어. 아마도 비교적 최근에 온 너한테는 안전한 곳일 거야."

경찰이 승강기 철문을 닫았고, 그들은 아래로 내려갔다. 승강기 소음이 사라지자, 윙윙거리는 커피 머신 말고는 아무 소리도 들리지 않았다.

방에서 다시 졸고 있을 때 한나가 찾아왔다.

"결정했나요?"

나는 고개를 끄덕였다. "선택의 여지가 없으니까요."

"그러면 바르샤바로 옮겨도 되겠군요." 그녀가 말했다.

한나는 베로니카가 줄곧 쓰던 그 방에 좋은 점이 많다고 설명했다. 베로니카의 방은 이미 깨끗이 청소되어 있었다. 베로니카와 두 사람의 죽음 사이에는 뚜렷한 연관성이 없어 경찰도 한시름 놓는 눈치였다. 게다가 바르샤바는 안식층에 있었고, 애슐리와 카밀의 옆 방이었다.

"다들 서로를 돌볼 수 있을 거예요." 한나가 말했다.

나는 맞서지 않았다. "좋아요. 내일 짐을 꾸리죠."

"아니, 오늘 밤에 옮겨요."

"벌써 열 시가 다 됐어요."

"마음먹었을 때 옮기는 게 좋을 거예요." 한나는 그 결정을 절대 무를 수 없다는 식으로 말했다.

애슐리는 나와 함께 재봉틀을 옮기며 내가 짐을 푸는 동안 곁에 머물렀다. 나는 애슐리의 문신이 계속 떠올랐다. 하지만 아무 말도 하지 않을 것이다. 애슐리에게 반감을 품을 필요는 없으니까. 그래도 앞으로 더는 함께 자며 밤을 보내는 일은 없을 것이다. 베로니카의 방은 태너스워크 맞은편에 있는 현대식 아파트를 바라보고 있어 훨씬 폐쇄적으로 느껴졌다.

"이 정도면 분위기가 좋아." 애슐리는 생기 넘치는 본연의 모습으로 되돌아갔다. "너한테도 산뜻한 새 출발이 될 거야. 시간도 이미 늦었고 내일 학교도 가야 하겠지만, 혹시 환영 명상 어때? 10분쯤?"

한나가 내게 원하는 착한 소녀처럼 그러자고 답했다. 요가복으로 갈아입은 뒤 복도를 가로질러 애슐리의 방으로 향했다. 부드러운 통기타 연주가 눈에 보이지 않는 스피커에서 흘러나왔고, 애슐리가 밝힌 촛불의 빛이 벽을 타고 날아다녔다. 숲 향기가 방 안을 가득 채웠고, 요가 매트 세 개가 삼각형 모양으로 배열되어 있었다.

애슐리가 자기 방에 있던 카밀을 데려왔다. 요즘 카밀은 건물에만 머물러서 오전 11시든, 밤 11시든 그녀에게는 상관없는 일일 것이다. 애슐리가 카밀을 매트 위에 앉히는 동안 카밀은 나를 거의 모른 체했다.

"이제 손을 잡자." 모두 자리에 앉아 서로를 마주 보고 있을 때 애슐리가 말했다.

내가 카밀에게 손을 내밀어도 그녀는 날 쳐다보지도 않을 것이다. 나는 그녀의 축축한 손가락을 억지로 붙잡아야 했는데, 왠지 그 행위조차 폭행처럼 느껴졌다.

애슐리는 심박수를 낮추는 의식으로 우리를 이끌었다. 카밀의 피부가 천천히 내 피부에 닿으며 따뜻해졌고 할퀼 듯 움켜쥔 손이 부드러워졌다.

"우리는 지금 이 안에 함께 있어." 애슐리가 속삭였다. "그래. 우리가 잃은 사람들을 위해 슬퍼하고 있지만, 동시에 서로에게 기대고 있지."

애슐리가 용기를 북돋우려는 듯 내 손을 살짝 세게 쥐었다. 나 역시 카밀에게 그랬다. 카밀도 순순히 내 손을 꽉 쥐었을 때, 진짜로 우리가 서로 연결된 것 같은 기분이 들었다.

"의무는 아니지만 원한다면 각자의 기분이 어떤지 공유할 수 있어. 시작하자." 애슐리의 목소리가 무슨 일을 꾸미는 속삭임처럼 들렸다. "나는 우리가 함께 겪은 동일한 슬픔도 느끼지만, 우리 안에 있는 힘도 느낄 수 있어."

카밀이 목멘 소리를 냈다. 내가 눈을 떴을 때 그녀는 울고 있었다. 손으로 얼굴을 훔치며 눈물을 닦으려 했지만, 애슐리가 말렸다.

"그냥 울어, 카밀. 눈물이 흐르게 놔둬. 우리는 서로의 얘기를 들으러 여기 모인 거야."

"친구들이 다 떠났어…." 카밀이 말했다.

카밀의 눈에서 눈물이 뚝뚝 떨어지는 동안 나는 그녀의 얼굴에서 눈을 뗄 수가 없었다. 카밀의 마음은 찢어지고 있었지만, 그녀는 여전히 아름다웠다.

카밀이 침을 꿀꺽 삼켰다. "난 아직 여기 있어. 그리고 제이미가 내게 해코지하러 올까 봐 너무 무서워. 나를 벌주려고 이 모든 일이 벌어진 것만 같아. 제이미는 내 거절에 대한 복수로 성관계 동영상을 퍼뜨리고도 부족하다고 느꼈나 봐. 그는 내 친구들을 죽여야만 했어. 그들이 날 보호해 주고 있었으니까. 난 이제 더는 안전하지 않아…."

애슐리는 내게 이런 뉘앙스를 풍기며 말했다. '내가 알아서 할게.'

"네가 틀렸어, 카밀." 애슐리가 부드럽게 다독였다. "경찰이 수사 중이잖아. 그리고 한나가 보안 시스템을 개선해서 지금은 외부에서 건물 안으로 접근할 방법이 없어. 넌 완전히 안전해."

애슐리는 모르지만, 나는 안다. 누군가가 내 안전을 한번 앗아 가면, 두 번 다시는 완벽하게 안전하다고 느낄 수 없다는 걸.

"제이미와 있었던 일로 상담사를 만나 본 적 있어, 카밀?" 내가 물었다. "그럼 좀 달라질 수 있어."

카밀의 눈이 나와 마주쳤다. "제이미가 나를 잊지 않는데 치료사가 무슨 소용이 있겠어?"

그녀의 얘길 들으며 나는 증인석에 앉아 있던 제이미를 생각했다. 제이미는 복수를 원하는 가장 강력한 이유가 있었다. 하지만 경찰은 이미 제이미를 심문했고 그는 알리바이를 입증했다. 줌은 공장 출입 기록이 지워졌다고 했지만, 제이미는 그 장비에 접근할 수도, 그럴 만한 지식도 없을 것이다.

줌 말고는 누가 그럴 수 있을까? 덱스? 아니. 그는 컴퓨터에 아무 관심도 없었다.

그러고 보니 공장을 가동하는 모든 일에 접근할 수 있는 사람이 한 명 더 있었다. 바로 한나.

"…아니면 집에 가서 가족과 시간을 보내는 게 도움이 될까?" 애슐리가 카밀에게 말했다.

카밀이 고개를 가로저었다. "그 자식 때문에 도망가지 않을 거야. 어쨌든 지금 내게 가장 가까운 사람은 너희들이야."

애슐리가 미소를 지었다. 왠지 우쭐대는 것처럼 보였다. "카밀, 그렇게 생각하는 게 더 나을 거야. 임미, 이제 우리에게 네 심정을 말해 볼래?"

덫에 걸렸고, 기만당했어….

"고맙지…." 내가 입을 열었다. 나 스스로 그렇게 느끼도록 애썼다. "두 사람이 곁에 있는 게 정말 고마워."

음악 소리가 커지자 나는 숨을 내쉬었다. 카밀은 다시 눈을 감았고, 내 손을 잡은 그녀의 손이 따뜻하고 너그러웠다.

이런 상황에서 내가 여전히 좋은 기회를 찾을 수 있을까? 만약 이 시간을 참고 기다릴 수 있다면, 9월이 오면 나는 떳떳하게 교감으로 새로운 출발을 할 수 있다.

나는 결정을 내렸다는 듯 고개를 끄덕였다. "카밀?" 내가 말했다.

"너희들 모두 다시는 괜찮지 않으리라 생각하겠지만 희망은 있어. 나 역시… 비슷한 일을 겪었거든. 물론 완전히 똑같지는 않겠지만, 그래도 내 삶을 이어 올 수 있었어."

애슐리가 내 손을 조금 더 꽉 잡았다. "전에 누구한테든 그 얘기를 해 본 적 있어?"

"아니." 나는 순간 목이 반쯤 메어 울컥했다.

"알다시피, 네가 원한다면 우리한테 말해도 돼. 네 얘기가 이 원 밖으로 새어 나가는 일은 없을 거야."

나는 눈을 감았다. 아마도 수면제가 나의 자제력을 잃게 만드는지도 모른다. 아니면 한동안 묻어 둔 감정이 한때 이사벨라로 불렸던 내 사진을 본 뒤 다시 떠올랐을 수도 있다. 하지만 이제는 고백하고 싶었다.

"바로 1년 전, 어떤 남자가 내 허락도 없이 내게 무슨 짓을 했어. 그리고…."

"계속해."

"죽을 것 같았어. 그래서…."

"눈 감고 말해 봐. 너만의 시간 속에서." 애슐리가 말했다.

나는 그녀의 말대로 했다. 나는 내가 어떻게 그 남자와 함께 침대에 눕게 되었는지는 말하지 않았지만, 다른 모든 얘기는 숨김없이 털어놓았다. 내 목을 감은 손이 내 숨통을 닫았고, 다른 한 손은 가장 부드러운 베개로 내 얼굴을 누르고 있었다고. 내 머리를 누르는 압력에 폐가 타들어 가더니 이내 암흑에 갇혔다고. 그건 진짜 공포였다고.

그리고 나를 죽음의 경계에 이르게 했던 그 남자가 쾌감을 만끽하며 외치는 소리에 다시 정신을 차렸다고.

내가 눈을 뜨자 애슐리가 내 마음을 알겠다는 듯 날 향해 고개를 끄덕였다. “힘든 얘기를 나눠 줘서 고마워. 이제 우리는 함께 있으니까 더 강해질 거야.”

카밀이 나를 뚫어지게 쳐다보며 말했다. “난 항상 우리에게 훨씬 깊은 공통점이 있을 줄 알았어. 네가 면접 때 위원회에 말한 것보다 말이야. 그런 일이 네게 일어났다니 정말 유감이야.”

“이 시간이 도움되었길 바라.” 애슐리가 덧붙였다. 나는 내 얘기를 공감하며 들어 준 사람이 있다는 것만으로도 마음이 한결 가벼워졌다.

명상 시간이 끝나고 방으로 돌아와 침대에 누웠을 때 나는 비로소 카밀과 내가 무언가를 공유한다는 사실을 깨달았다. 그건 깊은 두려움이었다.

그런데 애슐리는 그저 우리의 기억을 들으려 할 뿐, 자신에 대해서는 단 한 가지 사연도 털어놓지 않았다.

55

6월 18일 월요일

임미

수업하는 동안 공장에서 받은 스트레스를 잠시나마 잊을 수 있었다. 쉬는 시간에 휴대 전화를 확인해 보니 낯선 번호로 걸려 온 부재중 전화가 세 통 있었다. 운동장을 벗어나 거리로 나가자, 다시 전화벨이 울렸다.

"임미? 미안해."

덱스다. 살아 있네. 일단 다행이었다. 하지만 묻고 싶은 말이 너무 많아 어디서부터 시작해야 할지 모르겠다. "대체 어디야? 왜 떠난 거야?"

덱스는 마치 달리기라도 한 듯 숨 쉬는 게 힘들어 보였다. "루카스에게 벌어진 일은 나와는 아무 상관없어. 내 누나들의 목숨을 걸고 맹세해."

누나들? 덱스는 한 번도 그런 얘기를 한 적이 없었다. 나는 덱스에 대해 아무것도 알지 못했다. 덱스 안에 살인 본능이 있는지도. "네가 도망쳤잖아, 덱스터. 바로 그날 밤에 누군가 죽었고. 그게 단지 우연의 일치라는 게 믿기지 않아."

침묵이 흘렀다. "나도 알아. 그래서… 마음이 복잡해."

"경찰이 용의자에서 널 배제하려면 네가 밖으로 나와야 해. 이렇게 숨어 있으면 진짜 나쁜 죄를 지은 사람처럼 보이잖아."

"내가 그걸 모를 것 같아?" 덱스의 목소리가 절박하게 들렸다.

내가 도와주겠다는 말이 혀끝에서 맴돌았다. 나는 어릴 때부터 길 잃은 영혼들을 구하고 엄마를 부양해 왔다. 뭐 나를 지지해 준 사람은 없었지만. 나는 결정을 내렸다. "덱스, 가장 가까운 경찰서에 가서 얘기해 봐. 아무 상관이 없다면 괜찮을 거야."

"그럴 수는 없어."

내가 코웃음 쳤다. "바보같이 굴지 마, 덱스. 네 앞가림은 네가 해야지. 그리고…."

"난 덱스가 아니야."

"뭐라고?"

"어떻게 하면 내 말을 믿을래? 아무도 모르는 걸 말하면 되나? 내 이름은 데이비야."

"왜 이제 와서 그런 말을 해? 데이비라니… 그냥 또 다른 거짓말처럼 들리잖아."

전화기 너머로 새들이 지저귀는 소리, 자동차와 화물차가 빠르게 달리는 소리가 들렸다.

"임미, 네가 날 보러 오면 설명해 줄게. 하지만 내가 어디에 있는지 다른 사람한테 말하지 않겠다고 약속해."

나는 내게 강요하는 사람들에게 질릴 만큼 질렸다. "됐어. 난 첩보 영화 같은 헛소리에 관심 없으니까. 게다가 함께 살았던 룸메이트 두 명이 죽은 지금은 더욱!"

전화를 끊고 다시 학교로 돌아왔다. 지금은 나 자신을 보호해야 한다. 덱스나 데이비 같은 다른 사람이 아니라. 아니 그가 누구든.

내가 할 일은 문을 잠그고, 손에 칼을 들고, 날짜만 세면 된다. 덱스, 공장, 앨라스테어, 나를 이사벨라로 고용한 쓰레기들, 그리고 내가 원하는 삶을 방해하는 모든 것들을 잊으려면 스물아홉 날은 더 세야 한다.

이건 생존에 관한 문제니까.

물론 오래된 습관은 쉽게 사라지지 않는다.

점심시간이 되자 내 결심이 흔들렸다. 덱스와 나는 진짜 사랑에 빠진 것까진 아니었지만, 나름 친하게 지내 왔다. 그리고 그는 지금 밑바닥까지 떨어졌다. 그게 어떤 기분일지 나도 안다. 그나마 나는 어젯밤 카밀과 애슐리에게 내 과거를 털어놓은 이후, 마음이 한결 가벼워진 상태였다.

어쩌면 덱스에게도 용서가 필요할지 모른다.

게다가 그가 루카스를 죽였는지 여부가 여전히 궁금했다. 다시 그에게 문자 한 통을 보냈다. '곰곰이 생각해 보니 널 만나야겠어. 하지만 공공장소 어딘가에서. 방과 후에.'

덱스는 고맙다는 말과 함께 우편 번호를 보냈다.

구글 지도를 보니 내가 한 번도 가 본 적 없는 그린 파크였다. 덱스 역시 그랬을까. 경찰들이 득실거리는 왕실 궁전 근처에서 만나는 건 도망 다니는 사람에게 무모한 일일 테니.

새 문자가 도착했다.

'네가 보여. 길을 따라가다 가장 큰 나무 옆에서 우회전해.'

나는 시키는 대로 했다. 그러다 앞에 있는 관목 쪽으로 가라는 또 다른 문자가 왔다. 내 인내심이 차츰 한계에 이르렀고, 나는 그에게 이렇게 문자를 보냈다.

'이게 뭐 하는 짓이야, 지금 보물찾기 해?'

바로 그때 덱스가 내 앞에 나타났다. 얼기설기 자란 수염에 턱선이 파묻혔고, 더러운 재킷 후드 때문에 눈이 그늘져 보였다. 무심코 길을 거닐다 그를 흘끗 봤다면 절대 알아보지 못했을 것이다.

"이게 웬 구린내야."

"애프터셰이브 챙기는 걸 깜빡했네. 게다가 암내가 나야 사람들이 멀찌감치 있으니까."

덱스의 목소리가 좀 다르게 들렸지만, 나는 어떻게 해야 할지 판단이 서지 않았다. 그는 길가에서 벗어나 공원의 가장자리로 향했다. 따라오라는 시늉처럼 부지런히 걷다가 결국 걸음을 멈추더니 공터를 반쯤 바라보는 풀밭 위에 앉았다. 그리고는 눈앞에 보이는 풍경을 휙 훑었다. 빠르게 움직이는 열차에서 창가 자리에 앉은 승객처럼.

"이제는 널 데이비라고 불러야 하나?"

그가 한숨을 쉬었다. "좋을 대로." 새로운 건 수염뿐만이 아니었다. 피곤함에 찌들었는지 십 년은 더 늙어 보였다.

"그동안 잠도 제대로 못 잔 거야?"

"스카우트 캠핑처럼 지내서 그래."

"난 네 썰렁한 농담이나 들으러 여기 온 게 아니야, 덱스. 아니 데이비. 네가 누구든."

덱스가 고개를 끄덕였다. "알아, 임미. 무슨 일이 일어나든, 사람들이 뭐라고 하든, 제발 내 말을 믿어 줘. 난 루카스를 해치지 않았어…." 그가 망설였다.

"그랬겠지. 어련하시겠어?"

"대신 루카스가 죽은 걸 목격했어."

"뭐라고?"

"그날 밤 일찍 루카스를 봤어. 코카인에 취해서 화가 났더라고. 난 이미 떠나기로 결심했지만, 잠을 이룰 수가 없었어. 그러다 걔가 괜찮은지 보러 갔는데… 전혀 괜찮지 않았어."

"그럼 구급차를 불렀어야지? 우리 중 한 사람을 깨우든지?"

덱스가 다시 먼 곳을 응시했다. "루카스가 죽었다는 걸 알았거든. 몸이 차가웠어. 그리고 걔 얼굴? 사람이라고 하기엔 아무것도 남은 게 없었어. 누구든 아무것도 할 수 없었을 거야."

"뭐, 네가 갑자기 빌어먹을 의사라도 된 거야?"

"아니. 하지만 예전에… 약물을 과다 복용한 사람을 봤었어."

"언제? 너 사진작가잖아. 덱스. 아니 데이비. 네가 마약쟁이의 사후 세계라도 찍어 본 게 아니라면 네 말은 믿지 않아!"

"거짓말이 아니야. 일은 아니었고. 하지만 내 잘못이었어."

사람들이 자전거를 타고 지나갔다. 조깅도 하고, 공도 던졌다. 하지만 내 안에는 분노가 쌓이기 시작했다. "듣고 싶지 않아. 넌 루카스를 두고 떠났잖아. 날 버렸고. 그런데 이제 와서 네가 누굴 죽였다는 얘길 하는 거야? 도대체 넌 누구야, 덱스?"

"내 이름은 데이비드 셰퍼드야. 우리 가족은 날 데이비라고 불러. 빈민가 출신도 아니야. 나는 브리스톨과 바스 사이에 있는 마을에서 태어났어. 아직 내 앞가림을 할 만큼 잘나가는 사진작가는 아니라서 부모님께 경제적으로 의지하고 있어."

나는 안간힘을 쓰며 그의 말을 이해하려고 노력했다. "좋아, 하지만 왜 다른 사람인 척 사는 거지?"

"데이비가 한 짓 때문에. 그러니까 내가 한 짓. 나는 공장에 들어갈 때부터 가명을 썼어. 내가 앞으로 어떻게 해야 할지 궁리하는 동안 공장은 안전한 곳이 되어야 했으니까."

안전한 곳. "대체 무슨 일로 숨어 있었던 거야?"

덱스는 멍한 표정으로 시선을 돌리더니 갑자기 갈색 눈동자를 치켜 떴다. "모두 다 나를 괴롭혔어. 그건 사실이야. 내가 좀 다른 일에 말려들었거든. 마약이야. 그래서 빚을 졌고."

나는 고개를 가로저었다. "넌 아직도 거짓말을 하고 있어. 덱스, 아니 데이비. 내가 그걸 어떻게 아는지 알아? 마약으로는 충분하지 않으니까."

"뭐에 충분하지 않다는 거야?"

"한나가 널 협박할 정도로." 나는 눈을 감았다. "그들이 왜 우리를 선별해서 공장에 불러들였을까? 난 지루한 선생님, 넌 가짜 이름을 가진 무능력한 사진작가인데 말이야."

덱스가 어깨를 으쓱했다. "나도 공장에서 왜 우리를 선택했는지 잘 모르겠어."

"우리의 약점을 이용해 통제할 수 있다는 걸 알았으니까."

"설마? 임미, 너한테도 정말 힘든 시간이었겠지만, 나보다 훨씬 더 말이 안 되는…."

나는 양손을 들어 덱스의 말문을 막았다. "들어 봐. 한나가 내 약점을 잡았어. 네가 알 필요는 없지만, 그 탓에… 내가 불리해졌지. 지금 한나는 이 사건이 마무리될 때까지 날 공장에 머무르게 하려고 그 약점으로 날 협박하고 있어."

덱스가 얼굴을 찡그렸다. "한나가 굳이 왜 그러겠어? 그 공장이 한나 것도 아닐 텐데."

나는 고개를 흔들었다. "나도 그 부분은 알 수 없지만 잘 생각해 봐. 줌은 게이야. 그의 부모님은 그 사실을 전혀 모르고. 애슐리도 겉보기와는 좀 다른 것 같고. 루카스는 코카인 중독자였어. 버니스는 자기 나이를 속였을지 몰라. 물론 훨씬 더 심각한 문제가 분명 있었을 거야."

덱스가 내 말을 곰곰이 생각했다. "그래서 그들이 곤경에 처한 사람들을 골랐다면 어쩔 건데? 공장에서는 늘 그곳이 공동체를 만드는 데 도움이 된다고 말했잖아."

나는 덱스의 말에 고개를 끄덕였다. "우리 둘 다 그 실험이 어떻게 되고 있는지 알잖아. 그게 우리 모두를 망가뜨리고 있어."

덱스가 바닥에 있는 풀잎을 뜯더니 손가락으로 갈기갈기 찢었다. 나는 순간 내 몸에 얹은 그의 손, 그의 몸에 얹은 내 손이 떠올랐다. 마치 수십 년 전에 있었던 일 같았다. "모든 사람은 자기만의 짐이 있어, 임미. 만약 루카스와 버니스에 대한 말이 사실이라면, 그들 스스로 목숨을 끊었을 가능성이 더욱 커."

나는 그의 말을 비웃었다. "그게 최고의 시나리오니까 그런 일이 생긴 거야."

공원에서 들리는 왁자지껄한 소리와 함성이 나를 조롱했다. 사람들이 얼마나 평범하게 사는지 문득 깨달았다.

"넌 내가 걔들을 죽였다고 생각해?" 덱스가 조용히 물었다.

"네가 죽였어?"

그가 고개를 흔들었다.

"난 널 믿고 싶어. 하지만 만약 내가 널 믿는다면, 그건 내가 여전히 살인자와 함께 살고 있다는 뜻이야."

"너도 그곳이 진짜 위험하다고 느껴?"

나는 눈을 감았다. "모르겠어. 공장 때문에 내가 완전히 피해망상증 환자가 됐나 봐. 아니면 정말 위험에 빠졌거나."

"내가 할 수 있는 일이 있을까, 임미?"

나는 덱스를 믿고 싶은 마음이 간절했다. 지금은 아무도 믿을 수 없으니까. 지푸라기라도 잡아야 한다. "네가 날 도와줄 처지는 아니잖아?"

덱스는 손에 남은 풀 조각들을 공중에 흩뿌렸다. 그의 손가락 끝이 밝은 초록색으로 물들었다. "글쎄, 공장으로 돌아가지는 못하지. 하지만 누군가는 이 문제를 해결해야 하고, 너 혼자 힘들게 애쓸 필요는 없잖아."

커피만큼 알싸한 풀 냄새가 코끝을 찔렀다. 덱스의 말은 여전히 빈틈투성이였지만, 나 홀로 이 무게를 견디기가 너무 힘들었다.

그러다 돌연 진짜 무슨 일이 벌어지고 있는지 그가 이해할 만한 방법이 생각났다.

56

6월 19일 화요일

덱스

그 집은 내가 탄 노선의 마지막 지하철역에서 도보 22분 거리에 있었다. 걸으면 걸을수록 동네가 점점 허름했다. 날카로운 돌덩어리 자갈이 깔린 누추한 집들이 거리마다 즐비했다. 머리 위로는 이착륙하는 비행기가 보였고, 머리카락이 다 뽑힐 만큼 가까웠다.

293번. 난간에는 어린이 자전거가 묶여 있었고, 이웃집 정원에서는 개 짖는 소리가 크게 들렸다. 현관문 위에 설치된 보안 카메라도 보였다.

어쩌면 여기 온 게 큰 실수일지도 모른다. 하지만 날 위해서 하는 게 아니었다. 나는 용기를 잃기 전에 재빨리 초인종을 눌렀다.

나이가 부쩍 들어 보이는 노인이 세 치수나 큰 티셔츠를 입고 문 앞으로 나왔다.

"당신이 기자라면 우리는 할 말이 없어요."

그의 목소리가 생각보다 괄괄해 그제야 나는 그가 사십 대 후반이라는 걸 깨달았다.

"아니에요. 전 줌의 친구 덱스라고 합니다."

어제, 임미에게 내 진짜 이름을 알려 준 이후, 너무 오랫동안 물속에서 떠돌아다니는 것 같은 느낌이었다. 나는 다시 거짓말 속으로 후퇴하고 있었다.

그 남자가 입술을 곧게 펴며 경멸하는 듯한 표정을 지었다. 그리고는 집 안으로 다시 걸어 들어가더니 내가 알아듣지 못하는 언어로 아줌을 불렀다.

줌이 모습을 드러냈다. 그는 나를 보자마자 고개를 가로저었다.

"지금쯤은 상황이 진정됐을까 싶어서…."

내가 사과하려고 입을 열었지만 줌이 그만하라는 듯 손을 들었다. "아버지는 이제 막 내가 연쇄 살인범이 될지도 모른다는 걸 받아들이셨어. 이제 내가 아무 데서나 자는 이름 모를 흑인의 가장 친한 친구가 됐다고 말이야. 끔찍해 죽겠어."

나는 웃어야 할지 말아야 할지 몰라 잠시 머뭇거리다 재수 없는 런던 토박이 말투로 입을 열었다. "중요한 일이야. 알지? 잠시 집 밖으로 나갈 수 있어?"

"아, 같이 놀아 줄 친구가 필요하구나. 물론이지. 경찰들이 아직 나한테 추적 장치를 달지는 않았거든." 줌이 뒤편 의자에 걸어 둔 운동복 상의를 잡아당겼다. 꽃무늬 여자 샌들부터 큼직한 단화까지, 수십 켤레의 신발이 줄지어 있었다. 집 안쪽으로 다시 들어간 줌이 다른 언어로 뭐라 소리친 뒤 밖으로 나왔다.

걷는 동안, 줌이 청바지 주머니에서 담배 한 갑을 꺼냈다.

"줌, 언제부터 담배 피웠어?" 내가 물었다.

"보석금을 내고 집에 돌아왔을 때부터. 하루에 스무 번씩 나갈 핑계를 대. 이제 한 개비 남았어." 그가 담배에 불을 붙였다. "여기 왜 왔어, 덱스?"

“임미가 위험에 빠질지도 몰라서. 나랑 임미가 사망 사건 배후에 누가 있는지 알아내야 하거든. 우리 둘 다 넌 제외했고.” 이건 거짓말이었다. 하지만 임미와 나는 그렇게 말하기로 동의했다. “임미는 네가 공장에 대한 정보를 온라인으로 찾아 줄 거라 생각하나 봐.”

줌이 곁눈질로 나를 흘겨봤다. “임미가 여기 없어 유감이네.” 그가 말했다. “그랬다면 정말 편안한 재회였을 텐데.”

“임미는 네가 화낼까 봐 나더러 대신 다녀오라고 했어. 자기 진술 때문에 네가 체포당했다고.”

우리 앞에는 작은 놀이공원이 있었고, 학생들 한 무리가 그네 근처에서 놀고 있었다.

줌은 공원 문을 지나더니 벤치에 앉았다. 나도 그 옆에 앉았다. “실은, 덱스. 내가 직접 경찰한테 보안 시스템을 해킹했다고 말했어.”

“뭐?”

“수사를 방해하기 싫었거든. 일부러 죄다 불었어. 내가 위원회에 화가 난 이유, 걔들을 들쑤시려고 했던 짓들까지 말이야.”

“하지만….”

“물론 난 경찰이 장난꾼과 살인자 사이의 차이점을 알아내길 바랐지. 실제로 경찰이 훨씬 분석적이기도 했고.”

“경찰은 아직도 널 의심해?”

줌은 한숨을 내쉬었다. 그리고는 담배를 다 피우더니 손가락을 실룩거렸다. 마치 허전한 그 자리를 채울 다른 게 필요하다는 듯.

“경찰이 풀어 주긴 했지. 일단 증거를 찾을 시간이 더 필요하니까. 장담컨대 경찰한테 너 여기 있다고 전화하면 얼씨구나 하고 체포 영장 들고 올걸.”

나는 당장이라도 경찰이 올 것 같아 오싹했다. "근데 왜 그러지 않았어?"

"궁금해서. 덱스, 나나 네가 아니면 누가 그랬을 것 같아?"

"몇 명 안 남았잖아. 임미는 한나를 몹시 의심하고 있어. 난 카밀, 아니 심지어 애슐리일 수도 있다고 생각해." 나는 고개를 가로저었다. "사실 그중 어느 쪽도 그럴 것 같지 않아."

갑자기 줌이 손짓했다. 나이 많은 아이 한 명이 우리 쪽으로 걸어왔다. 다들 교복을 입고 있었다. 한낮에 여기서 노는 걸 보니 학교를 빼먹은 것 같았다.

"원하는 게 뭐예요?" 아이가 물었다.

"내가 너한테 담배 몇 개비 살게." 줌이 말했다. 그 아이는 모욕을 당한 것처럼 보였지만, 교복 주머니 속으로 손을 넣더니 담뱃갑을 꺼냈다. 칼이 번쩍이는 게 보였지만 줌은 눈치채지 못한 채 동전 몇 개를 건넸다.

"나는 젊은 사업가를 격려하는 게 좋아." 줌이 말하자 아이는 투덜거리며 친구들 무리로 돌아갔다. "한나, 맞아. 그녀일 수도 있어. 날 제외하면 모든 방에 출입할 수 있는 유일한 사람이 한나잖아. 하지만 유감스럽게도, 덱스. 내가 아는 한 너도 확실치 않아."

"아니 왜?"

"그날 밤 네가 도망쳤으니까. 또… 네가 누군지 몰라도 덱스라고 불리는 사진작가는 절대 아니야."

나는 아무 반응도 보이지 않으려고 애썼지만, 임미가 줌에게 가보라고 했을 때 이 말이 나올까 두려웠다. 줌의 관심사를 딴 데로 돌려야 했다.

"알았어, 그런데 임미가 의심한 사람이 한 명 더 있어. 제이미야."

줌이 씩 웃었다. "내 주의를 딴 데로 돌리려는 거야, 덱스? 알았어. 일단 제이미를 용의자로 삼아 알아보자. 제이미는 자신을 거의 파괴할 뻔한 사람들에게 복수하려는 동기가 분명해 보이니까."

그가 재킷 주머니를 향해 손을 뻗었다. 나는 잠시 줌에게 무기가 있는지 궁금했다. 하지만 그는 낡은 전화기를 꺼내더니 갤러리를 스크롤 했고, 이미지 하나를 확대한 뒤 내게 건넸다. "네가 혹시 이 일도 임미에게 말하고 싶을지 몰라서. 버니스가 뛰어내린 토요일 날에 찍힌 거야. 누군가 그녀를 밀었을 수도 있지만."

이미지는 공장 출입문 밖에 서 있는 젊은 남자의 사진이었다. 남자는 감시 카메라가 어디 있는지 정확히 알고 있다는 듯 고개를 옆으로 돌렸다. 하지만 나는 늘어진 젖살로 그의 턱선을 가늠할 수 있었다. "이 사람이 제이미인가 봐."

"응." 줌이 고개를 끄덕였다. "그날 애슐리의 발효 워크숍에서도 그를 본 기억이 없거든. 대체 거기서 뭘 하고 있었을까?"

"공장을 떠나는 모습으로 보이는데?"

"응. 26분 후에. 그러니 제이미가 버니스를 직접 옥상에서 밀 수는 없었을 거야. 그런데 만약 그가 버니스에게 겁을 주거나 절박하게 만드는 협박을 했다면, 뛰어내리는 게 유일한 탈출구가 될 수도 있지 않았을까?"

"루카스가 죽던 날도 제이미가 공장에 왔을까?"

"너한테 이런 말까지 할 생각은 없었지만, 네가 살인자라면 이미 알고 있을 거야. 최근 공장의 출입문 CCTV 영상이 서버에서 지워졌거든. 대단한 우연의 일치 아니야? 한나라면 그럴 수 있어. 아니면 그런 일을 의뢰할 만큼 돈이 많은 사람이거나."

"아니면 너?"

줌이 따가운 눈초리로 나를 빤히 바라봤다.

우리 중 누가 상대방보다 먼저 쩔쩔맸는지 결코 알 수 없을 것이다. 한쪽 끝에 있는 아이들은 맥주 캔을 따고 서로 엎지르며 난리가 났다.

"정말 왜 왔지, 덱스? 네가 곤경에서 벗어났는지 알아보려고?"

"아니야. 임미가 부탁했어. 그녀는 지금 도움이 필요해. 지금 한 나가 임미를 협박해서 공장에 붙잡아 두려고 하거든."

"도대체 그들은 친절한 초등학교 교사한테 뭘 원하는 걸까?"

"임미가 그 얘기는 하지 않더라고. 다만 공장에 계속 머무르고 있는 것만으로도 불안한가 봐."

줌이 일어서더니 운동복에서 두 번째 담배를 꺼냈다. "내가 임미와 널 돕고 싶어도 경찰이 내 노트북과 휴대 전화를 가져갔어. 이건 우리 엄마가 쓰던 옛날 전화기고. 이 사진은 버니스가 죽었을 때 뒷조사를 하느라 이미 클라우드에 올려 둔 거야. 그래서 내려받을 수 있었어."

살짝 마음이 놓였다. 만약 줌이 온라인으로 공장을 조사하지 못한다면 나를 조사할 수도 없다. 하지만 그렇게 되면 임미에게 전혀 도움이 되지 않는다.

나는 주머니에 손을 넣어 30파운드를 꺼냈다. "줌, 난 널 믿지 않아, 너도 날 믿지 않아. 그렇지만 우리 둘 다 임미를 아끼잖아. 인터넷 카페에 가면 제이미와 한나를 조사할 수 있을 거야."

줌이 돈을 바라봤다. "내가 널 조사해도 괜찮겠어?"

"나보다는 그들에게 집중했으면 좋겠어. 공장에서 실제로 무슨 일이 벌어졌는지 알아내면 우리 모두에게 이익이겠지."

물론 그 사실을 밝혀내도 내 미래는 변하지 않을 것이다.

줌이 돈을 챙겼다. "좋아. 노력해 볼게. 그나저나 네 누나들이 널 보고 싶어 할 텐데."

나는 그를 빤히 쳐다봤다. 지금까지 일부러 모른 척한 걸까? 줌은 이미 내가 누구인지, 내가 무슨 짓을 했는지 알고 있을까?

"왜 나한테 누나가 있다고 생각해?"

"그냥 한번 찔러 본 거지. 너처럼 자신만만한 사람들은 거의 자기를 신처럼 떠받들고 챙기는 헌신적인 누나들이 있더라고."

57

6월 19일 화요일

임미

이 드레스를 또 입을 줄은 꿈에도 몰랐다.

부드러운 천이 엉덩이 주변을 꽉 조였다. 내가 마지막으로 이 드레스를 입었을 때는 너무 빈털터리라 제대로 먹지도 못했었다. 드레스를 아래로 잡아당겼더니 목선이 너무 내려왔다.

가슴골이든 다리든, 다 안돼. 단 이사벨라일 때만 빼고.

덱스는 거리에서 기다렸다. 현재 그의 꼴이 워낙 지저분하다 보니 술집 경호원들이 안으로 들여보내 주지 않은 것 같았다. 물론 이렇게 시시한 술집은 제이미 헨더슨 또래에게나 어울리는 곳이지만. 줌이 현재 제이미가 일하는 곳을 추적했고, 덱스가 사무실에서 나오는 제이미를 미행했다.

두 사람이 한 팀으로 엮인 게 믿기지 않지만, 내가 의지할 수 있는 사람은 그들뿐이었다.

"생일 파티를 하는 모양이야." 덱스가 내게 전화했다. "다들 흥청망청 샴페인을 마시고 있고, 제이미는 모든 여자애한테 추근대고 있어. 그와 얘기해 보고 싶다면 오늘 밤이 적당할 것 같아."

제이미가 법정 방청석에 앉아 있던 날 봤을 리 없겠지만, 혹시나

하는 마음으로 이사벨라 시절처럼 진하게 화장했다. 누런 살갗에 촉촉한 파운데이션으로 생기를 주고, 검은 아이섀도로 스모키 화장을 하고, 입술에는 자두색 립스틱을 발랐다. 빨간색은 너무 매춘부 같으니까.

립스틱은 너무 오랫동안 사용하지 않아 질감이 분필 같았다. 나는 세면대 거울에 바싹 붙어 립스틱을 바른 뒤 입술을 살짝 닦아 낸 다음 이에 묻었는지 확인했다.

이제 모든 준비를 마쳤다.

베이스로 연주되는 댄스 음악이 흐를 때, 나는 화장실에서 나와 계단을 올라갔다. 마침내 제이미가 내 모습을 힐끗힐끗 쳐다봤지만, 나는 그를 향해 천천히 걸어가는 척하다 계산대 쪽으로 방향을 틀었다. 이렇게 차려입으니 남자 직원 두 명이 서로 내 주문을 받으려다 발이 엉켜 넘어졌다.

"뭘 드릴까요?"

"토닉. 얼음을 많이 넣어 주세요." 나는 정신을 바짝 차려야 했다.

제이미는 잔뜩 취해 있었다. 양복은 구겨졌고, 보드라운 얼굴은 축 늘어져 있었다. 나는 다시 그의 시선을 붙잡으려 자세를 고쳐 앉았고, 얼마 후 제이미가 나를 주시하기 시작했다. 아차 싶었지만, 잠시나마 남을 속이는 나 자신이 싫었다.

아니야. 덱스가 전해 준 말로는 제이미는 줌이 생각하는 유일한 용의자였다. 물론 덱스가 내게 진실을 말하고 있는지 여전히 확신할 수 없지만.

나는 홀짝홀짝 술을 마셨다. 고개를 들었다 내렸다 하며 입술을 핥았다. 모든 게 너무나 어설프고 뻔해 보였지만, 이렇게 행동하면 제이미보다 나이가 많고 훨씬 영리한 남자들에게는 잘 먹힌다는 걸 경험상 알고 있었다.

내가 또 한 번 그렇게 행동했더니 제이미는 내가 유혹하려는 다른 남자가 있는지 뒤를 돌아봤다. 그리고는 동료에게 뭐라고 속삭였고, 동료는 나를 확인하더니 용기를 내라는 듯 제이미를 쿡쿡 찔렀다. 마침내 무리에서 빠져나온 제이미가 내가 있는 자리에 합석했다.

"혹시 기자는 아니죠?"

나는 고개를 저었다. "아뇨. 왜요? 당신 유명한 사람이에요?"

제이미가 살짝 웃었다. 술 냄새가 진동했다. "유명하지 않을 수도 있고요."

"재밌네요."

"사실은 아니에요. 누구 기다려요?"

"친구요. 하지만 날 바람맞혔어요. 집으로 돌아가기 전에 술이나 마저 마시려고요…." 나는 말끝을 살짝 흐리며 슬며시 날 따라와 내게 더 나은 제안을 하라고 은근히 부추겼다.

제이미가 망설였다. 아무리 술에 취했어도 수줍음을 극복하기에는 역부족일지도 모른다. 이 남자가 정말 카밀을 괴롭히고, 버니스를 자살로 이끌고, 루카스를 살해한 사람일까?

나는 토닉을 한 모금 더 마시며 그를 가만히 응시했다. 제이미의 눈에 노골적인 갈망이 드러났다. "제가 한 잔만 사 드려도 될까요?" 그가 말했다.

나는 시계를 보며 웃었다. "정 그러시다면야."

한 잔이 여섯 잔으로 바뀌었다. 제이미의 잔은 더블이었고, 내 잔은 그가 화장실에 갈 때마다 화분으로 향했다. 나는 매 순간 올바르게 판단해야 한다. 제이미가 내 질문에 얼마나 깊은 속내가 있는지 알아차리지 못할 만큼 취할 때까지 기다려야 한다. 하지만 아직은 그만큼 취하진 않았다.

슬쩍 창밖을 보니 덱스가 질투심 많은 전 남자 친구처럼 우리를 관찰하고 있었다.

제이미와 나는 런던에 관해 이야기했다. 사람들, 교통 체증, 소음 등. 이야기의 주제가 스코틀랜드로 바뀌자, 제이미의 눈가가 촉촉해졌다. 문득 제이미가 울지도 모른다는 생각이 들었다. 내가 가족에 관해 묻자 아니나 다를까 그가 울음을 터뜨렸다. 제이미는 자기 집이 부유하다는 말은 하지 않았다. 어쩌면 내가 꽃뱀이라는 생각에 덜컥 겁이 났을지도 모르지만, 무심코 내뱉은 말이 이미 시인하고 있었다. 별장, 기숙 학교. 가난한 나를 은근히 깔보는 듯한 특권층의 냄새가 솔솔 풍겼다.

"런던 생활은 참 학교 같아요." 제이미가 말했다.

"나이 많은 남자애들이 원하는 건 뭐든 할 수 있는 그런 규칙이 있었나요?"

제이미가 어깨를 으쓱했다. "사람을 지치게 한다는 거? 우리 학교는 아니지만요. 따돌림도 있었죠. 제가 좀… 어리숙했거든요." 그가 당황한 듯 웃었다. "지금은 극복했어요."

"저도 그 말에 동의해요." 나는 제이미의 눈을 똑바로 마주 보며 말했다. 사실 제이미는 어른이라기보다 버릇없는 아이처럼 보였다. "지금은 어디에 살아요?"

제이미는 해머스미스에 있는 셰어하우스에 산다고 답했다. "전

런던 남부에 살아요." 내가 말했다. "정말 최악이죠. 언젠가는 템스 강 근처에 살고 싶어요. 런던 브리지나 버몬지. 거기 사는 친구가 있거든요."

"음, 제가 처음 런던에 왔을 때 거기 살았어요. 하지만 다시는 그 동네로 가고 싶지 않아요. 거짓말쟁이와 사이코패스들이 득실득실하거든요."

"좀 심하네요."

"진짜예요. 심한 정도가 아니었다니까요. 내 룸메이트들은 서로를 들쑤시는 걸 게임이라고 생각했어요. 그게 걔들 삶이었죠. 하마터면 제 사회생활이 끝장날 뻔했어요."

"정말요?"

제이미가 고개를 끄덕였고, 나는 그가 계속 말할 수 있도록 잠시 침묵했다. 그러다 마지막 순간에 그가 고개를 가로저었다. "알고 싶지 않겠죠."

제이미가 다시 화장실로 향했고, 그사이 덱스에게 문자를 보냈다. '제이미가 미끼를 물지 않아.'

답장이 왔다. '그럼 플랜 B. 하지만 안전이 먼저야.'

나는 내가 계획한 일에 의존하지 않길 바랐다. 제이미가 돌아왔을 때 나는 덥다고 투덜거리며 산책을 제안했다. 우리가 술집을 나설 때 구석에 있는 CCTV를 힐끗 올려다봤다. 이 상황을 녹화하고 있길 바라며…. 나는 이 어른 아이가 살인자라고 믿지 않았지만, 내 판단 역시 믿을 수 없었다.

해가 지자 밤이 더 시원해졌다. 내가 벌벌 떨었더니 제이미가 재킷을 벗어 맨어깨 위에 걸쳐 주었다. 그는 내게 키스하려 애썼지만,

내가 쉽게 한 발짝 비켜설 정도로 취해 있었다.

"제가 좀 취해서 그러는데, 우리 앉을까요?"

보행자 다리에서 제방까지 내려다보이는 위치에 벤치가 있었다. 주변에 사람이 많아 비교적 안전해 보였다.

제이미는 보드카 냄새만으로도 불이 붙을 것 같은 숨을 내쉬며 내 쪽으로 몸을 기울였다.

나는 손을 들어 올려 그가 더 가까이 오지 못하게 막았다. "제이미, 저한테 화내지 않았으면 하는데 사실 할 말이 있어요."

"당신 매춘부군요." 그가 말하고는 킥킥 웃었다. "괜찮아요. 그럴 줄 알았으니까. 나 돈 있어요. 얼마만 돼요?"

순간 내 안에서 분노가 솟구쳤다. 하지만 받아들여야 했다. 어차피 매춘부처럼 옷을 차려입고 그렇게 행동했으니까. 날 매춘부라고 생각하는 제이미를 비난할 수 없었다.

"제이미, 난 매춘부가 아니에요. 난 공장에 있는 당신 방에 이사 온 사람이에요. 정말 두려워요."

술에 취한 그의 뇌가 내 말을 알아듣고는 눈이 이리저리 날렵하게 움직였다. "당신, 걔들이…." 제이미는 정신을 똑바로 차리려는 듯 고개를 가로저었다. "이거 함정이야? 이 빌어먹을 년."

"약속해요. 당신을 함정에 빠뜨리는 게 아니에요. 경찰은 내가 여기 있는 걸 몰라요. 한나도 그렇고요."

"카밀은?" 그의 목소리에 일말의 희망이 엿보였다.

"내가 여기 있는 걸 아는 사람은 줌뿐이에요."

제이미가 얼굴을 찡그렸다. "좋아요. 걔는 누구도 편들지 않았으니까. 물론 경찰이 그를 체포했지만, 맞죠? 나뿐만 아니라…." 그가 갑자기 말을 멈췄다. "두려우면 떠나요. 이제 나랑은 아무 상관도 없는 일이지만."

제이미가 일어서려 할 때 내가 그의 손을 잡았다. "그들이 날 못 떠나게 해요, 제이미. 당신도 직접 말했잖아요. 거짓말쟁이와 사이코패스들이라고. 그리고 당신은 당신 생각이 확실하다고 여기지만 그렇지 않아요."

"그게 무슨 소리예요?"

나는 숨을 내쉬며 이중 속임수가 통하기를 바랐다. "그들이 버니스가 죽던 날 공장 앞을 서성이던 당신 사진을 갖고 있어요. 당신이 그곳에 돌아갈 리 없으니까 분명 그들이 사진을 조작했을 거예요, 그렇죠?"

제이미가 멍한 표정을 지으며 다시 벤치에 앉았다. "젠장. 젠장!"

"맙소사. 당신 돌아갔었나요?"

제이미가 눈을 감았다. "순간적인 충동이었어요. 공장에 살 때 등록한 이메일들을 지금도 받고 있거든요. 공장 공개일에 관한 애슐리의 메일을 읽었죠. 제 삶을 살아가려 노력하고 있었지만… 카밀이 간절하게 보고 싶었어요."

내가 예상치 못한 반응이었다. "왜요?"

"카밀은 다른 사람들과 달라요. 그녀는… 나약해요. 그리고 사과하고 싶었죠. 카밀을 사랑했으니까요. 아니, 지금도 사랑하고요."

"소송이 그렇게 끝나고 카밀을 만나러 가는 일은 분명 공연한 짓일 텐데요?"

"그건 단지 버니스와 루카스가 카밀을 꼬드겨서 벌어진 일이에요. 걔들이 특별한 걸 더러운 걸로 바꿔 놨어요." 제이미가 두 손으로 머리를 감싸 쥐며 나지막이 속삭였다. “전 그저 마지막으로 카밀을 설득해 공장을 떠나게 하고 싶었어요.”

“카밀이 뭐라고 하던가요?”

제이미가 숨을 깊이 내쉬었다. “카밀을 만날 기회가 없었어요. 버니스가 날 먼저 발견했거든요. 우리는… 얘기를 나눴어요. 전 정말 버니스가 싫어요. 그 여자를 진짜 증오했어요. 공장에서 벌어지는 모든 불미스러운 일은 그녀의 힘겨루기 때문이었으니까.”

“그럼 그때 카밀을 해치지 않았단 말이에요?”

“네. 하지만 걔들이 카밀을 보호한답시고 그녀의 마음을 뒤틀었어요. 만약 제가 카밀과 제대로 사귈 수 있었다면, 걔들의 그 작은 공동체부터 망가뜨렸을 거예요.”

제이미의 말이 묘하게 들렸다. 내가 그 내기를 알고 있다는 걸 참작하면, 그 말이 사실이 아니라고 확신할 수 있을까? “버니스한테 뭐라고 했어요?”

“버니스에 대한 생각을 솔직히 털어놨죠. 딱히 예의를 갖추진 않았지만.”

“버니스는 뭐라고 하던가요?”

“왠지 예전 같지 않더라고요. 제가 버니스에 대한 생각을 말했을 때 거의 반박하지 않았거든요. 이상하게… 길을 잃은 것 같았어요.” 나는 제이미가 버니스를 밀었다는 두려움에 사로잡힌 게 아닐까 생각했다. 육체적으로는 아니더라도 정신적으로. “그래서 그 길로 나왔죠. 쓰러진 사람을 발로 차는 느낌이었으니까요.”

“그 후 카밀을 만나려고 했나요?”

“아뇨. 버니스가 그러지 말라고 애원했어요. 카밀이 재판 이후 벼랑 끝에 서 있다고, 만나 봐야 저나 그녀한테 이로울 게 없다고 설득하더군요."

"그래서 바로 떠났군요?"

"네. 루카스 사건이 터지고 경찰이 날 만나러 올 때까지 버니스가 죽었는지도 몰랐어요. 그리고 경찰은 내게 그 CCTV 사진에 관해 말하지 않았어요."

어쩌면 경찰은 일부러 함구하고 있을지도 모른다. 나는 내가 그들의 사건을 망치지 않길 바랐다. "경찰이 왜 당신을 의심하는지 당신 입장에서도 이해할 수 있을 거예요."

제이미가 고개를 끄덕였다. "솔직하게 얘기할게요. 한때는 너무 화가 나서 그들 모두에게 복수하고 싶었어요. 카밀도 포함해서요. 하지만 버니스와 루카스를 아무리 혐오했다고 해도 걔들이 죽었으면 좋겠다는 생각은 추호도 한 적 없어요."

나는 그를 믿고 싶었다. "그러면 누가 그들을 죽였다고 생각해요, 제이미?"

그가 쓴웃음을 지었다. "공장에 살았던 모든 사람에게 각자 그럴 만한 이유가 있겠죠. 한번은 로니한테 이 모든 일에 일종의 시적 정의가 있다고 말한 적이 있어요."

"로니요?"

"베로니카요. 내 상사였거든요. 애초에 날 보증하고 공장에 불러들인 게 베로니카였어요."

하마터면 그녀에 대해 잊을 뻔했다. "어떻게 그게 시적 정의라는 거죠?"

"결국 버니스와 루카스는 그들보다 훨씬 더 사이코패스적인 사람과 마주쳤으니까요. 과연 그럴 확률이 얼마나 될까요?"

"정말 대단한 우연의 일치처럼 보이네요."

"이제… 절 심문하는 건 끝났죠?" 제이미가 내 추리를 방해하며 말했다.

"네." 나는 그의 재킷을 돌려주었다. "미안해요. 그럴 필요가 없었다면 당신을 속이지 않았을 거예요."

제이미는 어깨를 으쓱하더니 약간 비틀거리며 일어섰다. "어쩐지 당신이 짜증날 정도로 자꾸 신경 쓰이더라니."

그가 워털루 쪽으로 걸어가며 재킷을 다시 걸쳤다. 싸늘한 밤공기가 맨어깨와 다리에 부딪혔다. 나는 이제 무엇을 믿어야 할까? 또 누구를 믿어야 할까? 전혀 모르겠다.

분명한 건 이게 끝이라고는 믿지 않는다.

58

6월 20일 수요일

임미

나는 밤새워 뒤척이다 일어났다. 커피 한 잔을 손에 들고 자물쇠가 채워진 내 옛날 방과 루카스와 버니스가 살았던 방을 지나 테라스로 나갔다.

내일은 아주 긴 하루가 될 예정이다. 그래서일까. 테라스에 한여름의 후끈한 공기가 노르스름하게 감돌았다. 내 학생들도 뜨겁게 달아올라 엄청나게 투덜대겠지. 그래도 아이들과 있다 보면 죽음에 관한 생각이 멈출지도 모른다.

어젯밤 제이미가 내게 한 말을 곰곰이 생각해 봤지만 아무것도 명확하지 않았다. 진실처럼 느껴지는 유일한 부분은 버니스의 분위기에 관한 말이었다. 그렇게 상처가 많은 사람끼리 함께 모여 살 확률이 얼마나 되는지 추측했던 부분도.

아니, 그는 상처가 많은 사람이라고 말하지 않았다. 사이코패스들이라고 말했다.

수업이 너무 고됐다. 쉬는 시간에 전화기가 윙윙대더니 모르는 번호로 문자가 왔다.

'줌이야. 널 급히 만나야 해.'

줌에게서 연락이 올 줄은 몰랐다. 덱스는 내가 줌을 경찰에 고발한 일로 그가 여전히 화가 나 있다고 했다. 나는 답장을 보냈다. '무슨 일이야? 수업 끝나면 바로 나갈 수 있어.'

나는 아이들을 건물 쪽으로 다시 이동시키며 그의 답장을 기다렸다.

'덱스에 관한 일. 옥스퍼드 서커스, 오후 5시 괜찮아? 보석 조건 때문에 공장 근처로는 갈 수 없어. 그리고 오후 8시부터는 통행금지 시간이야.'

퇴근 길에 버스를 타고 시내에 가는 동안 줌이 무슨 말을 하려고 하는지 궁금했다. 그동안 벌어진 모든 일에도 나는 줌을 볼 수 있길 바랐고, 그가 괜찮은지 내 눈으로 확인하고 싶었다. 덱스를 제외하면 내가 언제든 시간을 낼 수 있는 유일한 염색업자니까.

지저분한 차창 밖으로 황폐했던 도시 풍경이 점점 풍요롭게 변했다. 하지만 상류층은 과대평가되어 있었다. 표면을 긁으면 그 밑은 다 썩어 빠졌을 텐데. 어쨌거나 공장에서 보증금을 돌려받으면 학교 근처, 좀 더 현실적인 집을 찾아볼 작정이다.

줌은 옥스퍼드 서커스의 큰 교차로 맞은편 모퉁이에 서 있었다. 군중이 그의 주변을 빙빙 돌 때마다 머리를 좌우로 획획 돌렸다. 왠지 그가 연약하고 작아 보였다. 나는 줌을 향해 손을 흔들었지만 그는 내가 길을 건넌 뒤 자기 시야에 들어설 때에야 비로소 알아챘다. 줌은 날 보더니 깜짝 놀랐다.

"괜찮아. 나뿐이야." 내가 말했다.

"사람이 너무 많아. 좀 더 조용한 곳으로 갈 수 있을까?"

우리는 존 루이스 카페로 향했다. 그곳의 고객은 대부분 우리보다 두 배나 나이가 많았고, 바느질 도구와 조리 용품, 스페인식 절임 소시지로 가득 넘치는 재활용 가방을 들고 있었다. 서로 텔레파시라도 통했는지 줌과 나는 커피가 나올 때까지 잠자코 기다렸다. 이윽고 바리스타가 커피를 가져다주었다. 나는 그에게 왜 나를 만나고 싶어 했는지 물었다. "사진작가 덱스가 실은 바스 출신의 부잣집 아들 데이비라는 얘기라면, 난 이미 알고 있거든."

줌은 놀란 것 같았다. "덱스가 말했어?"

"응."

"하지만 걔가 이것도 말했어?" 줌이 메신저백을 열더니 인쇄물이 든 서류철을 꺼냈다. "내가 인터넷 카페에서 이걸 찾아냈어. 인쇄 품질은 형편없지만 뭔지 알아볼 수 있을걸."

줌이 탁자 위로 서류의 첫 장을 슬쩍 밀어 넣었다. 뉴스 웹사이트 기사였다.

'하우스 파티에서 사망한 18세 여성, 약물 중독으로 밝혀져.'

올 4월 초에 실린 이 기사는 젊은 여성이 수상한 엑스터시를 복용한 뒤 병원에 도착하기도 전에 사망했다는 끔찍한 사연을 다루고 있었다. 그녀의 이름은 언급되지 않았지만, 파티가 열린 곳은 웨스트 런던에 있는 해머스미스 근처였다.

"그래서?"

"일단 내가 덱스의 실명을 알아냈어. 리버스 이미지 검색, 선거인 명부를 뒤지니까 찾기 쉽더라고. 그러다 덱스가 공장에 오기 전에 어디 살았었는지도 알게 됐어. 그 여자가 죽은 곳, 바로 그 집이었어."

나는 바로 이틀 전, 그린파크 잔디밭에 앉아 덱스가 했던 말이 생각났다. '약물을 과다 복용한 사람을 본 적이 있어.'

나는 눈을 깜빡이며 현재로 돌아왔다. "이게 다 신문 기사야?" 줌에게 물었다.

줌은 몇 장을 더 넘겼다. "증거가 필요하다며 당시 파티에 참석했던 사람들이 나서 달라는 경찰의 진정서야. 게다가 몇 주 전에 그 여자의 장례식에 대해 친구들이 올린 게시글도 많아."

마지막 장에 그녀의 사진이 있었다. 예쁘다고 말하기엔 식상할 정도로 아름다웠다. 가엾은 버니스가 떠오르는 붉은 머리카락, 교정기를 가리는 듯한 살짝 어색한 미소. 그리고 경영학을 공부하는 학생이었다.

나는 몸이 부르르 떨렸다. "이 일 때문에 덱스가 공장에 왔다고 생각하는 거야? 걔가 이 여대생한테 마약을 공급해 준 일 때문에 도주 중이었다?"

"물론 확신할 수 없어. 그래도 타이밍이 좀 그렇잖아. 덱스가 그 파티장에 있었고, 불과 일주일 후에 공장에 지원한 걸 보면."

나는 눈을 감았다. 덱스는 공원에서 루카스보다 먼저 약물로 죽은 사람을 봤다고 말했다. 틀림없이 이 여대생이었을 것이다. 순간 또 다른 기억이 떠올랐다. 버니스가 죽은 뒤 내가 술에 취한 덱스에게 정신 차리라고 했을 때, 그는 자신이 누군가를 해칠지도 모른다며 경고했다. '난 위험해, 임미….'

여대생의 약물 과다 복용은 고의로 보이지 않았다. 하지만 세 사람의 뜻밖의 죽음에 덱스가 등장했다면, 그건 우연의 일치라고 할 수 없다. "덱스가 연쇄 살인범이라도 된다고 생각해?" 내가 좀 큰 소리로 말하자, 옆 테이블에서 라떼를 마시던 두 여자가 깜짝 놀라 고개를 들었다. 이렇게 진지한 상황이 아니라면 웃긴 장면이 될 뻔했는데.

줌은 한숨을 쉬었다. "너무 억지스럽게 들린다는 거 알아. 그렇지만 상황이 그래. 내가 가장 두려운 건 그 여대생의 죽음과 버니스나 루카스 사이에 아무 연관성이 없어 보인다는 거야."

"그럼 뭐, 덱스가 재미로 살인을 한다는 거야?"

줌이 어깨를 으쓱했다. "아마 덱스 자신도 모르겠지. 더 큰 문제는 이제 우리가 어떻게 할 것인가야. 내가 애써 찾은 혐의를 경찰에게 넘기기는 싫거든."

"줌, 너에 대해 경찰한테 얘기한 일은 정말 미안해."

"괜찮아. 덱스에게도 말했지만 나도 경찰한테 직접 말했어. 어떤 식으로든 너에게 책임을 묻지 않을 거야."

"덱스한테 이 얘기도 했어? 걔가 그랬거든. 내가 널 궁지에 몰아넣은 것 때문에 네가 여전히 화가 나 있다고."

줌은 고개를 흔들었다. "전혀 아니야. 여기서 분명한 건 덱스는 내 반응이 두려워서 네가 나한테 직접 말을 걸지 않도록 확실히 해 두고 싶었을 거야."

덱스가 또 어떤 거짓말을 했을까?

"나는 그냥… 덱스를 믿었어, 줌."

"덱스는 널 믿을 것 같아? 네가 경찰에 신고할 수도 있겠지. 경찰은 그를 찾는 일에 아직도 큰 진전이 없는 것 같아. 만약 네가 덱스한테 노골적으로 물어본 뒤 그의 대답을 어떻게든 녹음한다면, 우리가 진실을 알아낼지도 몰라. 하지만 위험할 거야."

"공장에 사는 것보다 더 위험하겠어?" 나는 눈썹을 치켜올리며 말했다.

"그렇게 걱정되면 공장을 떠나야지."

"지금은 그럴 수 없어. 한나가 내 보증금을 움켜쥔 채 나더러 한 달 더 있으라고 붙잡아 두고 있어. 그 돈 없이 당장은 새집을 구할 방법이 없거든."

줌이 나를 이상하게 쳐다봤다. "살아남을 수 있는 더 나은 기회가 있다면 분명 몇 주 동안 토스트에 콩만 얹어 먹어도 버틸 만한 가치가 있을 거야."

나는 고개를 숙였다. "그게… 생각보다 훨씬 복잡해."

"한나와 그녀의 파일 때문이지?"

나는 아무 말도 하지 않았다.

"내가 덱스만 조사한 게 아니야. 공장에 살 때 한나와 공장에 대한 정보를 찾으려고 노력했지만, 이상하게도 아무것도 발견하지 못했어. 지금은 다른 곳을 조사 중인데 훨씬 재밌는 걸 찾아냈어."

"예를 들면?"

"한나가 과거 덴마크 오르후스 대학에서 집단 심리학을 전공한 영향력 있는 학자였다는 사실?"

"그거야말로… 이상하네."

"게다가 공장을 소유한 지주 회사는 스칸디나비아에서 가장 큰 제약 회사 중 하나인 포밀렉스와 연결되어 있어. 거대 제약 회사와 공동생활이 과연 자연스러운 동반자일까?"

"우리도 모르게 약을 먹이고 있는 게 아니라면."

"다시 말하지만, 난 이 정보 역시 런던 경찰서에 있는 내 경찰 친구들과 공유하지 않을 거야." 줌이 시계를 쳐다봤다. "난 이제 지하철을 타야 해. 그래야 보석 조건을 깨지 않고 안전하게 집에 갈 수 있어. 사랑하는 가족과 함께 〈러브 아일랜드〉(영국에서 방영되는 연애 리얼리티 쇼-옮긴이)나 보면서 또 밤을 보내야지."

"그리고 난 지옥으로 돌아가고."

"임미, 네 진짜 집은 어디야?"

나는 '집'이라는 단어가 잡아당긴 슬픔을 억눌렀다. "체셔. 하지만 떠난 지 한참 됐어. 돌아가고 싶지도 않고."

"난 포밀렉스와 한나를 계속 파헤칠 거야. 어쩌면 그들이 네 임차권을 억지로 쥐고 있는 게 너한테 도움이 될지도 몰라. 그리고 덱스하고는 거리를 둬. 내일 아침에 다시 얘기하자. 그때는 상황이 더 분명해 보일 거야."

런던 브리지로 향하는 지하철을 타고 가는 동안, 나는 똑바로 생각할 수 없었다. 덱스에 관해 알게 된 사실에 섬뜩했다. 하지만 어쩌면 덱스도 누군가에게는 진실을 말하고 싶어 할지도 모른다는 생각이 들었다. 무슨 일이 있었는지 말해 달라고 내가 설득해 볼까?

적어도 덱스는 더는 공장에 살지 않는다. 한나에 관한 얘기도 역시 무서웠다. 설마 우리가 그녀의 연구를 위해 제작된 실험용 미로 안에 사는 생쥐들일까? 만약 그렇다면 한나는 어떤 집단행동을 증명하거나 반증하려고 했을까?

나는 공장에 들어서자마자, 한나가 어떤 학문적 실험의 목적으로 설치했을지 모를 카메라나 마이크가 있는지 모든 조명 장치, 모든 설계 사항을 다시 조사했다. 물 한 잔을 따라 냄새를 맡으며 살짝 맛을 보기도 했다. 뭔가 이상한 맛이나 냄새가 나는지, 제약 회사의 흔적이 있는지 샅샅이 살폈다.

아무것도 없어.

논리적으로 따져도, 어떤 제약 회사도 이런 식으로 실험을 진행하지는 않을 것이다.

얼어 죽을 논리. 나는 큰 병에 든 신선한 물을 유리잔에 가득 채워 방으로 가져갔다.

덱스가 나한테 전화를 걸었다. 나는 그가 음성 메시지를 남기지 않을 거라는 걸 뻔히 알면서도 벨 소리가 울리도록 그대로 둔 채 받지 않았다. 덱스를 어떻게 대해야 할지 아직 결정하지 못했으니까.

저녁 식사 후, 애슐리의 부드러운 협박에 넘어가 카밀과 함께 테라스에서 하는 일몰 요가에 참석했다. 카밀의 팔다리가 너무 가늘어 더 뻗으면 부러질 것 같았다.

"우리는 지금 하지에 아주 많이 가까워졌어." 애슐리가 단언했다. "초기 인간이 알아낸 이 시기가 모든 생명체에 커다란 영향을 미쳤어. 우리도 태양의 힘을 느껴 보자."

나는 애슐리를 바라봤다. 그녀는 눈을 감은 채 말하고 있었다. 줌이 내가 임차권에서 벗어날 수 있는 무언가를 찾더라도, 수상쩍은 문신에 흡혈귀처럼 감정을 빨아먹는 애슐리에게 카밀을 버릴 수 있을까?

"우리는 태양의 마지막 광선이 사라지더라도 내일 다시 떠오른다는 사실에 의지할 수 있다는 걸 알고 있어. 온기를 들이마시고, 두려움을 내쉬자."

그런 다음 우리가 인공 잔디 위에 앉아 애슐리의 캐모마일 차를 마시는 동안, 나는 줌과 상의한 일을 털어놓아야 할지 곰곰이 생각했다. 둘에게 두려움을 주고 싶지 않았지만, 완전한 무지 속에 가두는 일도 안전할 것 같지 않았다.

"음, 내가 너희 둘에게 할 얘기가 있어. 여기서 벌어진 일에 관한 거야. 덱스에 대해서도."

카밀이 날카롭게 고개를 들었다.

"줌이 덱스에 관한 몇 가지 사실을 알아냈어. 덱스가 공장에 오기 얼마 전에, 그가 살던 집에서 여대생이 죽었어. 그리고 또 다른 거짓말을 했다는 사실도 알게 됐어."

애슐리가 숨을 들이마셨다. "그 여자가 어떻게 죽었는데?"

"마약 때문에. 적어도 경찰은 그렇게 말했어."

카밀이 고개를 가로저었다. "루카스처럼?"

"성급하게 결론을 내려서는 안 돼. 경찰이 모든 걸 다 알고 있을 테니까." 내가 말했다. "그리고 잊지 마. 우리는 한나가 개선한 새로운 보안 시스템 덕분에 공장 안에서는 그 어느 곳보다 안전해야 해."

애슐리가 내 몸에 팔을 두르자 라벤더 향기가 내 코끝을 찔렀다. 문득 애슐리의 등에 있는 거미줄 문신이 떠올라 그녀의 손길을 뿌리치고 싶었다. 하지만 그럴 수 없었다. 애슐리는 우리를 돕고 싶어 했다. 나는 그녀 역시 다치게 하고 싶지 않았다.

"쉬, 임미." 애슐리가 속삭였다. "네 말대로 경찰이 알아서 할 거야. 그리고 한나가 우리를 위해 최선을 다하고 있어."

너무 심하네.

나는 애슐리에게 어깨를 으쓱했다. "한나가 그럴까? 진짜로? 넌 한나에 대해 아무것도 몰라. 우리 중 누구도 잘 알지 못해."

애슐리가 입을 삐죽거렸다. "한나를 좋아한 적이 없구나?"

"한나를 좋아하고 말고의 문제가 아니야. 이건…." 내 안에서 좌절감이 쌓이고 있었지만, 나는 소리치지 않으려고 안간힘을 썼다.

"한나는 친절한 관리인이 아니야. 그녀는 대학교 때 심리학을 공부했어. 지금은 우리를 연구하거나 그런 것 같아. 그리고 공장은 스칸디나비아 제약 회사가 소유하고 있어. 논리적으로 생각해 봐. 이 건물을 팔거나 평범한 방법으로 세를 놓으면 훨씬 많은 돈을 벌 수 있었는데, 왜 공동체를 만들었을까? 무슨 꿍꿍이가 없는 한."

카밀이 고개를 저었다. "그게 뭔데?"

애슐리는 회의적인 표정을 지었다. "뭐야, 임미. 그럼 우리가 약을 먹고 있다는 거야? 실험용 기니피그로 쓰이고 있다고?"

나는 버니스의 침대에서 죽은 기니피그 벨라가 생각나 돌연 웃고 싶은 끔찍한 충동에 사로잡혔다. 애슐리가 이상한 소리를 내는 순간, 나는 어디선가 한나가 나타나 내가 중요한 연구를 망쳤다고 비난하길 반쯤 기대하고 있다는 걸 깨달았다.

억지로 숨을 내쉬고 들이마신 뒤 다시 입을 열었다.

"나도 정답은 없어. 됐어? 물론 모든 게 합법적일 수도 있지. 하지만 그 비밀이 나를 괴롭히고 있어. 솔직히, 얼마나 더 지켜야 할지도 모르겠어."

"제발 우리 곁을 떠나지 마, 임미." 카밀이 떨리는 목소리로 내 이름을 불렀다. "난 모든 게 그대로였으면 좋겠어." 카밀의 얼굴이 일그러졌다. 나는 손을 뻗어 그녀의 손을 잡았다. 무게가 느껴지지 않을 만큼 너무 가벼운 손이었다.

애슐리는 내 행동을 지켜보더니 나와 카밀의 손을 맞잡았다. 우리 셋은 원을 그리며 빙 둘러앉았다.

애슐리가 웃었다. "늘 그대로일 거야." 그녀가 말했다. "우리는 함께 이 일을 헤쳐 나갈 거야. 예전보다 더 잘 끝낼 수도 있고."

59

6월 21일 목요일

임미

한여름 날.

나는 학교에서 아이들에게 하지와 스톤헨지, 그리고 그 4톤짜리 바위들이 그 자리에 있게 된 수수께끼를 이야기했다.

"우주 외계인이 옮겼을까요?" 패트리스가 물었다.

"뭐든 가능해. 그래서 설명할 수 없단다."

나는 수업에 집중하려고 안간힘을 쓰고 있었다. 어젯밤 내내 그랬듯이 오늘도 내가 생각하고 있는 단 한 사람은 덱스였다. 나는 우리가 함께 보낸 밤을 회상하며, 내가 잠든 사이 그가 나를 죽이려고 음모를 꾸미고 있는 게 아닐지 의심스러웠다. 그러다 빨간 머리 여대생이 생각났다. 버니스와 비슷하게 생겼고, 그녀도 지금은 죽었다는 사실에 우연을 뛰어넘는 어떤 의미가 있지 않을까?

물론 나는 덱스가 누군가를 죽일 수 있다는 걸 쉬이 받아들일 수 없었다. 그리고 진실이 무엇이든 그가 계속 도망칠 수는 없다. 어떻게 설득해야 그를 도울 수 있을까?

쉬는 시간에 줌의 문자를 받았다.

'이메일 확인해 봐. 지금 당장.'

그건 한 장짜리 문서였다. 그리고 내가 무슨 뜻인지 이해하는 순간, 곧장 덱스에게 전화해야 했다. 연결음이 두 번 울리자 덱스가 전화를 받았다.

"왜 도망쳤는지 알아, 덱스." 나는 그를 데이비라고 생각할 수 없었다. "네가 살던 집에서 파티가 있었고, 무슨 일이 벌어졌는지도 알고 있어. 이 모든 걸 끝내려면 경찰서에 가야 해. 원한다면 나도 같이 갈게."

덱스는 아무 말도 하지 않았다. 전화기 너머로 마치 터널이나 지하도에 있는 듯한 발소리와 목소리가 메아리쳤다.

"내가 어디 살았는지 알았다면, 내가 무슨 짓을 했는지도 알겠네. 그런데 왜 나를 도와주려는 거야?"

"네 잘못이 아니니까. 그걸 증명할 만한 증거를 네게 보여 줄게."

"거짓말이야."

"약속할게. 거짓말 아니야. 카밀을 감시하려면 퇴근 후 버몬지에 있어야 하는데, 잠깐 만날 수 있을까?"

"설마 내가 공장으로 돌아갈 거라 생각하는 거야?"

"거긴 말고. 공원이나 레더마켓 가든? 덱스, 약속할게. 이제 숨을 필요 없어."

한숨 소리가 들렸다. "임미, 네가 내 위치를 경찰에게 말하지 않을 거라는 걸 어떻게 믿어?"

"우리가 제이미를 만난 그날 밤에도 난 경찰에 널 신고할 수 있었지만 하지 않았어. 제발 날 믿어 줘."

또다시 한숨 소리가 들렸다. "좋아." 그가 말했다. "4시 반에 만나. 하지만 네가 날 함정에 빠뜨릴 작정이라면, 나도 가만히 있지 않을 거야. 두 번 다시는 내 소식을 듣지 못할 테고."

애슐리는 난민 아이들과 함께 자원봉사를 떠나기 전, 3시쯤 평소처럼 내게 인계인수 메시지를 보냈다.

애슐리는 그런 봉사로 뭘 얻을까? 전에는 그녀가 착해서 그런 줄 알았다. 지금은 취약 계층과 함께 일하는 게 그녀가 스스로를 통제하는 요소인지 궁금했다.

'성급하게 판단하고 싶지는 않지만, 오늘은 카밀이 좀 나아진 것 같아. 우리가 함께 있다는 걸 아니까 스트레스를 덜 받는 것 같기도 하고. 도움이 필요하면 한나한테 얘기해. 애슐리.'

나는 버스를 탄 뒤 런던 브리지 근처에서 내렸다. 얼굴 위로 뜨거운 햇볕이 내리 쬐었다. 덱스가 나를 믿고 모습을 드러내기만 한다면, 모든 게 끝나는 시점이 아닐까.

나는 부산스럽게 공장 안으로 들어갔다.

"카밀? 나 왔어, 이모젠."

카밀은 대답하지 않았다. 요즘따라 잠을 많이 자는 듯했다. 조용한 공간에서 계단을 오르는 내 발소리가 메아리쳤다. 나와 카밀, 한나가 없다면, 이곳은 완전히 텅 빌 것이다.

나는 주방에 도착할 때쯤 살짝 숨이 차 수도꼭지에서 물을 따랐다. 어제는 여과 장치에 약을 탔을지도 모른다며 불안해했지만, 오늘은 내 모든 피해망상이 우스꽝스럽게 느껴졌다.

"커피 타 줄까?" 나는 목청을 높였지만, 역시 묵묵부답이었다. 어쩌면 테라스에 올라갔을 수도 있다. 꽤 근사한 오후였으니까. 나는 그녀와 장래에 관한 일이나 공장을 떠날 때 무엇을 할 수 있을지 얘기를 나눌 수 있을 것이다. 그러면 뚜렷한 명분 없이도 그녀와 편하게 연락할 수 있을지도 모른다.

나는 물 한 잔을 들고 안식층으로 향했다. 덱스를 만나기 전에 딱딱한 출근복을 갈아입어야 했다. 덱스가 나를 만나는 순간부터 모든 게 잘될 거라는 걸 알았으면 좋겠다.

물론 칼을 챙겨 나갈 것이다. 혹시 모르니까. 바르샤바로 들어간 뒤 카밀에게 또다시 전화를 걸었다. 그러다 고개를 돌리는 순간, 나는 멈칫했다.

카밀의 방문이 활짝 열려 있었다.

"카밀? 카밀, 거기 있어?"

나는 카밀의 방을 향해 걸어갔다. 불안한 마음에 살갗이 찌릿찌릿했고, 무슨 소리라도 들릴까 싶어 안간힘을 쓰며 귀를 기울였다. 다시는 안 돼. 제발.

"젠장!"

내 손에 든 유리컵이 요란한 소리를 내며 바닥에 떨어졌다. 맨발목 위로 차가운 물이 튀었다.

카밀의 방은 뒤죽박죽이었다.

안으로 들어서자 깨진 유리 조각들이 발바닥 아래에서 오도독오도독 바스러졌다. 유리 조각 하나가 샌들 틈새로 미끄러지며 피부를 꿰뚫는 순간 살을 에는 아픔이 나를 덮쳤다.

더는 가면 안 돼. 내 생각대로라면 과학 수사팀은 현장이 온전하길 원할 것이다.

나는 그때 침대 위에 있는 물체를 보고 숨이 턱 막혔다.

토끼 에드워드였다. 여기저기 다친 것 같지는 않았지만, 축 늘어진 그의 몸은 이미 죽어 있었다.

죽은 벨라를 발견하고 충격에 휩싸였던 버니스의 비명이 내 머릿속에 울려 퍼졌다. 그게 버니스에게 보내는 마지막 경고였다면, 카밀에게는 어떤 의미일까?

애슐리가 메시지를 보낸 지 한 시간이 넘었다. 나는 건물 곳곳을 뛰어다니며 그녀의 번호를 눌렀다. 안식층은 뻥 뚫려 있어 동물들이 살던 곳에는 아무도 숨어 있지 않다는 걸 알 수 있었다. 에드워드의 빈 우리 문은 닫혀 있었다.

'안녕하세요, 애슐리예요. 메시지를 남겨 주세요.'

나는 전화를 끊은 뒤 놀이층과 테라스로 향하는 계단을 올라갔다. 행여 여기 있으면 안 될 사람이 있을지 몰라 조심스레 움직이며 신경을 곤두세웠다.

혹시 제이미 같은 사람?

나는 다시 주방 쪽으로 살금살금 내려가 줌의 번호를 눌렀다. 연결음이 여덟 번 울린 끝에, 음성 사서함으로 넘어가겠다고 확신하는 찰나에 그가 전화를 받았다.

"임미, 별일 없어?"

"난 공장에 있어." 나는 나지막이 속삭였다. 벽돌 벽과 단단한 돌멩이에 소리가 어떻게 튕겨 나오는지 잘 알고 있었다. "뭔가 이상해, 줌. 카밀은 사라졌고, 걔 방은 다 털렸어. 그리고 에드워드가 죽어 있어. 카밀의 침대 위에서…."

"좋아. 잠깐만 기다려. 너 아직 건물 안에 있어?" 줌의 목소리를 들으니 마음이 놓였다. 난 혼자가 아니야.

"그래. 누가 그런 짓을 했든 이미 나갔을 거야."

"덱스한테 그 보고서에 대해 얘기했어?"

"내가 덱스한테 그가 결백하다고 말했어. 네가 발견한 서류를 보여 주려고 밖에서 만나기로 했었어."

"한나도 거기 있어?"

"지하실에 있겠지. 좀 이따 가 보려고."

"알았어. 전화는 계속 받고 있어. 나 지금 인터넷 카페에 있는데 아마 공장 현관 CCTV에 로그인 할 수 있을 거야. 하지만 조금이라도 위험하다는 생각이 들면 빌어먹을 건물에서 당장 빠져나와, 이모젠."

줌의 말투에서 낯선 분위기가 느껴져 흠칫 놀랐다. 그러다 문득 깨달았다. 지금까지 줌이 욕하는 걸 들어 본 적이 없었다.

나는 전화기를 여전히 귀에 댄 채 발끝으로 계단을 내려가 정문으로 향했다. 전화기 너머 줌이 무언가를 빠르게 터치하는 소리가 들리자 마음이 한결 누그러졌다.

"온라인에서 뭘 보고 있는 거야?"

줌이 혀를 끌끌 찼다. "아니. 너 몇 시에 건물 안으로 들어갔어?"

"4시 조금 지나서." 나는 지하로 가는 계단 꼭대기에서 기다렸다.

"잠깐만… CCTV를 빨리 돌리고 있는데 네가 보이지 않아서. 그런데… 저 택시는… 3분 전에 지나갔는데… 한 시간 전에 정확히 같은 시간에 지나갔어."

"줌, 나 지금 지하실로 가는 중이라 전화가 끊길지도 몰라. 한나가 다쳤으면 어쩌지." 나는 주머니 속의 칼을 움켜쥔 채 울퉁불퉁한 마지막 계단을 내려갔다. "나한테 계속 말 걸어 줘…."

"임미, 너 이제 공장에서 나와야 할 것 같아. 네가 전화해야 해… 아니면 내가…."

거친 콘크리트를 지나 한나의 사무실로 향했더니 신호가 끊겼다. 지하실 안에는 불이 켜져 있었다. 내 심장이 너무 크게 뛰어 다른 어떤 소리도 들리지 않았다. 심지어 내 발이 바닥에 닿는 소리조차.

"한나, 거기 있어요? 카밀이 위층에 없어요. 걔한테 무슨 일이 생긴 것 같아 걱정돼요."

내가 그녀의 사무실에 도착하기 직전, 어떤 소리가 들렸다. 훌쩍이는 소리다.

문간에 들어서자 그녀가 보였다.

한나가 아니라 카밀이었다. 카밀의 얼굴은 피투성이에다가 입은 두꺼운 은색 테이프에 감겨 있었고, 몸은 의자에 단단히 묶여 있었다. 한쪽 눈은 너무 심하게 부어 아예 뜨지도 못했다. 다른 쪽 눈에는 생생한 공포가 그대로 드러났다.

60

덱스

차라리 '지명 수배'라고 적힌 티셔츠를 입고 트래펄가 광장 한복판에 서 있는 게 나을 뻔했다.

레더마켓 가든은 행복한 가족들로 가득했다. 나도 한때는 저런 가족에 속해 있었다. 물론 지금도 여전히 그렇지만. 그러나 내가 진짜 어떤 사람인지 우리 가족이 알게 되면 나와 연을 끊을지도 모른다.

나는 시계를 확인했다. 약속 시간이 지났는데 임미는 아직이다. 그녀는 나한테 보여 줄 게 있다고 했다.

나는 그게 뭔지 곰곰이 생각했다. 좋은 소식일까 아니면 함정일까? 제이드가 죽은 후로는 좋은 소식을 들어 본 적이 없었다.

어쩌다 내가 이 지경이 됐을까? 어릴 때는 모든 게 완벽했다. 재난 영화의 첫 10분 동안만 등장하는, 모든 게 무너지기 직전의 화기애애한 분위기처럼.

그토록 많은 사랑을 받았건만 지금 나는 여기서 이러고 있다. 고약한 악취와 덥수룩한 수염에 뒤덮여 있다. 거리를 오가는 엄마들이 내가 무슨 부기맨이라도 되는 듯 자기 애들을 내게서 멀찌감치 떨어뜨리려고 발길을 재촉했다. 웬 호들갑이람.

더 이상 이러지 말자. 임미가 보여 주고 싶은 게 뭐든 더는 도망 다니지 말고 내가 마땅히 받아야 할 벌을 받기로 했다. 임미에게 함께 경찰서에 가자고 부탁할 작정이었다. 그녀는 가장 가까운 친구나 다름없으니까.

나는 임미에게 문자를 보냈다. '나 여기 마을 회관 옆에 있어. 탈옥수처럼 보이지 않으려고 애쓰면서.'

내가 감옥에서 잘 지낼 수 있을까? 공장을 겪어 봤으니 쉬울지도 모른다. 젊은 여성이나 어린이를 죽인 남자들이 거칠게 나를 놀릴 거라는 사실만 빼면.

나는 휴대 전화를 확인했다. 임미를 기다린 지 10분. 기다림이 길어질수록 더 도망가고 싶었다. 그녀에게 다시 문자를 보냈다. 그리고 전화를 걸었지만 음성 사서함으로 넘어갔다.

임미에게 아무 연락이 없자 불안이 엄습했다. 나는 나중에 경찰서에 가서 할 말을 미리 연습하며 서성거렸다.

'제 이름은 데이비 셰퍼드예요. 절 찾고 계셨죠?'

18분이나 지났다. 혹시 임미가 날 포기했을까? 나는 그녀에게 모든 걸 털어놓고 싶었다. 그래서 공장 쪽으로 걷기 시작했다. 경찰이 날 발견할지도 모르지만, 별로 중요하지 않았다.

걸어가는 도중에 줌에게 전화를 걸었다. 여전히 그를 믿지 않았지만, 임미와 연락이 닿지 않아 불안했다.

"덱스!" 전화를 받은 줌이 전전긍긍하는 말투로 물었다. "너 임미랑 같이 있어?"

"아니, 나도 같은 걸 물어보려고 전화했어. 임미가 보여 줄 게 있대서 만나기로 했는데, 아직 안 와서 말이야."

"젠장! 덱스 너 혹시 공장 근처야? 임미가 나랑 통화하다 전화가 끊겼거든. 공장 지하실에서는 신호가 안 터지니까. 경찰에 신고해야 할지도 모르겠어. 지금쯤엔 임미가 나한테 다시 전화를 했어야 하는데…."

임미가 위험해. 손에 든 전화기가 화끈거렸고, 공원 소리가 희미해졌다. 나는 달리기 시작했다. "내가 지금 공장에 가긴 하는데 내 앱이 작동하지 않으면 들어갈 방법이 없을 거야."

"전화 끊지 마, 덱스. 만약 인터폰이 묵묵부답이면 내가 경찰에 전화할게."

나는 속으로 괜찮다고 말했다. 하지만 그 말을 어떻게 장담할 수 있을까? 나는 임미를 정말 아꼈고, 임미 역시 나를 걱정해 준 사람이었다. 내가 받을 수 있는 것보다 더 많이. "임미가 일이 잘 해결될 거라고 했는데."

"맞아, 덱스. 내가 뭔가 찾았어. 죽은 여대생에 대해." 줌도 알고 있을 줄이야.

젠장. "날 믿어 줘. 내가 알았더라면 걔한테 절대 약을 주지 않았을 거야. 그렇다고 상황이 나아지는 건 아니지만. 나도 잘 알아. 하지만…."

"덱스, 제이드는 약 때문에 죽은 게 아니야."

나는 계속 달리고 있었다. "뭐라고?"

"내가 임미한테 검시 보고서를 보냈어. 처음에는 마약인 줄 알고 여러 가지 검사를 했는데 제이드 부모님이 두 번째 검시 보고서를 내셨어. 덕분에 제이드가 벌에 쏘였다는 걸 알게 됐어. 제이드는 벌 때문에 죽었어. 윗다리가 벌에 쏘여서 치명적인 과민 반응이 일어났거든."

불현듯 그날 밤 기억이 떠올랐다. 내가 막 알게 된 제이드와 키스를 하고, 룸메이트들이 야유하며 놀리던 그 장면이….

"너… 확실해?"

나는 정원으로 나가 그녀와 또 입을 맞췄다. 예전의 나는 잘난 체하며 거들먹거렸고, 어린 여자애들은 그런 내 모습을 좋아했었다. 그땐 심지어 제이드의 성도 몰랐다.

"응. 경찰이 모든 수사를 취하했어. 그녀가 벌에 쏘인 줄 전혀 몰랐대. 아무도 몰랐어."

덤불을 들이받는 순간, 가시에 찔린 내 몸은 따끔거렸지만 제이드의 피부는 매끄러웠다. 우리는 아이들처럼 낄낄거리며 아무도 볼 수 없는 정원 뒤쪽 딱딱한 타일 위에서 서로의 몸을 포갰다. 불편한 자리에서도 계속….

줌이 들려준 소식이 내게 어떤 의미인지 잠시 생각했다. 제이드의 죽음은 헛되고, 참담하고, 충격적이었다. 하지만 내 잘못은 아니었다.

거리의 소리가 파도처럼 밀려들더니 순간 모든 것에 생기가 넘쳐흘렀다. 학교를 마치고 집으로 돌아가는 학생들에게 오늘은 평범한 날이었다. 사무실 밖으로 나와 담배를 물고 있는 직장인들에게도 마찬가지였다.

하지만 내게 오늘은 내가 다시 태어난 날이었다.

내 태도는 이미 변하고 있었다. 내 몸은 더는 숨지 않아도 된다는 걸 알았다. 날이 더웠다. 나는 더러운 양털 후드를 머리에서 떼어

낸 뒤 소매를 잡아당겨 벗어 젖혔다. 그리고 길거리에 버렸다. 마치 살갗을 벗겨 내듯이.

이제 더 빨리 달릴 수 있었다.

태너스워크는 조용했다. 오후 햇살을 받은 공장 창문은 주황빛으로 물들어 있었다. 나는 문득 테라스에서 자갈 위로 뛰어내린 버니스가 떠올라 등골이 오싹했다.

"전화를 끊어야겠어. 앱으로 들어갈 수 있는지 알아보려면."

"들어가면 전화해. 아니면 경찰을 부를게."

불현듯 어둠이 나를 스치고 지나갔다. "줌, 어쨌든 경찰을 불러야 할 거야."

내 예상대로 자물쇠에 전화기를 갖다 대도 문은 열리지 않았다. 초인종을 눌렀다. 손가락을 떼지 않은 채 손끝의 진동을 감지하며 초인종을 누르면 모든 층에 벨이 울린다는 걸 알고 있었다.

아무도 나오지 않았다.

결국 나는 주먹으로 나무 문을 두드렸다.

맞은편 카페에서 나온 남자가 날 향해 걸어왔다. 술집 경호원처럼 어깨가 떡 벌어지고, 숱 많은 머리가 이상하리만치 새까맸다. "여기서 더는 문을 열어 주지 않더라고요. 기자들이 너무 득실대서."

"누굴 좀 만나야 해요."

남자가 손으로 태양을 가리며 말했다. "아, 당신 알아요."

"네, 여기 살았었어요."

"건물을 떠나는 게 더 낫지. 여기 문 닫아야 해요. 내가 몇 년 동안 누누이 말하지만."

"죄송한데, 지금 이럴 시간이 없어요."

남자가 발끈했다. "그래요, 뭐. 시간이 남아도는 것도 아닌데. 그래도 10년 동안 두 번이나 카페 밖에서 빌어먹을 피를 닦다니."

"전에도 여기서 죽은 사람이 있었나요?"

"첫 번째 사람이 뛰어내린 건 내가 여기 온 지 불과 몇 달 후였죠. 어린애나 마찬가지였어요. 그 친구를 알고 있었고요. 돌에 얼굴을 박았으니 당연히 죽었죠." 남자의 목소리가 참 역겹게 들렸다.

고개를 든 나는 몸을 부르르 떨었다. "정말 끔찍하군요." 나는 다시 세게 문을 두드렸지만 아무 요동도 없었다. "혹시 망치나 쇠 지렛대 갖고 계세요?"

남자가 고개를 끄덕였고, 눈을 휙 올리며 뭔가를 떠올렸다. "그 사람 이름은 샘이었어요. 대학을 갓 졸업한 아주 예의 바른 젊은이였죠. 매일 아침, 제 첫 손님이었어요. 도시에서 일하는 젊은이들은 나보다 더 오래 일하더라고요."

"제발! 자물쇠를 부술 만한 거 없나요? 안에 있는 사람이 걱정돼서 그래요. 계속 전화를 해도 받질 않아서요."

남자는 반신반의하는 의심쩍은 눈초리로 나를 쳐다봤다.

"이미 경찰에 전화했어요." 내가 말했다. "어쩌면 생사가 달린 문제일 수도 있어요."

"음, 그럴지도요."

"제발 얼른 갖다 주세요."

남자가 카페로 돌아갈 때, 나는 다시 소리쳤다. "임미! 카밀! 너희들 그 안에 있어? 경찰이 오는 중이야."

카페 주인은 망치를 들고 오며 주절주절 뇌까렸다.

"진짜 이상한 건 샘이 추잡한 부자라는 거예요. 샘의 가족이 여기 건물주거든요. 덴마크 출신이었죠. 아니, 잠깐만요. 덴마크에 살았지만 핀란드 출신이었어요. 샘이 그러는데 핀란드가 노키아와 무민, 섹시한 금발 머리 아가씨들이 사우나에서 홀라당 벗는 걸로 유명하대요. 사실 뭐, 섹시한 금발 머리라는 건 제가 살을 좀 붙인 것일 수도 있고요."

그리고 내 머릿속 깊은 곳에서는, 뭔가 딱 맞아떨어지는 느낌이 들었다. 망치를 손에 쥔 나는 젖 먹던 힘까지 끌어모아 아주 세게 자물쇠를 내리쳤다….

61

임미

"맙소사. 카밀, 어떻게 된 거야?"
나는 사무실 안으로 뛰어 들어갔다. 어디서부터 시작해야 하지? 나는 교사 연수 때 들은 응급 처치 수업을 떠올렸다. 맞아. 기도가 먼저였어.

카밀이 안간힘을 쓰며 숨을 쉬고 있을 것 같아 그녀의 입에 붙은 테이프부터 떼어 내기로 했다. 가장자리 주위로 피가 말라 있어서 아프지 않게 떼기가 여간 힘든 게 아니었다.

"따가울지도 몰라."

나는 반창고를 벗기듯 날렵하게 휙 떼어 냈다. 카밀이 말라비틀어진 입술을 여러 번 핥았다.

"한나." 그녀가 말했다.

나는 한나가 내 뒤에 있나 싶어 고개를 이리저리 돌렸다. "한나가 아직 여기 있어?"

"아니. 한나가… 날 잡더니…." 그녀의 목소리가 생소하게 들렸다. "내가 한나한테 물어봤어… 네가 말한 핀란드 제약 회사에 대해 그리고…." 카밀이 움찔했다.

핀란드? 나는 포밀렉스가 스칸디나비아에 있다는 건 알았지만, 정확히 어떤 나라인지는 몰랐다.

"먼저 물 좀 갖다 줄게. 그 후에 의자에서 풀어 줄게."

수도꼭지를 틀었더니 사방으로 물이 튀었다. 손이 너무 떨렸다.

카밀을 먼저 풀어 줘야 하나? 가엾게도 그녀는 지독히 많은 일을 겪었다.

나는 순간 멈칫했다.

그리고는 카밀의 입에 물잔을 갖다 댔다. 카밀이 나랑 눈을 마주치려고 눈동자를 이리저리 굴렸다. 그 눈동자는 이미 평소보다 더 새파랗게 물들었고, 눈 주변에도 시퍼렇게 변한 멍 자국이 있었다.

카밀이 물을 몇 모금 마신 뒤 고개를 끄덕였고, 나는 잔을 내려놓았다. 그녀가 어떻게 묶여 있는지, 그리고 어떻게 하면 최대한 덜 불편하게 풀어 줄 수 있는지 알아보려고 몸을 숙이는 찰나….

마치 번개가 번쩍이듯 무언가 내 관자놀이를 스쳤다.

쓰라렸다.

갑작스러웠다.

앞이 캄캄했다.

시끄러운 소리가 들렸다. 귀에 거슬리는 둔탁한 잡음이 내 뒤통수를 때리며 시계 초침처럼 반복되고 있었다.

똑.

딱.

똑.

딱.

게다가 내 팔은 어깨 뒤로 너무 많이 뒤틀려 거의 탈구 지경에 이르렀다.

눈을 뜨기 힘들었지만, 어떻게든 떠 보려고 애썼다…. 어째서 아치형 천장이 내 위에서 움직이고 있지?

아니, 움직이는 건 나였다. 내 몸은 무거운 짐처럼 바닥에 질질 끌려갔고, 두개골은 단단한 돌에 부딪혀 튕겨 나갔다. 그런데도 이 상황을 막기 위해 내가 할 수 있는 건 하나도 없었다.

나무, 피 그리고 낡고 뜨거운 난방기에서 먼지 냄새가 났다.

나는 입으로 숨을 쉬려 안간힘을 썼지만, 뒤늦게 입에 테이프가 붙어 있다는 사실을 깨달았다. 순간 소스라치는 공포에 또다시 정신을 잃을 뻔했다.

아니, 절대 그러지 않을 거야.

어떤 여자가 내 뒤에서 숨을 헐떡거렸다. 한나?

나는 고개를 비틀었다.

내 손목을 잡은 손은 여리고 젊었다.

카밀의 손.

숨을 깊이 들이마신 카밀이 끙끙대며 나를 문지방 너머로 끌어올리고는 그대로 놓아 줬다.

나는 팔을 움직이려고 시도해 봤지만 여전히 말을 듣지 않았다.

이제 내가 어디에 있는지 깨달았다. 사우나 안, 바닥 위에 장식 판자를 댄 나무 문 바로 뒤였다. 바로 문이 닫혔고 문 가장자리를 둘러싼 단열재에서 공기를 쉭 빨아들이는 소리가 났다. 그리고 열쇠가 딸각 돌아가며 문이 잠겼다. 사우나 안은 꽤 따뜻했다. 약간 윙윙거리는 소리가 났지만 난방은 켜져 있지 않았다.

반쯤 올라간 작고 뿌연 유리창에 카밀의 얼굴이 보였다. 나는 여태까지 그녀의 멍한 표정이 극심한 트라우마 후에 찾아온 현실 도피의 심정을 드러낸다고 여겼다. 지금은 카밀의 표정이 훨씬 더 무시무시하게 보였다. 두 눈도 멀쩡하게 뜨고 있었다. 멍 자국은 진짜 같았지만.

나는 돌연 사우나에 혼자 있는 게 아니라는 걸 깨달았다.

한나가 맨 위쪽 벤치에 태아처럼 웅크린 채 누워 있었다. 그녀의 입과 손목, 발목이 은색 테이프로 묶여 있었다. 한나는 내가 여기 있다는 걸 모르는 듯했다. 나는 그녀의 발목을 쿡 찔렀다. 아무 반응도 없었다.

나는 카밀을 올려다보며 이름을 부르려고 했다. 하지만 테이프에 막힌 내 입술이 쓸데없이 실룩거리기만 할 뿐 아무 소리도 나지 않았다.

카밀이 내게 실망했다는 듯 고개를 한 번 가로저었다.

그녀는 사라졌다. 그녀가 지하실을 지나는 동안 안간힘을 쓰며 그 발걸음 소리를 들었다. 몇 초가 지나갔다.

어쩌면 1분?

확실한 건 아니지만 이곳엔 한나와 나만 있는 것 같았다.

머리가 욱신거리고 테이프에 붙어 있는 입도 간지러웠다. 석탄을 때는 게 아닌데도 사우나는 따뜻했다. 가까운 어딘가에서 윙윙거리는 소리가 들렸다.

도무지 말이 안 돼.

카밀은 한나를 해쳐 놓고 자기가 폭행당한 척했다. 그렇다면 루카스도 죽이고 버니스도 테라스에서 밀어 버린 걸까? 자신과 가장 친한 두 친구를….

머릿속이 뒤죽박죽 소용돌이치기 전에, 나는 현재에 집중하기로 했다. 당장 여기서 나가야 한다.

나는 바닥에서 일어나려 애썼지만, 손목과 발목이 너무 꽉 묶여 있어 바로 넘어졌다. 두 번째 시도에서 반쯤 앉을 수 있게 된 나는 내 등을 낮은 벤치에 기댔다.

한나는 살짝 움직이긴 했지만 의식이 거의 없었다. 머리를 다쳤나? 그녀의 오른쪽 눈 옆에 작은 멍이 하나 있었다. 나는 묶인 팔을 위로 들어 올려 한나의 발목을 톡톡 두드렸다. 한나가 눈을 번쩍 떴다. 무슨 말을 하려는 듯 보였지만, 테이프 재갈 때문에 아무 소리도 들리지 않았다.

나는 눈을 깜빡였다. 때문에 또다시 공포가 솟구쳤지만 있는 힘을 다해 도로 밀어 넣었다. 어쨌든 나는 아직 죽지 않았다. 정신 똑바로 차려야 빠져나갈 수 있다.

우선 입에 물린 재갈을 빼내야 도움을 요청하거나 숨이라도 제대로 쉴 수 있을 것이다.

나는 좁은 공간을 둘러봤다. 예전에 여기에서 덱스와 내가 카밀과 루카스의 꾐에 빠져 궁지에 몰렸던 상황이 떠올랐다.

그때는 우리를 꾀려고 부추긴 사람이 루카스이고, 카밀이 조종당하고 있다고 짐작했다. 하지만 틀림없이 반대였을 것이다….

잠깐, 지금은 이럴 때가 아니다. 일단 여길 나가면, 그때 생각하자. 카밀은 시간을 벌려고 우리를 여기에 가둔 것 같았다. 얼마 후면 누군가 우릴 찾을 것이다. 그러면 괜찮아질 거야.

나는 길 잃은 고양이를 진정시킬 때처럼 눈을 깜빡이며 한나에게 이 말을 전하려 했다. 한나의 시선에 비친 대답은 그런 뜻이 아니었다. 그녀는 고개를 들려고 애썼지만, 너무 무거워 보였다. 눈도 지쳐 보였다.

나는 사우나를 둘러보며 입에서 테이프를 떼어 낼 만한 뾰족한 물건이 있는지 살폈다. 주변은 온통 사포로 다듬은 매끈매끈한 나무였다. 불 바구니를 보호하는 철창 말고는. 철창 가장자리는 녹슬고 오돌토돌해서 살갗에 닿는다고 생각하니 구역질이 났다.

기다릴 수 있어. 누군가 올 거야. 덱스, 줌 아니면 애슐리….

점점 메스꺼워지고 이마를 쑤시는 통증이 확 번지기 시작했다. 아까 의자에 묶인 카밀을 풀어 줄 때, 그녀가 날 내리치는 순간에 느꼈던 욱신거림과는 사뭇 달랐다.

불 바구니에 가까이 다가가자 기계 소음이 더 커졌다. 그 소리는 낡은 염색 구덩이 밑에서 나오고 있었다.

무슨 소리지? 반은 윙윙거리고, 반은 탁탁거렸다.

나는 그 틈새를 들여다보다 그게 뭔지 깨달았다.

정말 낡디낡은 휴대용 가스 난방기였다. 지하실에 잔뜩 쌓여 있는 낡은 가전제품 더미에서 이 난방기를 본 기억이 났다.

하지만 왜 작동되고 있는 거지? 대체 왜 켜져 있는 거야…?

그 순간 나는 이해했다. 돌연 구역질이 물결치듯 세게 몰려와 목구멍까지 치솟은 담즙을 맛본 뒤 다시 모든 걸 삼켜야 했다.

카밀은 결국 우리가 발견될 거라는 사실을 알고 있었다.

그래서 더 확실히 해 두려 했다. 도움의 손길이 도착하기 전, 이미 오래전에 우리가 죽은 채로 있도록.

62

임미

우리는 가스에 중독되고 있었다. 질식사를 당하고 있는 것이다. 나는 공황 상태에 빠졌고 호흡수가 가파르게 늘어났다.

가스를 흡입할 때마다 나무판자를 통해 올라오는 일산화탄소를 더 많이 빨아들였다. 오래된 난방기일수록 툭하면 고장 나기 때문에 일산화탄소 중독을 막으려면 좁은 공간에서는 절대 쓰면 안 된다.

숨을 쉴 때마다 일산화탄소가 내 혈액 속 분자와 결합하고 있었다. 물론 한나도 마찬가지였다. 산소가 차단되면 우리는 순식간에 중독된다.

이제 곧 의식을 잃겠지. 그러면 곧바로, 죽게 된다.

카밀이 날 질식시키고 있었다. 그녀는 내가 외딴 호텔 방에서 한 남자 밑에 깔려 겁에 질렸을 때, 그 남자가 성적 쾌락을 위해 내게 했던 몹쓸 짓을 알고 있다. 지금 그녀 역시 내 모습을 보며 그런 쾌감을 즐기고 있을까?

그때는 그저 무기력하게 당하고만 있었다. 하지만 지금은 마지막 숨이 붙어 있을 때까지 싸울 것이다.

우선 내 입에 붙은 테이프를 뜯어야 한다.

불 바구니 철창의 가장 오돌토돌한 가장자리는 저쪽에 있었다. 나는 거기에다가 뺨을 문지르기로 했다. 몸이 묶여 있다 보니 제대로 밀어내기 힘들었다. 나는 기대고, 넘어지고, 다시 시도했다.

그러다 딱 알맞은 장소를 찾아냈다. 처음에는 너무 우물쭈물하고 말았다. 행여 살갗이 베일까 덜컥 겁이 났다.

하지만 이 순간을 이기지 못하면 최악의 상황만 남는다.

나는 입을 악물고 밀어냈다. 내 얼굴에 구멍이 나고 살갗이 잘려 나가는 것 같았다.

다시 하자.

자, 자.

날카로운 금속이 테이프 아래쪽을 낚아채자, 나는 테이프를 떼어 내려 머리를 이리저리 흔들었다. 꽤 단단하게 달라붙어 있었지만, 조금씩 살갗에서 떨어지는 느낌이 들었다. 다시 밀었다. 그리고 또….

이따금 따끔거렸다. 녹 냄새도 났다. 금속에서 나는 냄새일 수도 있지만, 그냥 내 피일지도 모른다.

쉰 번쯤 밀었을까. 나는 한나에게 시선을 고정한 채, 그녀가 더 깊은 무의식 속으로 빠져들지 않기를 바랐다. 재갈을 떼어 낸 뒤 뭘 해야 할지는 알 수 없었지만 일단 이게 시작이니까.

테이프의 3분의 1이 떨어져 나갔다. 나는 혀를 쑥 내밀어 억지로 통과시킨 뒤 여전히 입술에 달라붙은 부분을 물어뜯었다. 덫에서 벗어나려고 자기 발을 갉아먹는 동물 같았다. 생존 본능은 그 무엇보다 강했다.

이제 됐어.

"한나." 나는 바닥에 엎드린 채 소리를 질렀다. 테이프 가장자리가 여전히 내 뺨 한쪽에 붙어 있었지만, 이제는 침묵하지 않아도 된다. "한나, 정신 차려요."

눈을 뜬 한나는 아래를 내려다보며 이 상황을 이해하려 애썼다. 나는 한나가 생각보다 심하게 중독되지 않은 것 같아 마음이 놓였다.

"되도록 천천히, 얕게 숨 쉬어야 해요." 한나에게 내 목소리가 희미하게 들린다는 걸 알면서도 계속 말을 걸었다. "제가 도움을 청할 테니까 당황하지 마요."

나는 습관적으로 심호흡을 한 뒤 큰 소리로 외쳤다. "도와주세요! 우리 여기 갇혀 있어요! 지하실이에요!"

안에서는 내 목소리가 크게 들렸다. 사우나의 열기를 가두도록 설계된 나무가 그 소리를 흡수하기 때문이었다. 밖에서는 아무도 우리 말을 들을 수 없을 것이다.

"생각하자, 생각해야 해." 나는 혼잣말로 속삭이며 해결 방법을 찾으려 애썼다.

그리고는 몸을 비틀며 문 쪽으로 다가가 다시 한번 위험한 심호흡을 했다. 나는 자물쇠를 부술 작정으로 문이 열리는 쪽을 향해 꽁꽁 묶인 다리를 뻗었다.

내 모든 힘이 충격파처럼 퍼지며 몸속에서 다시 진동했다. 문은 꿈쩍도 하지 않았다. 안쪽으로 열리는 문이라서 어쩌면 발길질을 할 때마다 더 잘 들어맞을지도 몰랐다.

그런데도 나는 또 문을 세게 찼다. 누군가 시끄러운 소리에 귀 기울여 주길 바라면서. 힘겨운 발길질이 독이 든 성배라는 걸 알면서도 세 번 더 연속으로 쿵쿵 걷어찼다.

누군가 큰 소리로 외칠지 몰라 잠시 기다렸다. 아무 소리도 나지 않았다.

아무도 우리 말을 들을 수 없으니까.

아무도 오지 않을 것이다.

덱스는 레더마켓 가든에서 날 기다리고 있겠지만, 공장으로 돌아올 위험 따위는 감수하지 않을 것이다. 애슐리는 8시 이후에나 돌아올 예정이었다.

그럼 너무 늦다.

"그 밖에 뭘 할 수 있을까?"

집중해, 이모젠. 옛날 스승의 목소리가 마치 내 옆에 앉아 귓속말로 속삭이는 것처럼 또렷하게 들렸다. 정신 착란인가?… 중독이 다음 단계에 이르렀다는 신호일까?

'신중하게 생각하면 논리와 과학이 항상 답을 던져 줄 거야.'

우리에게 가장 필요한 건 서서히 목숨을 앗아 가는 가스에 대처할 신선한 공기였다.

소나무 창틀에 달린 창문만이 깨끗한 공기를 얻을 수 있는 유일한 방법이었다. 자세히 보니 거의 깨질 리 없는 안전유리였다. 밑져야 본전이니까 나는 노력해야 했다. 그리고 곧….

머릿속 통증이 점점 잦아들더니 자꾸 잠이 오기 시작했다.

몸을 일으켜야 했지만, 그래 봐야 치아만 쓸 수 있었다. 나는 사우나 뒤편 L자 모양의 벤치 가장자리로 몸을 숙였다. 그리고는 나무를 세게 물어뜯었다. 어린 시절에 제대로 관리도 안 한 치아지만, 이 일만큼은 거뜬히 해낼 수 있길 바랐다.

나무가 내 턱밑에서 쩍 갈라졌다. 마감재에 바른 타르 맛이 입안에 감돌았다. 고통과 긴장감이 뒤따랐다….

하지만… 나는 지금 일어나 앉아 있다. 팔꿈치가 선반 바로 위에 걸리게끔 어깨를 들어 올린 뒤 온몸을 지렛대 삼아 벤치 위로 올라갔다. 그때 내 주머니에서 쨍그랑 소리를 내며 뭔가 떨어졌다.

소나무 벤치에 떨어진 내 칼이 반짝였다.

작은 희망의 씨앗이 자라기 시작했다.

나는 이로 칼 손잡이를 물어 나무판자 두 개 사이에 끼워 넣었다. 자칫 잘못 움직이면 고통이 뒤따를 거라는 걸 알았지만, 시도는 해봐야지. 서서히 몸을 움직이자 내 얼굴은 칼을 마주 봤고, 손목은 칼날 아래로 향했다.

날카로운 칼끝이 테이프를 찢어 내는 동시에 찌르는 듯한 통증이 내 살갗을 관통했다. 나는 충분하다는 확신이 들 때까지 앞뒤로 계속 반복했다. 또 내 손목이 축축했다. 살짝 휘는 것 같기도 했다.

맥박이 점점 빨라졌다. 내 몸은 더 가파르게 숨을 쉬며 생존 본능에 맞서고 있었다. 나는 잔잔한 푸른 연못에 퍼지는 잔물결의 모습이 떠올랐다….

다시 시도하고, 또 시도했다. 마침내 테이프가 완전히 찢어졌고, 나는 유령처럼 새하얗게 질린 흰 손가락과 작은 상처로 뒤덮인 손목을 바라봤다. 손에 피가 돌며 출혈도 빨라졌다. 내 상처를 곱씹기 전에 한나의 입에서 재갈을 뜯어냈고 손목을 묶은 테이프도 잘라버렸다.

"카밀…." 한나가 겨우 입을 열었다.

나는 그녀의 입술에 내 손가락을 갖다 댔다. "조용히 해요. 이제 유리를 깨야 하니까."

한나는 내 말을 이해하지 못하는 것 같았다. 뇌가 마비되었을까?

아니면 내 목소리가 제대로 나오지 않았을 수도 있다. 지금 나는 몹시 피곤했으니까.

나는 다시 팔을 뻗어 칼끝으로 작은 창을 쿡쿡 찔렀다.

자꾸 튕겨 나갔다.

"안 돼. 안 돼!"

나는 거꾸로 돌려 훨씬 두꺼운 손잡이를 창문에 대고 다시 시도했다. 한 번, 두 번, 세 번. 창문을 두드릴 때마다 내 손은 욱신거렸지만, 유리창은 그대로였다.

"이모젠…."

내가 고개를 돌렸더니 한나가 팔을 들어 올려 허공에 뭔가를 쓰고 있었다. 처음에는 원을 그리는 줄 알았는데, 다시 보니 정사각형에 가까웠다. 그러다 그녀의 손이 툭 떨어졌지만, 마지막 힘은 남겨두었다는 듯 문 앞에서 고개를 끄덕였다.

한나의 말을 알아들은 나는 뒤로 돌아서서 비스듬한 틀처럼 창문을 둘러싸고 있는 작은 홈에 칼날을 밀어 넣었다. 나는 숨을 죽이며 칼을 아래로 천천히 움직였다.

깨지면 안 돼.

칼 손잡이를 잡아당겼을 때 소름 끼치는 꾸물거림 끝에 칼이 튀어나왔다. 하마터면 뒤로 넘어질 뻔했다.

나는 다시 앞으로 몸을 숙여 그 틀에 바싹 기댔다. 작지만 분명한 희망이 보이는 것 같았다. 아주 작은 구멍이 눅눅한 지하 공기를 들이마시고 있었다.

나는 몇 번 더 칼을 밀어 넣었다. 그리고 창을 고정한 얇은 나무와 회반죽 사이를 얇게 도려냈다. 밀린 회반죽이 바닥에 떨어졌지만 창문은 여전히 깨지지 않았다.

허공에 대고 숨을 헐떡였다. 지금까지 세 번, 네 번, 다섯 번. 살면서 가장 깊은숨을 몰아쉬었다. 나는 자신에게 말했다. '네가 살아야 다른 사람을 돕지.'

그러다 문득 그 남자의 고문 끝에 다시 살아났던 순간이 떠올랐다. 그가 강요한 '숨쉬기 놀이'는 내 삶을 바꾼 가장 큰 경험이었으니까.

지금, 이 순간도 그때와 비슷했다. 고통과 공포 속에서도 나는 살아 있었다.

나는 살아 있다.

"우리 괜찮을 거예요, 한나." 내가 말했다.

뒤를 돌아봤더니 한나의 눈동자가 자꾸 감기려고 했다.

나는 절뚝거리는 한나의 몸을 유리창 틈 쪽으로 질질 끌어 올려 그녀의 얼굴을 갖다 댔다. 그런 다음 그녀를 찰싹 때렸다. 첫 숨을 쉴 수 있도록 갓 태어난 아기를 때리듯이.

잠깐만.

아무 요동도 없잖아.

"자, 한나. 숨 쉬어요!"

마침내 아주 가냘픈 숨소리가 들렸다. 쿨럭거리는 기침과 함께. 그건 내가 세상에서 들어 본 가장 기쁜 소리였다.

63

8월 21일 토요일

임미

줌과 나는 유난을 떨며 주변을 깔끔하게 정리했다. 그의 수많은 노트북과 내 재봉틀을 싹 치웠더니 우리의 좁은 거실에 손님이 앉을 만한 공간이 생겼다.

인터폰이 울리자 줌이 얼굴을 찡그렸다. "난 아직도 이 의견이 최선인지 잘 모르겠어, 임미."

"우리가 언제든 그를 쫓아낼 수 있잖아." 나는 인터폰을 받았지만, 반대편에서 들리는 소리는 늘 그렇듯 정적뿐이었다. 어쨌든 출입 버튼을 눌렀다.

잠시 후, 차분하게 문을 두드리는 소리가 났다. 노크 소리에 답하며 현관문을 열었더니 야심만만한 젊은이가 아닌 뜻밖의 모습을 한 브라이언 데이비스가 문 앞에 서 있었다. 베이지색 옷을 입고 구부정하게 선 브라이언은 얼추 육십 대쯤 돼 보였다. 그가 거실로 들어섰을 때 묘한 냄새가 풍겼다. 무슨 냄새지? 아, 햄샌드위치 냄새야.

브라이언이 주위를 둘러봤다. "막 이사 왔군요?"

"몇 주 됐어요." 줌이 말했다. "정리가 덜 돼서 아직 지저분해요. 우리가 예전에 살던 데와 달라서요."

"제가 차 한 잔 드릴 테니 편히 앉으세요." 내가 말했다. 브라이언은 안락의자에 자리를 잡더니 클립보드와 다양한 책, 그리고 각종 전단을 꺼내 들었다.

"두 분 모두 제 질문지를 자세히 작성해 주셔서 감사해요." 그가 말했다. "이 일은 진짜 흥미로워요. 정말이지, 평범한 사건은 결코 아니니까요."

나는 주방 조리대에서 줌을 향해 눈썹을 치켜올렸다. 우리는 우리에게 벌어진 일을 여러 사람에게 공유하지 않았다. 그들이 알게 되면 한도 끝도 없이 질문을 할 게 뻔했고, 그 질문에 일일이 대답해 봐야 우리의 기분이 나아질 리 만무했다. 하지만 브라이언 데이비스는 전문가다운 관심을 보였다.

줌이 공손히 웃었다. "기쁘군요. 전 평범한 사람으로 보이는 게 싫어요."

"아, 당신은 확실히 그런 사람이 아니에요." 브라이언이 빈정대지 않겠다는 투로 말했다. "공장이 독특해 보였던 이유는 너무나 많지만, 특히 제 눈길을 끌었던 점은 그곳이 결코 사이비 종교 집단이 아니었다는 거예요."

카밀이 나와 한나를 죽이려 한 이후, 나나 경찰에게나 어느 하나 말이 되는 게 없었다. 하지만 한나가 면담에 응할 만큼 상태가 좋아지자 공장에 대한 진실이 드러나기 시작했다. 공장은 사이비 종교도, 사회적 실험도, 무면허 약물 실험도 아니었다.

그곳은 '치료 공동체'였다.

그리고 환자는 카밀 자비스였다. 또는 그녀의 모국에서 알려진 것처럼 포밀렉스를 거느린 어마어마하게 부유한 핀란드 가문의 딸 카밀라 예르비넨이었다. 카밀의 부모는 카밀이 세 살 때 친모가 헤로인 중독으로 세상을 뜨자 그녀를 입양했다. 양부모는 혼란스러운 유아기를 겪은 카밀을 위해 물심양면으로 돌봤지만, 그녀는 끊임없이 말썽을 일으켰다. 상황이 점점 나빠지자, 카밀의 가족은 핀란드를 떠나 덴마크에서 새 출발을 하게 되었다. 카밀을 진정시킬 사람은 그녀의 이복 오빠 샘뿐이었지만, 샘은 그 압박감을 견디지 못했다.

샘은 결국 런던으로 이사했다. 부유한 그의 부모는 염색 공장 건물을 사들여 아들이 살도록 했지만, 그는 죄책감과 외로움을 견디지 못해 끝내 스스로 목숨을 끊었다.

오빠를 잃은 슬픔으로 카밀은 자포자기에 빠졌다. 가뜩이나 다루기 힘들었던 그녀의 행동은 점점 선을 넘기 시작했다. 그리하여 예르비넨 부부의 오랜 대학 친구인 한나가 카밀을 바로잡는 일에 손을 걷어붙여 10년간의 탐구 끝에 공장을 설립했다.

나는 차 쟁반을 탁자 위에 놓았다. "수수께끼 같죠. 사이비 종교가 사이비 종교가 아니었던 게 언제죠?"

브라이언이 웃었다. "분명히 말하지만, 한나 윈터는 공동체를 결속한답시고 사이비 종교의 방식을 이용하긴 했어요. 물론 대체로 순수한 이유에서였지만."

"버니스와 루카스를 죽음으로 내몬 건 절대 순수하지 않아요!" 줌이 말했다.

브라이언이 고개를 끄덕였다. "정당한 지적입니다. 하지만 제가 보기엔 그들은 순수하게 살아갈 작정이었어요. 심지어 유익한 면도 조금 있었죠. 경찰의 소식통에 따르면 한나가 공정 거래라고 주장했대요. 즉, 공장에서의 사치스러운 생활은 자기도 모르게 사이코패스 치료사가 된 것에 대한 적절한 보상이었다고요."

"사이코패스요?" 나는 브라이언이 우리가 생각했던 전문가인지 궁금해지기 시작했다. "요즘은 반사회적 인격 장애라고 하죠."

"정치적 올바름(차별적인 언어나 행동을 금하자는 원칙-옮긴이)은 개뿔! 상당한 지능을 이용해 재미 삼아 누군가를 조종하고 착취하고 고통까지 주는 사람을 대체 왜 그렇게 부르죠? 여러분은 사이코패스랑 함께 살았어요. 그리고 그녀는 한나를 포함한 모든 룸메이트보다 훨씬 뛰어났죠." 브라이언이 덧붙였다.

카밀은 경찰보다도 뛰어났다. 덱스와 카페 주인이 사우나에서 가까스로 숨이 붙어 있는 나와 한나를 발견했을 때, 카밀은 공장을 떠난 지 오래였다. 그리고 공장에서 2마일도 채 떨어지지 않은 5성급 호텔에 있었지만, 경찰은 나흘 후에야 그녀를 찾아냈다. 카밀은 수천 파운드나 되는 돈을 다 썼는데도, 자기가 주문한 샴페인이나 룸서비스 음식에는 거의 손을 대지 않았다. 부모님의 돈을 흥청망청 쓰는 일 따위는 전혀 신경 쓰지 않았다. 그저 남을 속이는 일에 쾌감을 얻을 뿐이었다.

"한나와 카밀이 이용한 방식이 뭔지 알고 싶겠군요." 브라이언은 두 사람의 이름을 굳이 핀란드식 억양으로 발음했다. 그래서일까. 나는 내 귀에 손가락을 찔러 넣고 싶었다. "과거 사이비 종교 집단은 자기들이 어떻게 조종당하는지 이해하며 위안을 얻는 경우가 많았어요. 자신의 나약함 때문이 아니라고 스스로 위로하는 거죠."

하지만 브라이언이 애정 공세, 외부 관계 대체, 사생활 제거, 수면 부족 등의 전략을 읽어 내려갔다. 나는 여전히 우리의 결정적인 약점 때문에 선택된 거라 생각했다. 다루기 쉬우니까.

한나는 그 전략을 확실히 해 두었다. 특히 그녀의 공장 프로젝트의 궤도가 어긋나기 시작했을 때. 첫 거주자들에게는 큰 비밀이 없었다. 하지만 한나는 시간이 흐를수록 약점을 지닌 염색업자들이 뜻대로 조정하기 쉽다는 걸 깨닫고는 점점 더 까다롭게 새 룸메이트를 뽑았다. 나는 매춘을 했다는 은밀한 과거가 있었고, 덱스는 불법 마약으로 자기가 여대생을 죽였다고 착각했고, 애슐리는….

"한나의 방식이 잘못되긴 했지만 그녀는 자기가 하는 일을 믿었어요." 줌이 말했다. "한나는 카밀의 가족에 대한 충성심으로 카밀을 도우려 했으니까요."

나는 고개를 가로저었다. 그것만큼은 줌의 의견에 동의할 수 없었다. "그건 헛소리야. 한나는 자신의 선부른 심리학 이론이 효과가 있다는 걸 증명하고 싶었을 거야. 그게 너무 과했고. 또 카밀이 탈선하는 게 분명한데도 그 상황을 계속 끌고 간 건 범죄였어. 그저 진실이 밝혀졌을 때 자기가 짊어져야 할 문제를 회피하고 싶었을 뿐이야."

카밀은 루카스의 살인 혐의로 기소되었고, 그녀의 재판은 가을에 열릴 예정이다. 경찰은 한나에게 맞는 혐의를 찾는 데 안간힘을 쓰고 있다고 했다. 한나는 끔찍한 공동체를 만들어 우리 모두를 속였고, 그녀 자신을 포함한 많은 생명을 위험에 빠뜨렸다. 또한 버니스를 이용해 룸메이트 선발 과정까지 조작했다. 버니스가 이 모든 이야기를 다 알고 있었을까? 아니, 오로지 가엾은 카밀에게 도움이 필요했다는 정도로만 알았을 것이다.

브라이언은 우리를 쭉 지켜보더니 쪽지를 휘갈겨 썼다. 우리가 사례 연구가 된다는 생각에 내심 화가 치밀어 올랐다. 그동안 있었던 일이 여전히 날 괴롭혔지만, 아직은 어떻게 흘러갈지 모른다. 그래도 성질 급한 폐소 공포증 환자가 되는 게 죽는 것보다 나았다.

"분명 그 환자는 담당 심리학자보다 사람들을 어떻게 조종해야 하는지에 대해 더 잘 알고 있었던 것 같아요. 여러분의 답변을 보니 그녀가 다른 룸메이트들과 내기를 시작했다고 적혀 있더군요." 브라이언이 말했다.

"카밀은 그 내기가 재밌었나 봐요." 줌이 말했다. "카밀은 원래 지능이 뛰어났으니 머리 쓰는 게임이 재미있었겠죠. 그뿐 아니에요. 양부모가 과학자였으니까, 당연히 실험하는 걸 좋아했겠죠. 각 방으로 통하는 파이프를 활용해 룸메이트들의 머리를 어지럽히는 냄새를 주입했으니까요. 덱스에게는 술, 애슐리에게는 빵 굽는 냄새. 게다가 루카스에게는 인슐린을, 사우나엔 일산화탄소까지 흘려보냈잖아요. 카밀은 사람들을 장난감처럼 여겼던 것 같아요."

브라이언이 고개를 끄덕였다. "시시한 장난질이 어느 순간 살인으로 변했죠. 그렇게 된 이유가 있을까요?"

"제이미 때문이에요." 줌과 내가 동시에 답했다.

"그 사람은 성관계 동영상을 공유한 혐의로 재판을 받고 무죄로 풀려난 그 청년인가요?" 브라이언이 얼굴을 붉혔다. 내가 온라인에서 알게 된 바에 따르면, 브라이언의 친딸이 사이비 종교에 연루된 적이 있었다. 그는 딸을 구출해 낼 때 배웠던 방법으로 다른 이들을 돕고 있었다.

줌이 고개를 끄덕였다. "제이미가 카밀의 오빠 샘과 똑 닮았거든요. 경찰에서 나온 얘기인지는 모르겠지만, 카밀이 체포되기 전에 언론이 뒷조사한 사진을 보니 그렇더라고요."

나는 고개를 끄덕였다. "베로니카가 제이미를 룸메이트 면접에 초대했을 때, 어쩌면 카밀은 운명이 자신의 오빠를 데려왔다고 생각했을지도 몰라요. 버니스와 한나가 제이미를 반신반의할 때, 적극적으로 찬성한 사람이 카밀이었으니까요."

브라이언이 또다시 기록했다. "그러면 카밀이 훨씬 행복했어야 하지 않나요?"

"처음에는 그랬죠. 똑똑히 기억해요." 줌이 말했다. "두 사람은 한여름 파티에서 친해졌어요. 우리도 이제야 알았는데, 그날은 샘이 죽은 지 9년째 되던 날이었대요. 하지만 제이미가 둘의 관계를 망쳤죠. 지금 생각해 보면 제이미는 고소당할 짓을 한 게 맞아요. 카밀과 억지로 성관계를 하려고 마약을 먹였을 거예요. 어쩌면 제이미의 배신으로 카밀에게는 오빠의 자살로 받은 모든 고통이 되살아났을지도 몰라요. 그때부터 카밀이 다시 막 화를 내기 시작했거든요."

나는 고개를 저었다. "그럴 수 있어요. 하지만 카밀은 진실을 말할 줄 몰라요. 버니스를 옥상에서 밀어 버렸다는 것조차 밝히지 않았거든요. 물론 버니스가 쓴 수첩에는 살짝 음울한 생각이 적혀 있긴 했지만, 전 아직도 그녀가 자살했다는 게 믿기지 않아요."

"게다가 샘도 같은 방법으로 죽었다는 게 우연은 아닐 거예요." 줌이 말했다.

브라이언의 눈이 휘둥그레졌다. "정말 특이하군요. 하지만 두 분 모두에게 희망은 있어요. 전 과거 사이비 종교에 빠졌던 수많은 사람과 함께 일하고 있거든요. 그러니 일이 훨씬 수월할 거예요. 어쩌면 두 분은 몇 년까진 아니어도 앞으로 몇 달 동안은 갑자기 그 당시 장면이 떠올라 혼란스러울지도 몰라요. 상실감도 느낄 테고요."

나는 딱히 상실감을 느끼지 않았지만, 줌은 그런 것 같아 그에게 동정 어린 미소를 보냈다. 줌이 함께 집을 알아보자고 제안했을 때, 나는 확신할 수 없었다. 하지만 줌은 내가 공장에서 만난 룸메이트 가운데 나와 가장 비슷한 사람이었다.

우리는 3구역에서 광대역 통신망이 가장 좋고, 다음 달 내가 교감 일을 시작할 때 학교까지 버스로 다닐 수 있는 이곳으로 이사 왔다. 그러기 위해 있는 대로 돈을 긁어모아 함께 보증금을 마련했다. 알고 보니 우리는 서로를 꽤 잘 보완했다. 줌의 너저분한 성향은 가벼운 강박 장애에 빠진 나를 시험했고, 나는 그가 데이트하도록 부추기거나 그의 부모님에게 동성애자라는 사실을 고백할 날을 함께 고민하기도 했다. 한편 내 새로운 룸메이트가 남자라는 걸 엄마에게 아직 말하지 않았다. 엄마는 내가 공장에서 겪은 일을 조금은 이해하고 있었고, 우리는 서로를 더 다정하게 대하려고 최선을 다하고 있다.

카밀의 재판이 시작되면 우리는 다른 공장 사람들을 볼 수 있을지도 모른다. 덱스는 바스 근처에 사는 가족에게 돌아갔다. 나더러 바스에 한번 놀러 오라고 했지만 나는 선뜻 받아들일 수 없었다. 우리는 결코 함께할 운명이 아니었기 때문이다. 덱스는 나에게 잠깐 스치는 인연이었고, 덱스에게 나는 여대생의 죽음에 대한 죄책감을 잊으려는 수단이었을 것이다.

덱스는 전문 사진작가가 되겠다는 야망을 접었다. 대신 브리스톨에 사는 아이들에게 동영상 촬영을 가르치는 자원봉사를 시작했다.

그가 공장에 처음 왔을 때부터 공언했던 일이었다. 부디 잘됐으면 좋겠다.

그리고 애슐리는 자기가 놓친 것을 찾아 다시 여행하는 중이다. 애슐리를 마지막으로 보던 날 내가 문신에 관해 물었고, 그녀는 오빠와 함께 자랄 때 '나쁜 사람들'과 어울렸다고 고백했다. 애슐리는 그때 이후 삶의 교훈을 얻었지만, 불행히도 그녀의 오빠는 아직 감옥에 있었다. 무슨 일 때문인지는 묻지 않았다. 애슐리가 내 모든 비밀을 알 필요가 없듯 내게도 그녀의 모든 비밀을 알 권리가 없으니까. 부디 애슐리가 원하는 바를 찾았으면 좋겠다.

줌이 내게 눈짓하는 걸 보니 이만하면 됐다고 생각하는 모양이었다. "우린 잘 극복하고 있어요. 공장에서 살아남았잖아요. 이젠 아무것도 두렵지 않아요."

브라이언을 보내고 난 뒤 우리는 문에 달린 안전 고리를 끌어당겼다. 저녁 7시밖에 안 됐지만, 각자의 잔에 진을 따르고 나서 버니스를 향한 감사의 표시로 인공 지능 비서 알렉사에게 노던 소울의 노래를 틀어 달라고 주문했다. 그리고 '천국이 널 보낸 게 분명해(Heaven Must Have Sent You)'가 흘러나오자, 음량을 10까지 올린 뒤 소파에서 함께 춤을 추기 시작했다. 아무것도 상관하지 않았다. 모든 게 누추해 세련됨과는 거리가 멀어도, 음악이 너무 시끄러워 찻잔이 덜컹거려도, 우리끼리 하는 농담으로 줌과 내가 네 발짝 떨어져 있어도.

이곳은 안전하고, 이곳이 현재니까. 그리고 내가 있어야 할 곳이 바로 여기니까.

64

11월 20일 화요일

카밀라

카밀라는 호송차 안에서 자기 칸에 달린 꼭대기 창문으로 밖을 보려고 발끝을 세웠다. 그리고는 속도를 낮춘 차가 그녀의 새집으로 서서히 들어서자, 철조망과 카메라가 있는 벽을 바라봤다.

묘한 떨림이 카밀라를 스치고 지나갔다. 쌀쌀한 오후 공기 때문이 아니라 왠지 모를 기대감 때문이었다.

호송차가 멈추자 환승 직원이 카밀라의 칸을 열어 그녀를 데리고 나왔다. 카밀라는 교도소 외관에 깜짝 놀랐다. 공장과 마찬가지로 붉은 벽돌로 지은 멋진 빅토리아풍 건물이었다. 사람은 코빼기도 못 봤지만, 그녀는 아치형 창문에서 입구를 내려다보는 사람들이 있다는 걸 알아챘다. 교도관이나 죄수일 거야.

아니, 죄수는 아니었다. 환자였다. 카밀라 역시 마음의 병을 앓고 있었다.

"장담컨대 보는 것만큼 암울하지 않습니다. 건물 안은 이렇지 않아요." 호송 직원 한 명이 카밀라의 침착한 사색을 두려움으로 착각했는지, 그녀가 호송차에서 잘 내려올 수 있도록 팔꿈치를 움켜잡았다.

카밀라는 어깨를 으쓱해 보이며 자기 혼자 폴짝 뛰어내렸다.

그리고는 인계 작업이 끝나길 기다리며 바깥공기를 들이마셨다. 나뭇잎을 비롯한 가을 향내가 점점 썩어 사라지고 있었다. 길고 무더운 여름을 보낸 탓인지, 고향이 떠오르는 한겨울 추위를 내심 고대하고 있었다.

낯선 소리에 흠칫 놀란 카밀라는 주위를 빙 둘러봤다. 꽥꽥거리는 소리가 들렸다.

오리들이 활주로를 따라 쭉 뻗은 풀밭 위를 쏜살같이 걸어갔다. 오리들이라니. 영국을 사랑하는 이유가 바로 이 때문이었다. 영국은 참 별나고 희한했다.

"들어가세요." 검은 풀오버와 허벅지가 쭈글쭈글한 바지를 입은 묵직한 몸집의 여자가 말했다.

카밀라는 여자의 말에 순순히 따랐다. 적어도 지금은 첫인상이 매우 중요하니까. 여자 교도관과 그녀의 동료가 한참 동안 몸수색을 해도 카밀라는 반응하지 않았다. 아직은 반응할 수 있다는 걸 아는 것만으로도 충분했다.

카밀라의 부모는 되도록 빨리 그녀를 여기서 꺼내고 싶어 했다. 야만적인 영국 교도소보다는 모국으로 송환되길 바라고 있었다. 이미 변호사들이 대기 중인데다 언제든지 최고의 변호사를 고용할 수 있었다. '엄마 아빠는 대체 돈이 얼마나 남아도는 걸까? 이제 더는 공장에 돈을 쏟아부을 필요가 없어서 그럴까?'

하지만 카밀라는 이곳이 이상적인 집일지도 모른다고 생각했다. 공장도 처음에는 재미있었고, 한나와 함께 노는 것도 즐거웠지만, 근본적인 문제는 다른 모든 사람이 무엇보다 훌륭했다는 것이다.

아니 적어도 그렇게 되길 바랐거나.

여기서 카밀라는 위험하고, 무질서하고, 비도덕적인 사람들 틈에서 지내게 될 것이다. 이건 거의 도전에 가깝다.

단 하나, 카밀라는 공장이 그렇게 끝나 버린 점이 슬플 뿐이었다. 샘의 일부가 남아 있는 그곳. 그가 죽은 공간에서 사는 게 참 특별했었다.

몇몇 의사들은 카밀라의 병이 촉발된 이유를 샘의 죽음과 연관된 것으로 봤다. 또 다른 이들은 마약에 중독된 친모의 영향으로 늘 그 병이 자리 잡고 있었고, 서서히 드러났을 뿐이라고 주장했다. 카밀라는 어느 쪽도 개의치 않았다.

카밀라는 언제나 이복 오빠를 사랑했다. 샘은 그녀의 왕자님이었다. 어떻게 해서든 카밀라는 그와 함께 런던으로 갔어야 했다. 그랬다면 샘은 절대로 자살하지 않았을 것이다. 부모님은 일생에 단 한 번 카밀라의 뜻에 맞섰다. 열세 살짜리 아이가 부모 곁을 떠나는 걸 허락하지 않았다. 부모님은 카밀라가 그들보다 훨씬 성숙하다는 사실을 깨닫지 못했다.

"그러니까 우리가 감옥이 아닌 병원에 있다는 걸 기억하는 게 중요해요." 여자는 마치 지겹도록 대본을 외웠다는 듯 지친 목소리로 말했다. "물론 당신이 여기 있는 이유는 자신의 안전과 외부 사람들의 안전 때문이에요. 이것은 처벌이 아닙니다. 만약 의사들이 당신을 도울 수 없다고 판단했다면 당신은 여기 오지 않았을 거예요."

카밀라는 아무 말 하지 않았지만 속으로는 웃고 있었다.

"영어 할 줄 알죠?"

"제게 성격 장애가 있을지는 몰라도 전 바보가 아니에요."

간호사든 교도관이든 뭐든 간에, 여자는 얼굴을 찌푸렸다. 카밀라는 문득 기분이 좋아졌다. 어쨌든 이 얼간이에게는 아무 관심도 없었다.

"우리한테 덤벼들기 전에 누가 당신을 돌봐 주는지 생각해 보는 게 좋을 거예요."

카밀라는 공장에서 그녀만의 즐거움을 찾아냈었다. 처음에는 그 사소한 내기 때문에 계속 재밌게 지냈다. 그래서 내깃거리를 만들면 무섭게 몰두했다. 오디션이 그녀의 뜻대로 풀려 자신에게 걸맞은 역할을 따낼 때까지. 하지만 그런 일은 없었다. 흥미롭게도 카밀라는 실생활에서는 평범한 사람 역할을 연기할 수 있었지만, 카메라나 무대 위에서는 전혀 효과가 없었다.

그러다 베로니카가 면접에 제이미를 데리고 온 그날 밤, 갑자기 모든 게 척척 맞아떨어졌다. '그는 공장에 있어야 해. 카밀라와 함께 있어야 할 운명이야.' 제이미가 그녀의 오빠와 닮았다는 이유만으로 카밀라는 지난 몇 년 동안 그랬던 것보다 훨씬 더 차분해졌다. 그리고 제이미가 그녀의 것이 되리라는 걸 알고 있었다. 심지어 샘에게 느꼈던 것보다 더 가까웠다. 한 정신과 의사는 샘에 대한 그녀의 집착을 일종의 근친상간이라고 확신했는데, 카밀라는 그 말이 참 지저분하게 들렸다.

하지만 제이미는 샘이 아니었고, 그가 카밀라에게 느낀 감정은 사랑과는 정반대였다. 결국 그녀에게 아픔을 주었다. 카밀라는 여전히 무언가를 느낄 수 있어 깜짝 놀랐다. 단지 로히프놀(불면증 치료제) 때문만은 아니었다. 카밀라에게 섹스란 언제나 권력 놀이나 무기였지, 그 자체로는 결코 쾌락의 원천이 아니었다. 카밀라를 만난 또 다른 심리학자에 따르면 그녀가 사춘기의 정점에 있을 때 오빠가 죽었기 때문에 정상적인 성적 감정이 발달하지 못했다고 주장했다.

하지만 섹스가 최악은 아니었다.

제이미가 그 동영상을 공유했을 때, 그리고 카밀라가 의식이 없는 동안 그가 한 짓을 알았을 때, 끝을 알 수 없는 감정을 느꼈다. 굴욕. 통제력 상실. 그리고 분노.

"서둘러요." 간호사가 바닥에 두꺼운 신발 밑창을 철썩대며 말했다. "오전 산책이 아닙니다."

버니스는 정의에 대한 순진한 생각으로 경찰에 신고하라며 카밀라를 설득했다. 그러니 소송이 실패로 끝났을 때, 버니스는 책임을 져야 했다. 카밀라가 버니스의 항우울제를 자신의 약상자에서 꺼낸 더 강력한 약물로 바꿔 놓자, 버니스는 완전히 약에 취해 버렸다. 그녀의 수첩에 적힌 편집증적인 낙서 덕분에, 혼란스러운 정신을 더한 환각 상태에 빠뜨릴 완벽한 순간을 콕 짚어 낼 수 있었다. 결국 스스로 뛰어내리게 할 수 있는데 왜 굳이 직접 밀어낼까?

'날아가, 버니스.' 그 말은 버니스를 먼저 웃게 만들고, 결국 항공교통 관제사의 삶을 버리도록 재촉한 시적 정의였다. 물론 카밀라는 버니스의 시신을 차마 볼 수 없었다. 샘 역시 그토록 가엾게 보였을 테니까. 두 사람은 정확히 같은 지점에서 뛰어내렸다.

루카스 역시 그의 삶을 그대로 보여 주는 방식으로 죽었다. 물론 그가 카밀라의 개입을 의심하지 않았더라도, 카밀라는 조만간 그를 불행한 삶에서 벗어나게 했을지도 모른다. 루카스는 카밀라와 사귀면서 멍청하지만 활기찬 매력남에서 발기 불능의 관음증 환자로 변해 있었다. 보는 것만으로 얻는 쾌감은 그에게 턱없이 부족했을 것이다.

카밀라는 임미를 살해하려다 미수에 그친 걸 아쉬워했다. 임미가 공장과 포밀렉스의 연관성을 알게 된 직후, 그녀를 죽였어야 했다. 샘이 세상을 등지고 카밀라를 떠난 지 10년째 되던 날, 그건 우연한 타이밍이었지만 한편으로는 영광스러웠다. 임미가 그토록 두려워하는 질식사로 살인을 계획한 것도 아주 감칠맛 나게 깔끔했다. 토끼 에드워드에게 실험했을 때는 몇 초 만에 난방기가 작동했건만.

'너무 아깝다.'

카밀라 역시 양부모 덕에 임미처럼 과학에 푹 빠져 살았다. 과학에는 인간의 감성에 없는 섬세한 정확함이 있었다.

"병동은 이쪽이에요." 간호사가 녹색 그늘이 부드럽게 감도는 듯한 이중문 앞에 잠시 멈춰 서며 말했다. "남들이 당신을 덮쳐도 겁먹지 마요. 일단 인사만 하고 나면 내버려 둘 거예요. 그냥 궁금해서 그러는 거니까. 준비됐나요?"

카밀라가 웃었다. "그럼요. 선고받기 전에 한참 동안 독방에서 지내다 보니, 사람들과 부대끼며 살고 싶어 미치는 줄 알았어요."

감사의 글

나는 무서운 셰어하우스와 분열된 가정에서 이십 대를 보내는 동안 이 책을 구상했다. 다행히도 책에 등장하는 생명을 위협하는 설정은 개인적인 경험에 바탕을 둔 게 아니라, 각종 가스에 관한 정보를 알려 주신 SGN의 산업연락부장 크리스 비엘비 덕분임을 밝혀 둔다. 정신 질환과 병원 안전에 관한 통찰력을 아낌없이 나눠 주신 정신과 의사 험프리 니덤-베넷 박사에게도 감사의 말을 전한다.

작가들의 긴급 지원 서비스에서 애써 준 캘리, 줄리, 로완, 미란다, 탐신에게는 크게 한턱내고 싶다. 안젤라 클라크, 태미 코언, 일라나 폭스, 아라민타 홀, 제인 리셀, 사라 레이너, 수 테드던, 필 비너, 수 윌킨스, 로라 윌킨슨 등 이야기가 꼬일 때마다 발 벗고 나서 함께 풀어 준 전문 이야기꾼들에게도 진심으로 고맙다. 와인과 후무스, 따사로운 햇살을 선사해 준 재니와 미키에게도 두말하면 잔소리.

내 소중한 귀빈들에게도 정말 감사하다. 카렌, 브리짓, 마가렛, 트레이시, 줄리, 재키, 데비, 조앤, 질, 크리스, 나탈리, 아만다, 수, 도나, 데브라, 에드라, 셰린, 헬렌.

리사, 리즈, 닐, 티나, 키스, 크리스틴, 프란시스, 게리, 제니, 마이크 등 힘든 한 해 동안 응원과 사랑을 아끼지 않은 친구들과 이웃들에게도 고맙다. 리치, 여동생 토니, 아빠 마이클에게 늘 그렇듯 큰 사랑을 보낸다.

헬렌 오그덴과 얀클로와 네스빗, 특히 케이트 롱맨과 커스티 고든에게 정말 감사 드린다.

서로 의기투합하며 멋지게 편집해 준 캐서린 암스트롱과 소피 오므에게도 정말 고맙다. 길리언 홈즈의 기가 막힌 교열 솜씨 덕분에 이 책이 더욱 빛날 수 있었다. 자프레 팀 모두가 멋지고 재밌었다. 케이트 파킨, 제니 로스웰, 프란체스카 러셀, 사히나 비비, 펠리스 맥키스, 엘렌 터너, 스티븐 듀먼에게 무한한 감사의 말을 남기고 싶다. 그리고 내가 실수로 빠뜨린 모든 사람에게도. (다들 내가 어떤 사람인지 알고 있겠지….)

무엇보다 지금 이 순간 《웰컴 투 셰어하우스》를 읽고 있는 여러분에게 가장 고마움을 느낀다.

여러분과 계속 연락하고 싶은데, 어떠신지?

내 웹사이트(www.kate-harrison.com)를 방문하면 소식지를 받을 수 있다. 절대 스팸 메일이 아니다. 단지 내가 읽고 쓰는 내용을 전해 주는 편지임을 약속 드린다. 책도 몇 권 나눠 드리고 있다.

혹은 지금 당장 내게 인사하고 싶다면, 트위터나 인스타그램에 있는 내 공식 계정 @katewritesbooks에 방문하시라. 여러분과 책 수다를 떨 핑계가 있어 정말 좋다!

케이트

웰컴 투 셰어하우스

제1판 1쇄 발행 | 2021년 3월 30일
제1판 3쇄 발행 | 2021년 8월 4일

지은이 | 케이트 헬름
옮긴이 | 고유경
펴낸이 | 유근석
펴낸곳 | 한국경제신문 한경BP
책임편집 | 노민정
교정교열 | 임주하
저작권 | 백상아
홍보 | 서은실 · 이여진 · 박도현
마케팅 | 배한일 · 김규형
디자인 | 지소영
본문디자인 | 디자인 현

주소 | 서울특별시 중구 청파로 463
기획출판팀 | 02-3604-590, 584
영업마케팅팀 | 02-3604-595, 583 FAX | 02-3604-599
H | http://bp.hankyung.com E | bp@hankyung.com
F | www.facebook.com/hankyungbp
등록 | 제 2-315(1967. 5. 15)

ISBN 978-89-475-4709-3 03840

마시멜로는 한국경제신문 출판사의 문학 브랜드입니다.
책값은 뒤표지에 있습니다.
잘못 만들어진 책은 구입처에서 바꿔드립니다.